"延边大学211工程"三期重点学科建设资助项目

古代朝鲜辞赋解析
（一）

主编　于春海

2013年·北京

图书在版编目(CIP)数据

古代朝鲜辞赋解析.(一)/于春海主编.—北京:商务印书馆,2013
ISBN 978-7-100-09251-7

I. ①古··· II. ①于··· III. ①赋－鉴赏－朝鲜－古代 IV. ①I312.072

中国版本图书馆 CIP 数据核字(2012)第 134813 号

所有权利保留。
未经许可,不得以任何方式使用。

古代朝鲜辞赋解析
(一)
于春海 主编

商 务 印 书 馆 出 版
(北京王府井大街36号 邮政编码 100710)
商 务 印 书 馆 发 行
北京市艺辉印刷厂印刷
ISBN 978-7-100-09251-7

2013年8月第1版　开本 880×1230　1/32
2013年8月北京第1次印刷　印张 12
定价：30.00元

编委会

主　任　于春海

副主任　孙德彪　赵玉霞

委员（以姓氏笔画为序）：

于春海　王克平　王　滢　孙德彪　杨　昊

杨　楠　李宝龙　李　娟　季　洁　赵玉霞

费洪根　褚大庆　董淑华

说　　明

一、本册收录33位古代朝鲜赋家作品共43篇,由作者简介、原文、题解、注释、译文、赏析等部分组成。

二、作品的排列顺序以作家的生年先后为序。同一赋家之作,依照《韩国文集丛刊》中的先后顺序排列。

三、作者生卒年以及简介中涉及年份一律用公元纪年,必要的括注年号纪年。

四、原文据《韩国文集丛刊》及某一赋家的文集进行校勘,加标点后,仍用繁体字刊出。原文中的脱字,有根据者称"据某某补",否则称"疑为某字"。原文中的错字或衍文,不作繁琐考证,只标注"疑应为某字"或"疑为衍文"。

五、题解主要概述该辞赋的意旨,赏析则重点讨论其思想内容、艺术特色等。

六、注释中出现繁体字的词条,用括号标出其简体字,典故详注,一般词条简注。

目 录

前言 ………………………………………………………… (1)
崔致远 ……………………………………………………… (1)
　《詠曉》 ………………………………………………… (2)
金富轼 ……………………………………………………… (8)
　《仲尼鳳賦》 …………………………………………… (9)
　《啞鷄賦》 ……………………………………………… (15)
李奎报 ……………………………………………………… (19)
　《陶甖賦》 ……………………………………………… (20)
郑梦周 ……………………………………………………… (25)
　《思美人辭　寄浙東郑士安》 ………………………… (26)
李承召 ……………………………………………………… (29)
　《椒水賦》 ……………………………………………… (30)
　《趙稚圭　瑾　哀辭　并序》 ………………………… (36)
姜希孟 ……………………………………………………… (44)
　《燕山辭三疊　并序》 ………………………………… (45)
申用溉 ……………………………………………………… (52)
　《焚書坑儒賦》 ………………………………………… (53)

2 古代朝鲜辞赋解析

金馹孙 ……………………………………………… (69)
  《秋懷賦》 ………………………………………… (70)
  《疾風知勁草賦》 ………………………………… (79)
李荇 ………………………………………………… (88)
  《掛冠東門》 ……………………………………… (89)
  《歲寒松柏》 ……………………………………… (95)
  《哀晁錯》 ………………………………………… (101)
  《馬嵬驛》 ………………………………………… (106)
  《薏苡化明珠》 …………………………………… (112)
  《問津》 …………………………………………… (118)
李彦迪 ……………………………………………… (125)
  《問津賦》 ………………………………………… (127)
曹植 ………………………………………………… (136)
  《軍法行酒賦》 …………………………………… (137)
盧守愼 ……………………………………………… (143)
  《續續杞菊賦》 …………………………………… (144)
康惟善 ……………………………………………… (150)
  《一將功成萬骨枯賦》 …………………………… (151)
  《一竿漁父傲三公賦》 …………………………… (159)
李珥 ………………………………………………… (167)
  《浴沂醰》 ………………………………………… (168)
鄭澈 ………………………………………………… (171)
  《春秋成　麟至　此下科作》 …………………… (173)

《鳴琴百泉上》……………………………………………（180）

林悌……………………………………………………（186）

　《意馬》…………………………………………………（187）

朴敏……………………………………………………（198）

　《三不朽》………………………………………………（199）

赵纬韩…………………………………………………（206）

　《〈河圖〉賦》……………………………………………（207）

李安訥…………………………………………………（220）

　《次歸去來辭韻》………………………………………（221）

金光煜…………………………………………………（228）

　《劒賦》…………………………………………………（229）

金堉……………………………………………………（238）

　《登海嶠賦　丙子七月》………………………………（239）

尹善道…………………………………………………（247）

　《著書藏名山賦　陞補三上居第二》…………………（249）

沈东龟…………………………………………………（257）

　《次歐陽公病暑賦》……………………………………（258）

李回宝…………………………………………………（264）

　《民安爲甲兵　月课》…………………………………（265）

金庆余…………………………………………………（271）

　《游仙枕賦》……………………………………………（272）

申翊全…………………………………………………（279）

　《次陶淵明歸去來辭》…………………………………（280）

任守干……………………………………………………（286）
　《烟茶賦》………………………………………………（287）
蔡彭胤……………………………………………………（301）
　《病駒賦》………………………………………………（302）
韓元震……………………………………………………（311）
　《次歸去來辭　戊申》…………………………………（312）
蔡之洪……………………………………………………（318）
　《觀物賦　并序○己未》………………………………（319）
丁范祖……………………………………………………（337）
　《鹿皮帶賦》……………………………………………（337）
成海应……………………………………………………（343）
　《綵花辭》………………………………………………（344）
李建昌……………………………………………………（348）
　《清川江賦》……………………………………………（349）

后记………………………………………………………（354）

前　言

　　中国与朝鲜、韩国不仅在政治和经济上联系紧密，文化交流更是源远流长，最早可以追溯到隋唐以前。在唐朝时期，朝鲜半岛的新罗国就曾专门派人到中国学习中国文化和治国策略，有些甚至直接照搬回国。因此，可以说古代朝鲜受中国文化的影响是非常深远的，这一点在古代朝鲜诗歌、散文、辞赋、小说、戏曲等文学作品中随处可见。而同时，崔致远、李齐贤等优秀作家也在中国历史上留下了足迹，《全唐诗》里就收录了崔致远的诗歌，他们的作品也影响着中国的诸多作家。因此加强对古代朝鲜文学的研究，对于中朝、中韩之间的文化对比研究以及进一步促进中朝、中韩的文化交流都具有十分重要的意义。

　　20世纪以来，中外学者对古代朝鲜文学的研究取得了丰硕的成果，尤其是在传统的诗歌、小说方面进行了深入细致的探讨和分析。在古代朝鲜文学中，除了大量的诗歌、小说、散文等作品之外，还有不少的辞赋作品，虽然其创作数量不及诗歌、小说那样多，但是它的文学价值却不容忽视。

一

　　"辞"、"赋"本来是两种不同的文体，属于"不歌而诵"不入乐的作品，其中"辞"最早源于屈原的《楚辞》，而"赋"这种文体最早则可以追溯到中国的战国时期。伟大的思想家、文学家荀子的《赋篇》，历来被认为是中国文学史上最早用"赋"来命名的作品，可谓是早期赋体文学的开山之作。继荀子之后，宋玉的《风赋》、《高唐赋》、《神女赋》、《登徒子好色赋》等则可以看成是"赋"走向成熟的承前启后之作。将"赋"推向巅峰的是汉代的大文学家司马相如，他的《子虚赋》、《上林赋》等作品奠定了汉赋在文学史上的地位。由于汉赋是直接受《楚辞》影响而产生的文体，汉代的许多作家又兼擅二体，因而出现了"辞""赋"并称的情况，如《史记·司马相如列传》中就有"景帝不好辞赋"这样的表述。

　　古代朝鲜辞赋来源于中国的辞赋。据记载，在统一新罗的初期，辞赋就已经传入。到了高丽中后期，辞赋的创作就已经初具规模了。资料显示，崔致远求学的晚唐时期，赋在当时的朝鲜并不盛行，律赋被用作功令文来使用，他的诗作流传很多，而其辞赋作品却只流传下来一篇律赋《咏晓》，由此可见一斑。

　　从名为《良镜诗赋》的歌来看，实际上在当时很多书生都写过赋，可是因为那些赋大部分都是律赋形式的功令文，所以也没有记录下来。

　　赋开始繁荣是在高丽光宗九年，随着科举制度的实施，诗、赋、颂和实务策被设定为考试科目，到了成宗的时候，50岁以下的文臣中，每月必须交三篇诗和一篇赋，甚至连地方官员每年都要交三十篇诗和一篇赋，由于这一规定，无论是仕宦还是学者，都开始了对诗赋的研究与创作，这样就促进了赋的发展。

　　高丽时代有记录流传下来最早的赋作品是金富轼的《仲尼凤赋》和《哑鸡赋》。前者通过"仲尼乃人伦之杰，凤鸟则羽族之王"等一系列对偶工整的对比，对孔子的德行进行赞颂；后者是借鸡讽谕了特定人物。从体式上看,两篇赋都属于抒情小赋。

从史料记录来看,流传下来最早的可以在严格意义上称得上是辞赋的,是李仁老的《和归去来兮辞》。这是按照陶渊明的《归去来兮辞》仿写的,它标志着辞赋开始向规范化、模式化的方向发展。

朝鲜朝初期,由于文人们受到高丽末期流行的比较性辞赋文风的影响,出现了许多与之类似的作家和作品。其中辞作品比较著名的有徐居正的《佛岩辞》和姜希孟的《远游辞》,成倪吊慰中国15位历史人物的《悲吊辞》以及吟唱老儒、老将、老宦、老商、老妓和老马的《老六辞》,卞季良的《内讼辞》和金时习的《析薪辞》。赋作品则有申叔舟的《八骏图赋》《雅乐赋》,金守温的《喜晴赋》《凤山赋》,姜希孟的《养蕉赋》,成三问的《梅竹轩赋》等。

到了朝鲜朝中期,赋作品仍然很多,如申钦的《归田赋》等5首,许筠的《东征赋》等9首,以及李荇的古赋体作品61首。可以说朝鲜朝初期和中期辞赋创作达到了高峰。但是到了朝鲜朝后期,辞赋逐渐走向衰落,创作辞赋的作家越来越少,然而这一时期还是有一些优秀的作家和作品,如金昌协的《悲松树赋》,丁若镛的《惜志赋》,成海应的《吊四皓赋》以及李建昌的《清川江赋》等。

古代朝鲜辞赋,从形式和内容上来看,总是在直接或者间接地模仿中国的辞赋。虽然在当时,辞赋的创作不过是为了体现作者自身的文采或应付考试,但是这些辞赋作品的文学价值却不容忽视。我们在阅读古代朝鲜辞赋的同时,不仅能够领略古代朝鲜优美的自然景色,同时还能感受到这些作家深刻的思想内涵和自强不息的民族精神,这对于我们研究中朝、中韩之间文化的联系具有十分重要的意义。

二

从时间上看,古代朝鲜辞赋是在新罗末期开始发展起来的。文学家、诗人崔致远就生活在新罗宪安王元年,在他的《孤云先生文集》(卷一)中留下了他唯一的赋作《咏晓》,这篇赋在形式上运用了唐代盛行的对偶以及换韵手法,属于律赋。

高丽王朝统治时期,文化繁荣,出现了很多优秀的作家,他们结合中国传统文化和自身的文化特点,创作出了众多汉文辞赋作品,为古代朝鲜辞赋增添了一抹亮丽的色彩。根据我们掌握的资料,高丽时期有辞赋传世的作家以及主要作品如下:

朝代/时间	作家	作品
文宗时期 (1047—1083年)	金富轼	《哑鸡赋》、《仲尼凤赋》
高宗时期 (1214—1259年)	李仁老	《和归去来兮辞》、《红桃井赋》、《玉堂柏赋》
	李奎报	《畏赋》、《梦悲赋》、《放蝉赋》、《祖江赋》、《春望赋》、《陶罂赋》
	崔滋	《三都赋》
辛禑时期 (1374—1389年)	李达衷	《础赋》、《思亭赋》
	郑枢	《六友堂赋》
恭让王时期 (1390—1392年)	郑梦周	《思美人赋》
	李崇仁	《哀秋夕辞》
	李穑	《山中辞》、《闵志辞》、《东方辞》、《自讼辞》、《永慨辞》、《观鱼台小赋》、《雪梅轩小赋》
	郑道传	《梅川赋》、《新雪赋》、《大瑰赋》、《墨君赋》、《八骏赋》、《江之水辞》

公元1392年到1910年,为朝鲜朝的统治时期。朝鲜朝时期文学发展很繁荣,此时,辞赋也有了突飞猛进的发展,优秀的辞赋作家和作品层出不穷,为朝鲜朝文化的多元化发展提供了养分。由于朝鲜朝时期流传的辞赋作品较多,这里就不一一列举了,仅按时间顺序将这一时期的主要作家统计如下:

朝代/时间	作　家
世宗时期 (1418—1450年)	卞季良、柳方善等
瑞宗时期 (1452—1455年)	尹祥等
世祖时期 (1455—1468年)	朴彭年、成三问等
成宗时期 (1469—1494年)	金守温、李石亨、申叔文、李承召、姜希孟、金时习、南孝温、孙舜孝等
燕山君时期 (1494—1506年)	成侃、金馹孙、李穆等
中宗时期 (1506—1544年)	李宜茂、丁寿岗、徐居正、李鼋、申用溉、洪彦忠、朴祥、沈义、金安国、李荇、朴訚、李籽、梁彭孙、赵光祖、韩忠、金绿、徐敬德、金义贞、金缘、文敬仝、严昕等
明宗时期 (1545—1567年)	申光汉、李彦迪、闵齐仁、周世鹏、李滉、罗世缵、罗湜、赵昱、崔演、金麟厚、丁熿、朴云、宋希奎、李元孙、李润庆、朴全等
宣祖时期 (1567—1608年)	成守琛、宋纯、李浚庆、林薰、曹植、李桢、卢守慎、朴承任、杨士彦、李之菡、林芸、卢禛、金贵荣、梁应鼎、康惟善、吴健、金隆、具凤龄、文益成、朴光前、具思孟、金富伦、权好文、金孝元、高敬命、宋翼弼、李济臣、李珥、郑澈、金千镒、赵宗道、李山海、金诚一、郑寿、河沆、金宇颙、李德弘、李鲁、曹好益、林悌、许筠、李廷立、李春英、安德麟、李忔等

(续表)

光海君时期 (1608—1623年)	金玏、郑述、成汝信、朴而章、闵仁伯、高尚颜、韩应寅、河受一、车天辂、裴龙吉、金涌、姜沆、卢景任、许筠、李时发、任叔英、吴长、宋邦祚等
仁祖时期 (1623—1649年)	李好闵、张显光、赵靖、朴仁老、郑经世、许简、张兴孝、申钦、赵纬韩、郑蕴、李民宬、李安讷、赵缵韩、金奉祖、李民寏、赵希逸、申敏一、郑弘溟、李植、张维、金烋、金安节、姜籀、金中清、朴敏、金宁、赵亨道、郑佺、都圣俞、朴弘美、郑允穆、权涛、申楫、吴达济等
孝宗时期 (1649—1659年)	鲜于浹、李明汉、金庆余、河溍、朴寿春、裴尚龙、郑荣邦、金光煜等
显宗时期 (1659—1674年)	尹善道、李敏求、河弘度、申翊全、俞棨、朴长远、金佐明、李徽逸等
肃宗时期 (1674—1720年)	许穆、姜柏年、洪宇远、宋时烈、尹镌、李翔、李玄逸、闵鼎重、申晸、尹拯、宋奎濂、李敏叙、金锡胄、申翼相、赵持谦、李箕洪、权斗寅、吴道一、崔锡鼎、金昌集、林泳、金昌协、徐宗泰、宋徵殷、朴泰辅、李玄祚、金镇圭、金柱臣、任守干、崔昌大、申靖夏等
景宗时期 (1720—1724年)	洪世泰、权斗经、朴光一、宋相琦、李颐命、申益愰等
英祖时期 (1724—1776年)	李栽、蔡彭胤、李光庭、赵泰亿、郑来侨、李瀷、韩元震、蔡之洪、姜再恒、吴光运、赵观彬、赵显命、赵龟命、南有容、金道洙、黄景源、任希圣、申景濬、徐命膺、庄宪世子等
正祖时期 (1776—1800年)	李敏辅、李献庆、吴载纯、黄胤锡、李种徽、朴胤源等
纯祖时期 (1800—1834年)	丁范祖、洪良浩、俞汉隽、朴准源、柳得恭、李晚秀、车佐一等
宪宗时期 (1834—1849年)	赵秀三、南公辙、成海应、丁若镛、朴允默、洪奭周、金迈淳等

(续表)

哲宗时期 (1849—1863年)	洪直弼、成近默等
高宗时期 (1863—1907年)	郑元容、任宪晦、金平默、朝章锡、许薰、许愈、宋秉璿、李种杞、李建昌等
纯宗时期 (1907—1910年)	李沂、郭种锡、曹兢燮等

从作品的题材和主要内容上看,古代朝鲜辞赋涉及到了很多方面的内容,具有很高的研究价值。中国古代最初对赋进行分类的是班固的《汉书·艺文志》。他在《诗赋略》中将赋分为四类:屈原赋、陆贾赋、孙卿赋和杂赋。继《汉书》之后,《昭明文选》重新对赋进行了分类。在《文选》中,萧统根据赋的题材对赋进行了详细的划分,包括:京都、郊祀、耕籍、畋猎、纪行、游览、宫殿、江海、物色、鸟兽、志、哀伤、论文、音乐和情15种,后世的大多赋集,基本上采用了这种分类。到了宋代编选的《文苑英华》,将赋分为42类。清代陈元龙编的《历代辞赋》则将赋分为38类,而清人所编的《分类赋学》,更是将赋细分成150余种。由于分类名目较多,想要以此详尽地探讨古代朝鲜辞赋在题材方面的情况,是很难准确的,所以在这里就只举其大要,将古代朝鲜辞赋从体物类、纪事类和抒情类三个大方面予以分类,以管窥豹,以求对古代朝鲜辞赋的内容和题材有一个大体的了解。

类型		作 品
体物类	天地风云	金守温《喜晴赋》;成侃《瞻云辞》;李荇《云赋》;闵齐仁《风赋》;宋纯《寰宇赋》、《雷电赋》;罗世缵《御风赋》;金麟厚《落霞赋》;林芸《时雨赋》;高尚颜《笑牵牛赋》;张显光《日食赋》;赵缵韩《雷赋》;李植《大风赋》;张维

(续表)

		《雪赋》、《雷赋》；朴长远《风神赋》；朴胤源《云赋》；金迈淳《遣彗赋》；朴敏《风赋》等
四季物候		李奎报《春望赋》；李宜茂《喜雨赋》；丁寿岗《立春赋》；李穆《立春赋》；赵光祖《春赋》；闵齐仁《咏雪赋》；崔演《雪赋》、《喜雨赋》；权好问《颜子春生赋》；高敬命《秋霜赋》、《雪寒赋》；李安讷《雪赋》；金迈淳《清暑赋》；郭种锡《春雨赋》等
海河山谷		李奎报《祖江赋》；郑道传《江水之辞》；金守温《凤山赋》；李承召《椒水赋》；金时习《宵山赋》；成侃《假山石赋》；梁彭孙《崖山赋》；申光汉《水赋》；闵齐仁《白马江赋》；周世鹏《毗卢峰赋》、《愚溪赋》；罗世缵《长江天堑赋》；金麟厚《武夷山赋》；金诚一《首阳山赋并序》；张维《鸟岭赋》；朴长远《曲江赋》；金锡胄《昆明池赋》；许愈《龙湖赋》；李建昌《清川江赋》等
京邑宫苑		崔滋《三都赋》；朴彭年《集贤殿》；李穆《弘文馆赋》、《三都赋并序》；沈义《广寒殿赋》；朴光前《宫市赋》；许筠《东林城赋》；李民宬《揖仙亭赋》；郑元容《皇南殿赋》等
亭楼庙宇		李穑《观鱼台小赋》；成三问《梅竹轩赋》；李宜茂《花石亭赋并序》、《平乘楼赋》、《清州望仙楼赋》；丁寿岗《卫将军庙赋》、《凌歊台赋》；金驲孙《聚星亭赋》；沈义《醉翁亭赋》；李荇《白帝庙》；闵齐仁《戏马台赋》；宋纯《剑阁赋》；梁应鼎《泰伯庙》；李珥《镜浦台赋》；朴光前《鲍石亭赋》；河受一《忠烈庙赋》；许筠《竹楼赋》；李时发《夕阳亭赋》；赵缵韩《罗池庙赋》；尹善道《登醉仙楼赋》；河弘度《不易心亭赋》；金烋《铁笛亭赋》；朴长远《昭阳亭赋》、《岘山亭赋》；李敏叙《关王庙赋》；权斗寅《天渊台赋》；庄宪世子《凌虚亭赋》；李晚秀《鹿车亭赋》；朝章锡《擎天台辞》等

（续表）

	器具事物	李奎报《陶甖赋》；朴彭年《八骏图赋》；徐居正《青山白云图辞》；成俔《华表柱赋》；南孝温《屋赋》、《药壶赋》；洪彦忠《灵寿杖赋》；沈义《石虚中赋》；金安国《庆云图》；李荇《南薰琴》、《鼎》、《文房四友》；闵齐仁《酒赋》、《和氏璧赋》、《望夫石赋》；宋纯《石髓赋》；朴光前《醉石赋》；宋翼弼《影赋》；赵缵韩《春郊牧牛图赋》；赵希奭《挂瓢赋》；张维《三寅剑赋》；金庆余《游仙枕赋》；金锡胄《八阵图赋》；姜再恒《箕田图赋》；南有容《镜赋》；庄宪世子《太极赋》、《八卦赋》等
	果木花草	李宜茂《隋堤柳赋》；南孝温《大椿赋》；李穆《茶赋》；朴祥《海棠》；沈义《蟠桃赋》；金安国《冻梅赋》；李荇《孔明庙柏》；申光汉《木赋》；宋纯《荆树赋》；林芸《老桐》；吴健《收野梅》；李山海《盆松赋》；朴而章《芝兰赋》；卢景任《最晚黄辞》；李安讷《东门柳赋》；吴达济《空心柏》；金镇圭《笋赋》；李颐命《梅赋》；任宪晦《梅赋》；许薰《菊赋》；李建昌《芭蕉赋》等
	鸟兽鱼虫	金富轼《哑鸡赋》；徐居正《蝙蝠赋》、《四灵辞》；成俔《涸泽鲋赋》、《瑞凤赋》；李穆《永州蛇赋》、《姚家燕赋》；李荇《土牛》、《骥尾蝇》、《土龙》；金绿《蟋蟀赋》；林薰《蜗》；崔演《冥鸿》；康惟善《蜘蛛隐赋》；李珥《青蝇赋》；金诚一《无肠公子辞并序》；赵纬韩《海大鱼赋》；李安讷《孔雀赋》；赵缵韩《蟭螟赋》；张维《蛙鸣赋》；赵龟命《红鹦鹉赋》；庄宪世子《菊花赋》；柳得恭《蚊赋》、《蛙赋》、《啄木鸟赋》；南公辙《秋萤赋》等
纪事类	纪行游览	柳方善《访圃隐先生旧居》；申叔舟《日本国栖芳寺遇真记》；徐居正《次韵祁户部大平馆登楼赋》；李承召《远游辞》；成俔《游三日浦赋》；金馹孙《游月宫赋》；李穆《七宝亭赏莲辞》；申光汉《登楼赋》；李瀣《登单于台赋》；丁熿《航海赋癸丑》；赵缵韩《次雪霁登楼韵赋》；申晸《次登楼赋》；金锡胄《醉游吴工台赋》等

(续表)

山水田园	徐居正《山中之乐辞》;成侃《万景台观海涛赋》;李宜茂《雨霁游山赋》;朴祥《登泰山小天下赋》;李荇《登瀛洲》;李耔《游海赋》;罗世缵《次张平子归田赋》、《稼穑惟宝赋》;林薰《秧马》;李珥《游伽倻山赋》;许禛《卧游名山赋》;张兴孝《游玉山赋》;申钦《归田赋》;赵缵韩《游枫岳赋》;金堉《登海峤赋》;李栽《游山中辞》;赵龟命《三游西溪赋》;曹兢燮《泛舟洛江赋》;文敬仝《游清凉山赋》;都圣俞《西湖舟行赋》等
丧吊祭祀	徐居正《次韵祈户部谒箕子祠赋》、《悲义冢辞》、《悲击筑辞》、《吴居士哀辞》;金时习《哀贾生赋》;成侃《悲吊赋》;丁寿岗《吊长平坑卒赋》、《哀茂陵赋》;金馹孙《朴希仁哀辞》、《赵伯玉哀辞》;朴祥《吊五王》、《哀大鸟》;李荇《哭秦廷》、《吊三元帅》、《吊扶苏》;申光汉《哀三良赋》;金麟厚《吊比干赋》、《吊申生辞》;朴承仁《哭子仪墓赋》、《吊三元帅赋》;康惟善《桑林祈雨赋》;李珥《祭湘灵辞》;郑崐寿《谒夷齐庙》;韩应寅《哭江心寺》;河受一《次金而信吊南秋江赋》;李春英《次吊箕子墓赋》;李民宬《环冢泣雷》、《吊混沌死辞》;金奉祖《悯忠赋》;李民寏《义牛冢》;赵希逸《遣使祭碧鸡赋》、《永昌大君挽词》;张维《怀同甫赋》、《吊箕子赋》;金锡胄《罗池庙迎送神辞》、《祀乔山赋》、《玉环殉墓赋》;吴道一《交山途中遇雨,马上口占祈晴辞》;洪良浩《祈晴赋》;成海应《吊四皓赋》、《吊弓裔赋》;金平默《吊唐潮州刺史朝文公》;朴敏《痛苦昭烈庙》;赵亨道《秋夜祭北斗赋》等
军事征战	成侃《驻华山赋》、《北征赋》;朴祥《平倭》;沈义《筑长城赋》;李荇《缟素三军赋》;崔演《三代之兵若时雨》;康惟善《一将功成万骨枯赋》;朴光前《屯田赋》;曹好益《西征赋》;河受一《东征赋》;许筠《东征赋》;赵希逸《百翎贯寨赋》;李敏求《南征赋》;金庆余《安民是甲兵赋》;金昌协《东征赋》;宋秉璿《西征赋》等

(续表)

抒情类	怀才不遇	郑梦周《思美人赋》;金时习《拟离骚》;李𪓫《述志赋》;沈义《山木自寇赋》、《思美人辞》;李荇《挂冠东门》;申光汉《和离骚经》;李彦迪《问津赋》;闵齐仁《行路难辞》;宋纯《礼数困英雄赋》;罗世缵《天鉴余赋》、《不得于君则热中赋》、《掇峰赋》;李浚庆《泪赋》;丁熿《述怀赋》;康惟善《进击磐襄入海岛赋戊申作》;金隆《恨赋》;郑澈《鸣琴百泉上》;李安讷《次王粲登楼赋韵》;赵缵韩《临河叹赋》;权斗经《次感士不遇赋》等
	安贫乐道	徐居正《采薇辞》;金时习《析薪辞》;成侃《次归去来辞》;沈义《画二牛赋》;李荇《岁寒松柏》、《幽兰在空谷》、《蟋蟀俟秋吟》;申光汉《和归去来辞》;宋纯《兰芝在处芳赋》;周世鹏《首阳山赋》;罗世缵《穷不失义赋》;李桢《莲潭辞丁未》;丁熿《别知赋》;李之菡《次陶靖节归去来辞》;康惟善《一杆渔父傲三公赋》;吴健《泽雉》;朴光前《大丈夫赋》;权好问《不唾青城地》、《灌园赋》;金孝元《陋巷琴赋》;郑澈《愿埋首阳山赋》;曺好益《幽居赋》;张显光《冶隐竹赋》;金涌《病鹤赋》;姜沆《芝兰不以无人而不芳赋》;赵缵韩《采菊东篱下赋》;金𡒒《归山居赋》;金锡胄《采薇歌赋》等
	述道明志	李穑《闵志赋》、《永慨赋》、《自讼赋》;姜希孟《解嘲辞》、《养蕉赋》;成侃《六老辞》;南孝温《得至乐赋》;丁寿岗《治国如治病赋》;金驲孙《疾风知劲草赋》;李贤辅《天下中庸赋》;李穆《虚室生白赋》;朴祥《拟自悼赋》、《为善最乐》;金安国《凤凰池赋》;李荇《君子不器》、《六经圣道之垣》、《一治一乱》、《义不帝秦》;梁彭孙《愚赋》;韩忠《寿域赋》;闵齐仁《大德敦化赋》;宋纯《用人如用医赋》、《务广地者荒赋》;周世鹏《何必曰利赋》;罗世缵《大圣无作赋》、《射者仁之道赋》、《君犹舟赋》;崔演《玉不琢不成器》、《宰相须用读书人》;金麟厚《孝赋》;卢守慎《孝悌赋》;林芸《道心惟微》;卢禛《三无私赋》;梁应鼎《大匠不弃材》;具凤龄《大音希声

(续表)

	赋》；朴光前《正心赋》、《致思如掘井赋》；金富伦《志士惜日短》；权好问《知止不殆赋》；李山海《满招损赋》；李德弘《阴阳互根》；李鲁《精诚通于金石赋》；朴而章《天门街看花赋》；张显光《观物赋》、《世上如无人欲险》；韩应寅《三年不下楼》；河受一《学原于思赋》；金涌《不二室赋》；赵纬韩《逸者人君大戒赋》；郑蕴《立大事者，以人心为本》、《少欲觉身轻》；赵希奭《草不谢荣于东风赋》；金庆余《贤者国家之舟骥赋》、《耀德不观兵赋》；黄㽞《力学足以破愚》；金锡胄《老骥伏枥赋》；宋希奎《外宁必有内忧赋》；金宁《愿蹈东海》；朴寿春《叹幽兰》；权涛《身疾喻朝政》等
离愁别绪	朴彭年《次别知赋送李古阜赋》；徐居正《次韵张左副送别辞》、《送一庵专上人辞》；金馹孙《感旧游赋送李仲雍》、《拟别知赋送姜士浩》；沈义《送成蕡仲辞》、《送二疏归乡辞》；罗世缵《次别知送权公》；金麟厚《别李上舍辞》；赵希奭《一揖登舟赋》；金烋《送鲜于遁庵还关西赋》；朴泰辅《送林德涵归关东赋》；吴光运《别赋》；郑允穆《别离辞寄权子夏》；金光煜《惜别歌》等
惜春悲秋	李崇仁《哀秋夕辞》；丁寿岗《悲清秋赋》；金馹孙《秋怀赋》；朴闇《次李白惜余春赋》；梁彭孙《和悲清秋赋》、《和感秋赋》；金绿《秋声赋》；崔演《春愁》；严昕《次哀秋夕辞》；金麟厚《七夕赋》；李济臣《惜余春辞》；李安讷《樽酒乐余春赋》；宋时烈《次感春赋》；尹镌《春日有感》；李箕弘《感春赋》；姜再恒《秋怀赋》；李沂《伤春赋》等
借古抒怀	金时习《斩衣赋》；申用溉《焚书坑儒赋》、《饿死台城赋》；李荇《哀晁错》、《马嵬驿》、《薏苡化明珠》、《击筑》；金绿《过秦赋》；闵齐仁《哀六国赋》、《全璧归赵赋》；宋纯《哀纪信赋》；曹植《军法行酒赋》；崔演《哀介子推》；李桢《代晁错洗冤赋》；赵缵韩《拔剑起舞赋》、《射石虎赋》、《赤壁赋》；赵希逸《青梅煮酒论英雄赋》；郑弘溟《揽涕黄金台》；河弘度《寒素清白浊如泥》、《不问苍生问鬼神》等

三

在相当长的时期内,中国对辞赋的研究相对沉寂,而在20世纪80年代后,对辞赋的研究则应时兴起,受到了学者们的关注,出现了很多辞赋研究论文和与辞赋有关的专著。随着对辞赋研究的深入展开,深受中国传统文化影响的朝鲜、韩国、日本、越南等国也展开了对本国古代辞赋的研究。

古代朝鲜辞赋研究起步较晚,直到20世纪末期中外学者才开始关注这一领域,相比于古代朝鲜诗歌、小说研究取得的丰硕成果,辞赋的研究一直没有得到足够的重视。但是在古代朝鲜大量的辞赋作品中不乏上乘之作。所以,对古代朝鲜辞赋的研究不仅可以丰富对古代朝鲜汉文化的研究,更可以促进中韩、中朝古代文学的对比研究。

到目前为止,已经召开了八届国际辞赋学学术研讨会(以下简称研讨会),这对古代朝鲜辞赋研究具有重要意义。

第一届研讨会由于资料有限,其具体内容不详。第二届研讨会于1989年10月在四川江油召开,这次会议虽然没有关于古代朝鲜辞赋的研究,但是为古代朝鲜辞赋的研究提供了很多方法以及研究视角。从1996年12月在台湾政大召开的第三届研讨会开始,古代朝鲜辞赋研究已经取得了一定的成绩,虽然在这次会议上只有1篇古代朝鲜辞赋研究论文参与研讨,但却为古代朝鲜辞赋的研究打下了良好的基础。而在1998年10月于南京召开的第四届研讨会上,已经涉及到了"辞赋的名实与渊源"、"辞赋的历史与演变"、"辞赋文献的考订与研究"、"辞赋理论的探讨"、"辞赋与其它学科的交叉研究"、"由辞赋研究引出文学史相关问题的思考"、"中外辞赋比较"与"当代赋学史的回顾与总结"八个方面的内容，其研究范围较前有了明显的拓展，对各国辞赋的研究起到了积极的推动作用。第五届研讨会是2001年11月在漳州召开的，会议重点讨论了辞赋与文化、辞赋作家作品、辞赋理论、辞赋的界定、域外辞赋研究评介与辞赋对文学自觉的影响等方面的问题。其中域外辞赋研究评介主要就是对古代朝鲜辞赋的研究，这标志着古代朝鲜辞赋研究已经进入了系统化和专门化的阶段。于2004年10月在成都召开的第六届研讨会上，中韩、中朝赋家赋作的横向比较研究是本次会议个案研究中的一大亮点。会上曹虹介绍了朝鲜海东徐氏仿陶渊明《归去来兮辞》的次韵之作，金周淳将陶渊明的《归去来兮辞》与申钦的仿作进行比较研究，白承锡对高丽朝汉文文学独盛局面、中国式科举、汉文赋作的状况作了全方位的介绍，这对于古代朝鲜辞赋的研究具有深远的影响。于2007年8月在兰州大学召开的第七届研讨会上，金周淳就《和归去来兮辞》创作背景与内容等作了论析，熊良智关于奎章阁本《文选·魏都赋》注者题录进行了考察，这些都是对古代朝鲜传统赋学研究视野的开拓，标志着古代朝鲜辞赋的研究进入了一个宽阔的研究领域。在2009年11月，由云南大学中文系和楚雄师范学院中文系共同主办的第八届研讨会上，金昌淑《反归去来辞》也在对古代朝鲜辞赋的研究中独树一帜，为古代朝鲜辞赋研究开辟了一个新视角。研讨会的召开对古代朝鲜辞赋的研究具有极其重要的意义，它不仅为古代朝鲜辞赋的研究指明了方向，更促进其向更宽广的研究领域迈进。

除此之外，一些专著和学术论文也对古代朝鲜辞赋的研究具

有积极的意义,按时间先后顺序排列如下:

1. 金镇英《李奎报文学研究》(集文堂.1984)该文对李奎报的辞赋作品作了专门的论述。

2. 姜晢中《高丽时代律赋研究》(《韩国汉诗学会第九次研究发表大会论文集》,首尔:庆南大学,1991)。

3. 金星洙《朝鲜辞赋理解》(首尔:国学资料院,1996)。

4. 曹虹《略论中国赋的感春传统及其在朝鲜的流衍——以朱子〈感春赋〉与宋尤庵〈次感春赋〉为中心》(《南京大学学报(哲学人文科学社会科学版)》2000年第1期)以及《苏轼〈赤壁赋〉与赵缵韩〈反赤壁赋〉》(《古典文献研究》总第六辑.江苏古籍出版社.2003年1月)。在前一篇论文中,曹虹通过对朝鲜朝中期儒学家宋尤庵的《次感春赋》精神境界与情理容量上的分析,探讨了赋的感春传统在朝鲜的流衍这一颇具文化意蕴的文学现象。

5. 于春海《许筠〈思旧赋〉意旨探微》(《东疆学刊》2005年第3期)。该文将朝鲜朝中期著名的文学家、思想家许筠创作的《思旧赋》与中国魏晋时期"竹林七贤"之一的向秀的《思旧赋》进行对比,指出了许筠在赋作中所表现出的高尚节操以及娴熟的艺术表现手法和深厚的汉语言文学功底。

6. 韩国东国大学中文系的白承锡在《高丽朝辞赋综论》(《四川师范大学学报(社会科学版)》第32卷第1期2005年1月)中,对高丽朝时期的文人的辞赋作品从内容和体式上进行了细致的分析,对古代朝鲜辞赋的研究作出了重要的贡献。

7. 韩国学者金成洙2006年发表的《申光汉辞赋作品中的浪漫和追慕主题》和于2008年发表的《申光汉辞赋作品中的赞颂和修身主题》,对申光汉的辞赋作品进行了细致的探讨。他的《李荇

〈哀朴仲说辞〉考》和《张维辞赋作品中的修身、颂祝和咒术》,也对古代朝鲜辞赋的研究做了积极的贡献。

8. 在2007年韩国庆州举行的"屈原及楚辞国际学术讨论会"上,韩国学者李钟灿的《辞赋的变迁和朝鲜的辞赋文学》考察了辞、赋、骚的名称、体制、始源和类型,从而展示了辞赋变迁的线索和朝鲜辞赋文学的渊源。

9. 韩国学者金镇庆于2008年发表的《许筠赋呈现的主题模式——以海东辞赋作品为中心》,主要对许筠辞赋作品中所表现出的主题进行了分类,并对其创作特点进行了具体分析。作者认为许筠赋的主题可以分为三类,一是对不和谐世界的失落感,二是对人类生命有限性的悲哀,三是对美好世界的向往。并认为许筠辞赋的创作特点则是浓郁的抒情性。

10. 权赫子在《朝鲜时代科试律赋考述》(《东疆学刊》2010年第3期)一文中论述了朝鲜时代的科举考辞赋,并对其体式和特点进行了探讨。

此外,延边大学中国古代文学专业的师生们对古代朝鲜辞赋的研究也做了积极的努力,如于春海等人对《朝鲜文集丛刊》中的赋进行了汇编和整理,延边大学中国古代文学硕士研究生张楠、孙学敏、杨楠、王滢等人撰写的硕士毕业论文,对许筠、李奎报、李穑、李珥等人的辞赋进行了有意义的探讨。

到目前为止,对古代朝鲜辞赋的研究虽然取得了一些成绩,但是还远远不够,在这一领域仍然有很多空白等待着后人去填补、去完善。我们有理由相信,随着研究视野的不断拓宽、研究水平的不断上升,我们对古代朝鲜辞赋的研究一定会取得更大的成绩。

由延边大学于春海教授主编的《古代朝鲜辞赋解析》,对古代朝鲜辞赋从作家的生平、作品的题解、注释、翻译以及赏析等方面入手，详尽地释读了大量的古代朝鲜辞赋作品，虽然存在很多疏漏，甚至错误的地方，但这件事尚无人去做，我们做了，应该说是很有意义的。相信《古代朝鲜辞赋解析》的问世，会对古代朝鲜辞赋的研究乃至域外汉文学的研究起到积极的推动作用。

于春海

2011年6月6日

崔 致 远

【作家简介】

　　崔致远(857~?),字孤云,857年(新罗宪安王元年)生于京都沙梁部。新罗末期人,是朝鲜历史上第一位留下了个人文集的大学者、诗人,一向被古代朝鲜学术界尊奉为汉文学的开山鼻祖,有"东国儒宗"、"东国文学之祖"的称誉。晚年归隐,不知所终。

　　崔致远在中国生活了16年,前七八年是在长安、洛阳求学,后来则先后在溧水、淮南为官。他28岁回新罗,在新罗王朝担任要职。崔致远一生文学创作不断,曾经将自己的佳作汇编入《桂苑笔耕集》20卷行世,后被收在《四库全书》中。范文澜先生曾对《桂苑笔耕集》给予了很高的评价,说它是"一部优秀的文集,并且保存了大量史事"。由于在文学上的极高成就,崔致远得到了古代朝鲜的尊崇,死后被追谥文昌侯,入祀先圣庙庭,被尊为"百世之师"。

　　崔致远诗歌中一些有社会意义的作品,大多是他回国之后创作的。新罗末年,社会混乱,到处爆发农民起义。他的诗歌虽然没有直接反映这些尖锐的社会问题,但是已经和前期不同,有些作品反映出乱世的黑暗和污浊的社会面貌。《寓兴》一诗,写冒险家、名利之徒"轻生入海底"的丑态。五言律诗《古意》,以拟人化的手法,写狐狸变作美女、化为书生以欺骗世人,讽谕某些人的伪善面目。《蜀葵花》对地位卑贱者表示同情,影射新罗严格的等级制度。《江南女》可能创作于其在中国生活期间,描写富家女儿娇纵放荡的生活,同情"终日弄机杼"的贫家少女。《三国史记·乐志》载有他的《乡乐杂咏五首》,具体生动地描写了"金丸"、"月颠"、"大面"、"狻猊"、"束毒"等五技演出的盛况,是研究古代朝鲜歌舞的珍贵资料。

崔致远的著作有《私试今体赋》1卷,《五言七言今体诗》1卷,《杂诗赋》1卷,《中山复篑集》5卷(任溧水县尉时作品),只有诗文集《桂苑笔耕》20卷收在《四库全书》中,还有少量诗歌收在《东文选》等书中传世。另外,《全唐诗》中也收录了他的一部分诗歌。现仅存的一篇赋作《咏晓》,是典型的唐代律赋,借写清晨景色,抒发作者崇尚自然、向往和平生活的思想感情。

【原文】

詠　曉

　　玉漏猶滴,銀河已回[1]。彷彿而山川漸變,參差而物像將開[2]。高低之烟景微分,認雲間之宮殿。遠近之軒車齊動,生陌上之塵埃[3]。晃蕩天隅,蔥籠日域[4]。殘星暎遠林之梢,宿霧斂長郊之色[5]。

　　華亭風裏,依依而鶴唳猶聞[6];巴峽月中,迢迢而猿啼已息[7]。隱暎青帘,村迥而鷄鳴茅屋。熹微朱閣,巢空而鶑語雕樑[8]。罷刁斗於柳營之內,儼簪笏於桂殿之傍[9]。邊城之牧馬頻嘶,平沙漠漠;遠江之孤帆盡去,古岸蒼蒼[10]。漁篴聲瀏,蓬艸露瀼[11]。千山之翠嵐高下,四野之風烟深淺。誰家碧檻,鶯啼而羅幕猶垂[12]。幾處華堂,夢覺而珠簾未捲。是夜寰縈曊,天地晴,蒼茫千里,瞳矓八紘[13]。潦水泛紅霞之影,疏鍾傳紫禁之聲[14]。置思婦於深閨,紗肉漸白[15]。臥愁人於古屋,暗牖纔明[16]。俄而曙色微分,晨光欲發,數行南飛之鴈,一片西傾之月。動商路獨行之子,旅館猶扃[17];駐孤城百戰之師,胡笳未歇[18]。砧杵聲寒,林巒影疏[19]。斷蛩音於四壁,肅霜華於遠墟。粧成金屋之中,青蛾正畫[20]。宴罷瓊樓之上,紅燭空餘[21]。

及其氣爽清晨,魂澄碧落[22]。藹高影於夷夏,蕩回陰於巖壑[23]。千門萬戶兮始開,洞乾坤之寥廓[24]。

【题解】

本文载于崔致远《孤云先生文集》第一卷,是崔致远现存作品中唯一的赋作。从体裁上看,这是一篇典型的晚唐时期的律赋。行文上讲究对偶,句式以四六为主。作品中通过描写清晨时的景色,抒发了作者崇尚自然、追求静谧的情趣以及向往和平生活的思想感情。

【注释】

[1] 玉漏:古代计时漏壶的美称。

［2］彷彿：似有若无貌；隐约貌。参(参)差：纷纭繁杂。
［3］軒車(轩车)：有屏障的车。古代大夫以上所乘,后亦泛指车。陌上：田间。古代规定,田间小路,南北方向叫做"阡",东西走向的田间小路叫做"陌"。
［4］晃蕩(荡)：形容空旷高远,空荡荡。天隅：犹天边。蔥籠(葱茏)：喻指朦胧。日域：日出之处,古代以喻极东之地。
［5］暎："映"的异体字,映照。宿霧(雾)：夜雾。
［6］依依：依稀的样子；隐约的样子。鶴(鹤)唳：鹤的叫声。
［7］巴峡：指四川巴县以东江面的石洞峡、铜锣峡、明月峡,即《华阳国志·巴志》所称的巴郡三峡。迢迢：道路遥远的样子。
［8］迥(jiǒng)："迥"的异体字,遥远；僻远。熹微：光线淡弱的样子。朱閣(阁)：红色的楼阁。
［9］罷(罢)：停止。刁斗：古代行军用具,斗形有柄,铜质。白天用作炊具,晚上击以巡更。柳营：汉周亚夫为将军,治军谨严,驻军细柳,号细柳营。后因称严整的军营为"柳营"。儼(俨)：恭敬庄重。簪笏：冠簪和手板。古代仕宦所用。桂殿：对寺观殿宇的美称。此处指朝廷。
［10］平沙：指沙原。漠漠：广阔的样子。蒼蒼(苍苍)：茫无边际。
［11］篴(dí)："笛"的古字,管乐器名。瀏(浏)：浏亮,明朗。瀼：露浓的样子。
［12］檻(槛)：栏杆。羅(罗)幕：丝罗帐幕。
［13］霽：疑为"霁",本指雨止。引申为风雪停；云雾散；天气放晴。曈曨(昽)：亦作"曈胧"。日初出渐明的样子。八紘(纮)(hóng)：八方极远之地。
［14］疎(shū)：同"疏"。潦水：雨后的积水。紫禁：古以紫微垣比喻皇帝的居处,因称宫禁为"紫禁"。
［15］囪(chuāng)："窗"的古体字。
［16］暗牖：光线不足的窗户。
［17］扃(jiōng)：关闭。
［18］孤城：边远的孤立城寨或城镇。胡笳：古代北方民族的管乐器。传说由汉张骞从西域传入。汉魏鼓吹乐中常用。
［19］砧杵：捣衣石和棒槌；亦指捣衣。林巒(峦)：树林与峰峦。泛指山林。
［20］墟：大丘；山。霜華(华)：皎洁的月光。粧：妆饰。青(青)蛾：指青年女子。

［21］瓊樓(琼楼)：形容华美的建筑物；诗文中有时指仙宫中的楼台。
［22］澄(chéng)：明净。碧落：天空；青天。
［23］藹(蔼)：笼罩；布满。高影：高处的水影。借指银河。巘(岩)壑：山峦溪谷。
［24］洞：明察；察看。寥廓：空旷深远。

【译文】

　　玉漏仍然在滴，银河却已经消逝。山川开始变化、若有若无，纷繁复杂的物象将要展现。云烟缭绕，朦朦胧胧依稀似见云间的宫殿。如同远方和近处的轩车都在动，田间生起了尘埃一般。空荡荡的天边，朦朦胧胧。残星远远地映照在树梢上，夜雾笼罩了远郊的景色。

　　（我）伫立在风中的华亭，隐约还可以听到鹤的叫声；月光下的巴峡，远远的几声猿猴的啼叫已经停止。青帝隐约映照，远远的村子中，鸡在茅屋下鸣叫。楼阁隐约可见，鸟儿离开巢穴在雕梁上歌唱。巡更后的刁斗摆放在军营内，俨然似大臣们手持着簪笏整齐地排列在宫殿的两旁。边疆的牧马频频嘶叫，广阔的沙漠一望无边；古老的河岸茫无边际，一叶孤舟在遥远的江中渐行渐远。渔笛声浏亮，蓬草上面露水浓浓。山中雾气四起，大地被风烟笼罩。谁家的碧色栏杆中，莺啼而丝罗幔帐却还未打开；几处富贵人家，梦醒而珠帘却未卷起。当夜群星萦绕闪烁，天地晴朗，千里苍茫，远方日初渐明。潦水上隐映着红光，紫禁城中响起了稀疏的钟声。思妇在深闺之中，纱窗渐渐泛白。愁闷的人躺在古屋中，窗户中刚出现光明。不久天色刚亮，晨光欲发，天空中有数行南飞的大雁，一轮逐渐西倾的明月。在商路上的游子动身启程，而旅馆的门还关闭着。驻扎在边远城寨的身经百战的军队，胡笳之声还没有停止。捣衣的声音让人发寒，山林中的树影稀稀疏疏。四壁中蟋蟀的叫声停止了,远山的月光也渐渐暗淡。美丽的女子正在金屋之中梳妆。琼楼上的饮宴结束之后,空空留下了红烛。

到了清晨,天清气爽,心神宛如青天一样澄净。夷夏大地被晨光笼罩,在山峦溪谷中摇动起或明或暗的光影。此时千家万户才打开大门,顿时感到乾坤显得空旷而深远。

【赏析】

面对拂晓前祥和宁静的景象,作者感慨万千,写下了这首千古名赋——《咏晓》。

从体裁上看,这是一篇典型的晚唐时期的律赋。行文上讲究对偶,句式以四六为主,如"华亭风里,依依而鹤唳犹闻;巴峡月中,迢迢而猿啼已息"。这种对偶的运用,使得文章朗朗上口。通篇只用几个韵脚,却字字珠玑,将清晨的大地景象描写得贴切生动。

本文运用了对比的手法。开篇即描写宫殿的静与轩车的动,并描写了鹤唳、猿啼、鸡鸣、莺语来表现日出之前大地的景象,接着想象边城之上,牧马嘶叫、兵士遥望,再到深闺之中,纱窗渐白,思妇愁苦,夜不能寐,而华堂之中珠帘未卷。作者借"罢刁斗于柳营之内"形容拂晓前的宁静,以"俨簪笏于桂殿之傍"借写大臣们上朝的排列,极写所见到景物的感受。这一系列的描写动静结合,虚实相间,由远及近,情景交融,把粗犷的边塞与曙色的宫殿对比,将深秋破晓前世间万物含而待发之情景表现得淋漓尽致。另外,文中通过日出前后,人世间由万籁俱寂至光照万家的祥和景象的描写,给人以强烈的视觉冲击感。作品通过歌咏日出,借清晨的景色,表现出作者崇尚自然、追求静谧的情趣及向往和平生活的思想感情。

化用典故也是本文的一个特色。"华亭风里,依依而鹤唳犹闻"化用"华亭鹤唳"这个典故。南朝宋刘义庆《世说新语·尤悔》:"陆平原河桥败,为卢志所谮,被诛,临刑叹曰:'欲闻华亭鹤唳,可复得乎?'"后人于是以"华亭鹤唳"来感慨对过去生活的留恋。再如"巴峡月中,迢迢而猿啼已息",化用郦道元对三峡的描述:"巴东三峡巫峡长,猿鸣三声泪沾裳。"借巴峡猿啼表现悲伤之情。"平沙漠漠"句,取自于岑参的诗句"君不见走马川行雪海边,平沙莽莽黄入天",借写边塞的环境表现戍边将士生存条件的艰苦。"砧杵声寒"出自李白的《子夜吴歌》"长安一片月,万户捣衣声",借捣衣声表现秋天清晨的肃穆景象。

总之,《咏晓》赋是新罗时期留传下来的唯一赋作,具有较高的艺术成就,对古代朝鲜辞赋创作产生了深远的影响。

金 富 轼

【作者简介】

金富轼(1075～1151),字立之,号雷川,本籍庆州,谥号文烈。高丽时期著名学者、政治家。1075年出生在开京的一个官僚家庭中,其先祖为新罗宗姓,其父祖皆在高丽时期为官。其父金覲通过科举走上仕途,曾任国子祭酒、左谏议大夫、礼部侍郎等职。因家学渊博,富轼兄弟五人除玄湛出家为僧外,其兄富弼、富佾和弟富辙皆"以文学进",先后通过科举考试步入仕途,并担任重要官职。

1096年(高丽肃宗元年),年仅21岁的金富轼科举及第,步入仕途,并经"考满"后进入翰林。金富轼汉学功底深厚,儒学造诣尤深。他对中国怀有相当友好的感情,自称曾三次奉使"上国",在当时高丽和大宋的文化交流中发挥了积极作用。1130年(高丽仁宗八年)授政堂文学,兼修国史,其后历任参知政事、中书侍郎、同中书门下侍郎、平章事等要职,是当朝的元老重臣。1135年(高丽仁宗十三年),金富轼挂帅征讨妙清叛乱,翌年凯旋,因功被仁宗封为"输忠定难靖国功臣",并授检校太保,两年后又加检校太师、集贤殿大学士、太子太师。1142年(高丽仁宗二十年),金富轼三次上表请求致仕,终于得到仁宗的批准。致仕后,奉命撰写国史,1145年(高丽仁宗二十三年),完成了50卷的《三国史记》的撰写工作,全书记述了新罗、百济、高句丽三国的史事,共有本纪二十八卷、年

表三卷、志九卷、列传十卷,其中最具文学价值的是列传部分。

金富轼生于高丽政局稳定、文化繁荣时期,死于社会矛盾趋于尖锐、统治阶级内部倾轧加剧、动乱频生的衰微时期。受正统儒家思想教育的金富轼一生忠于高丽王室。

金富轼的赋流传至今的有《仲尼凤赋》和《哑鸡赋》两篇,收录于《东文选》。

【原文】

仲尼鳳賦

仲尼乃人倫之傑,鳳鳥則羽族之王[1]。句其名之稍異,含厥德以相將[2]。慎行藏於用捨之閒,如知出處[3]。正禮樂於陵遲之後,似有文章[4]。夫子志在《春秋》,道屈季孟[5]。如非仁智之物,孰肖中和之性[6]。相彼鳳矣,有一時瑞世之稱[7]。此良人何?作百世爲師之聖[8]。于以其文炳也,吾道貫之[9]。揚德毛而出類,掀禮翼而聘時[10]。金相玉振之嘉聲,八音逸響[11]。河目龜文之偉表,五彩雄姿[12]。斯乃祖述憲章,東西南北[13]。蹌蹌乎仁义之藪,翔翔乎《詩》《書》之域[14]。過宋伐樹,應嫌棲息之危[15]。在齊聞《韶》,若表來儀之德[16]。則知非形之似,惟智所宜。游於藝而不游於霧,至於邦而不至於歧[17]。受饒瓦甌,乃是不貪之食[18]。興儒縫掖,那云何德之衰[19]?盖進退闇如,屈舒鴻彼[20]。程公傾盖兮,諒以不似[21]。伯鯉趍庭兮,堪云有子[22]。樂稱堯舜,歸好生惡殺之時[23]。無道桓文,遠毀卵覆巢之里[24]。

於戲! 巖巖德義,皓皓威儀[25]。高尼山之岐嶷,非丹穴之捿遲[26]。衰周之七十諸候,鴟梟竞笑。闕里之三千子弟,鳥雀相隨[27]。

小儒靑氈早傳,鏤管未夢[28]。少年攻章句之彫篆,壯齒好《典》《謨》而吟諷[29]。鑽仰遺風,勃深期於附鳳[30]。

【题解】

《仲尼凤赋》选自《东文选》。本赋把孔子比作凤凰,表达了作者对孔子及儒家思想的敬仰,继而对孔子的德行进行赞颂,最后表达了作者学孔、慕孔的志愿。这篇抒情小赋托物抒情,篇幅短小,句式以四六言为主,语言凝练。

【注释】

[1] 人倫(伦):指各类人。《荀子·富国》:"人伦并处。"王先谦集解:"伦,类也。"羽族:指鸟类。
[2] 句(gōu):查考。相將(将):相随;相近。
[3] 行藏:指出处或行止,常用以说明人物行止、踪迹和底细等。用:被任用。捨(舍):不被任用。出處(处):出仕和退隐。
[4] 正:改正。匡正。陵遲(迟):斜平;迤逦渐平;引申为衰颓。文章:礼乐法度。
[5] 屈:衰微。季孟:指春秋时鲁国贵族季孙氏和孟孙氏。

[6] 肖:仿效。中和:中庸之道的主要内涵。儒家认为能"致中和",则天地万物均能各得其所,达于和谐境界。性:此指天命。儒家认为,道的本原出于天,人禀赋此道就叫做性,性就是天命,道则是遵循天命。
[7] 相:质地;实质。《诗·大雅·棫朴》:"追琢其章,金玉其相。"一時(时):一代;当代。瑞世:犹盛世。
[8] 良人:指贤者。
[9] 炳:光明;显著。
[10] 德毛:比喻高尚的道德。
[11] 金相玉振:同"金相玉质",比喻文章的形式和内容都完美。嘉聲(声):美好的声誉。八音:中国古代对乐器的统称。逸響(响):奔放的乐音。
[12] 河目龜(龟)文:古指公侯或不寻常、出众的相貌。
[13] 祖述憲(宪)章:语出《礼记·中庸》:"仲尼祖述尧舜,宪章文武。"意为遵循尧舜之道,效法周文王、周武王之制。東(东)南北:此指孔子游说四方,宣传尧舜古德。
[14] 蹌蹌(跄跄):走动,步趋有节的样子。藪(薮)(sǒu):搜求。翽翽(huìhuì):鸟飞声。《诗》《書》(《诗》《书》):指《诗经》和《尚书》。
[15] 過(过)宋伐樹(树):语出《史记·孔子世家》:"孔子去曹,适宋,与弟子习礼大树下。宋司马桓魋欲杀孔子,拔其树。孔子去,弟子曰:'可以速矣!'孔子曰:'天生德于予,桓魋其如予何?'"文中化用这一典故,赞扬孔子不畏危险,坚持传道的精神。嫌:怨恨;不满。
[16] 在齊(齐)聞(闻)《韶》:语出《论语·述而》:"子在齐闻《韶》,三月不知肉味,曰:'不图为乐之至于斯也。'"文中化用这一典故,意在说明《韶》乐为德乐,这也是孔子尊《韶》、崇《韶》的原因之一。
[17] 游於(于)藝(艺):语出《论语·述而》:"志于道,据于德,依于仁,游于艺。"此艺指礼、乐、射、御、书、数。不游於(于)霧(雾):《毛诗名物解》引《淮南子》曰:"腾蛇游雾,而殆于蝍蛆。"谓无德无才而腾天游雾是危险的,所以不做这样的事。至於(于)邦:语出《论语·学而》"子禽问于子贡曰:'夫子至于是邦也,必闻其政。求之舆?抑与之舆?'子贡曰:'夫子温、良、恭、俭、让以得之。夫子之求之也,其诸异乎人之求之舆?'"歧:指歧路,即岔路。《论衡·率性》:"是故杨子哭岐道,墨子哭练丝也。盖伤离本,不可复变也。"此句是说孔子到一个国家是必然要听到那个国家的政事,而不是走到歧路闻听哀伤之音。

[18] 瓦甂(biān):古代陶制的扁形盆类器物,是一种简陋的器物。
[19] 兴(兴):提倡。缝(缝)掖:亦作"缝腋"。大袖单衣,古儒者所服。亦指儒者。
[20] 訚(訚)(yín):谦和而恭敬的样子。鸼(䲭)(yù):疾飞的样子。
[21] 程公倾(倾)盖:语出《孔子家语·致思》:"孔子之郯,遭程子于涂,倾盖而语,终日,甚相亲。"文中化用这一典故,体现了孔子真心交友,以诚相待的谦和态度。倾盖,车上的伞盖靠在一起。谅(谅):确实;委实。似:不相上下。
[22] 伯鲤(鲤)趋庭:伯鲤,孔子之子伯鱼。趋庭,亦作"趋庭"、"庭训"。趋,同"趋"。语出《论语·季氏》:"尝独立,鲤趋而过庭。曰:'学诗乎?'对曰:'未也。''不学诗,无以言。'鲤退而学诗。他日,又独立,鲤趋而过庭。曰:'学礼乎?'对曰:'未也。''不学礼,无以立。'鲤退而学礼。"这是孔子教导儿子孔鲤要学诗、学礼。后以"趋庭"为接受父亲教训的代称。文中化用这一典故,体现出孔子教子有方且有慈爱之心。
[23] 好生恶(恶)杀(杀):语出《孔子家语·好生》:"孔子曰:'舜之为君也,其政好生而恶杀。'"舜在做天子的时候,他的政治主张是爱惜生命,讨厌杀戮。文中化用这一典故,表现了孔子对尧舜政治主张的称颂。
[24] 桓文:春秋五霸中齐桓公与晋文公的并称。远(远):使……远。里:居住的地方。
[25] 於戯(wū hū):同"呜呼",感叹词。巖巖(岩岩):威严貌。德義(义):道德信义。皓皓:高洁貌。威儀(仪):指庄严的容止。
[26] 尼山:位于山东省曲阜市东南。岐嶷(qí nì):峻茂之状。丹穴:朱砂矿。棲遲(qī chí):游息。棲,"栖"的异体字。遲,"迟"的异体字。
[27] 候:通"侯"。鸱枭(鸱枭)(chī xiāo):鸟名,俗称猫头鹰,常用以比喻贪恶之人。阙(quē)里:孔子故里。
[28] 青氈(青毡):《晋书·王献之传》:"夜卧斋中而有偷人入其室,盗物都尽。献之徐曰:'偷儿,毡青我家旧物,可特置之。'群偷惊走。"后以"青毡"为儒者"故家旧物"之代辞。镂(镂)管:雕花的笔管。亦借指笔。
[29] 章句:古籍的分章分段和语句停顿。彫篆:指辞章。壯齒(壮齿):壮年。《典》《謨》(谟):《尚书》中《尧典》、《舜典》和《大禹谟》、《皋陶谟》等篇的并称。吟讽(讽):指有节奏地诵读诗文。
[30] 鑽(钻)仰:仰慕;敬仰。勃:奋发的样子。深:深切;甚。附鳳(凤):语出

《后汉书·光武帝纪上》:"天下士大夫捐亲戚,弃土壤,从大王于矢石之间者,其计固望其攀龙鳞,附凤翼,以成其所志耳。"后因以"附凤"指依附帝王以成就功业。

【译文】

孔子是人中之杰,凤凰则是鸟中之王。考察孔子与凤凰称誉稍有不同,所蕴含的品德相近。任用或不被任用都保持谨慎的行止,就像知晓出仕和隐退一样。匡正礼乐于衰颓之后,似乎才有了礼乐法度。在季孙氏和孟孙氏时道义衰微,于是孔子立志著《春秋》。如果不是仁义智慧之人,谁能仿效中和之性呢?质地与那凤凰一样,具有一代盛世的称誉。这位贤者是什么样的人?(人们)世世代代把他当做圣人去效法。因其文章颇具文采,道义贯穿其中。弘扬高尚的道德而超群出众,举起礼义之翼而驰骋于世。他文章的内容和形式都很完美,有美好的声誉,善于演奏奔放的音乐。(孔子)有公侯的仪表,雄姿英发。他遵循尧舜之道,效法文王和武王之制,四处漂泊。奔走在探求仁义的路上,翱翔在《诗》、《书》之域。过宋国经伐树之祸,应怨恨栖身的危险却无怨言。在齐国闻《韶》乐,像表达有凤来仪之德行一样。由此可知,(孔子和凤凰)并非形体相似,而是智慧相宜。游憩在礼、乐、射、御、书、数六艺之中而不游于虚妄的事中,到达邦国听其政事而不至于歧路闻听哀伤之音。虽陋器盛食,生活清贫,但却是不贪所得。提倡儒学,身着儒服,哪里能说(孔子)德行衰微呢?进退谦和恭敬,动作弯曲舒展敏捷。程公与孔子倾盖长谈,确实不相上下。孔鲤接受父亲的教导,说明(孔子)有慈爱之心。他喜欢称道尧舜,以返回好生恶杀的时代。无道的齐桓公和晋文公使覆巢毁卵之地更大。

唉！(孔子)道德信义威严，容止高洁。(孔子)比峻茂的尼山高大，(拜访它)不是到丹穴之类的山矿去游息。衰弱的周朝的七十个诸侯国，如同鸱枭的贪恶之人竞相取笑(孔子)，孔子家乡的三千弟子，如同鸟雀般竞相跟随(孔子)。

小儒我早年青毡家传，写文章的梦想未实现，少年开始专攻辞章，壮年喜好《尧典》《大禹谟》等篇章并且爱好吟诗。敬仰(孔子)遗风，发奋努力，深切期望能成就功业。

【赏析】

《仲尼凤赋》是金富轼的一篇传世佳作，虽然篇幅短小，只有358个字，但内容非常丰富，可谓内容与形式相得益彰。《仲尼凤赋》从体式上看，属于抒情小赋。全赋以四言、六言为主，又杂有七言、八言、九言，甚至十一言，句式灵活多变。

从赋题中"仲尼凤"三字可知，作者把孔子比作凤凰来歌颂，表达了作者对孔子及儒家思想的敬仰。赋的开篇首先指出"仲尼乃人伦之杰，凤鸟则羽族之王"，可见作者对孔子的评价是非常高的。接下来歌颂了孔子的德行及儒家的思想主张，其中包括孔子正礼乐、著《春秋》、倡仁义、遵尧舜、效文武、过伐宋、闻《韶》乐、友程公、教孔鲤等主要行为，通过这些事件的论述，歌颂了孔子高尚的品德，体现了儒家思想的精髓。同时，对当时七十诸侯国之人对孔子的讥笑进行批评，认为他们是"鸱枭"之辈。本赋的最后一段，作者描述了自己的成长、学习经历，表达了作者学孔、慕孔的志愿："钻仰遗风，勃深期于附凤。"

大量地运用典故是本赋的一大特色。如"过宋伐树"引用《史记·孔子世家》中的故事；"在齐闻《韶》"引用《论语·述而》中的故事；"程公倾盖"，引用《孔子家语·致思》中"孔子之郯，遭程子于涂,倾盖而语,终日,甚相亲"的故事。再如,"伯鲤趋庭",引用《论语·季氏》孔子教育儿子学诗、学礼的历史故事。作者还善于化用前人语句,如"祖述宪章"句出自《礼记·中庸》:"仲尼祖述尧舜,宪章文武。"如"好生恶杀"一句出自《孔子家语·好生》:"孔子曰:'舜之为君也,其政好生而恶杀。'"典故的运用使本篇赋意蕴增强,起到了含蓄洗练的作用。同时我们不得不为作者深厚的汉文学功底以及较强的语言运用能力所折服。

金富轼生活在高丽前期,政局稳定、文化繁荣,从小就开始学习中国文化,接受了正统的儒家教育,对儒家学派的代表孔子非常敬佩尊崇,因而写作此赋来歌颂孔子,表达其学孔、慕孔的志愿。

【原文】

啞鷄賦

歲崢嶸而向暮,苦晝短而夜長[1]。豈無燈以讀書,病不能以自強?但展轉以不寐,百慮縈于寸腸[2]。

想雞塒之在邇,早晚鼓翼以一鳴[3]。擁寢衣而幽坐,見牕隙之微明[4]。遽出戶以迎望,參昂澹其西傾[5]。呼童子而令起,乃問雞之死生。旣不羞於俎豆,恐見害於狸猩[6]。何低頭而瞑目,竟緘口而無聲[7]。《國風》思其君子,嘆風雨而不已[8]。今可鳴而反嚜,豈不違其天理[9]。與夫狗知盜而不吠,猫見鼠而不追。校不才之一揆,雖屠之而亦宜[10]。

惟聖人之教誡，以不殺而爲仁。倘有心而知感，可悔過而自新。

【题解】

《哑鸡赋》选自《东文选》，是一篇托物讽谕的抒情小赋。本赋以"哑鸡"为题，表面上是对"哑鸡"这一现象的描写与批评，实则是作者对当时人们不敢讲真话的畏祸心理的抨击，也是对自己的鞭策。全赋篇幅短小，却浓缩了诸多情愫，显得从容闲淡，文中含骈偶成分，恰到好处，毫无板滞雕饰之感。

【注释】

[1] 崢嶸（峥嵘）：不平凡；不寻常。暝（mù）：古同"暮"，夕；昏暗。
[2] 縈（萦）（yíng）：缭绕。寸膓（肠）：泛指胸臆，心间。
[3] 塒（埘）（shí）：墙壁上挖洞做成的鸡窠。鼓翼：指振翅。
[4] 寑（寝）衣：被子。幽坐：静坐。牕（chuāng）：同"窗"。
[5] 遽（jù）：遂；就。参（参）昴：参星和昴星。澹：恬静；安然的样子。
[6] 羞：进献食物。俎（zǔ）豆：俎和豆。古代祭祀、宴飨时盛食物用的两种礼器。貍（狸）猩：泛指猫。
[7] 緘（缄）口：闭口不言。
[8]《國風（国风）》思其君子，嘆（叹）風（风）雨而不已：语出《诗经·国风·郑风·风雨》："风雨凄凄，鸡鸣喈喈，既见君子。云胡不夷？风雨潇潇，鸡鸣胶胶。既见君子，云胡不瘳？风雨如晦，鸡鸣不已。既见君子，云胡不喜？"描述一个"风雨如晦，鸡鸣不已"的早上，一位女子苦苦思念自己的情人。文中反用这一典故，用《国风》中风雨交加的早晨鸡鸣不停，来反衬本文中鸡"缄口而无声"的现象，并指出这一现象违背天理。
[9] 嘿：古同"默"，不作声。
[10] 校（jiào）：考虑。揆（kuí）：揣测。

【译文】

时光飞逝又到了黄昏,使人苦于白昼短暂而黑夜漫长。难道是因为没有灯用以读书吗,还是忧虑(自己)没有能力去自强?辗转反侧难以入睡,百转千回的愁绪萦绕于心中。

想起鸡窝就在很近的地方,每天的早上和晚上,鸡都会振动翅膀鸣叫。我抱着被子静坐,看见从窗户缝隙透进的光亮。于是出门抬头望,星辰安然西落。呼唤童子起床,问鸡的死生。(鸡)不能作为用于进献祭祀的食物,又担心被猫所害。(鸡)为什么低头合眼,闭口无声。《诗经·国风》中女子思念君子,慨叹风雨不息,鸡鸣不已。如今鸡可以鸣叫却沉默,难道不是违背天理?就像狗知道有盗贼却不叫,猫见了老鼠却不追赶一样。按我不才的揣度,即使杀了它也是应当的。

按照圣人的教诲,以不杀为仁义。倘若它有心而能有所感知,就可以悔过自新。

【赏析】

《哑鸡赋》是金富轼所作的一篇优秀的抒情小赋,全赋共十五句一百八十三个字,句法大部分以六言为主,杂有少量的七言、八言,辞藻清新绮丽。

赋以"哑鸡"为题,通过对鸡不打鸣这一现象的描写与批评,抨击当时畏祸而不敢讲真话的病态现象。作者开篇慨叹岁月易逝,人生苦短,"岁峥嵘而向暝,苦昼短而夜长。"继而辗转反侧,难以入睡,披衣起坐,忽觉已是拂晓,到了鸡应该报晓的时间,但是鸡却没有像作者想象的那样按时报晓，反而闭口无声，这种反常的现象，并非只有鸡这一种动物，作者用了一个形象的比喻"狗知盗而不吠，猫见鼠而不追"。接下来反用《诗经·国风》中的典故"风雨如晦，鸡鸣不已"来反衬本文中鸡"缄口而无声"的现象，并指出这一现象是违背天理的。

《哑鸡赋》表面写鸡"缄口而无声"，实则是在抨击当时人们不敢讲真话这一社会现象，同时也是对作者自己的鞭策，体现了儒家"主文而谲谏"这一重要的文学观点。"主文而谲谏"语出《毛诗序》："故诗有六义焉：一曰风，二曰赋，三曰比，四曰兴，五曰雅，六曰颂。上以风化下，下以风刺上，主文而谲谏，言之者无罪，闻之者足以戒，故曰风。"一些敢于面对现实的进步的或正直的作家、文学理论家常常以"主文而谲谏"为武器，反对文学上的形式主义倾向，突出文学对统治者的讽刺作用，强调文学作品要揭露现实黑暗和社会积弊。金富轼是儒学的忠于者，他敢于批判现实，抨击那些不敢讲真话之人，强调文学的社会作用，做到了"主文而谲谏"。

这篇赋同汉大赋好用偏文奇字不同，甩掉了大赋臃肿板滞的形式、夸诞铺排的手法，改用清丽的语言描绘事物，语言洗练，明白如话，随手拈来，流利自然，毫无生硬凑泊之感。

大赋是"体物"的文章，小赋是"写志"的艺术。金富轼的这篇抒情小赋，与"雍容揄扬"的大赋完全异其旨趣，无论是内容还是形式，都具有较高的艺术成就。

李奎报

【作者简介】

李奎报(1168~1241),初名仁底,字春卿,号白云居士、止轩、三嗜好先生。高丽时期著名诗人、唯物主义哲学家。京畿道骊州人,上层士族家庭出身。母亲出自有着"三韩甲族"、"海东第一高门"盛誉的开京姚氏家族。李奎报一生性喜诗、酒、琴,自称"三嗜好先生"。在青少年时代博览群书,22岁时考中状元,但因触犯当权阶层的利益,未得官职,隐居天麻山专心从事撰著。32岁后出仕,在地方任牧司录兼掌书记等小官。由于抨击贪官污吏,遭当权阶层的诬告和排斥,曾被谪贬流放。66岁出任户部尚书、政堂文学、守太尉、参知政事等要职。72岁引退,专门从事文学创作和著述活动。

李奎报在哲学上颇有造诣。哲学代表作有《问造物》、《理屋说》等篇。主张天地万物由"元气"的分化和作用所"自生"。在《问造物》中说"元气肇判,上为天,下为地,人在其中"。在论及具体事物和人的生成时说:"夫蒸人之生,夫固自生而已,天不使之生也,五谷桑麻之产,夫固自产也,天不使之产也",否定有意志的"造物主"、"天神"等的存在。

李奎报在《天开洞记》中提出"夫否极则泰,塞久则通,是阴阳常数"的辩证思想,认为宇宙万物离不开"阴阳之数",天地万物依据阴阳的相互作用规律而运动,事物发展达到极点就转为对立物。他的唯物主义自然观是不彻底的,未完全摆脱儒家的"天人感应"和禅学的"心常身灭"的影响。

他以"理屋"即维修房子为喻,主张改革陈腐的统治制度,清除贪官污吏,实行德治的"王道政治"。他从空想主义观点出发,用自己卓越的艺术才能,写出了许多诗歌和散文,揭露当权者的暴政,同情农民的疾苦。这些文学作品,为朝鲜古典现实主义文学和唯物主义美学思想的发展作出了一定贡献。

李奎报是古代朝鲜文学史上最早描写民间疾苦的诗人。作为朝鲜四大汉诗诗人之一,李奎报在朝鲜自古以来就被称之为"朝鲜的李太白"。他一生热爱和向往中国,尤醉心于向中国优秀汉诗传统学习,在自己的创作中深受其影响。年轻时代,李奎报便熟读中国经史百家、佛老之书,后来逐渐达到精通的程度。同时,李奎报还曾与"海左七贤"派诗人交游,经常参与他们诗会的活动。

李奎报著有《东国李相国集》53卷,其中收录了2000多首诗和700多篇散文。李奎报赋的代表作有《陶甖赋》、《畏赋》、《梦悲赋》、《放蝉赋》、《祖江赋》、《春望赋》等。

【原文】

陶甖赋

予蓄瓦甖,以酒不渝味,甚珍而愛之[1]。且有所況,為賦以興之[2]。

我有小罌,非鍛非鑄,火與土以相,落埏埴而乃就[3]。頸瘦腹膨,觜伜笙味。譬之瓵則無耳[4],有耳曰瓵。謂之甄則撦口,瓦罌小口曰甄[5]。不磨而光,如漆之黝[6]。何金皿之是珍?雖瓦器其不陋。適重輕以得宜,合提挈於一手。價甚賤而易求,雖破碎其曷咎。盛酒幾何,未盈一斗。滿輒斯罄,虛則復受[7]。由陶熟而且精,故不渝而不漏[8];由旁通而不咽,能出納乎醇酎。由能出故不傾不覆,由能納故貯酒斯續。顧一生之攸盛,羌難算其幾斛[9]。類君子之謙虛,秉恒德而不惑。嗟小人之徇財,昧斗筲之局促[10]。以有涯之量,趁無窮之欲。積不知散,猶謂不足。小器易盈,顛沛是速[11]。

予置斯罌於座右,戒滿溢而自勖。庶揣分而循涯,儻全身而持祿[12]。

【题解】

罌(yīng),"甖"的异体字,是古代大腹小口的酒器,圆唇、短颈、鼓腹、平底,酱褐色釉,颈部饰白釉鼓钉纹,腹部饰漩涡纹。制作精美。最早见于唐代,以宋代江河七里镇窑制品为佳。作者通过对陶罌外形的描写引出一段耐人寻味的感悟——"予置斯罌于座右,戒满溢而自勖。庶揣分而循涯,傥全身而持禄"。这是一篇典型的体物小赋,语言顺畅,层次分明,揭理深刻。

【注释】

[1] 蓄:储藏。渝:改变。
[2] 况(況):比拟。兴(興):本义是"起"。这里指表明心志。
[3] 相:相互。这里应指火和泥土共同作用。落:放在上面。挻埴(shān zhí):和泥制作陶器。
[4] 瘿(yǐng):脖子上的一种囊状的瘤子。这里指罂颈部鼓钉纹。膰:大腹。觜(zuǐ):同"嘴"。侔(móu):等同;齐等。味:音色;韵味。瓴:容器。形如瓶。
[5] 甀(zhuì):小口瓮。用以盛水浆。㯉(huà):"槬"的异体字,宽大。
[6] 漆:涂漆。
[7] 咎:罪责。辄:立即;就。磬(qìng):器中空。
[8] 熟:经过加工炼制的。漏:物体由孔或缝透过。这里指陶罂制作的密闭性好。
[9] 旁通:遍通;广泛通晓。咽(yè):填塞;充塞。醇酎(chún zhòu):味厚的美酒。攸盛:这里指陶罂中所盛的东西。攸,所。斛(hú):量器名,亦容量单位。古代以十斗为一斛,南宋末年改为五斗。
[10] 秉:保持。不惑:遇事能明辨不疑。《论语·为政》:"四十而不惑。"徇财(財):不顾性命以求财。徇,通"殉"。昧:贪;贪图。斗筲(shāo):斗与筲。皆量小的容器。筲,竹器,容一斗二升。局促:形容心胸狭窄。
[11] 颠(顛)沛:倾倒;跌仆。
[12] 勖(xù):勉励。庶:幸;希冀之词。揣:考虑;估量。分(fèn):名分;职分。循:沿袭;依照。儻(倘):倘或。全身:保全自身,一般指保全自己的生命或名节。

【译文】

我收藏着一个瓦罂,用它盛酒,酒不会改变味道,我特别珍爱这个瓦罂。并且有所比况,所以我写这首赋来抒发心志。

我拥有一个小罂,它不是用金属一类的东西锻铸出来的,而是用土在火里烧出来的。罂的颈部细小,饰有鼓钉纹,腹部也很阔大,用嘴吹瓶口会发出和笙差不多的音色来。它和瓴很像,但没有瓴的瓶耳,如果它有瓶耳那就是瓴了。说它是甄,它的口还有一点宽。如果瓦罂的口再小一点,那么它可称作甄了。它的表面不用磨就已经很光滑了,就像用黑漆涂了似的。难道只有金子制作的器皿才最珍贵吗?它虽然是用瓦做的器皿,但并不简陋。轻重很合适,用一只手就能把它拿起来。它的价格也很便宜,很容易就能得到,即使是打破了又有什么罪责。它能装多少酒呀?其实都不到一斗。满了就把它倒空,空虚了就把它加满。因为瓦罂是加工烧制而成的,并且做工也很精细,所以它既不沾染污渍,也不往外渗漏。因为旁边有通口,所以也不会堵塞。醇厚的美酒能够从里面倒出来也能够装进去。因为能倒出来,所以自己不会倾倒。因为能够装进去,所以它里面也总存有美酒。回顾陶罂所盛,我们很难算出它到底装过多少斛的东西。就像君子一样有着谦虚的品德,秉持恒德,而不迷惑。可叹小人为求财而不顾性命,心胸狭窄,就如同斗筲那样的小器物。以有限的生涯,去追求无尽的欲望。聚财却不知道散财,还不满足。小的器皿容易充满,倾倒也快。

我把这个罂放在座位的右边(来提醒自己),要力戒满溢而自我勉励。希望能考虑自身职分而循规蹈矩不越职限,倘或能在保持禄位的同时而保全自身。

【赏析】

体物小赋主要以温婉为主,抒写作者的亲身感受和真情实感,让人感觉情真意切。文章篇幅一般不会太长,但是精炼耐读,引人入胜。

《陶甈赋》便是一篇典型的体物小赋。文章运用了托物言志的手法,表明了作者"类君子之谦虚,秉恒德而不惑,嗟小人之徇财,昧斗筲之局促。以有涯之量,趁无穷之欲。积不知散,犹谓不足。小器易盈,颠沛是速。予置斯甈于座右:戒满溢而自勖,庶揣分而循涯,倪全身而持禄"的人生感悟。开篇先从描写陶甈的外形开始,对陶甈的外形描写细致入微,通过将陶甈与其它器具的对比,形象地说明了陶甈的外形特征,给人以直观的印象。然后,作者再通过陶器的自身特点,由外及里写出陶器的品质,感叹人生要有君子谦虚的品德。不要像小人那样贪财,告诫自己不能自满,才能保全自身。

本赋虽短小但描述清晰,文章一气呵成,没有一点拖泥带水的痕迹,对陶甈的外形描写形象、细致,引出的感悟"予置斯甈于座右,戒满溢而自勖。庶揣分而循涯,倪全身而持禄"更是令人深思。

郑 梦 周

【作者简介】

　　郑梦周(1337～1392),初名梦兰、梦龙,字达可,号圃隐,谥号文史,庆尚北道永川人。其名得之于"庄周梦蝶",其号得之于孔子"吾不如老圃"。官至门下侍中,高丽末期政治家、外交家、哲学家、文学家,被誉为古代朝鲜理学之祖,素有"韩国大儒"之称,对韩国文化影响巨大,至今韩国还有圃隐学会、圃隐宗约院等专门研究推广机构。

　　郑梦周祖上皆是武官,他幼年发奋学文,自学成才,1360年(高丽恭愍王王祺九年)中举,1367年受李穑赏识,出任学官,负责讲解朱子集注。后因父亲去世,辞官守孝三年,回朝后任大司成,负责同中国明朝重建朝贡关系。郑梦周曾六次奉命出使明朝,三次入京师面见明太祖,都成功地完成了外交使命,并将儒家文化带回高丽发扬光大。1383年,高丽国内多乱,明廷欲出兵干涉,郑梦周临危受命,慷慨陈词:"君父之命,水火尚不避,况朝天乎!"他在十分紧迫的时间里,如期到达明京城,送上了贺圣表。由于奏对得体,使两国的紧张关系得到缓解,高丽人民避免了一场战祸。两年后,郑梦周又一次出使明朝,这次出使,除获得明廷允许减免岁贡外,最重要的是,他奏准在高丽国推行明朝的冠服制度。所以直至今日,人们仍可在朝鲜、韩国的喜庆节日中一睹明朝冠服的风采。

　　郑梦周所处的高丽时期是社会相对稳定、经济繁荣、百姓安居的时期。他提倡儒学,曾在开城等地设立五部学堂和乡校,全力振兴儒学。柳承国教授在《韩国儒学史》一书中说道:"郑梦周实为韩国义理派的始祖,为后期朝鲜正统儒学思想的渊源。"郑梦周继承程朱的学统,对儒佛严加判别,认为佛教是贻害众生、妨碍儒家性理学说传播的异端邪说。

郑梦周著有《圃隐集》。他善诗文和书画,所作的《丹心歌》是时调的代表作品,表达了对高丽王朝的忠节之志。在另一首汉诗《采薇歌》中,他自喻为中国殷代的伯夷、叔齐,同样表现出他对高丽王朝忠贞不渝的节操。此外,郑梦周奉派出使中国明朝时,将中国儒家文化带回朝鲜,并在中国蓬莱留下了《蓬莱阁》、《登州过海》、《蓬莱驿示韩书状》等诗篇。他还奉派出使日本,写有《奉使抵日本》、《寄遁村》等汉诗,朝鲜朝的文人对他的学问和诗歌大为推崇。郑梦周(圃隐)与李穑(牧隐)、吉再(冶隐),并称为"三隐",他不仅学问渊博、功业显赫,其坚毅忠贞不事二主的高尚人格,迄今仍为韩国人民所敬仰尊崇,并引为古代朝鲜历代忠臣的代表性人物。

郑梦周的辞赋仅存《思美人辞》一篇,收录于《东文选》。

【原文】

思美人辭　寄浙東郯士安

思美人兮如玉,隔蒼海兮共明月。顧茫茫兮九州,豺狼當道兮龍野戰[1]。縱余馬兮扶桑,悵何時兮與遊謙[2]。進以禮兮退以義,搢紳笏兮戴華簪[3]。願一見兮道余意,君何爲兮江之南?

【题解】

《思美人辞》选自《东文选》。这篇辞取屈原《楚辞》"美人"意象,以"思美人"为题,借思念友人寄托了作者治理奸臣、渴望政治清明的理想,同时也表达了自己不与世俗同流合污的高洁品质。

【注释】

[1] 龍(龙)野戰(战):出自《周易·坤卦》"上六:龙战于野,其血玄黄。"城外为郊,郊之外为野。玄黄,分别指天、地之色。天地为最大的阴阳,其血玄黄,是指阴阳交战流出了血,说明上六爻是凶爻。喻人事,则为上下交战,至于死伤流血的情形。文中化用这一典故,意在说明当时奸臣当道,正义之士奋起反抗,以致发生死伤流血的情形。
[2] 紲(绁)(xiè):系;拴。扶桑:古代神话中海外的大树。悵(怅):失意;不痛快。遊讌(谦):同"游宴",游乐宴饮。
[3] 搢紳(绅):插笏于绅。绅,古代仕宦者和儒者围于腰际的大带。簪:用来绾住头发的一种首饰。

【译文】

我思念的郑士安如同美玉一般,虽然被大海阻隔但却生活在同一轮明月下。看广大而辽阔的九州,奸臣当道以致战争频繁。把我的马拴在扶桑树下,因不能与您(郑士安)共同游乐宴饮而失落惆怅。不论进退皆以礼义为指导,我插着笏板,扎着束腰,戴着华簪。希望见您一面表明我的心意,但您为什么又去了江南?

【赏析】

　　《思美人辞》是郑梦周传世的唯一辞赋作品。全辞仅68字,短小精悍,但意旨深远,是一篇难得的辞赋佳作。

　　《思美人辞》借思念友人寄托了作者治理奸臣、渴望清明政治的理想,同时也表达了自己不与世俗同流合污的高洁品质。辞选取《楚辞》中的"美人"意象。"美人"作为政治托寓的特殊意象在诗歌中大量出现,始于战国晚期屈原的《离骚》:"惟草木之零落兮,恐美人之迟暮。"《抽思》:"结微情以陈词兮,矫以遗夫美人。"《思美人》:"思美人兮,揽涕而伫眙。媒绝而路阻兮,言不可结而诒。"

　　辞的开篇描绘了作者对友人的思念,"思美人兮如玉,隔苍海兮共明月",虽然作者与友人被大海阻隔,但却共同生活在明月下。接下来对奸臣当道的社会现实加以描述,化用《周易·坤卦》"上六:龙战于野,其血玄黄"的典故,暗喻坏人当权,以致造成死伤流血的现象。紧接着作者笔锋一转,抒发了不能与友人郑士安游乐宴饮而产生的失落惆怅之情,语言简练,感情真挚。接下来讨论了仕与隐的准则:"进以礼兮退以义"。辞的最后以反问的形式,表达了作者想与友人郑士安见面的迫切心情。

　　郑梦周提倡儒学,被誉为朝鲜理学之祖,素有"韩国大儒"之称,他的身上体现着"天下兴亡,匹夫有责"的担当意识和济世救民的情怀,这也是他写作本篇辞的动机,并以此表现自己不与世俗同流合污的高尚品德。

李承召

【作者简介】

李承召(1422~1484),字胤保,号三滩,阳城人。出生于官僚世家,官至寻转议政府左参赞(一品官员)。其母怀他时,曾梦见一条彩色的龙盘旋在屋梁之上。他从小就过目能诵,饱读诗书,礼乐兵刑、阴阳律历、医药地理及佛老之书,亦无所不通。17岁时凭诗赋参加科举考试,一举成名,殿试考了第一,一试三场都是状元。世宗很欣赏他,随即进入集贤殿,任命为副修撰,后又担任春秋馆记注官、直提学、礼户二曹参议、二品艺文提学、忠清道观察使等官职,封"阳城君"。

李承召为人淳朴敦厚、简约朴素,为官处世刚直不阿。不仅是朝廷重臣,官位显赫,他的文章在当时也颇负盛名,其文见解高明、旨意深远,而且不假雕饰。著有《三滩先生集》,共14卷,里面包括赋、辞、诗、序、跋、解、论、议、状、书、祭文、碑碣、墓志等文体。其代表作有诗《夜到杏山》、《途中望海》、《望夫石头》、《望首阳山》4首,赋《椒水赋》等3篇。

【原文】

椒水賦

　　吾聞清州之境,椒水之裡[1]。山高水麗,風淳俗美;閭閻撲地,桑梓翳墟[2]。偉泉甘而土肥,匪盤穀之所如[3]。信川澤之迂籟,同韓土之孔樂[4]。何南州之佳麗,抑靈泉之不涸[5]?將聖澤之滂沛,寔南方之先及[6]。宜富媼之效職,仡呈祥於茲邑[7]。原夫至治馨香,大化氤氳[8]。二儀相交,百靈胥欣。召陽侯於海底,役神龍於池中[9]。引靈源乎坎一,刳巽木以連筒[10]。斯二氣之相濟,含椒味而流芳。羌鬐沸而濆湧,遂盈科而汪洋[11]。取無盡而用不竭兮,誕弘濟於民瘼[12]。調陰陽于榮衛,掃三彭於一勺[13]。爽精魂於盥濯,陋瞑眩之良藥[14]。醫民生之夭折,躋一世于仁壽[15]。並湛恩而不息,擅奇功於宇宙[16]。

　　吾又疑夫淵泉之下,窈冥之裡,神農嘗其味,扁鵲逞其技[17]。采五嶽之精英,流沆瀣之仙液[18]。扇至和以調劑,疏靈派于東國[19]。利群物而不遺,彰好生於聖德[20]。

　　嗚呼!肌膚脂澤,禦寇所以詑神瀵之名也;痼疾皆愈,魏征所以頌醴泉之銘也[21]。安知鄭公之詞,徒欲眩美于來世;而列子之書,盡是寓言於當時者乎[22]?曷若椒水之瑞兮,應千載河清之期也[23]!矧今聖上下綸音於楓宸,協靈辰以日儀,將幸臨於椒水,駐翠華於中泝,映龍袞於寒波[24]。涵日月之餘光,懿湯盤之一浴[25]。資聖算于無強,與周王之壽考,當並美於作人[26]。抑東民之何幸,永涵浴於深仁。余然後知椒水之出,天地之所以厚於聖人,而亦所以愛養斯民也。

【題解】

椒水是古代朝鲜清州境内的一条河流。这篇赋借山水来歌颂盛世太平,以物喻人,把椒水写得非常具有灵性,来衬托君王的仁德,从而表现出作者对君王的赞扬和期望,字里行间洋溢着盛世的气象。

【注释】

[1] 裡(里):内部,与"外"相对。引申为一定范围以内。
[2] 閭閻(闾阎)撲(扑)地:里巷遍地。形容房屋众多,市集繁华。桑梓:古代常在家屋旁栽种桑树和梓树。又说家乡的桑树和梓树是父母种的,要对它表示敬意。后人用"桑梓"比喻故乡。翳:遮蔽;障蔽。墟:墟里;村落。
[3] 盤(盘):回旋;回绕;屈曲。
[4] 籲(吁):呼告;呼求。韓(韩)土之孔樂(乐):即"孔乐韩土",住在韩国快乐多。语出《诗经·大雅·韩奕》:"孔乐韩土,川泽吁吁。"韩土,韩地。孔,很;非常。
[5] 佳麗(丽):指美丽的女子。
[6] 聖澤(圣泽):君王的恩泽。滂:形容水涌出。沛:水势湍急;行动迅疾的样子。寔:通"实",确实;实在。
[7] 富媼(媪):地神。《汉书·礼乐志》:"后土富媪,昭明三光。"颜师古注引张晏曰:"媪,老母称也;坤为母,故称媪。海内安定,富媪之功耳。"讫:穷尽。
[8] 原:推求;察究。治:安定。大化:指自然的变化。氤氳:同"絪缊",中国

哲学术语,万物由相互作用而变化生长之意。《易·系辞下》:"天地絪缊,万物化醇。"
[9] 陽(阳)侯:古代传说中的波涛之神。
[10] 坎:八卦之一,代表水。按后天八卦图坎卦居正北方。刳(kū):剖开而挖空。《易·系辞下》:"刳木为舟。"巽:八卦之一,代表风,按后天八卦图巽卦居东南方。
[11] 羌:句首助词。觱(bì)沸:泉水涌出貌。濆(fèn):喷涌。盈科:即盈科后进。指泉水遇到坑洼,要充满之后才继续向前流。
[12] 誕(诞):助词,无实义。弘濟(济):广为救助。民瘼:民众的疾苦。语本《诗·大雅·皇矣》:"监观四方,求民之莫。"马瑞辰通释:"《汉书》、《潜夫论》及《文选》注,并引作'求民之瘼'。"
[13] 榮(荣)衞(卫):中医学名词,泛指气血、身体。荣指血的循环。卫指气的周流。荣气行于脉中,属阴。卫气行于脉外,属阳。荣卫二气散布全身,内外相贯,运行不已,对人体起着滋养和保卫作用。三彭:也叫"三尸"、"三虫",指在人体内作祟、影响人修炼的三种神。
[14] 爽:使……感到舒服。盥:浇水洗手。濯:洗。陋:隐匿。暝眩:指恶心、头眩等反应。
[15] 躋(跻)(jī):登;上升;达到。
[16] 湛:深。息:停止;歇。
[17] 窈:深远;幽静。冥:深远;幽深。神農(农):传说中古代农业和医药的发明者。神农氏,即炎帝,三皇五帝之一,远古传说中的太阳神。扁鹊(鹊)(前407—前310):姬姓,秦氏,名越人,又号卢医,春秋战国时期名医,勃海郡郑(今河北任丘)人。一说为齐国卢邑(今山东长清)人。由于他的医术高超,被认为是神医,所以当时的人们借用了上古神话的黄帝时神医"扁鹊"的名号来称呼他。
[18] 五嶽(岳):是五大名山的总称。在中国一般指北岳恒山(位于山西)、西岳华山(位于陕西)、中岳嵩山(位于河南)、东岳泰山(位于山东)和南岳衡山(位于湖南)。沆瀣:夜间的水汽;露水。旧谓仙人所饮。
[19] 扇:同"煽",摇扇生风。至和:天地间祥和之气。疏:疏通。派:水的支流。東國(东国):历史上对朝鲜半岛国家的别称。由"海东"一词转变而来,最早由新罗时期的留唐僧、留唐生提出,高丽时期以后成为泛称。
[20] 好生於(于)圣德:即好生之德,"好生"指爱惜生灵。出自《尚书·大禹

谟》:"与其杀不辜,宁失不经,好生之德,洽于民心。"这里指君王具有爱惜生灵,不事杀戮的高尚品德。

[21] 御寇:列御寇,即列子。神瀵(fèn):传说中的神水名。《列子·汤问》:"有水涌出,名曰神瀵。"魏征:唐朝政治家,曾任谏议大夫、左光禄大夫,封郑国公,以直谏敢言著称。醴泉:甜美的泉水。铭(銘):铭文。

[22] 眩:古同"炫",炫耀。寓言:文学作品的一种体裁。是带有劝谕或讽刺的故事。其结构大多简短,主题多是借此喻彼、借远喻近,借古喻今、借小喻大,使得深奥的道理从简单的故事中体现出来。

[23] 河清(清):黄河水浊,偶有清时,古人以为是升平的预兆。古有黄河千年一清之说,故以"河清"比喻天下太平。

[24] 矧(shěn):况且。綸(纶)音:语出《礼记·缁衣》:"王言如丝,其出如纶;王言如纶,其出如綍。"纶,本义是指青色的丝带,这里用来代指皇帝的说话,也泛指皇帝的命令、诏书、诰等。楓(枫)宸:指宫殿。宸,北辰所居,指帝王的殿庭。汉代宫廷多植枫树,故有此称。幸臨(临):敬辞。犹惠临、光临。翠華(华):御车或帝王的代称。泜:水中沙洲。龍(龙)衮:古代君王等的礼服。因袍上绣龙形图案,故名。

[25] 懿(yì):美;美德。湯盤(汤盘):汤即商汤。盘,指盘铭,就是刻在器皿上用来警策自己的箴言。出自《礼记·大学》:"汤之盘铭曰:'苟日新,日日新,又日新。'"孔颖达疏:"汤之盘铭者,汤沐浴之盘而刻铭为戒。必于沐浴之者,戒之甚也。"后以"汤盘"为自警之典,指铭刻着警句的物件,自警之物。

[26] 資(资):供给;资助。聖(圣):无所不通。《尚书·洪范》:"睿作圣。"孔传:"于事无不通谓之圣。"算:筹谋。強:"强"的异体字,优越;好。壽(寿)考:犹言高寿。

【译文】

我听说清州境内的椒水一带的地方,群山高耸入云,水流清澈,民风淳朴,到处建有里巷宅舍,桑梓遮蔽村落。那里不仅泉水甘甜,而且土地肥沃,不像屈曲的縠水那样。确实从山川湖泽传出幽远的音响,与身在韩地的快乐是一致的。为什么南州的女子很漂亮呢？或许因为这灵泉水永不干涸吧？大概君王的恩泽源源不断流出,确实是南方最先得到。适宜富媪神在此效力供职,在这座城邑中呈现无比的祥瑞。推究这最安定的馨香,是自然变化所形成的。阴阳相交,各种神灵都很快乐。从海底召来波涛之神阳侯,在池中役使神龙。引灵泉于北方之地,剖凿东南方的木头,使其中空连成筒。这两种气息相互补益,椒香永远芬芳。泉水翻滚漫溢,遇到坑洼充满之后继续向前流,便成了浩大的水势。取之不尽用之不竭,对民众的疾苦广为救助。它能对体内的阴阳二气进行气血上的协调,用一勺椒水就能清除在人体内作祟的"三虫"。用其洗涤手足能让精神变得舒畅,它是息匿愤闷的良药。还能医治民众的夭亡,让世人达到仁爱长寿的境界。使深厚的恩泽生生不息,在天地间施展所擅长的奇功异术。

我又怀疑在深泉之下,幽深之处,神农尝过这泉水的味道,扁鹊显示过他的技艺。采取五座仙山上的精华,流出仙人所饮的仙液。掬出天地祥和之气来调剂,在东国疏通神灵的水流。使万物都得到好处而没有遗漏,彰显了爱惜生灵、不事杀戮的美好品德。

啊! 被水洗过的肌肤就像凝固的油脂一样洁白且细嫩,正是列子诧异于泉水而称名为"神瀵"的原因。瘤疾都能治愈,是魏征来写赞颂醴泉铭文的原因。怎么知道魏征的文章,仅仅是为了向后世之人炫耀泉水;而列子的文章,都是对当时人进行讽刺劝诫? 难道是椒水带来的好兆头,千年河清之期应在现在吧! 况且当今君王在宫中发布命令,将按礼节行事,亲自来到椒水,把御车停在水中的沙洲上,君王的礼服倒映在水中。沉浸在日月的充足光泽中,用象征美德的汤盘来洗浴。在不强时有圣算相助,也会像周王那样长寿,其人品将被世人称赞。东国的民众是何等幸运,能永远沐浴在他的深厚仁德里面。我这才知道椒水里现出祥瑞,是天地厚待君王,并且也乐于抚育他的民众的缘故。

【赏析】

  这篇赋借椒水来歌颂盛世太平。
  自1418年至1494年(世宗即位到成宗时代为止约70年),被视为朝鲜朝的鼎盛时期,而李承召恰好生活在这一时期。当时天下太平,既无内忧也无外患,君明臣贤,所以我们在他的文章里,读不出什么忧患与苦难,他的文字如涓涓细流,没有磅礴的气势,只有无尽的宁静与安详。太平时期的文人,不排除会"先天下之忧而忧,后天下之乐而乐",但更多的是用文字来歌功颂德,用文字来点缀那盛世王朝。所以李承召的赋,不会有杜甫"国破山河在,城春草木深"的悲痛,也不会有陆游"死去元知万事空,但悲不见九州同"的牵挂,亦不会有辛弃疾"西北望长安,可怜无数山"的哀叹。
  辞为楚声,赋谓汉章。辞赋文体,语句华美,对仗工整,气势磅礴,最宜颂盛世、歌太平。赋自诞生之日便带有浓厚的文人气息,李承召作为一个太平时期的文人,就是用赋这种文体,来表达自己的所思所想。
  赋的开始,介绍了椒水的地理位置,可谓辞藻华丽,把椒水附近的景物刻画得异常美丽。接下来,就开始描述椒水的种种神奇之处,如"医民生之夭折"、"痼疾皆愈"……层层渲染,引出君王的仁德,种种铺叙,衬托出君王品行的美好。
  本赋的最大特点是内容上侧重于写景,借景抒情。赋前面的笔墨很多都是在描写景物,极尽夸张之能事,只是在结尾处提到了君王的仁德,卒章显志,尽显赋的特点。
  赋中用了很多排偶句,如"呜呼!肌肤脂泽,御寇所以诧神瀵之名也；痼疾皆愈，魏征所以颂醴泉之铭也"一句，"肌肤"对"痼疾"，"神漿"对"醴泉"，可谓对仗工整。

　　李承召一生都为朝廷重臣，政治地位比较显赫，而赋这种贵族文学正好适合他，他用赋来抒发自己对明君圣主的赞扬和期望，"曷若椒水之瑞兮，应千载河清之期也！"极写出对当朝太平盛世的赞誉。

【原文】

趙稚圭　瑾　哀辭　并序

　　韓山趙君稚圭甫，以儁邁之資，承過庭之訓，學甚粹而文甚雄[1]。筮仕於朝，聲光赫然，位至亞卿[2]。年俯六旬，亦不可謂窮且夭矣[3]。然于君才德之施，人不能無憾焉者。其友陽城李胤保，敘而哀之[4]。辭曰：

　　昔余之游於太學兮，年旣稚而且癡[5]。多士潝以雲集兮，蔚龍章而鳳儀[6]。余惝怳而睢盱兮，悵悵乎迷不知所之[7]。唯君侯之儁朗兮，超眾軌而高馳[8]。旣知余之可與進取兮，又憫余之無所依歸[9]。相道余以先後兮，指往哲而為期[10]。藏修遊息汨如不及兮，勤搜剔而孜孜[11]。漱芳潤於六藝兮，矢初心之不欺[12]。暨登名於仕版兮，便同游於禁闈[13]。喟名韁之牽率兮，遂俯首向就羈[14]。雖東西以役役兮，日延宁乎相思[15]。幸萍蓬之一會兮，喜黃色之浮眉[16]。敘綢繆之永懷兮，寠日夕而忌疲[17]。誓同心于事國兮,踵先正之猷為[18]。何倚伏之難諶兮,天自不乎憖遺[19]。嗚呼,天道幽而叵測兮,孰主張乎綱維[20]？忠賢有時而莫達兮,仁未必乎壽祺[21]。歷萬古而遐觀兮,每膠戾而參差[22]。

嗚呼！謂君不達兮,黃金橫帶而陸離[23]。謂君不壽兮,行年已知乎五十之非[24]。在凡人而謂夫榮兮,豈君德之攸宜？嗚呼,三槐六棘尚有坦途兮,君獨窘步乎嶮巇[25]。鶴算龜齡物亦猶然兮,君獨未老而先衰[26]。夫惟君之達觀兮,固順受而無疑[27]。慨情鐘乎我輩兮,乃上尤乎造物之私[28]。嗚呼,百年如寄,浮生有涯[29]。雖修短之不齊兮,夫孰到此而能辭[30]。念故舊之雕零兮,益永歎乎增悲[31]。

嗚呼！昔余之來兮,言笑怡怡[32]。今余來哭兮,總帷披披[33]。豈出涕之無從兮,慟夫君之永違[34]。

嗚呼！即遠有期,輴車載脂[35]。揭丹旌以發曉兮,歌薤露之易晞[36]。望佳城而鬱鬱兮,想梁月之依希[37]。背膺胖以交痛兮,淚迸泉而沾衣[38]。

【题解】

瑾原指美玉,亦喻美德。这里是名词用作动词,指赞颂美德。哀辞是指用来哀悼、纪念死者的文章。序则是写在赋体正文前,表明作者意旨的文字。这篇文章是对死去朋友的哀悼,先详细描写了赵稚圭过人的学识与优秀的品行,以及他和作者之间的深厚友情,层层铺叙之后,再写到他的不幸逝世,表达了作者的悲痛之情。

【注释】

[1] 韓(韩)山:古代朝鲜的一个地名。君:对对方的尊称。甫:古代在男子名字下加的美称。儁(jùn)迈:才智出众。儁,"俊"的古体字。資(资):智慧能力。過(过)庭之訓(训):见《仲尼凤赋》注释[22]。粹:古同"萃",齐全;集聚。

[2] 筮仕:古人将出外做官,先占卦问吉凶。聲(声)光:声誉和荣耀。亞(亚)卿:周制,卿分上、中、下三级,中卿又称亚卿。

[3] 窮(穷):仕途困窘;不得志。夭:短命;早死。

[4] 陽(阳)城:古代朝鲜的一个地名。李胤保:作者李承召,字胤保。叙:记叙;述说。

[5] 太學(学):古代最高学府。

[6] 滃:形容云起。极言聚合人众之盛。蔚:聚集。龍(龙)章:喻不凡的文采、风采。鳳儀(凤仪):比喻英俊的姿容。

[7] 惝悦:亦作"惝恍",惆怅;失意;伤感。睢盱:睁眼仰视的样子。倀倀(伥伥):无所适从的样子。

[8] 儁(俊)朗:才华出众,性格爽朗;英俊爽朗。眾軏(众轨):在这里指一般人,普通人。

[9] 無(无)所依歸(归):没有依靠和归宿。

[10] 相道:观察选择道路。先後(后):辅导;辅助。《周礼·秋官·士师》:"以五戒先后刑罚。"孔颖达疏:"先后……相助之义。"往哲:先哲;前贤。期:希望。

[11] 藏:收藏;收集。修:编纂;撰写。遊(游)息:犹行止。《淮南子·要略》:"故言道而不言事,则无以与世浮沉;言事而不言道,则无以与化游息。"汩:疾行。《楚辞·离骚》:"汩余若将不及兮,恐年岁之不吾与。"王逸注:"汩,去貌,疾若水流也。"搜剔:挑剔;检查。孜孜:勤勉;不懈息。

[12] 漱:洗涤。芳潤(润):芳香润泽。亦用以喻文辞之精华。六藝(艺):儒家所谓的礼(礼仪)、乐(音乐)、射(射箭)、御(驾车)、书(识字)、数(计算)等六种才艺。矢:通"誓",发誓。初心:本意。

[13] 暨:到;至。登名:犹扬名。仕版:旧指记载官吏名籍的簿册。亦借指仕途,官场。同游:互相交往。
[14] 名韁:功名的缰绳。因功名能束缚人,故称。牵(牵)率:犹牵拘;牵缠。
[15] 役役:劳苦不息的样子。
[16] 萍蓬:比喻辗转迁徙,没有固定居所。浮眉:浮上眉梢。
[17] 綢繆(绸缪):缠绵;情意深厚。謇:忠诚;正直。
[18] 踵:原义指脚后跟,这里指跟随。
[19] 倚伏:互相依存;互相转换。出自《老子》:"祸兮福之所倚,福兮祸之所伏。"依,依托。伏,隐藏。難諶(难谌):难以相信。谌,相信。憖(yín)遺(遗):泛指遗弃;遗留。
[20] 天道:犹天理;天意。幽:幽深。叵測(测):不可预料;不可推测。綱維(纲维):总纲和四维。比喻法度。
[21] 達(达):显贵;显达。祺:吉祥;安详。
[22] 遐觀(观):纵观,遍览。膠戾:乖戾。即乖悖违戾,抵触而不一致。
[23] 黄(黄)金:金黄色。横帶(横带):谓系于腰上。陸離(陆离):形容色彩绚丽繁杂。
[24] 行年:经历的年岁。指当时年龄。
[25] 三槐六棘:疑为"三槐九棘"之误。《周礼·秋官·朝士》:"朝士掌建邦外朝之法。左九棘,孤卿大夫位焉,群士在其后;右九棘,公侯伯子男位焉,群吏在其后;面三槐,三公位焉,州长众庶在其后。"郑玄注:"树棘以为位者,取其赤心而外刺,象以赤心三刺也。槐之言怀也,怀来人于此,欲与之谋。"后以"三槐九棘"为三公九卿的代称。窘步:步履艰难。嶮巇(xī):险峻崎岖。
[26] 鶴(鹤)算龜(龟)齡(龄):比喻人之长寿。或用作祝寿之词。
[27] 達觀(达观):谓一切听其自然,随遇而安。順(顺)受:顺从地接受。疑:迷惑。
[28] 情鐘(钟):情之所聚。私:偏爱。
[29] 如寄:好像暂时寄居。比喻时间短促。浮生:人生。
[30] 修短:长短。指人的寿命。
[31] 故舊(旧):旧交。
[32] 怡怡:形容喜悦欢乐的样子。
[33] 繐帷:设于灵柩前的帷幕。繐,"穗"的异体字。披披:飘动貌。

[34] 恸:极悲哀;大哭。
[35] 輀(ér)车(车):古代载运灵柩的车。载(载)脂:抹油于车轴上。谓准备起程。
[36] 丹旌:旧时出丧所用的红色的旗幡,是一种竖在灵柩前标志死者官职和姓名的旗幡。薤(xiè)露:乐府《相和曲》名,是古代的挽歌。晞:干;干燥。
[37] 佳城:墓地。出自《博物志·异闻》:"佳城郁郁,三千年,见白日,吁嗟滕公居此室。"鬱鬱(郁郁):形容忧伤苦闷。梁:桥。依希:同"依稀",含糊不清地;不明确地。
[38] 背膺牉以交痛兮:表示极度悲痛。出自屈原《楚辞·九章》:"背膺牉以交痛兮,心郁结而纡轸。"膺:胸。牉:分为两半;泛指分开。迸(迸)泉:喷涌的泉水。

【译文】

韩山姓赵名稚圭先生,有着出众的天资,蒙受他父亲的教诲,学问精深而且文章雄辩有力。占卦后在朝为官,声名赫然,官至亚卿。年近六十而逝,虽然不能说他这一生仕途困窘不得志并且早夭,但对于他才能德行的施展,却不能不让人感到遗憾。他的朋友阳城李胤保,述说他的事迹并且哀悼他。辞曰:

早年我在太学学习的时候,年龄既小又很无知。很多读书人云集于此,都有不凡的仪表风采。我一方面很仰慕他们,一方面又很失落,迷茫不知所措。你才华出众,远远超出众人。你知道我有努力上进之心,又可怜我没有依靠和归属,辅助我选择道路,希望我向先贤圣哲学习。我收集材料,撰写文章,严于言行还唯恐赶不上圣贤,所以勤于收集资料、辨别真伪而毫无懈怠。我在儒家六种才艺中陶冶自己,发誓不改自己最初的愿望。在踏上仕途后,你我二人一起进出宫殿,在朝为官。感叹受到名利的束缚,但却不得不在官场中按部就班地操劳。虽然我们在各方为官,却日日延伸着思念。很庆幸能在辗转迁徙中相遇,喜色都浮上眉梢了。一起述说深厚的情意和长久的思念,真诚(相对),夕阳西下也不知疲倦。发誓要一同为国效力,追随先贤正确的主张而有所为。为什么人们对福祸的转化都难以相信呢?上天自然不会遗弃。唉,天意幽深而且难以预测,谁又会主张纲纪呢?忠诚贤明的人有时候未能得到显要的地位,仁爱贤德之人也不一定长寿吉祥。遍览万古,每每是乖戾不和而参差不齐,好坏相混杂。

唉!说你不得志,你却佩戴着绚丽繁杂的金黄色腰带。说你不长寿,你年纪已经超过五十。对普通人而言你已很荣耀,对你这样的有德之人来说难道合适吗?三公九卿那样的人尚有坦途,而你却偏偏在险峻崎岖的路上步履维艰。乌龟和仙鹤长寿,人也应该这样,惟独你是未老先衰。然而只有你随遇而安,只是顺从接受而无迷惑。缘分这么钟情于你我,可能是上天的偏爱吧。人生百年,也只如同暂时寄居,生命是有限的。虽然人的寿命长短各不一样,但是又有谁走到生命的尽头而能推辞呢?想到昔日好友已经远去,更加长久叹息,增加悲痛。

唉!先前我来的时候,(和你)说说笑笑,很开心;如今我来吊唁你,看见灵柩前那飘动的灵幡,也许除了哭泣,只有不知所措。你永远的别离让我极其悲伤。

唉!路程那样遥远,时间却有期限,把油抹在灵车的车轴上,准备启程,在天刚亮时揭开红色旗幡,唱着挽歌感叹人生就像朝露一样太短暂。望着墓地不禁忧伤苦闷,想起桥上那朦胧的明月,心情悲痛无比,如泉水般涌出的泪水打湿了衣服。

【赏析】

哀辞是人们用于哀悼与祭奠的一种文体,也叫"悼词"、"祭文"、"诔文"、"哀祭文"等。本文即是一篇向死者表示哀悼、缅怀与敬意的悼念性的文章。

辞的开头是序,简单叙述了赵稚圭的生平和成就,他不仅学问精深,而且官位显赫,接下来提到他去世这件令人悲痛的事,闻此消息,作者悲痛欲绝,写下这篇哀辞。

在哀辞里,作者首先追忆了二人相识相知的经过,早年作者在太学学习的时候,年龄既小又很无知,太学里读书人很多,都有不凡的仪表风采,使得作者一方面很仰慕他们,一方面又很失意,迷茫不知所措。而在这个时候,长相英俊、才华出众的赵稚圭给予了作者很多帮助,让无依无靠的他感到了温暖。然后作者写"嘈名缰之牵率兮,遂俯首尚就羁",虽是对往昔的追忆,但也饱含着宦海沉浮凄楚的人生感慨。在尔虞我诈的官场中,二人之间的友情有增无减,"虽东西以役役兮,日延宇乎相思",虽然我们在各方为官,却日日相互思念。总之,在哀辞的前一部分,作者娓娓而谈,写两人之间的深厚情谊。接下来,作者笔锋一转,提到了赵稚圭逝世这个晴天霹雳,对这样一个有才之人的离世,作者深感悲痛,"谓君不达兮"、"谓君不寿兮",不仅写出了作者对挚友逝世的感伤哀怨之情,也写出了作者对这样一个德才兼备的故人离去的惋惜与遗憾。最后一部分,作者写了自己来吊丧这件事以及无以言表的悲痛之情,"岂出涕之无从兮,恸夫君之永违",极度伤心之下,竟不知说什么好,惟有任泪水肆意流淌。在这一部分,"呜呼"二字多次出现,这个对不幸的事表示叹息、悲痛的叹词,把作者的悲痛表现得淋漓尽致,抒发了对死者的悼念和哀痛之情。

这篇哀辞在艺术上具有以下特点:

一、不拘常格,自由抒情。祭文一般是结合对死者功业德行的颂扬而展开的,作者却把抒情与叙事结合在一起,联系生活琐事,反复抒写他对赵稚圭离世的无限哀痛之情。同时,全文以向死者诉说的口吻写成,极写内心的辛酸悲痛,具有浓厚的抒情色彩。因而在艺术上取得了极大的成功。

二、感情真挚,催人泪下。作者写此文的目的在于倾诉自己的痛悼之情,寄托自己的哀思。作者通过写自身的宦海沉浮之苦和人生无常之感,深化了二人之间的友情,倍增哀痛。

三、边诉边泣的语言形式。作者采用与死者对话的方式,边诉边泣,吞吐呜咽,交织着悲痛之情,似在生者和死者之间作无穷无尽的长谈。多用俳句,情绪激荡,一气呵成。这一切又都从肺腑中流出,因而具有震撼人心的力量。

总之,这篇哀辞感情真挚,读起来催人泪下,让人肝肠寸断,是一篇难得的哀辞。

姜希孟

【作者简介】

姜希孟(1424~1483),字景醇,号私淑斋、云松居士、无为子、菊坞。晋州人,是朝鲜朝初期的官僚,在1447年(世宗二十九年)文科及第入仕后,历任左兽成、大宗伯、大司寇等官职,声名甚佳,官至左赞成,谥文良。

姜希孟出身于书香门第,文章有家法渊源。他的祖父姜通亭文章写得极好,受到世人称赞,其父亲姜戴敏也是有才之人,而姜希孟与其兄仁斋小时候名气已经很大了,二人齐名于世,蔚然有苏家之风。其祖父文章端丽,其父文章简洁,其兄文章冲淡,而姜希孟集众长于一身,即使是应世酬答之文,也写得非常好,尤其是他的田园诗,影响很大。在当时的文坛上,能和他并驾齐驱的人,寥寥无几。他熟读经史子集,诸子百家,因此学识渊博,通古晓今,说起话来侃侃而谈,文采飞扬,让听者终日不厌。在学问之余,姜希孟还学习医术,父母有疾病的时候,遍阅诸方,手剂以进。

他曾出使中国,对中国文化研究颇深,为中朝之间的友好往来作出了一定的贡献。曾受命编辑从高丽朝到朝鲜朝500年间的诗文总集《东文选》,以此取代《昭明文选》和南宋理学家真德秀编选的《文章正宗》,以此作为朝鲜朝文人的范本。

他的诗文不仅宽和有涵容,而且精深,无论是短篇还是长篇都很擅长,徐居正评价说:"汪洋乎大篇,舂容乎短章,渢渢有大雅之音矣。"其文章雄深雅健似司马相如,简古精密似柳宗元,汗澜卓荦似韩愈,俊迈奔放似欧阳修。有文集《私淑斋集》传世,共12卷,包括五言绝句、七言绝句、五言律诗、七言律诗、五言古诗、七言古诗,以及赋、辞、疏等其它文体,代表作有《送权御使健观光》《咏梅竹》《淡淡亭十二咏》《燕山辞三叠》《解嘲辞》等。

【原文】

燕山辭三疊　　并序

夫士之操守,不可以言語求[1]。士之才能,不可以形貌知。是以,聞名不如見面,見面不如同事[2]。至於同事則其人心術之微,莅事之能,足以詳知其奧矣[3]。景醇筮仕以後,出入南宮三十有餘年矣,屢面崔君于諸舌人中而心之矣[4]。或有譽君者言方直而有幹能,然亦無一日之雅,未敢深知其為人[5]。歲辛丑春,聖天子勅賜王妃誥命,章服,禮幣,加等[6]。時鄭、金兩大監銜命而來,殿下拜感皇恩之罔極[7]。命臣某儐於國境,館待比舊有加[8]。某念惟賓主交際之間,導宣德意,達我誠款,則專在乎舌人[9],其任固不輕也,籌其人而不得則乃以崔君為請[10]。偕至於境上,崔君稽古證今,先意導之,多所裨益[11]。及乎應對之際,言辯而貌和,禮恭而心正,毅然有儒士之風[12]。加以學問精熟多能,又至於善詩,蓋人傑也[13]。同事往來,一年之中,至於再四,則雖謂之詳知其奧可也[14]。竣事還朝之後月,崔君來辭於余曰[15]:"今正朝之行,殿下特命臣為通事官[16]。今將行矣,盍賜一言以侈吾行。"景醇嘗許君之為人,苟無言以贐行,非情也,遂作燕山辭三迭贈行云[17]。辭曰:

燕山縹緲兮黃金堆,五雲深鎖兮藏蓬萊[18]。今君賀正兮去悠哉,朔天飛雪兮鴈號哀[19]。觀天子兮達下懷,完使事兮好歸來[20]。

燕山杳茫兮橫雲赭,雙闕苕蕘兮在其下[21]。薄薄我驅兮向中夏,王事有程兮靡遑舍[22]。遼之水兮薊之野,水焉乘舟兮陸焉馬[23]。抱弧矢兮寧暫捨,使四方兮君健者[24]。

燕山一望兮在帝鄉,香千里兮隔漢陽[25]。觀天庭兮走梯杭,紛玉帛兮萃多方[26]。參霞佩兮觀國光,曷云產兮於要荒[27]。謁黃門兮道予詳,云一別兮遙相望[28]。送君行兮益淒傷,金風振蕩兮天雨霜[29]。

【题解】

本辞是赠给即将远行的朋友崔君的。序交代了写作燕山辞背景,介绍友人奉命出使中国,在临行之前,应邀写作赠言的情形。三叠燕山辞,表达了对朋友的依依不舍和牵挂之情。

【注释】

[1] 求:探索。

[2] 同事:相与共事;执掌同一事。
[3] 莅:临事;治理。奥:指奥秘。
[4] 景醇:作者的字。筮仕:见前李承召《赵稚圭哀辞并序》注[2]。南宫:这里指君主处理政务,群臣上朝的地方。屡面:即多次见到。崔君:作者写燕山辞要赠的人。舌人:古代的翻译官。
[5] 方直:指人品端方正直。雅:交情。
[6] 勑:同"敕",帝王的诏书、命令。誥(诰)命:帝王的封赠命令。五品以上授诰命。章服:绣有日月、星辰等图案的古代礼服。每图为一章,天子十二章,群臣按品级以九、七、五、三章递降。禮幣(礼币):用作馈赠、贡献的礼物。加等:增加官职;升官。
[7] 銜(衔)命:遵奉命令。罔極(极):无穷;久远。
[8] 儐(傧):接引宾客。
[9] 導(导):启发。宣:传达皇帝的命令。德意:布施恩德的心意。達(达):传出来;传达。
[10] 籌(筹):谋划;策划。
[11] 稽古:考察古事。
[12] 心正:心意纯正不偏。
[13] 精熟:精湛纯熟。
[14] 再四:一次又一次。
[15] 竣事:了事;完事。後(后)月:下下月,即次月的次月。
[16] 正朝:君主受臣朝见的地方。通事官:官名。掌翻译等事。
[17] 贐(赆)(jìn):临别时赠送给远行人的路费、礼物。
[18] 燕山:中国河北省北部山脉。西起八达岭,东到山海关。縹緲(飘渺):隐隐约约,若有若无。五云:指皇帝所在地。蓬萊(莱):神话中渤海里仙人居住的三座神山之一,另两座为"方丈"、"瀛洲"。
[19] 賀(贺)正:岁首元旦之日,群臣朝贺。
[20] 覲(觐):朝见君主或朝拜圣地。下懷(怀):自己的心意。
[21] 杳茫:渺茫;迷茫。横(橫):横渡;贯穿。雙闕(双阙):借指京都。苕(tiáo)蕘(ráo):疑应为"苕嶢(峣)",高陡貌;远高貌。
[22] 薄薄:车疾驰声。语出《诗经·齐风·载驱》:"载驱薄薄,簟茀朱鞹。"中夏:中国,华夏。程:有期限;有定额。遑:空闲;闲暇。舍:休息;止息。
[23] 蓟:蓟县,治所在今北京城西南。

[24] 弧矢：弓箭。健：强有力。
[25] 帝鄉(乡)：传说中天帝住的地方。
[26] 天庭：帝王的宫廷；朝廷。梯杭：同"梯航"，"梯山航海"的省语，谓长途跋涉。萃：聚集；聚拢。
[27] 霞佩：仙女的饰物。要荒：古称王畿外极远之地。亦泛指远方之国。要，要服；荒，荒服。
[28] 謁(谒)：拜见。黄門(门)：官署名。
[29] 淒傷(凄伤)：痛苦哀伤。金風(风)：指秋风。

【译文】

读书人的品行操守，不可以通过他的言语来探索。读书人的才情能力，不能够以外形相貌为标准。因此，听到名声不如对面相见，对面相见不如一起共事。和某人一起共事，那么他的心术，他处理事务的能力，就可以详细地知道。我自从走上仕途做官以后，进出朝堂已有三十多年了，多次在那些翻译官中间看见崔君，心里对他很敬佩。有的人称赞他人品端方正直而且很有能力，但是我和崔君连一日的交往也不曾有过，不是十分了解他的为人。辛丑年春天的时候，圣天子下诏书，发布对王妃的封赠命令，(对群臣大加封赏，)赐给绣有日月、星辰等图案的礼服，赠予礼物，以及加升官职。当时，郑、金两太监遵奉命令而来，殿下拜感君王的无穷恩德。任命我在两国交界处接引宾客，住房等各方的待遇比之前好多了。我认为宾客和主人之间的相互交往，是宣扬君王布施恩德的心意，传达我们国家诚意这样的事情，就全得靠那些翻译官。这些翻译官的任务实在是不轻，没有合适的人，只得请崔君做这件事了。我和崔君一起到达边界，他引用古事来论证如今的事情，首先在意图上引导对方，这些大都很有用。等到应对回答之时，崔君言语动听、口才极好，而且脸色温和；在礼节上谦逊有礼,心意纯正不偏,明显有读书人的翩翩风度。再加上他知识精湛纯熟,具有多方面的才能,还擅长诗歌,确实是才智杰出的人。一年之中,和崔君一起共事、相互往来很多次,可谓对他的为人了解得很清楚了。这件任务完成后回到朝廷后的第二个月,崔君来向我辞别,并说道:"现在将要去天朝庆贺元旦,殿下任命我为掌翻译等事的通事官。如今就要离开了,能否写一些言语赠我,以给我送行。"我曾经很欣赏崔君的人品,如果在临别之间没有言语赠送给即将远行的他,是无情无义的表现啊。于是就作了燕山辞三叠赠给他,内容如下:

燕山隐隐约约,那里好似堆满了黄金,中国皇帝居住的地方就像蓬莱山般遥远。如今你前往遥远的中国去贺岁,此时北方已是雪花飞扬,大雁哀鸣了。你此行为了朝见皇帝表达心意,完成使命好早日归来。

燕山飘渺迷茫,贯穿在天地之间,高远的京都都在其下。你驾着马车急速行走着,前往中国,王命差遣的公事有期限,哪有闲暇时间来休息。渡过辽宁的河流,经过河北省蓟县的村郊,在水上乘舟,在陆地上骑马。怀中抱着弓箭暂时停歇一会儿,你是一位有能力出使四方国度的人。

望着远处的燕山,它在帝王所在之处,隔着汉阳而香气千里。朝见中国的帝王需要长途跋涉,从全国各地收集众多的玉器和丝织品作为进献的礼物。参观美丽的风景,观赏迷人的风光,为什么说它们都出自远方?你到官署来与我道别,说分别后要遥遥相望。送你离别让人感觉更加痛苦哀伤,秋天的风猛烈地吹着,似乎又要降霜了。

【赏析】

《燕山辞三叠并序》是写赠给即将远行的朋友的话语以及对写作燕山辞背景的介绍,表达了对朋友的依依不舍和牵挂之情。

自古离别最是销魂。生离死别中饱含多少哀怨,可是聚散离别是无法避免的。往事历历,别情依依,离别总是难舍难分。千百年来,离别总是文人墨客写不尽的话题,多少人留下了那千古传唱的名句。王维在渭城送别元二时的伤感与牵挂,在"劝君更尽一杯酒,西出阳关无故人"中表现得淋漓尽致;"春风不度玉门关",那遥远的阳关外,连春风都不曾有,还有谁像我这样为你牵肠挂肚呢?"孤帆远影碧空尽,唯见长江天际流",目送那孤帆远去,李白是何其不舍,那滚滚东流的长江水,也载不走他的伤感与落寞,久久伫立在长江边,直到它消失在眼前;王昌龄的"寒雨连江夜入吴,平明送客楚山孤"也是关于离别的佳句。《燕山辞三叠并序》的作者也是有感于离别,写下了这篇发自肺腑的燕山辞,依依惜别之情跃然纸上。辞开头就写出了作者心目中评价士人品行的标准,"不可以言语求"、"不可以形貌知"、"至于同事则其人心术之微,莅事之能,足以详知其奥矣",作者就是以这一标准来衡量的,这就为下面赞扬崔君做好了铺垫。接下来作者写到了别人对崔君的评价,"或有誉君者言方直而有干能",别人口中的崔君人品端方正直而且很有能力,但是作者并不敢这样认同,因为"然亦无一日之雅",所以"未敢深知其为人"。紧接着写到了二人有机会在一起共事,在这个共事的过程之中,作者发现崔君确实是个才智杰出之人,对他由衷地欣赏。当这样一个品格高尚、才华横溢,且和作者有着一定情谊的人来辞行时,不舍是必然的,所以作者欣然答应为崔君写下三叠赠辞,以此送行。

作者的燕山辞写得很美,可谓辞藻富丽,文采飞扬,从中我们可以知道,崔君要出使中国,作者表达了对崔君的担忧、牵挂,更期盼他顺利完成任务,早日归来。这三叠燕山辞,运用铺陈夸饰的手法来直陈其事,用新奇美丽的辞藻来描摹事物,抒写情志,把作者的情谊很好地表现了出来。尤其是每句都有一个"兮"字,是对屈原《楚辞》的直接继承,很有《楚辞》的特点。

总之,这篇辞并序骈散结合,前面的序是散体,承接紧密,自然流动;后面的燕山辞是骈体,每叠一韵,耐人寻味,句法凝练,对仗工整,从而产生了骈散结合、疏密相间的语感美。

申 用 溉

【作者简介】

申用溉(1463~1519),字溉之,号二乐亭、松溪、休休子、睡翁,申叔舟之孙,官至左议政,朝鲜朝著名的政治家、文学家。

申用溉一生仕途坎坷,命运多舛。1498年,因曾师从金宗直入狱,1504年被流放,中宗即位后被召回,曾担任圣节使出访中国,后被任命为左议政,卒于1519年。

申用溉是朝鲜朝著名的政治家,他认为治世的根本为"正君心"。他提倡改良风俗,破除迷信,提倡乡约,翻译各种有益于民众的书籍,建议仿照汉代设贤良科,荐举贤良之士。他钻研《小学》、《朱子》,并以此为教育和行身的指南,积极实践孝悌忠信的道德,在婚丧祭礼上主张按照《朱子家礼》来实行。

申用溉也是朝鲜朝著名文学家,他熟谙中国文史,创作宏富,各体兼备,著有《二乐亭集》15卷,该书前6卷为诗卷,著诗约150首,包含七绝、七律、五绝、五律诸体。应制颂德讽谏诗,如《隋炀帝》、《绕春楼四十韵》、《香山九老图》等;怀古咏史诗,如《庄周梦蝶图》;写景抒情诗,如《溪边》、《遊西湖》、《次过沙岭》、《大慈寺偶吟》等;咏物言志诗,如《残菊》、《细竹》、《牧羊》、《赏鹅》等;即事感怀诗,如《送管押使安可珍琛》、《永春君挽词》等,多具有恬淡自然、醇厚隽永的艺术风格,高远拔俗、浑然天成的艺术境界。

申用溉赋作也极具特色,在《二乐亭集》卷7中,应制骚体赋创作《焚书坑儒赋》、《饿死台城赋》成就突出。究其原因,与其坎坷经历、社会政治背景有关。其骚体赋既继承屈赋的基本精神与表现风格,又显示出内容丰富、艺术手法多样、风格雄浑等鲜明特点,高度采取对比论证概括史实,广泛应用比兴手法,直接以议论入赋,用典精切,旨在讽谏,既有对屈原的模拟与学习,又有自己的创新之处,在朝鲜朝的赋体创作中占有一席之地。

另外,申用溉在行状、墓志、碑铭、碑碣、祭文等文学体裁写作技法上叙事精到,语言温和,文字简约,具有很强的概括性和独创性。

【原文】

焚書坑儒賦

猗至道之原於天兮,寓聖人而乃行[1]。厥初畫三而啟蒙兮,揭萬象於文明[2]。自五帝而三王兮,極道備而治亨[3]。明彝倫以照後兮,亦禮樂之大成[4]。嗟聖去而言留兮,曰《墳》《典》與誥訓[5]。所貴載道而不遺兮,孰精微之幽隱[6]。該《詩》《禮》而達百家兮,羌條貫而不紊[7]。顧後儒之誦法兮,志抽緒而發蘊[8]。雖未全於古之道兮,併遵教而儀刑[9]。宜後王之崇右兮,恢治化於六經[10]。何世降而醨兮,紛眾欲之役於形也[11]。善治浸淫而日下兮,道又岐於九流也[12]。功利於《春秋》兮,孔聖卒老於刪修[13]。縱橫於戰國兮,子輿終返乎魯鄒[14]。

王之道霸而不返兮,又繼之以暴秦[15]。殘仁義於首功兮,祖刑名於韓申[16]。鞭四海以一之兮,合萬邦以為臣[17]。滅侯王而郡縣兮,銷鋒鏑為金人[18]。宮阿房以壯內兮,城萬里以威邊[19]。自以為德兼三皇兮,視百王余誰先[20]。登泰山而告天兮,巡東海而問仙[21]。驅寰宇於一法兮,擯千古而獨理[22]。滅裂《詩》《書》之正道兮,陳跡聖賢之遺軌[23]。棄修齊而不本兮,惡經制之害己[24]。既所行之乖剌兮,又焉用夫典記[25]。惟斯也之背師道兮,鼓群心而益肆[26]。窮旁搜而遠收兮,付炎火之烈熾[27]。灰萬書於一焰兮,麋心法而同棄[28]。士學古而觸網兮,人習令而師吏[29]。嗟先王之善度兮,若蘇者之芻狗[30]。塗堙天下之心目兮,將以愚夫黔首[31]。然斯道之在人兮,固心傳而不口[32]。與天地而同運兮,豈隨燼於文字[33]?欲燒書而塞源兮,秖自見其不智[34]。諸生之不量力兮,复何為乎譏議[35]?既剛戾莫與仁兮,誰與之回其志也[36]。道之厄如火之益炎兮,非口舌之撲滅也[37]。徒鼓亂而起暴兮,觸忤君之酷烈[38]。一網張天而掩地兮,連四百以自列[39]。邈驪山之硎谷兮,瓜胡為乎冬實[40]。哀吾儒之不辜兮,慘同坑於一穴[41]。自生民以來兮,禍誰酷於此極[42]。

君之心忌克而暴怒兮,發於政而殘刻[43]。視吾道如仇讎兮,擬根株之並絕[44]。知禍機之伏茲兮,見防川之大決[45]。緬懷古之哲王兮,咸扶翼夫斯道[46]。心典學而尊儒兮,德易成於日造[47]。遵善制於羲軒兮,式聖謨於典誥[48]。環率土以歸極兮,若禹水之順導[49]。極治功於熙皥兮,齊歷年於覆燾[50]。夫何背道而追曲兮,操刑戮以為教[51]。子產列國之卿相兮,猶不毀夫鄉校[52]。因取善而改惡兮,卒理國而收效[53]。聞下民之怨罵兮,宜敬德而自淑[54]。彼重威以止謗兮,適危亡之自速[55]。觀嬴氏之禦世兮,足興嗟而起讟[56]。夫既逆行而倒施兮,又濟之以淫虐[57]。人心與天命俱去兮,曾不知國脈之自鑠[58]。豈民愚而可欺兮,豈人殺而我從?澤鄉之戍夫一呼兮,揮棘矜以爭鋒[59]。鹿走原而橫逸兮,眾掎角而機陷[60]。囚獨夫於函關兮,擲乾坤於一劍[61]。中裂於記姓之項王兮,卒輸於馬上之乃翁[62]。豈料夫傳祚之才二兮,倏宮火之照紅[63]。禍自伏於不慮兮,術反資於英雄[64]。是誰為之厲階兮,亦可傷夫焚坑[65]。然天心未喪斯文兮,豈秦威而重輕[66]。超兵燹於孔壁兮,或寓傳於伏生[67]。抑炎漢之表章兮,煥文治之有聲[68]。惟石渠與白虎兮,亦三老與五更[69]。咸世重而不息兮,足賁飾乎治平[70]。況董韓與周程兮,复張朱之迭鳴[71]。摠培根而導源兮,續不傳之聖學[72]。是固知道心之不泯兮,不秦燼而漢复[73]。然後世之無善治兮,道不行於天下[74]。雖文化之間見兮,或名存而實寡[75]。

皇天眷東而聖作兮,志每箴於滿假[76]。述堯舜於帝典兮,憲文武於《周雅》[77]。學緝熙而日就兮,心精一而執中[78]。開道原於往聖兮,闡文教於吾東[79]。自秘書而八方兮,盛經史之旁通[80]。心孔孟而口詩書兮,蔚庠序之儒風[81]。茲聖化之醞釀兮,軼漢唐而三五[82]。

顧微臣之顓蒙兮,嗟學蕪而心魯[83]。乏贍才於楊馬兮,愧善講於祖禹[84]。久吹竽於金閨兮,恐負恩於聖主[85]。常存心於讚揚兮,庶摹寫乎天地[86]。駕文武之全德兮,頌禮樂之明備[87]。复何說夫狂秦之自愚兮,唯寄興於美刺[88]。

【题解】

《焚书坑儒赋》选自《二乐亭集》卷之七。"焚书坑儒"是指公元前213年和公元前212年,秦始皇焚毁书籍、坑杀术士和儒士的事件。由于当时社会上百家争鸣,严重的阻碍了秦始皇对原六国民众思想的统一,并威胁到了秦朝的统治。秦始皇为了统一原六国人民的思想,于公元前213年开始销毁除《秦记》以外的所有史书,民间只允许留下关于医药、卜筮和种植的书。公元前212年,秦始皇因两个方士私自逃跑且诽谤皇帝,在当时秦首都咸阳将四百六十余名方士坑杀,《史记》上称"坑术士"。

本赋是篇应制之作,然并非单纯地歌功颂德,而是在抒发明君在位,感慨国泰民安的同时,也讽谏统治者应吸取教训、励精图治、推崇儒学、远佞臣而近贤臣,并且抒发自己愿像董仲舒、韩愈等贤臣一样辅佐贤君的情怀。

【注释】

[1] 猗(yī):发语词,用在句首。原:事物的开始、起源。寓:寄托;寄寓。

[2]厥:其。畫(画)三:指卦象,在八卦中,"一"为阳爻,"--"为阴爻,每三爻合成一卦象,以此来反映揭示客观现象。啟:"启"的异体字。萬(万)象:宇宙间的一切事物或现象。

[3]五帝:即黄帝、颛顼、帝喾、尧、舜。三王:夏禹、商汤、周文王。極(极)道:好的治国策略。

[4]彝倫(伦):常理、常道。禮樂(礼乐):礼节和音乐,古代帝王常用兴礼乐为手段以求达到尊卑有序、远近和合的统治目的。大成:大的成就。指事功、学问、道德等方面所取得的成就。

[5]《墳(坟)》《典》:《三坟》、《五典》的并称。孔安国《尚书传序》:伏羲、神农、黄帝之书,谓之以三坟;少昊、颛顼、高辛、唐、虞之书,谓之五典。后转为古代典籍的通称。誥(诰):古代一种训诫勉励的文告。

[6]載(载)道:记载了"道"。道,指伦理政治法则。

[7]該(该):通"赅",完备。《詩》《禮》(《诗》《礼》):《诗经》、《礼记》,代指儒家经典。百家:指学术上的各种派别。羌:用在句首无义。條貫(条贯):条理;系统;体系。

[8]後(后)儒:后世的儒者。誦(诵)法:称颂并效法。抽緒(绪):发挥。發(发):表达,阐述。

[9]未全:没能精通。儀(仪)刑:效法。

[10]宜:适合。崇:尊重;推崇。右:崇尚;重视。恢:弘大;发扬。治化:管理治理习俗风气。

[11]何世降而醇兮:本句疑有漏字,"醇"前疑有"不"字。醇,醇厚;淳朴。眾(众):各种。

[12]善治:善于治理。这里指善政。浸淫:渐渐地。道:道理;正当的事理。岐:通"崎",崎岖。九流:指先秦的九个学术流派,即儒、道、阴阳、法、名、墨、纵横、杂、农等九家。

[13]《春秋》:儒家经典之一。相传由孔子据鲁国史官所编《春秋》加以整理修订而成,记载自公元前722年至前481年共242年间的史事,是中国最早的编年体史书。

[14]子輿(舆):孟子(前372年—前289年),名轲,字子舆。

[15]王之道:指以仁义统治天下的政策。霸:同"霸",疑为"罢"之误。停;歇。繼(继):接连。

[16]殘(残)害:毁坏。祖:仿效;效法。刑名:战国时以申不害为代表的学

派,主张循名责实,慎赏明罚,后人称为"刑名之学",亦省作"刑名"。韩非子亦尚"刑名"。韓(韩)申:韩非子和申不害。

[17] 鞭:驱使。合:聚集;统一。
[18] 侯王:分封制下统治诸侯的君主被称为"侯王"、"君王"或"国君",也使用"国王"的称谓。銷(销)鋒(锋)鏑(镝)為(为)金人:销毁兵器铸成铜人。为了巩固统治,秦始皇下令把原来六国的兵器收缴销毁,然后铸成12个铜人。鋒(锋),刀口。鏑(镝),箭头。金人,铜人。
[19] 壯(壮):使……壮大。城萬(万)里:指修建万里长城。秦灭六国之后,即开始北筑长城,每年征发民夫40余万。把原来秦国、赵国和燕国北边原有的长城连接起来。以威边:用来震慑边境。
[20] 德兼三皇:功德是三皇之和。秦始皇统一全国后,自认为是"德兼三皇,功高五帝",将"皇"、"帝"两个人间最高的称呼结合起来,为自己的帝号。視(视):比照。百王:历代帝王。
[21] 登泰山告天:这里指登泰山封禅:公元前219年,秦始皇率领文武大臣及儒生博士70人,到泰山去举行封禅大典。封禅是古代统治者祭告天地的一种仪式。所谓"封",是指筑土坛祭天。所谓"禅",是指祭地,秦始皇到泰山顶上立了碑,举行封礼,之后又到附近的梁父山行了禅礼。巡東(东)海問(问)仙:这里指秦始皇求长生不死药。徐福在公元前219年来到秦王的宫廷,声称《山海经》上面记载的蓬莱、方丈、瀛洲三座仙岛就在东方海中,他愿意为秦王去那里取来不死之药,结果,徐福一去不复返。
[22] 驅(驱):强行;逼迫。寰(环)宇:整个天下。一法:统一的法令。擯(摈)(bìn):排除;抛弃。
[23] 滅(灭)裂:破坏。陳跡(陈迹):遗迹。遺軌(遗轨):前代或前人留传下来的规范准则。
[24] 棄(弃):舍去;扔掉。修齊(齐):指修身齐家。不本:忘本。經(经)制:治国的制度。害:使受损伤。
[25] 所行:所作的行为。乖剌(là):违逆;不和谐。典記(记):典籍。这里指《秦典》。
[26] 斯:指李斯。鼓群心:蛊惑人心。肆:放纵;任意行事。
[27] 窮(穷):完;光。旁搜:亦作"旁蒐",广泛搜求。遠(远)收:远处搜罗。付炎火:点火焚烧。烈熾(炽):形容火焰大。

[28] 灰:物体燃烧后剩下的东西。这里用作动词,使烧成灰。萬書(万书):这里指被焚烧的书,诸家经典。麋:通"熬",消磨;消耗。心法:泛指授受的重要心得和方法。同棄(弃):一同抛弃。

[29] 古:特指先哲的遗典、道统;古代的典章、文献。觸網(触纲):触犯法令。師(师)吏:以吏为师。

[30] 善度:心地仁爱,品质淳厚的气量。蘇(苏)者之芻(刍)狗:出自《庄子·天运》:"夫刍狗之未陈也,盛以箧衍,巾以文绣,尸祝齐戒以将之;及其已陈也,行者践其首脊,苏者取而爨之而已。"苏者:拾柴火的人。刍狗:祭祀时用草扎的狗来代替活的狗作为祭品。

[31] 塗(涂):染污。堙:泯灭;埋没。心目:内心的想法和看法。愚:蒙蔽;欺骗。黔首:古代对百姓的称谓。

[32] 心傳(传):以心传心。这里指私下里。不口:不说出来。

[33] 同運(运):同样的命运。

[34] 塞(sè)源:比喻毁灭或背弃根本。秖(zhī):同"祇",只;但。

[35] 譏議(讥议):讥讽批评;加以非议。

[36] 剛(刚)戾:刚愎暴戾。回:曲折;环绕。

[37] 炎:热。口舌:指言辞;说话。

[38] 鼓亂(乱):煽动祸乱。忤(wǔ):逆,不顺从。君:指秦始皇。酷烈:极其残酷猛烈。

[39] 一網(网):迫害像网一样。張(张)天而掩地:形容铺天盖地。連(连):相接。四百:这里指被坑的四百六十余名方士。

[40] 邈:遥远。驪(骊)山之硎(xíng)谷:即"坑儒谷",由于秦始皇把文字统一,"国人多诽谤怨恨",秦始皇怕天下不从,于是广召儒士书生到咸阳,全拜之为郎官。然后,秦始皇密令亲信在骊山硎谷的温暖向阳之处种瓜,等瓜成熟后,正值冬天,秦始皇令诸生前去察看,诸生到谷中之后,正在辩论不已,忽然上面土石俱下,遂皆被压死。

[41] 不辜:无罪。

[42] 誰(谁)酷於(于)此:没有什么比这更残酷的。

[43] 忌克:心存妒忌而欲凌驾于人。亦泛指为人妒忌刻薄。殘(残)刻:凶暴狠毒。

[44] 仇雠(雠)(chóu):仇敌。根株:借指儒家学说的根本及传承者。

[45] 禍機(祸机):指隐伏待发之祸患。茲:通"滋",增长。防川:制止洪水的

泛滥,这里指堤坝。大决:溃决。
[46] 古之哲王:古代贤明的君主。扶翼:辅佐;扶助。
[47] 典学(学):《尚书·说命下》:"念终始典于学。"孔颖达疏:"念终念始常在于学。"这是传说勉励殷高宗的话。后因称皇子就学为"典学"。本文指勉励学习。造:培养。
[48] 善制:高明仁爱的法规、制度。羲軒(轩):伏羲氏和轩辕氏(黄帝)的并称,这里指明君。式:示范;作为榜样。聖謨(圣谟):圣训。皇帝的诏令。典誥(诰):指典章诏令。
[49] 日就:每天有成就。環(环):围绕。率土:"率土之滨"的省语。犹言四海之内。歸(归):趋向;去往。禹水:指禹治理洪水。
[50] 極(极):尽,达到顶点。熙皞(hào):指和乐,怡然自得。熙,光明和熙。齊(齐):整治。覆燾(dào):犹覆被。谓施恩加惠。燾,同"帱"。
[51] 追曲:犹言追随邪佞。
[52] 子產(产):名侨,字子产,又字子美,春秋时期郑国(今河南新郑)人,著名的政治家和思想家。是第一个将刑法公布于众的人,曾铸刑鼎,是法家的先驱者。不毁(毁)夫鄉(乡)校:即"子产不毁乡校",出自《左传·襄公三十一年》:"郑人游于乡校,以议执政之善否。然明谓子产曰:'何不毁乡校?'子产曰:'何为?夫人朝夕退而游焉,以议执政之善否。其所善者,吾将行之,其所恶者,吾将改之,是吾师也,如之何毁之?吾闻忠善以损怨,不闻作威以防怨。岂不遽止?然犹防川也,大决所犯,伤人必多,吾不能救也,不如小决之使导,不如吾闻而药之也。'然明曰:'蔑也今而后知吾子之信可事也。小人实不才。若果行此,其郑国实赖之,岂唯二三臣?'仲尼闻是语也,曰:'以是观之,人谓子产不仁,吾不信也。'"子产把乡校作为获取群众议论政事的反馈信息的场所,而且注意根据来自公众的意见,调整自己的政策和行为。
[53] 因:根据,按照。取善:指学好。
[54] 敬德:谨慎自己的品德。淑:善;美。
[55] 重威:加重威慑。止謗(谤):阻止指责。適(适):切合;相合。危亡:十分危急的局势。自:当然。
[56] 嬴:秦始皇嬴姓。馭(御)世:治理天下。興(兴)嗟:引起感叹。讟(读):诽谤;怨言。
[57] 逆行而倒施:做事违反常理,不择手段,指秦始皇所作所为违背王道。

濟(济):补益。淫虐:放纵且暴。

[58] 鑠(铄):销毁;消损。

[59] 棘矜:戟柄,指古代兵器。棘,通"戟",古代兵器。矜,矛柄。争鋒(争锋):指带头起义。

[60] 鹿走原:鹿奔驰在平原上。比喻大泽乡起义得势,各地纷纷抗秦。横(横)逸:纵横奔放,不受拘束。掎角:分兵牵制或夹击敌人。機(机)陷:设有机关的陷阱。这里指起义的形势大,秦朝如同跌入陷阱。

[61] 囚獨(独)夫於(于)函關(关):出自杜牧《过骊山作》:"黔首不愚尔益愚,千里函关囚独夫。"指固若金汤的崤山、函谷关,最终变成秦统治者的坟墓。独夫,暴虐无道,众叛亲离的统治者。擲(掷):弃。一劍(剑):一把剑。指秦朝因暴虐的统治而亡国。

[62] 中(zhòng):受到;遭受。裂:指国家分裂。記(记)姓:源于芈(mǐ)姓,这里指项羽姓氏。项羽是项燕的孙子,楚国的贵族,项氏来源于楚国王室芈姓,后被封于项地,所以以地为氏。乃翁:你的父亲。指刘邦。

[63] 傳(传)祚:帝位相传。二:指两代。倏(shū):极快地;疾速地。火之照紅(红):楚霸王项羽率领军队入关以后,将阿房宫及所有附属建筑纵火焚烧,化为灰烬。

[64] 術(术):古代城市中的道路,这里指从公元前222年开始,秦始皇开始修筑以国都咸阳为中心,向四面八方延伸出去的驰道。反:回击;回过头来。資(资):供给;帮助。英雄:指项羽。

[65] 厲階(历阶):一步一个台阶向上,古时是失礼的举动。

[66] 天心:天意。斯文:指古代的礼乐制度。重輕(轻):使重减轻。

[67] 兵燹(xiǎn):因战乱而造成的焚烧破坏等灾害。孔壁:孔子故宅的墙壁,据传古文经出于壁中,故著称。傳(传):传授。伏生:汉时济南人,名胜,或云,字子贱,原秦朝博士,治《尚书》,始皇焚书,伏生以书藏孔壁中。

[68] 炎漢(汉):指汉朝。古代数术家用"五德"之说,以金、木、水、火、土的互相生克来解释历代王朝的交替,汉朝自称因火德而兴起,故称炎汉。煥(焕):面目全新,形容出现了崭新的面貌。文治:指在文化、教育方面所取得的成绩。有聲(声):有声誉;著称。

[69] 石渠與(与)白虎:指东汉章帝建初四年(公元79年),在白虎观召开由廷臣及诸侯参加的讨论五经同异的会议,历时数月之久。这里将汉朝

时代皇帝尊重圣道与秦始皇焚书坑儒形成对比。三老輿(与)五更:相传古代统治者设三老五更,以尊养老人,《礼记·文王世子》:"遂设三老五更,群志之席位焉。"郑玄注:"三老五更各一人也,皆年老更事致仕者也,天子以父兄养之,示天下之孝悌也。"又《乐记》:"食三老五更于大学。"郑玄注:"三老五更互言之耳,皆老人更知三德五事者也。"孔颖达疏:"三德谓正直、刚、柔,五事谓貌、言、视、听、思也。"这种制度汉代还保存着。《汉书·礼乐志》:"养三老五更于辟雍。"《后汉书·明帝记》:"尊事三老,兄事五更。"

[70] 世重:世轻世重,根据当时社会情况确定刑罚轻重严宽。怠:懒惰;松懈。賁飾(贲饰):装饰;文饰。治平:治国平天下。

[71] 董韓(韩)與(与)周程:董指董仲舒;韩指韩愈;周指周敦颐;程指周敦颐的两个弟子程颢、程颐,这里泛指贤臣。張(张)朱:张指张载,北宋哲学家。朱指朱熹。迭:交换;轮流。鳴(鸣):闻名。

[72] 導(导)源:即发源;起源。續(继):继承。傳(传):推广;传播。

[73] 泯:消灭;丧失。熸(jiān):灭亡。

[74] 善治:犹善政。清明的政治;良好的政令。不行:不施行。

[75] 間見(间见):断断续续出现。名存而實(实)寡:即名存实亡。

[76] 眷:顾念。東(东):东国。指朝鲜朝。聖(圣)作:称颂帝王有所作为之词。滿(满)假:自大自满。《尚书·大禹谟》:"克勤于邦,克俭于家,不自满假。"孔传:"满,谓盈实;假,大也。"孔颖达疏:"言己无所不知,是谓自满;言己无所不能,是谓自大。"

[77] 述:传述;传承。堯(尧)舜:尧和舜是上古的贤明君主,这里泛指圣人。帝典:指《尚书》中的《尧典》、《舜典》篇。憲(宪):效法。文武:文才和武略。周雅:指《诗经》中的《大雅》和《小雅》,因均为周诗,故称。

[78] 緝(缉)熙:光明。精一:专一。執(执)中:不偏不倚。

[79] 開(开):教导;启发。原:同"源",源头。文教(教):政治主张。这里指儒学经典。吾東(东):我们东国,指朝鲜朝。

[80] 自:用。秘書(书):指谶纬图篆等。盛:广泛;程度深。經(经)史:即"经史子集",这里泛指圣贤书。旁通:犹言博通;亦用为相互贯通。

[81] 蔚:盛大。庠序:泛指学校。殷代叫庠,周代叫序。

[82] 軼(轶):超过。三五:指三皇五帝。

[83] 顓(zhuān)蒙:愚昧。蕪(芜):指文辞杂乱。

[84] 乏:无能;无用。赡(贍):富足;足够。楊馬(杨马):扬雄、司马相如的简称,这里代指有文采的贤臣。楊,应为"扬"。祖禹:指范祖禹(1041—1098),字淳甫、梦得,北宋中期著名的史学家。祖禹善于进谏,苏轼称其为谏官第一。
[85] 吹竽:吹奏竽,指滥竽充数,用"吹竽"自嘲,表示自己的文采不好。金闺(闱):金马门。指朝廷。
[86] 常:时时。
[87] 駕(驾):对人的敬辞。文武:周文王与周武王。明備(备):明确完备。
[88] 寄興(兴):寄寓情趣。美刺:称美与讽恶。

【译文】

上乘的治国策略来源于上天,寄示给德才兼备的圣人来实施。圣人最初用爻画卦象开导蒙昧,揭示万物的本质。从三皇五帝开始,好的治国之策就已具备并且安定亨通。圣人确定常理以此供君主遵循,礼节音乐也从这时候开始成型。慨叹圣人仙逝而他们的仁政精神永存,用典籍教诲人们而流芳百世。他们贵在不遗余力地阐释治世之道,仔细深入地体会其精妙的地方。完善《诗》《礼》并发扬光大,条理清晰,精义连贯。看后世儒生效法圣人精神,努力引申、发掘圣人的意蕴。虽然未能继承圣人的精髓,但也遵循其教诲并去效法。适合以后的君主推崇重视,用六经治理习俗。从什么时候开始世风不淳?众人纷纷被欲望所奴役。治国策略也渐渐走下坡路,出现九流等不同的派别。圣人孔子沥血一生删修作《春秋》,记载功过是非。战国时期各国在合纵连横中动荡,孟子最终返回鲁邹坚守道义。

王道不返,暴秦的统治又开始了。将损害仁义视为头等功劳,并效仿刑名之学。用武力统一四海八方诸侯,让诸侯俯首称臣。废除分封制而大兴郡县制,销毁武器做铜人。建阿房宫以充实内宫,筑万里长城以威边疆。自以为德兼三皇功盖五帝,视百王谁先于我。登泰山举行封禅大典告天,差人去东海求仙术。统一法令驱役全天下百姓,摒弃传统并且独裁专制。销毁诸如《诗经》《尚书》等宝典,抛弃圣贤的教诲。丢弃修身齐家之道而忘本,厌恶经制认为它会妨害自己。既然所奉行的都是违逆的,也就用不着那《秦典》。李斯违背师道,肆意地蛊惑人心。到处搜查古今圣贤的书籍,付之一炬燃烧殆尽。万卷书付之一炬,重要的心得方法也被消磨、抛弃。士人学古却触犯法网,只让人们学习法令,以吏为师。感慨古代贤君实施的仁政手段,像苏者对待刍狗一样。掩盖天下人的想法和看法,以此来愚昧百姓。然而圣贤经典存在人心中,用心继承而不用言语来表达。和苍天大地一起共存共亡,怎么能随着文字成为灰烬呢?想通过烧毁书而阻止人们的思想,这是多么的愚蠢。儒生们又是那么不自量力,为什么提出异议?秦朝暴君已是刚愎自用不仁义,又有什么能使他回头。道的厄运像火势般猛烈,不是言语能左右的。儒生们白白地被认为是煽动祸乱,触怒残酷的嬴政。迫害像一张大网铺天盖地,四百多位儒生无一幸免。遥远的骊山硎谷,冬天为什么长出瓜。悲叹无辜的儒生,悲惨地被埋于一坑。从人类出现开始算起,没有比此残酷的行迹了。

  嬴政为人忌妒刻薄,并且暴躁,实施的政令也凶暴狠毒。将儒家经典看作是仇敌,(于是焚书又坑儒,)打算将儒家的学说彻底根除。要知祸端是潜滋暗长的,像堤坝溃决过程。遥想古代的圣贤君主,都学习儒学来辅佐政治。心思致力于学习而尊儒学,品德在每天的培养中也就形成了。依照伏羲轩辕等贤君仁爱的法规,遵守圣训典章诏令。那么四海之内民心所向就像大禹治水顺渠一般。国家社会秩序将是井然有序,施恩泽造福百姓很长时间。为何要背道而驰,追随邪佞,用刑罚来代替教化。子产这样的国家执政大臣,也不毁坏学校。遵循择善弃恶的原则,治理国家最终取得良效。如听闻臣民百姓怨声载道,就应实施仁政。如果以加重刑罚制止天下怨言,自然是加速自灭。看嬴氏暴虐不施仁政统治,引起怨声载道。不仅逆行倒施违背王道,还荒淫放纵无度。天时地利人和都弃之而去,国脉消失殆尽即将灭亡。民众人心不是软弱可欺的,面对杀戮怎么能够顺从。大泽乡陈胜吴广振臂一呼,天下便云集反秦。起义之势如同鹿驰骋平原,秦朝统治者如同跌入陷阱一样。秦统治者作茧自缚囚于崤山,终于因暴政失掉天下。他的政权被西楚霸王项羽所撼动,最终饮恨失去了江山。怎能料到秦朝统治短暂仅两代,宫殿终究化灰烬。祸患源于没有长远的考虑,修的驰道反给了义军方便。探究秦朝短暂灭亡的原因,焚书坑儒就是祸根的源泉。然而天道没有丧失礼乐教化,怎能因为暴秦的淫威而有所减损。如避免遭受焚烧破坏,或寄托伏生孔壁藏书。汉朝文化与教育繁盛昌明,历来被称颂嘉奖。白虎观会议等反映出政治开明,仿古完善赡养制。后世都重礼制,并注重用文饰来治国平天下。况且又有董韩周程般等贤臣的辅佐,张朱先生的意见建议。总之是培根导源,延续失传的儒学。所以天道没有丧尽,秦朝灭亡了而汉朝兴起了。然而后世少于善治理的明君,儒学真正的精髓没有被施于天下。即使偶尔出现个别的成就,其实是名存而实亡。

皇天眷恋我们朝鲜朝,而君王也有作为,不自大而善于采纳谏言。从帝典中传承尧舜的王道,学习《诗经》中的文才武略。每天学习经典而注重应用于实践,从而不偏不倚地贯彻。从历代经典中寻求儒家源头,在我国大力地倡导实施。从各种渠道搜集百家经典,深刻了解学习经典著作。崇尚孔孟并且熟读《诗经》《尚书》,践行倡导儒学风范。循序渐进地推广儒学,立志超过三皇五帝和汉唐。

看看微臣上面所写的是相当的愚昧,文辞杂乱且蠢笨。没有扬雄、司马相如般富足的文采,面对善讲的范祖禹也感到羞愧。长期地在朝廷里滥竽充数,有负于君主隆恩。常常有意赞扬,却只不过是摹写天地。周文王与周武王之所以在道德上完满无缺,在于礼乐制度的完备。为什么反复地强调秦始皇的自狂愚昧呢?只是把美刺讽喻的内容寄托在这篇赋中。

【赏析】

燕山君时期政治混乱,勋旧派伺机策划两次士祸来削弱士林派。申用溉也因此被牵连,先后入狱、流放。此后的燕山君,沉溺酒色,荒淫无道,为所欲为。勋旧派废除昏君,拥立其弟即位,是为中宗。中宗改革燕山君时的种种弊政,召回因士祸而被流放的士林派,申用溉因此被召回并被委以重任。但随着士林派一天天地强大,功臣勋旧派又视其为眼中钉,最终两派又到了水火不容的地步。《焚书坑儒赋》就是在这种时代背景下完成的。

经历两次士祸而被召回重任,作者此时已过知天命之年,如此大起大落使得他深刻认识到只有明君在位,推崇儒学,方可国泰民安,否则昏君暴虐,佞臣当道,会导致民不聊生。本文是篇应制之作,但歌功颂德笔墨极少,作者更多的是以秦始皇焚书坑儒、暴虐无道失天下为鉴,以重振儒风为己任,讽谏统治者应吸取教训,励精图治,推崇儒学,远佞臣而近贤臣。

本赋是篇骚体赋,共 92 句,1380 余字,篇幅较长,句式灵活参差,多六、七、八言,以"兮"字为句腰,句调谐拗兼有。本文亦是篇政治檄文,作者在文中放纵自己的感情,或陈述尧舜禹治国之功,或悲吟焚书坑儒之恨,或呼告秦始皇暴虐。有发端,有展开,也有回环照应，脉络极其分明，辞藻富丽，篇幅宏大。细究其文法，具有以下几个特点：

一、高度概括史实，采取对比论证。本文是一篇政论赋，因而重在说理。叙史部分高度概括，文章从述说三皇五帝功绩开始，"明彝伦以照后兮，亦礼乐之大成"，而后讲述春秋时期，"功利于春秋兮，孔圣卒老于删修"，这都是为与秦始皇"焚书坑儒"、统治暴虐形成鲜明对比；讲述秦始皇暴虐时又罗列出废除分封制、修骊山墓、泰山封禅、东海求仙、建阿房、固长城、修驰道等史实，以此来反映赋税徭役之重而导致的民不聊生；随后又讲到秦朝作茧自缚，迫使农民起义，"泽乡之戍夫一呼兮，挥棘矜以争锋"失天下，"中裂于记姓之项王兮，卒输于马上之乃翁"；之后又讲述汉朝开明政治制度，以此与暴秦作对比，如"惟石渠与白虎兮，亦三老与五更"，以此告诫当世统治者应推崇儒学，实施仁政。

二、广泛运用比兴手法。作者继承了屈原"依诗取兴，引类譬喻"的比兴手法，文中以"鹿走原而横逸"比陈胜、吴广起义规模大，顺应人心，从而说明秦政早已失去民心；以"倏宫火之照红"来比秦朝统治时间短如火势熄灭；以"一网张天而掩地"来比秦始皇杀戮儒生的惨不忍睹场景。而作者在燕山君暴政终结，中宗统治时期，取"焚书坑儒"来完成此赋，亦是以秦暴政指燕山君暴政失江山，以佞臣李斯指作勋旧派，从而讽谏中宗推崇儒学而实施仁政，远奸佞而近忠贤。

三、直接以议论入赋，讨伐秦王朝暴政。作者经历燕山君时期的暴政，流放时期深刻体会暴政下百姓疾苦，对君王暴虐早就恨之入骨。文中作者毫不隐晦自己的情感，对秦始皇的暴虐行迹直接加以斥责，如"残仁义于首功兮，祖刑名于韩申"、"君之心忌克而暴怒兮，发于政而残刻"、"自以为德兼三皇兮，视百王余谁先"、"既所行之乖剌兮，又焉用夫典记"、"岂民愚而可欺兮？岂人杀而我从"、"然天心未丧斯文兮，岂秦威而重轻"、"复何说夫狂秦之自愚兮，唯寄兴于美刺"，因此可以说本文亦是篇讨伐君王暴政的政治檄文。

四、用典精切,旨在讽谏。申用溉继承了左思"文典以怨,颇为精切,得讽谕之致"的用典精切的讽谕风格,讽谏当世统治者。作者大量的用典,如用"销锋镝为金人"、"登泰山而告天"、"巡东海而问仙"、"邈骊山之硎谷兮,瓜胡为乎冬实"等来说明秦始皇的暴政,从而讽谏当世统治者要实施仁政。又如用"石渠与白虎"、"三老与五更"等汉代开明政治制度的典故来委婉地为当世统治者树立开明政治的榜样。

金 馹 孙

【作者简介】

　　金馹孙(1464~1498),字季云,号濯缨子、伊堂、云溪隐士、少微山人、咏归学人、卧龙樵夫、磻溪居士。曾师从金宗直,是士林派代表人物,官至吏曹正郎。1498年(燕山君四年),因将影射世祖篡位的文稿《吊义帝文》收入《成宗实录》而获罪。卒于戊午士祸。

　　金馹孙深受韩愈的影响,后人赞他为"东国之昌黎"。政治上提倡仁政,反对勋旧派大臣的土地兼并,要求朝廷宽免赋税徭役,关心国家命运和民生疾苦。他热烈地提倡儒家正统思想,积极实践孝悌忠信的道德,宣扬儒家学说中的封建伦理观念。

　　金馹孙主张以忠义事君,以清廉治民,提出"均田论"、"限田论",谴责勋旧派大臣的土地兼并危害了国家的根本利益,对燕山君的暴行采取批判态度,这为之后的被诛埋下祸根。后人评金馹孙被诛:"祸延士林,至今谈之者莫不气塞而哽咽。呜呼,岂非世道之所关哉!"

　　现存《濯缨先生文集》八卷,续集二卷。宋时烈评:"濯缨先生,以文章节行,冠冕一时。"创作上,金馹孙赞同文以载道的文学观,学习中国先秦两汉古文,博取屈原、司马迁、司马相如、扬雄诸家作品。

　　金馹孙的赋作成就很高,语言精美,富于文采,有时骈散兼行,整齐有变；有时比喻贴切，生动形象；有时运用排比句式，气势充畅，字句整齐，声调和谐。描写事物极尽铺陈夸张之能事，以议论入赋，寄托讽谕之意，如《秋怀赋》、《疾风知劲草赋》等。

《游月宫赋》之类，完全出于虚构，接近传奇小说。文气充沛，纵横开合，奇偶交错，巧譬善喻；或诡谲，或严正，艺术特色多样化。

哀辞则以散文形式写朋友交谊和患难生活，如《朴希仁哀辞》和《赵伯玉哀辞》等。

其诗"用思艰险"，崇尚"苦吟"、"不平则鸣"、"笔补造化"，主要追求奇崛险怪之美。此外，书信如《拟别知赋送姜士浩》等也是具有一定感染力的佳作。

【原文】

秋懷賦

癸丑之秋，余在書堂。蒼茫歲暮，玩愒流光[1]。破萬卷之未了，羲馭忽以西藏[2]。景暉暉以苦短，夜曼曼以漸長[3]。梁燕翩翩以辭巢，塞雁嗈嗈以叫霜[4]。葉摵摵以歸根，蛩唧唧以近牀[5]。感時物之易變，增余懷之悲涼。對案掩卷，心焉若忘。不言不笑，忽乎迷方。乾愁苦恨，萬事亡羊[6]。木溪子在傍，怪而問之曰："何爲其然耶[7]？身際文明，主聖臣良[8]。翹館儲材，博選朝行[9]。溉根食實，不遺斐狂[10]。於我廈屋，討論皇王。珍分御廚,廩繼太倉[11]。榮幸無比,樂且無央[12]。落霞興杳,湖山滿眶[13]。和余倡余,峨峨洋洋[14]。造物爲徒,心與道昌[15]。一抔乾坤,信手低昂[16]。四時運轉,天道之常[17]。苦何爲而戚戚,懷楚客之悲傷[18]?"

呼童子以進酒,當浮君以羽觴[19],余默然不應,汪然涕滂[20]。木溪子起而更言曰:"我知之矣。霜露履滂愴,丘壟荒者耶[21]?鶴髮倚門,母未將者耶[22]?鴒原情苦,陟彼岡者耶[23]?蓴鱸興發,憶江鄉者耶[24]?閒情遠別,惱閨房者耶[25]?好古生晚,心遠地偏,獨悵悵者耶[26]?行與世違,命不身謀,強趨蹌者耶[27]?佳山好水,高棲遐遁,未得其臧者耶[28]?蒼生繫念,白屋有冤,思濟時康者耶[29]?日耕《墳》《典》,心遊宇宙,恨未置身於虞唐者耶[30]?感慨忠良,憤疾兇邪,謾覼縷於前代之興亡者耶[31]?亦或幼學無成,壯恨面墻[32]。擬泝伊洛,反航絕潢[33]。汩沒塵埃,世累蒼皇[34]。上負聖教,下孤時望[35]。耗公廩而費日,省吾私兮不敢當[36]。臨長途而景迫,企古人兮力不遑[37]。然猶得餘馥於陳編,自以爲九畹之國香[38]。抱獻芹之微誠,徒哺啜而周章[39]。思美人之遲暮兮,鶗鴂鳴而不芳[40]。遊子於是百感集而攻腸。

噫!人生天地之若寄,此身杳於粃糠[41]。少壯不戀而老將至兮[42]。輸百年於尋常,與草木而同凋[43]。卒溘盡於一場,豈不悲夫[44]?吾觀一元之運,不息自強[45]。人生稟賦,氣通陰陽[46]。春思駘蕩兮,夏氣舒長,秋懷憭慄,冬念矜莊[47]。一心隨感,與時弛張[48]。含生大同,不分毫芒[49]。惟秋之氣,獨克以剛[50]。共萬類而於悒,實元化之所戒[51]。然君子之節情,要中正以自防。吾將與子而賞秋,請登山臨水而徜徉[52]。"

余猶不應,袖手思量。取琴浪撫,萬古一忙[53]。風蕭蕭而打扉,有聲鏦鏦若金槍也[54]。起而開窓,則庭空葉積,天宇高曠,水落江清,野色蒼黃[55]。

【题解】

《秋怀赋》选自《濯缨先生文集》卷一。濯缨先生是金馹孙的号。濯缨是洗涤冠缨之意,比喻超脱尘俗,操守高洁。秋怀,即对秋天的感怀。

本赋是作者而立之年所作。虽仕途有门,但报国无望,长期的政治斗争也使他看到了世事的复杂,逐渐淡于名利。此赋借秋怀告诫世人:不应悲秋、恨秋,怨天尤人,而应自我反省,珍惜光阴,以古为鉴,自强不息。这一立意,抒发了作者难有所为的郁闷心情和自我超脱的愿望。

【注释】

[1] 癸(guǐ)丑:癸丑年,即公元1493年。蒼(苍)茫:犹匆忙。歲(岁)暮:年末。玩:轻慢;轻视。愒(qì):荒废。流光:指光阴。
[2] 破萬(万)卷:形容读书很多,学识渊博。羲馭(驭):太阳的代称。羲和为日驭,故名。
[3] 景:指日光。暉暉(晖晖):形容日光灼热。曼曼:同"漫漫"。指时间长久。
[4] 梁燕:梁间的燕子。塞雁:边塞之雁。噰噰(yōng):象声词,鸟类和鸣声。

[5] 摵摵(shè):象声词,指树叶飘落。蛩:蟋蟀的别名。唧唧(唧唧)(jījī):象声词,蟋蟀的叫声。牀:"床"的异体字,井上围栏。
[6] 案:书案。掩:关;合;掩闭。乾愁:指无济于事的空发愁。乾,"干"的古体字。苦恨:极其遗憾。苦,极。亡羊:出自西汉刘向《战国策·楚策四》:"亡羊而补牢,未为迟也",表达处理事情发生错误以后,如果赶紧去挽救,还不为迟的意思。但文中取"亡羊"是指一切都已经过去,无法挽回之意。
[7] 木溪子:虚拟人物。傍:同"旁",旁边;侧近。怪:以之为怪;认为奇怪。
[8] 身:生命;性命。際(际):当;适逢其时。聖(圣):圣明。
[9] 翹館(翘馆):古代为朝廷聚集文人词客的官署。儲(储):积蓄备用。材:通"才",才能;能力。博選(选):广泛地选择。朝行:犹朝班。泛指朝廷官员。
[10] 食實(实):谓受封爵并可实际享用其封户租赋。斐:非常。狂:本义指狗发疯。引申为品质恶劣的人。
[11] 珍:精美的食物。廩(lǐn):粮仓。太倉(仓):古代京师储谷的大仓。
[12] 樂(乐):喜悦;愉快。央:尽;完了。
[13] 杳:深远;高远。
[14] 和:附和;响应。倡:倡导;先导;带头。峨峨洋洋:用以形容音乐高亢奔放,后亦用以形容欢乐之态。
[15] 造物:造物主。徒:同类。
[16] 一抔:一捧。乾坤:天地。信手:随手。低昂:起伏;升降。
[17] 四時(时):四季。常:规律;准则。
[18] 苦何:何苦。戚戚(qī):忧惧的样子;忧伤的样子。懷(怀):心里存有;怀藏。楚客:泛指历代被贬谪南行而经过湘水的人。
[19] 進(进)酒:斟酒劝饮;敬酒。浮:罚人饮酒。浮君,就是罚君的意思。羽觴(觞):指酒杯,又称羽杯、耳杯,是中国古代的一种盛酒器具,器具外形椭圆、浅腹、平底,两侧有半月形双耳,有时也有饼形足或高足,因其形状像爵,两侧有耳,就像鸟的双翼,故名"羽觞"。
[20] 默然:沉默不语。汪然:眼泪满眶的样子。滂(pāng):比喻眼泪流得很多,哭得厉害。
[21] 霜露:霜和露水。两词连用常不实指,而比喻艰难困苦的条件。履:踩踏。愴(怆):悲伤。丘壟(垄):坟墓。

[22] 將(将):供养。
[23] 鴒(鸰)(líng)原情苦:指兄弟友爱。化用《诗经·小雅·常棣》:"脊令在原,兄弟急难"诗句。脊令,水鸟,亦名鹡鸰,大如燕雀,毛色黑白相间,常在水边觅食昆虫。在原,水鸟在原,失其常处,比喻兄弟有患难。陟(zhì):表示由低处向高处走。崗(岗):山脊;山岭。
[24] 尊鱸(尊鲈)(chún lú):出自《世说新语·识鉴》:"张季鹰辟齐王东曹掾,在洛见秋风起,因思吴中菰菜羹、鲈鱼脍,曰:'人生贵得适意何能羁宦数千里以要名爵!'遂命驾便归。俄而齐王败,时人皆谓为见机。"后来被传为佳话,"莼鲈之思"也就成了思念故乡的代名词。尊,"莼"的异体字。
[25] 閒(闲)情:指男女之情。閨(闺)房:小室;内室。常指女子的卧室。
[26] 心遠(远)地偏:出自陶渊明《饮酒其五》:"结庐在人境,而无车马喧。问君何能尔?心远地自偏。"这里是指心境高远,就觉得住的地方变得僻静了。佷佷(怅怅):无所适从貌。
[27] 世:世俗。強(强)(qiǎng):硬要;迫使。趣(趋):奔赴;趋向。蹌(跄):步趋有节貌。形容行走合乎礼节。
[28] 棲(qī):居留;停留;栖身。退遁:指隐居不仕。臧:好;善良的。
[29] 蒼(苍):指众多,茫茫一片的感觉。白屋:茅屋。古代指平民的住屋,因无色彩装饰,故名。濟(济):拯救;救济。康:使安定。
[30] 《墳》(坟)《典》:见《焚书坑儒赋》注释[5]。遊(游):从容地行走。虞:舜帝。唐:尧帝。
[31] 疾:痛恨。謾(谩)(màn):徒;空泛。顰(颦)蹙(cù):皱眉皱额,比喻忧愁不乐。
[32] 幼學(学):古称十岁为"幼学之年"。引申为幼时的学业。
[33] 擬(拟):打算;准备。泝:同"溯",逆流而上。伊洛:伊水与洛水。反:通"返",归。絕(绝)潢:无法通行的水路。潢,积水坑。
[34] 汩没(没):埋没。塵(尘)埃:尘俗。世累:即"累世",历代。蒼(苍)皇:匆忙而慌张。
[35] 負(负):辜负;对不起人。孤:同"辜",辜负。
[36] 省(xǐng):反省;自省。
[37] 迫:逼近。不遑(huáng):无暇;没有闲暇。
[38] 餘(余):丰足。馥(fù):香;香气。陳編(陈编):古旧的书籍。九畹

(wǎn):语出《离骚》:"余既滋兰之九畹兮,又树蕙之百亩。"畹,田三十亩叫一畹。一说十二亩为一畹。又说二十亩为一畹。國(国)香:兰花。

[39] 抱:怀藏;心里存有。獻(献)芹:谦称赠人的礼品菲薄或所提的建议浅陋,也作"芹献"。《列子·杨朱》:"宋国有田夫……谓其妻曰:'负日之暄,人莫知者,以献吾君,将有重赏。'里之富告之曰:'昔人有美戎菽、甘枲茎芹萍子者,对乡豪称之。乡豪取而尝之,蜇于口,惨于腹,众哂而怨之,其人大惭。'"哺啜(bǔ chuò):饮食;吃喝。周章:周折。

[40] 美人遲(迟)暮:比喻有作为的人也将逐渐衰老。出自屈原《离骚》:"惟草木之零落兮,恐美人之迟暮。"这里表达了对人生苦短,青春易逝的感慨。鹈鴂(tí jué):鸟名。即杜鹃。屈原《离骚》说:"恐鹈鴂之先鸣兮,使夫百草为之不芳。"鹈鴂一叫,说明春天已经归去,百花的芬芳也就停止了,因此这种鸟在诗词中就常被用来表现岁月蹉跎、年华虚度、众芳衰歇、青春迟暮的悲哀。

[41] 粃糠(bǐ kāng):瘪谷和米糠。喻琐碎、无用之物。

[42] 懋(mào):勤奋努力。

[43] 輸(输):丧失。

[44] 澌(sī):尽;澌灭。

[45] 一元:宋代邵雍把世界从开始到消灭的一个周期叫做一元。一元有十二会,一会有三十运,一运有十二世,一世有三十年,故一元共有十二万九千六百年。運(运):命运;运气。

[46] 禀赋(禀赋):谓人所禀受的体性资质。通:通往;到。陰陽(阴阳):指春夏和秋冬。

[47] 駘蕩(骀荡):舒缓荡漾的样子。常用来形容春天的景色。憭慄(liáo lì):凄凉。矜(jīn):端庄;庄重。

[48] 時(时):指时序;季节。弛張(张):谓一松一紧。弛,放松弓弦。张,拉紧弓弦。出自《礼记·杂记下》:"张而不弛,文武弗能也,弛而不张,文武弗为也。一张一弛,文武之道也。"比喻事物的盛衰、强弱、兴废等。

[49] 含生:一切有生命者。毫芒:毫毛的细尖。比喻极细微。

[50] 氣(气):气派;气概。剛(刚):刚正。

[51] 悒(yì):忧愁;不安。元化:造化;天地。戕:伤害;残害。

[52] 徜徉:徘徊。此处指游玩。

[53] 浪:随便;任意。撫(抚):弹奏。

[54] 蕭蕭(萧萧):形容风声。扉:门扇。鏦鏦(钅从)(cōng):形容金属相击发出的声音。钅从,古兵器。短矛。
[55] 空:岑寂。幽静。高矌(旷):空旷。蒼(苍):黄青色和黄色。这里指季节的变化。

【译文】

　　癸丑年秋天,我在书房,感慨时间匆匆,转眼年末已至,荒废光阴。我尚未博览群书,太阳已经西下。苦于白日的短暂、长夜的漫漫。梁间的燕子回旋飞舞,告别昔日的巢穴,边塞之雁鸣叫,秋天就这样到了。黄叶零落归根,蟋蟀唧唧哀鸣着靠近井上围栏。我感叹世间万物的多变,平添悲凉之情。对着书案,掩卷凝思,心仿佛死了一般,不言不语,犹如失去了方向。万事都已经过去,无法弥补,只有无济于事的愁苦和遗憾。木溪子在侧,感到很奇怪便问:"为什么要这样呢?适逢文教昌明,君主圣明,臣子贤良。翘馆广纳贤才,广泛地挑选朝廷官员。稳固根基,享用租赋,并且圣恩广泽,被之狂徒。在高大的屋子里,畅谈国事。各种精美的食物分列于御厨之中,储存粮食的粮仓一个接着一个。真是幸福无边,荣幸之至,喜悦无穷。晚霞遥远地兴起,壮美的湖山盈满眼眶。如此美景和我唱和着、应和着,何等欢快。与造物主作为同类,心灵随着天道一同昌明。天地如一抔之大,高低大小信手而来。四季更替,是自然的法则。何苦怀着楚客贬谪般的悲伤呢?"

　　(木溪子)唤童子添酒,举起酒杯罚酒。我沉默不语,涕泪滂沱。木溪子站起身,转而说:"我明白了。如履薄冰般的悲怆,是因为祖坟无人祭拜吧?倚在门边的白发老人,是因为无人奉养吧?鹡鸰失其常处之地而飞往对面山冈,是表达兄弟有急难的痛苦感情吧?莼菜鲈鱼之思,是因为怀念江乡吧?与妻子分别到遥远的地方,是因为思念闺中的人而烦恼吧?发出生不逢时,心远地偏的感慨,是因为(曲高和寡)无所适从吧?行为与世俗相违背,命运不由自己选择,是因为强迫自己合乎礼法吧?青山秀水,隐居不仕,是因为现实中没有自己追求的美好吧?心系芸芸众生,情寄含冤黎民,是因为考虑要救济百姓使其安定吧?夜以继日地钻研古籍,心仿佛在天地间游走,是因为遗憾没有置身于尧舜年间吧?感叹忠臣良将,疾恶如仇,是因为空泛地愁苦于古代兴衰存亡的历史吧?抑或幼时学业无成,悔恨不已。打算逆流而上到伊洛汇流处,却因遇到阻碍而返航。世世代代无所作为,埋没于尘埃中。对上有负于圣人的教导,对下有愧于百姓的期望。白白地浪费国家的粮食和时间(而无所作为),(你)暗暗地反省,不敢承受(这样的罪过)。面对着遥远的路途,深感时间紧迫,希望能赶得上古人(那样)又觉得自己的能力不够。(你只得到一点点的学识)却犹如从古旧的书中得到了丰沛的香气一般,暗自把它当做兰花一样珍视。怀着献芹般卑微的诚意(想报效国家),却仅仅只是为饮食而大费周折。感伤美人韶华易逝,容颜易老,杜鹃哀啼,春光已逝,众芳衰歇。你于是百感交集。

唉!人生苦短,像寄居在天地间,此身消失在琐碎无用之物中,少壮时不努力而自己将要老去。生命如同草木一般,在不知不觉中凋谢,是何等的悲哀啊!我观察万物生灭的运数,都取决于自强不息。人的资质气魄与四季相通。春思荡漾,夏气舒放;秋心悲凉,冬念端庄。心灵随顺感受,与时序共弛张。万物一样,没有差别,唯独秋的气概,以刚正不阿来要求(自己)。与万物共存,却为它们忧虑不安,是造化所导致的。而君子的品行节操,要以得当的态度来自防。我(木溪子)将与你一同赏秋,悠闲自得地游山玩水。"

我仍然没有回应，凝神思考，随意地抚琴，万世蹉跎，皆成虚空。萧萧的疾风拍打着门扉，如同金枪相碰击。起身打开窗，只见幽寂的庭院，黄叶满地堆积，天空高远旷达，潮起潮落，江水碧绿，郊野苍皇。

【赏析】

本赋写于作者三十岁时。作者面对朝廷内外的黑暗污浊，眼见国家日益衰弱、燕山君的残酷暴虐、勋旧派的土地兼并、士林派改革的无望，不免产生郁闷心情，所以，他对秋天的季节感受特别敏感，《秋怀赋》就是在这种背景下创作的。

本赋是篇散体赋，但骈散结合，铺陈渲染，词采讲究，句式中四言至九言均有，韵散结合，以体物为主，以作者与木溪子的问答体形式展开描写，辞藻富丽，主要特点如下：

一、文章虚拟人物、采用对话形式。采取传统散体赋的问答形式。作者开篇就为我们描绘了一个从静到动的画面，面对着时间匆匆，荒废光阴没能够博览群书；太阳西下，白日的短暂，长夜的漫漫；梁间的燕子回旋飞舞，边塞之雁鸣叫，蟋蟀唧唧哀鸣衬托着作者悲凉的心境，引出与木溪子对话，以木溪子之口感慨自然人生，百感交集，黯然神伤。

二、构思巧妙，匠心独运。作者巧妙地用木溪子两次发问"何为其然耶？""我知之矣"来引出木溪子一类人对政治的颂赞，作者却以"余默然不应"和"余犹不应"来回应，看似颂赞，实则否定。同时，也以木溪子一类人与作者自己进行对比，抒发无人理解，难有所为的苦闷心情，意图婉转、含蓄隽永。

三、用典精切，发人遐想。运用典故往往能够起到言有尽而意无穷的效果。金驲孙熟读史书，对史实、历史人物了如指掌，运用典故更是信手拈来。如用未能"破万卷"出自杜甫《奉赠韦左丞丈二十二韵》:"读书破万卷,下笔如有神。"来自嘲读书不多,未能博览群书,再细思量作者正是借未能"破万卷"来表达未能完成自己想做的事,并不局限于博览群书这个表象,发人遐想。又如"万事亡羊"正是截取了"亡羊而补牢,未为迟也"中"亡羊"来表达"万事已晚、大错已酿"之意,可谓是用典精切,发人遐想。类似的还有"莼鲈""心远地偏""九畹""献芹""美人迟暮""不息自强"等大家所熟悉的典故,这里不一一详解。

赋中作者把写景、抒情、议论熔为一炉,浑然天成。作者借他人之口简括有法,而议论迂徐有致,章法曲折变化,情感节制内敛,语气轻重和谐,节奏有张有弛,语言清丽而凄婉。由秋声及草木,由草木及人生,其伤感悲秋之情溢于言表。文末写木溪子的诚请和"我"的沉默不语,"取琴浪抚",更是神来之笔,更加突出和强化了悲秋的感怀。

【原文】

疾風知勁草賦

歲晏窮廬,窗扉自語[1]。一室圖書,閉戶獨處[2]。忽有聲兮迅疾,掠庭柯兮摵摵[3]。鏦鏦然錚錚然,如鐵騎之奔突[4]。忽披重裘,開戶騁目[5]。曠野茫茫,萬竅一號[6]。刁刁弗弗,窣窣騷騷[7]。草上之風必偃,舉百卉而靡然[8]。柔莖脆葉與蓬俱轉兮,莫不飄飄而隨煙[9]。爰有一草,特秀前阡[10]。其勁也曾不少搖,根着地兮枝攫天[11],余於是乎有所感矣。

神農所嘗,《爾雅》所傳[12]。堯朝指佞,正氣凜專[13]。哿矣寸草,今亦凌風[14]。人之與物,理無不同。何異夫板蕩之世,拔千丈之孤忠[15]？有如元聖,遭時之蹇[16]。三監流言,沖子闕衮[17]。大風拔木,禾黍盡偃。毅然居東,天知誠悃[18]。楚國多讒,郢路將荒[19]。荃蕙爲茅,蘭亦容長[20]。澤畔製荷,北風其涼[21]。麥秀故都,猗蘭道傍[22]。滔滔一世,賢聖獨傷[23]。俯視千載,人物嗚呼[24]。本初之徒,無異於千里草[25]。元亮之忠,豈同於劉寄奴[26]？巡遠之於唐家,文謝之於宋室[27]。風塵澒洞於六合,孰超然而不涅[28]？滿朝卿相,望風投降,甘爲奴虜兮。渠獨九死而全節[29]！是皆爲疾風之勁草,等歲寒之松柏[30]。

　　吾觀夫午橋莊邊,小兒坡上,茂草盈野,春風生養,爭抽青而抹綠[31]。信衆草之一色,逮嚴霜之下降[32]。金風索然而摧折,始知勁者本不萎苶[33]。當朝野之清平,享高爵與厚祿[34]。混薰蕕之同班兮,儘衣冠而搢笏[35]。一遇盤錯,鮮不變節以從俗[36]。草草浮生,如輕塵之棲弱兮,竟同腐於草木[37]。唯不爲流俗之所移者,擅芳名於今昔[38]。唐宗一句,取賞蕭直[39]。爲臣之勸,古今一律[40]。士生斯世,愼爾所爲。守死善道,勿爲物移[41]。埋輪慷慨,不必亂離[42]。攬轡澄清,豈害明時[43]？雖然木秀於林,風必折之,折之亦何傷兮[44]？恨吾力之不支。方寸萬古,袖手倚壁[45]。恐鶗鴂之先鳴兮,遡西風而悒悒[46]。

【题解】

《疾风知劲草赋》选自《濯缨先生文集》卷一。唐太宗李世民《赠萧瑀》:"疾风知劲草,板荡识诚臣。"只有经过猛烈大风和动乱时局的考验,才能看出什么样的草是强劲的,什么样的人是忠诚的。这句诗形象而深刻地说明:只有在严峻危急的关头,才能考察出一个人的真正品质和节操。本文正是写于朝鲜朝板荡之时,作者借"疾风知劲草"来告诫贤臣当经得住考验,不畏强权,保持高尚的节操。

【注释】

[1] 歲(岁)晏:一年将尽的时候。窮廬(穷庐):指破旧的房子。窓(窗)扉:指窗户和门。自語(语):指风吹窗扉发出的声音。
[2] 一室圖(图)書(书):这里指书之多。閉戶(闭户):指人不干预外事,刻苦读书。獨處(独处):独居。
[3] 庭柯:庭园中的树木。摵摵(shè):即瑟瑟,叶落声,指树叶零落。
[4] 鏦鏦(枞枞)(cōng cōng)然:见《秋怀赋》注释[54]。錚錚(铮铮):金属相击的声音。鐵騎(铁骑):指披挂铁甲的战马。奔突:横冲直撞。
[5] 重裘(qiú):指厚毛皮衣。開戶(开户):开门。騁(骋)目:放眼远望。
[6] 曠(旷)野:空阔的原野。茫茫:模糊不清楚。一號(号):指风的声音。
[7] 刁刁:形容风声。弗弗:指风疾的样子。窣窣(sū):象声词,形容细小的声音。騷(骚):象声词,指风吹树木的声音。
[8] 偃(yǎn):仰面倒下。擧(举):众;多。靡(mǐ)然:指草木顺风而倒的样子。
[9] 柔莖(茎):柔弱的枝干。脆葉(叶):容易折断的叶子。蓬:飞蓬。轉(转):本义是指转运。这里引申为摆动,摇摆。飄飄(飘飘):指风吹貌。煙(烟):云气;雾气。

[10] 爰:助词,无意。前阡:前面的小路。
[11] 勁(劲):强劲有力。攙(chān):扶;牵挽。
[12] 神農(农):见《椒水赋》注释[17]。嘗(尝):品尝。《爾(尔)雅》:我国最早的一部解释词义的专著,是第一部按照词义系统和事物分类来编纂的词典。傳(传):推广;散布。
[13] 堯(尧):传说中上古帝王名。指佞:指责申斥奸佞之人。凜(凛):严正;令人敬畏的样子。
[14] 哿(gě):表示称许之词。凌:迫近;逼近。
[15] 板蕩(荡):出自《诗经·大雅》,其中有《板》《荡》两篇,讥刺周厉王无道而导致国家败坏、社会动乱,后来"板荡"便被用来形容天下大乱,局势动荡不安。拔:改变。孤忠:忠贞自持,不求人体察的节操。
[16] 元聖(圣):指周公旦。蹇(jiǎn):艰阻;不顺利。
[17] 三監(监)流言:周武王攻下商都朝歌后,纣王被迫自焚而死,商朝亡,但商的奴隶主阶级仍保存了很强的实力,为加强对殷民的控制,巩固西周在中原地区的统治,武王封商王纣之子武庚于商都,并将商的王畿分为卫、鄘、邶3个封区,分别由武王弟管叔(东卫管叔鲜)、蔡叔(西鄘蔡叔度)、霍叔(北邶霍叔处)去统治,以监视武庚,总称三监。武王逝世后,周成王年少登基,周公摄政,管叔、蔡叔与武庚等诸侯非常不满,管叔散布流言,以"周公将不利于孺子"为借口,煽动蔡叔、霍叔,怂恿武庚及东方诸方国,公开叛乱,起兵反对周公,史称"三监之乱",后被周公平定。冲(冲)子:冲人,古时帝王年幼在位者自称的谦辞,犹云小子。闕(què):古代宫殿、祠庙和陵墓前的高建筑物,通常左右各一,建成高台,台上有楼观。以两阙之间有空缺,故名阙或双阙。衮(gǔn):古代君王等的礼服。
[18] 悃(kǔn):真心诚意。
[19] 多讒(谗):多谗言。郢(yǐng)路:通往郢都的路途。谓重返国门之路。
[20] 荃蕙(quán huì):蕙与荃。皆香草名。容長(长):谓外表好看。出自屈原《离骚》:"羌无实而容长。"文中借指外表好看,却无美好的内质,表达对"兰"、"椒"(喻指执掌朝政的谗佞之臣)等辈"委其美而从俗"的鄙弃。
[21] 製(制)荷:制作衣服。语出《离骚》"制芰荷以为衣兮,集芙蓉以为裳。"
[22] 猗:通"倚",依靠。
[23] 滔滔:形容时间的流失。

[24] 人物:指才能杰出或声望卓著、有地位的人。
[25] 本初:袁绍(? —202),字本初,汝南汝阳人,东汉末年群雄之一,也是三国时代前期势力最强的诸侯,"本初之徒"即像袁绍这样的人。千里草:"董"字的隐语,汉献帝元年初,长安有童谣说:"千里草,何青青。十日卜,不得生。""千里草"实为"董","十日卜"为"卓",而无论是"千里草"还是"十日卜"都是自下而上解字,而不同于通常的自上而下解的,暗示董卓将自下摩上,以臣凌君。董卓(? —192),字仲颖,陇西临洮人,东汉末年少帝、献帝时权臣,西凉军阀,为人残忍嗜杀,倒行逆施,后被其亲信吕布所杀。
[26] 元亮:晋代陶渊明,名潜,字元亮,曾任彭泽令,因不愿为五斗米折腰而归隐。劉(刘)寄奴:指刘裕。南朝宋高祖武皇帝讳裕,字德舆,小名寄奴。
[27] 巡:即张巡(713~741),安史之乱时,张巡战死于睢阳。遠(远):即许远(709~757),与张巡协力守城,外援不至,城陷被俘,不屈死。唐家:指唐朝。文:文天祥(1236~1283),南宋民族英雄。謝(谢):即谢枋得(1226~1289),南宋文学家,不仕于元朝,绝食而死。
[28] 風塵(风尘):指战乱。澒(hòng)洞:冲击;震动。六合:天下;人世间。这里指秦始皇扫六合,即公元前230年~前221年,秦王嬴政陆续灭掉六国,统一天下。孰:用在表示抉择的反问语句中,与后文"满朝卿相,望风投降,甘为奴房兮"作比较。超然:超脱世俗。涅:本义是可做黑色染料的矾石。引申为受不良事物的影响而改变。
[29] 渠:他们,上述的人事。九死:犹万死。全節(节):保全气节。
[30] 等:相同;一样。
[31] 午橋莊(桥庄):唐代宰相裴度的别墅名,至宋代为张齐贤所有,其地在今河南洛阳。盈:满。抽青(青):引出;长出青色。抹綠(绿):涂成绿色。
[32] 眾(众)草:杂草;野草。逮:到;及。
[33] 金風(风):指秋风。索然:无兴味。勁(劲)者:指强劲有力的草。萎苶(nié):指萎靡;羸弱。
[34] 朝野:指朝廷和民间。清(清)平:清明安定。享:受用。
[35] 薰蕕(莸)(yóu):香草和臭草。比喻善恶、贤愚、好坏等。班:特指朝班。指朝廷上臣下所站的队列。儘(尽):全部。衣冠:借指文明礼教。揎

(搢)笏:古代君臣朝见时均执笏,用以记事备忘,不用时插于腰带上,此指做官。搢,插。
[36] 盤(盘)錯(错):用来比喻事情错综复杂。
[37] 浮生:见《赵稚圭瑾哀辞并序》注释[29]。棲:见《秋怀赋》注释[28]。
[38] 流俗:世俗。这里含贬义。移:改变;变动。擅:占有;据有。
[39] 唐宗:这里指唐太宗。萧:指萧瑀(575~648),隋炀帝萧皇后的弟弟。直:骨鲠亮直。
[40] 为(为)臣:作为臣子。
[41] 守死:坚持到死而不改变。善道:正道。
[42] 埋輪(轮):指不畏权贵,直言正谏。出自《后汉书·张纲传》:"汉元八年,选遣八使行徇风俗,皆耆儒知名,多历显位,余人受命之部,而纲独埋其车轮于洛阳都亭,曰:'豺狼当路,安问狐狸!'"亂離(乱离):政治混乱,给国家带来忧患。
[43] 攬轡(揽辔)(lǎn pèi)澄清(清):比喻在乱世有革新政治,安定天下的抱负。出自《后汉书·范滂传》:"时冀州饥荒,盗贼群起,乃以范滂为清诏使,案察之。滂登车揽辔,慨然有澄清天下之志。"明时(时):指政治清明的时代。
[44] 秀:茂盛。
[45] 方寸:心绪;心思。袖手:藏手于袖。引申为不能或不愿参与其事。
[46] 遡(sù):同"溯",逆着……的方向走。悒悒(yì):忧郁;愁闷。

【译文】

　　一年将要过去的时候,我守在破旧的房屋中,听着风吹窗门发出的声响。满室的图书,唯有我一个人在屋中。忽然有一阵快速的风声,掠过庭院中的树叶,树叶纷纷掉落。风声好似无数金属互相碰击,宛如万千战马横冲直撞。(我)急忙披上厚皮衣,打开门户,放眼远望。辽阔的原野,朦朦胧胧,只听见狂风的怒号。呼呼的疾风,刮过树木。许多的草木都随风而倾倒。柔弱的枝干不停地随风摆动,树叶漫天疾飞。前面的小径上,毅然的立着一株草。经历了狂风的撼动,根紧扎在泥土里,枝干笔直的挺立着。我于是有了如下感慨。

神农尝百草,《尔雅》记载草的词义。尧帝时期能够指责奸佞之臣、表现出凛然正气。强劲啊小草,现今又面对着凛冽的狂风。人与草木,理应没有差别。小草与在乱世之中挺拔的孤忠之士有什么不同呢?如同周公旦,时运不济,时值年幼的成王登上王位,却遭受三监的流言。狂风拔木,庄稼全都仰倒。草毅然决然地立于东面,真心诚意,苍天可鉴。楚国多谗言,郢路将要荒芜。荃与蕙成为茅草,兰花却徒有华美的外表。在泽畔采集荷叶制为上衣,北风何其阴冷。载满金色麦田的故国,路旁兰花簇拥。短暂的一生,圣贤皆独自感伤,无人理解。纵观历史,英雄人物呜呼可叹。袁绍这样的人,与董卓无异。陶潜的忠贞,怎么能与刘寄奴相同?唐家张巡和许远,宋室文天祥与谢枋得,在天下大乱之时,谁能超然世外,不受影响?满朝文武,伺机投降,甘愿成为奴仆俘虏。而他们(却能)宁死保全节操,都可谓是历经狂风依然坚强的小草、不畏严寒的松柏。

我看见午桥庄边,小儿坡上,茂盛的小草,长满原野。春风孕育万物,小草争相抽青,葱郁苍翠。以为所有的草木都一样,当严霜已至,被秋风大肆摧折,才知道只有坚强的小草不会萎靡。当政局清明安定时,享受着高官厚禄,贤能与奸佞混杂,全都表现出文明的样子。而一遇到复杂的事情,很少有不顺从时俗、改变节操的人。人生短暂,如同轻烟一般,转瞬即逝,与草木一同腐烂,只有不随波逐流的人,才能名垂千古。太宗一句"疾风知劲草,板荡识诚臣",称赞萧瑀骨鲠亮直。臣子劝谏,从古至今,皆相同;儒生一世,慎言慎行,坚守正道,不为事物所变;不畏权贵直言正谏,充满正气,未必会使政治混乱。在乱世革新政治,难道有损政治清明吗？虽然木秀于林,风必折断它,(但是)折毁又有什么值得哀伤的呢？只能为我的能力不支而感到遗憾。心怀万古之志,却只能倚壁而袖手旁观,唯恐鹈鴂率先鸣叫,时光逝去,迎着凛冽的西风而忧郁愁闷。

【赏析】

　　本赋写于作者32岁时。当时朝鲜朝政治动荡,黑暗污浊,燕山君残酷暴虐,士林派与勋旧派斗争不断,面对势力强大的勋旧派,有一些士林派摇摆不定,最终转投勋旧派,作者不免对政治和社会时局心感郁结。《疾风知劲草赋》就是在这样的背景下完成的。

　　本文借"疾风知劲草"颂扬了贤臣经得住考验,不畏强权,保持高尚的节操。本赋是篇散体赋,它骈散结合,句式整饬,词采讲究,句式四言、六言、七言、八言、九言均有,韵散结合,主要特点如下:

　　一、比喻手法的成功运用。一切景语皆情语,本文题目《疾风知劲草赋》看似是一篇写景状物的文章,但是,作者却巧妙地将"疾风"中的"劲草",比喻成在动荡时期保持节操的忠臣,即"许远、张巡、文天祥、谢枋得",用"劲草"在"严霜之下降,金风索然而摧折",来批判所谓的"忠臣""一遇盘错,鲜不变节以从俗",表明了作者的态度"唯不为流俗之所移者,擅芳名于今昔",即"巡远之于唐家,文谢之于宋室"只有张巡、许远、文天祥、谢枋得这样的"劲草",才能万世流芳。这样把比兴与所表现的内容合而为一,使全赋具有了象征的性质,同时又扩大了文章的意境和表现力。

　　二、夹叙夹议的表达方式。清人刘熙载曾说"叙事有寓理",即事生议,就议叙事。作者开篇着重描写"忽有声兮迅疾,掠庭柯兮撼撼。钑钑然铮铮然,如铁骑之奔突"来渲染"疾风",而后抒发感慨:"人之与物,理无不同。何异夫板荡之世,拔千丈之孤忠?"最后借"虽然木秀于林,风必折之,折之亦何伤兮?"表达了自己至死坚守节操的决心,以及一人之力无法扭转乾坤的无奈,"恨吾力之不支。方寸万古,袖手倚壁。恐鹈鴂之先鸣兮,遡西风而悒悒"。本赋用语精辟、凝练,事显理明,平添了情致,使整篇文章叙议浑然天成。

　　本赋笔法多变,章法灵活,遣词生动,尤其是比喻手法和夹叙夹议笔法的运用,使文章上升到抒情言志的层面,作者的爱国主义情怀跃然纸上。

李 荇

【作者简介】

　　李荇(1478～1534),字择之,号容斋、沧泽渔叟、青鹤道人。曾官至大司谏、左议政等职。

　　李荇生性耿直,敢于直言进谏,因此不为当时腐败的朝廷所容。当时朝鲜朝的朝廷上存在着两大对立派系,一是占有大片土地、操纵政权的勋旧派,一是代表中小地主利益的士林派,李荇属于士林派中的一员。在朝鲜朝历史上第一次士祸——戊午士祸中,勋旧派以论史言辞失当的罪名排挤和打压士林派,并大肆弹劾士林派中的人物,最终导致士林派的核心人物金驲孙、权五福、权景裕、李穆、许盘等被处斩,金宗直被掘墓斩尸,其余士林派人员被放逐,李荇就在这些被流放的人之列,他前后被流放了近10年。李荇于1534年去世,谥号文定。

　　李荇虽然在政治生涯上郁郁不得志,但在文学上的成就却是极大的。李荇是朝鲜15世纪末16世纪初的一个较有影响的诗派——海东江西诗派的代表人物,这一派诗人一反前期的郑道传、权近、卞季良诗歌歌功颂德派的诗风,把权贵势力的骄奢淫逸、富人的贪得无厌、下层人民惨遭迫害的痛苦,写入作品之中,表现了对人民的同情。李荇的诗作《旱》、《又闻熊川城陷》、《累累吟》、《夏雨叹》、《记事》、《有鼠日夜唐突设机杀之》等,写出了天灾、倭寇入侵、官家的赋税徭役和巧取豪夺造成的社会灾难等内容,表现了他对劳动人民的同情。17世纪朝鲜著名小说家许筠评价李荇的诗歌"五言古诗,入杜出陈"。

李荇除诗歌成就卓著之外,赋的成就也很高,他创作了古体赋61篇,这是在朝鲜朝历史上有赋作品流传下来,并且在数量上也是相对较多的作家之一。他的赋情感真挚,语言优美,夹叙夹议,议论中针砭时弊,严肃深刻,并在赋中运用大量的典故,更体现出其文学修养和艺术水平。李荇的赋作有《岁寒松柏》、《哀晁错》、《马嵬驿》、《南薰琴》、《哭秦庭》、《登瀛洲》、《義田》等,在这些赋中,作者或借物言志,或借古讽今,写出了当时社会的黑暗面和人们病态的心理,同时也表达了自己高洁正直的品格。

李荇有《容斋集》、《容斋先生集》和《容斋先生别集》传世。

【原文】

掛冠東門

所貴夫明哲之爲道兮,卓見幾而高舀[1]。庶激揚乎濁世,豈吾身之足保[2]?偉若人之耿介,值漢室之末造[3]。巨滔天以行詐,已名分之顛倒[4]。嗟士之生於斯世兮,亦將何以爲心[5]?紛紛頌德者三萬餘人,無復天彝之可尋[6]。彼張孔既不足誅兮,雖清靜猶浸淫[7]。視予心之激烈,望首陽之高岑[8]。若一日與之比肩,是馬牛而裾襟[9]。顧吾身之何有,戴岌岌之危冠[10]。旣不可使塗炭,又欲誰爲之彈也[11]?出東門以高掛,始覺身之平安[12]。

周道蹙蹙靡所騁兮,但東海之漫漫[13]。國無人莫我從兮,將與魯連而盤桓[14]。然臣子之事君,在夷險而一致[15]。苟潔身之是尙,君誰與乎共理[16]?況天下無不可爲,亦有請劍之槐里[17]。儻能沮抑其帝秦之謀兮,又何必蹈東海而死也[18]。

曰:履霜之漸,胡不知兮[19]?大廈之傾,不可支兮[20]。掛冠歸來,莫我絆兮。東海淸風,開東漢兮[21]。

【题解】

　　题目"挂冠东门"出自典故"挂冠而去"。据南朝·宋·范晔的《后汉书·逢萌传》记载:"时王莽杀其子宇,萌谓友人曰:'三纲绝矣!不去,祸将及人。'即解冠挂东都城门,归,将家属浮海,客于辽东。"西汉末年,王莽的儿子王宇担心王莽树敌太多而进行血谏,被王莽杀掉,逢萌看出了王莽的用意,认为这样的君王不值得忠贞,于是摘下头上的官帽挂在都城东门外,悄悄地离开京城,携家逃到辽东,后来不久,王莽自杀,新朝灭亡。作者用这个典故为题,表明了此赋的意旨是写自己不愿与腐败的朝廷同流合污,想要辞官归隐的心志。

【注释】

[1] 明哲:明智;通达事理。为(为)道:作为正确的道理。卓:遥远。幾(几):

细微的迹象。高骞:疑应为"高蹇",远游;隐居。
[2] 激扬(扬):激浊扬清。比喻清除坏的,发扬好的。濁(浊)世:混乱黑暗的时代。
[3] 偉(伟):壮大,壮美。讽刺王莽为所谓伟人。耿介:正直;不同于流俗。值:遇到。末造:末世。指朝代末期。
[4] 巨:指王莽。王莽(前45—23),字巨君。滔天:亦谓王莽。《汉书·王莽传》云:"滔天虐民,穷凶极恶。"行:使用。詐(诈):欺骗,这里指王莽通过欺骗的手段最终达到了篡权的目的。已:最终。顛(颠)倒:上下易位。指王莽篡权。
[5] 何以爲(为)心:用什么当做自己的本心。
[6] 無復(无复):不再有;没有。天彝:指天理;天常。尋(寻):同"循",遵循;遵守。
[7] 張(张)孔:即张目。助长声势。这里指助长王莽淫威之人。清静(清静):指心性纯正之人。猶(犹):相同;同样。浸淫:本意为浸润;濡湿。这里引申为浸染;濡染。
[8] 激烈:激昂慷慨。首陽(阳):山名。一称雷首山,相传为伯夷、叔齐采薇隐居处。据《史记·伯夷列传》记载:"武王已平殷乱,天下宗周,而伯夷、叔齐耻之,义不食周粟,隐于首阳山,采薇而食之。"这里作者借首阳山的典故表达了自己要有像伯夷、叔齐那样的崇高品格。岑:小而高的山。
[9] 之:代指纷纷颂德者。比肩:并肩;并列;居同等地位。馬(马)牛而裾襟:即马牛襟裾,马牛穿着衣服。讥讽那些不明事理、不识礼仪的人。
[10] 岌岌:危险的样子。冠:帽子。特指古代官吏所戴的礼帽。
[11] 塗(涂):泥淖。比喻污浊。誰(谁)爲(为)之彈(弹):据《列子·汤问》载:"伯牙善鼓琴,钟子期善听。伯牙鼓琴,志在高山。钟子期曰:'善哉!峨峨兮若泰山!'志在流水。钟子期曰:'善哉!洋洋兮若江河!'伯牙所念,钟子期必得之。"钟子期死,伯牙谓世再无知音,乃破琴绝弦,终身不复鼓。作者用这个典故写出了自己在这个污浊之世上无人能够理解的高洁与正直。
[12] 平安:指心境平静安定。
[13] 周道:指周朝之道。躄躄:即躄躄靡骋。指局促,无法舒展。但:徒然。《汉书·匈奴传上》:"何但远走,亡匿于幕北苦寒无水草之地为?"颜师古注:"但,空也。"漫漫:没有边际的样子。

[14] 莫我從(从)：没有跟随我的。鲁連(鲁连)：战国时齐国人鲁仲连不满秦王称帝的计划,曾说"秦如称帝,则蹈东海而死"。后用来表示宁死而不受强敌屈辱的气节、情操。盤(盘)桓：周旋；交往。
[15] 事：侍奉；供奉；服侍。夷險(险)而一致：出自《抱朴子》："竭身命以列国,经夷险而一节者,忠臣也。"比喻不论处于顺境或是逆境,节操均不变如一。
[16] 潔(洁)身：指保持自身的纯洁,不同流合污。尙(尚)：尊崇；注重。理：治理；管理。
[17] 請(请)劒(剑)之槐里：指敢于直言犯上,请斩巨奸。槐里：指槐里会朱云。出自典故"批鳞请剑"。据《汉书·朱云传》："云上书求见,公卿在前。云曰：'今朝廷大臣上不能匡主,下亡以益民,皆尸位素餐。臣愿赐尚方斩马剑,断佞臣一人以厉其余。'上问：'谁也？'对曰：'安昌侯张禹。'上大怒,曰：'小臣居下讪上,廷辱师傅,罪死不赦。'御史将云下,云攀殿槛,槛折。"
[18] 沮抑：阻遏抑制。帝：称帝。謀(谋)：策略；计谋。蹈東(东)海：指上文的鲁连所说蹈东海而死。
[19] 履霜：踏在霜上预知寒冬的到来。比喻对未来要有戒备。
[20] 大厦：大屋子。这里指江山社稷。傾(倾)：倾塌。支：支撑。
[21] 清風(清风)：清凉的风。这里指作者高洁的品格。開(开)：设置；建立。

【译文】

人们所重视的那些明智的处事之道,就在于提前看见了危险而远离它。希望能在这个纷扰混乱的世道中激浊扬清,难道我的身家性命就能得到很好的保全？像王莽那样所谓正直的人,在汉末之世,通过欺骗的手段,最终得以篡权,消灭了西汉,建立了新朝并称帝。人们不禁要叹息生于这样的乱世,又将用什么作为自己的本心呢？纷纷赞扬(统治者)德行的人多达三万余人,已经到了没有天理可以遵循的地步了。那些助长王莽篡位的人如不足以去诛杀,那么心性纯正的人也会被这种不正之风所侵染。我的内心慷慨激昂,就像首阳那座高山。如果(我)有一天与这些助长王莽篡位的人在一起,那(我)就是不明事理的衣冠禽兽。再回过头来看看我有什么呢,不过是戴着一顶危险的官帽罢了。(在这样的浊世之中)不能让自己陷入污浊之地,可自己这种正直的心性又哪里找知音呢?因此我只有辞官归去,才能感觉到平静安定。

正道无法得到发展,东海空阔漫无边际。国家里没有人跟随我,我就会效仿鲁仲连宁死而不受强敌屈辱。然而臣子侍奉君主,就在于不论处于顺境或是逆境,节操均不变如一。如果人们都能够尊崇洁身之道,君王还能与谁共同治理(混乱)呢?何况此时天下不是没有可为之事,还有敢于直言犯上请斩奸臣的人。如果人们能够阻止秦国称帝的计谋,又何必去蹈东海而死呢?

所以说:灾难将要发生,怎么不知道呢?江山社稷将要倾倒,已经没有能够再支撑它的东西了。因此我要(像逢萌那样)辞官回到原来的地方,不再受其束缚了。就像东海上吹来的清凉的风,一定会结束混乱,建立一个东汉那样政治清明的王朝。

【赏析】

李荇生活在朝鲜朝祸乱频生的年代,外有倭寇的入侵,内则政治腐败,党争不断,社会混乱,政变频发,每一次政变都会引发"士祸",而士人因此遭到诛戮或贬斥。这时候的官吏人人以阿谀奉承为能事,朝廷上下掀起了不正之风,统治者横征暴敛,权贵骄奢淫逸,富人贪得无厌,百姓生活在水深火热之中。而李荇却是性情耿直,看不惯那些只会溜须拍马的官吏,敢于直言进谏,却因此而被流放长达10年之久。面对朝廷政治的腐败,李荇一方面同情下层人民的痛苦,另一方面他自己也长期处于被贬谪的状态,根本无法实现自己的抱负,于是他便产生了辞官归去的念头,《挂冠东门》就是李荐表白心志的一篇佳作。

文章的开篇,作者通过世人所认为的明智的处世之道,即远离危险,来为自己想要辞官的想法做铺垫,并通过王莽篡汉的史实,写出了在乱世之中的人们,即使是心地纯良,正直不屈,也无法在这样的乱世之中保持自己的本心。接下来李荐对这种混乱的世风进行了描述:"纷纷颂德者三万余人,无复天彝之可寻。"阿谀奉承的人如此众多,已经达到没有天理的地步了,然后作者话题一转,运用伯夷、叔齐不食周粟,隐居首阳山的典故,表明了自己的志向。"是马牛而裾襟",则写出了自己对那些阿谀奉承者的憎恨,如果自己与他们比肩而立,那就是禽兽不如,在这里作者言辞激烈地表达了自己洁身自好、不与世俗同流合污的高尚情操。之后,作者便顺理成章地提出了自己要辞官归去的愿望,虽然自己身处的时代没有人能够理解他,但是他相信一定会有人和他一样,作者用鲁仲连的典故,表现了自己宁死而不受屈辱的气节和情操。同时他也借鲁仲连的典故规劝世人,不论身处顺境还是逆境都要洁身自好,坚守自己的节操,这样社会才会安定。在文章的最后,作者再次表明了自己想要辞官的想法,面对就像是要倾倒的大厦一样腐败的朝廷,已经没有什么可以继续支撑它的东西了,因此我要离开这污浊之地,辞官回到家乡。但愿有一天,这乱世能被东海上吹来的清风唤醒,并建立一个像东汉那样政治清明的国家。

这篇赋以王莽篡汉的历史为背景,将自己所处的时代比喻成新朝末年那种政治腐败、社会混乱、民不聊生的状况,并通过伯夷、叔齐不食周粟,隐居首阳山,伯牙绝弦以及鲁仲连蹈海等典故,寄托了自己不与世俗同流合污的高洁的情怀,抒发了作者忧国忧民的感慨,并袒露出辞官归隐的心迹。在这篇赋中,作者运用典故、对比、议论、抒情的方法,对所处的时代环境描写极尽渲染,使得当时黑暗的社会现实跃然纸上。通过对比,生动地写出了那些颂德者阿谀奉承的嘴脸,并以此衬托出自己的高洁耿介;抒情手法的运用,也让作者那种想要摆脱浊世,辞官归去的愿望更加强烈,同时通过典故影射了时世,达到了借古讽今的作用,委婉含蓄地表达了自己的心迹,更增加了文章的可读性和说服力。

赋讲求字句的整齐和声调的和谐,描写事物则极尽铺陈夸张,抒发感情则力求做到真挚感人,而于结尾部分发一点议论,以寄托讽谕之意。本文无论是描写还是议论,都充满了激情,语言精美又言简意赅;结构严谨又情感真挚。不愧是一篇针砭时弊,表达心志的佳作。

【原文】

歲寒松柏

繁陰陽之迭運兮,四序紛其交錯[1]。品彙寓形於兩間,寄生死於造物[2]。春陽煦以生育,冬威凜而肅殺[3]。靡萬類而從之,誰貫寒暑而一色[4]?惟亭亭之松柏,抱落落之勁節[5]。不借榮於雨露,且傲視夫霜雪[6]。當春風之駘蕩,紛羣卉之敷榮[7]。各乘時以自誇,疇敢貴夫堅貞[8]。逮玄冥之行令,慘天地之沍塞[9]。木何盛而不瘁,草何繁而不索[10]。在冬夏而青青,獨松柏之受命[11]。榦排風以特立,節凌寒而愈勁[12]。吾知爾之後凋,故見稱於孔聖[13]。

寐求則之不遠,指若木以爲正[14]。彼青紫之揚揚兮,競招權而竊柄[15]。皆自以爲剛直,若可恃爲柱石[16]。迨國家之板蕩,孰授命而委質[17]？或搖尾而乞憐,或屈膝而求活[18]。振槁之輩,固不足責[19]。果此節之孰獲[20]？採西山之薇蕨,耻周粟而餓死[21]。餐北庭之氈雪,杖漢節於臥起[22]。董強項於治朝,萬乘爲之自屈[23]。雲折檻於危邦,喪佞臣之膽魄[24]。等孤芳之處林,樹風聲於萬葉[25]。匪惟歲寒之足珍,視夷險其如一[26]。

　　評曰[27]：四時一節,惟松柏獨也。我求之人,孰松柏若也？知之不難,其於平時,敢諫得也。

【题解】

　　"岁寒松柏"出自《论语·子罕》："子曰：岁寒,然后知松柏之后凋也。"后来用"岁寒松柏"比喻在艰苦困难的条件下仍能保持高尚节操的人。本文是一篇托物言志赋,作者在这里用岁寒松柏来表达自己虽然处于逆境,但仍然能像岁寒松柏一样保持自己的高尚节操的心志。

【注释】

[1] 繄(yī)：惟；只有。迭運(运)：更迭运行,循环变易。四序：指春、夏、秋、冬四季。紛(纷)：接连不断地。交錯(错)：交替；交相。
[2] 品彙(汇)：事物的品种类别。形：形体；实体。兩間(两间)：指天地之间。
[3] 陽(阳)煦：阳光温和。生育：生长。凜：寒也。肅殺(肃杀)：形容冬季草木凋零、寒色逼人的情景。

[4] 靡:无;没有。萬類(万类):万物。從(从):顺从;依从。貫(贯):穿;通;连。一色:单色。

[5] 亭亭:高耸直立的样子。抱:围绕;环绕。落落:形容孤高,孤独,不合群。勁節(劲节):竹、木生出丫杈处质地坚固,成为"劲节"。比喻坚贞的节操。

[6] 借:凭借;依靠。榮(荣):茂盛。雨露:雨和露。亦偏指雨水。傲視(视):骄傲地对待;傲慢地看待。

[7] 當(当):处于某事或某地。駘蕩(骀荡):使人舒畅的,多用来形容春天的景物。卉:指花。敷榮(荣):开花。

[8] 乘時(时):乘机;趁势。敢:表示反问,岂敢。貴(贵):以……为贵。堅貞(坚贞):节操坚定不变。

[9] 玄冥:四时、四方之神之中的冬天之神北方玄冥。玄冥也表示冬天光照不足、天气晦暗的特点。行令:发布命令。惨(惨):使……暗淡无光。厎塞:寒冷闭塞。

[10] 瘁(cuì):毁;损坏。索:离散、孤独。蘩:疑应作"繁"字,兴盛、繁茂的意思。

[11] 受命:接受命令。

[12] 榦(gàn):"干"的异体字,指树干。排風(风):迎风;顶风。特立:独立;挺立。比喻有坚定的志向和操守。凌寒:严寒。

[13] 見稱(见称):受到人们的称赞。

[14] 寤求:即寤寐求之。比喻迫切地希望得到某种事物。若木:古代三大神木(若木、寻木、建木)之一。此树呈赤色,叶青花赤,光辉照地,生于西极荒远之地,是日之所入处。

[15] 青(青)紫:原指公卿的服饰。文中代指公卿。据李善注引《东观汉记》:"印绶,汉制公侯紫绶,九卿青绶。"又刘良注:"青紫,并贵者服饰也。"揚揚(扬扬):满足地;得意的样子。競(竞):比赛;互相争胜。招權(权):指弄权;揽权。竊(窃)柄:即窃夺柄权。比喻奸臣掌握了权力。

[16] 恃:赖;凭借;依靠。柱石:比喻担当重任的人。

[17] 迨:等到。板蕩(荡):见《疾风知劲草赋》注释[16]。授命:拼命;效命。委質(质):呈献礼物,表示忠诚信实。

[18] 摇尾乞憐(怜):像狗那样摇着尾巴乞求主人爱怜。指卑躬屈膝地献媚、讨好,以求得到一点好处。屈膝而求活:下跪降服,请求活命。形容以奴颜婢膝的丑态,向强者求饶以保全性命。

[19] 振槁：把枯树枝折断，把枯树叶摇下来。振槁之辈喻指平庸之辈。
[20] 節(节)：指松柏傲岸挺立，坚强不屈的气节。
[21] 西山之薇蕨：这里指的是伯夷和叔齐隐居首阳山，不食周粟最后饿死的典故。西山，指首阳山。薇蕨，薇和蕨。嫩叶皆可作蔬，为贫苦者所常食。耻周粟：指伯夷、叔齐以食周粟为耻。参见《挂冠东门》注释[8]。
[22] 餐北庭之氊雪，杖漢(汉)節(节)於(于)臥(卧)起：此句出自《汉书·苏武传》："单于愈益欲降之，乃幽武，置大窖中，绝不饮食。天雨雪，武卧啮雪与旃毛并咽之，数日不死。匈奴以为神，……武既至海上，廪食不至，掘野鼠去屮实而食之。杖汉节牧羊，卧起操持，节旄尽落。"用此典故比喻坚贞不屈。杖，拄；撑着。漢節(汉节)，汉代使臣所持的节由皇帝授予，是国家的象征，保护它也体现出对国家忠贞的感情。
[23] 董强項(项)：指东汉光武帝时洛阳令董宣。《后汉书·酷吏传》载："时湖阳公主苍头白日杀人，因匿主家。吏不能得。及主出行，以奴骖乘。宣于夏门亭候之，及驻车扣马，以刀画地，大言数主之失，叱奴下车，因格杀之。主即还宫诉帝，帝大怒，召宣欲棰杀之。宣曰：'陛下圣德中兴，而纵奴杀良人，将何以理天下乎？臣不须棰，请自杀。'即以头击楹，流血被面。帝令小黄门止之，使宣叩头谢主。宣不从。强使顿之，宣两手据地，终不肯俯。"治朝：政治清明的朝代。萬(万)乘：原意是万辆兵车。这里指光武帝。自屈：指委屈自己。
[24] 雲(云)折檻(槛)：指汉成帝时槐里令朱云。见《挂冠东门》注释[17]。危邦：不安宁的国家。佞臣：奸邪谄上之臣。
[25] 孤芳：独秀的香花。常比喻高洁绝俗的品格。这里指松柏的品格。樹(树)：树立。風聲(风声)：教化；好的风气。
[26] 匪惟：非但；不只；不仅。歲(岁)寒：一年中的寒冷季节；深冬。足珍：足够珍贵。夷險(险)：即夷险一节，指不论处于顺境或是逆境，节操均不变如一。
[27] 誶(谇)：相当于"乱"。在篇末，总理全文大意，即陈明题旨，多是全文的结束语。

【译文】

只有日月更迭运行，四季才会不断地交替。万物将它们的形体寄托于天地之间，将生死寄托于造化。春天阳光温和，万物生长，冬天寒冷刺骨，草木凋零。世间的万物没有不依从这种规律的，谁能够贯穿寒暑而保持同一种颜色呢？只有高高耸立的松柏，挺着强劲的枝节。（松柏）不依靠雨露而荣发，并且傲视霜雪。春风使世间万物舒畅，花朵纷纷盛开。万事万物都趁着春天展示自己的华美，又有谁敢以坚守节操为贵呢？到了冬天之神玄冥发布命令的时候，天地暗淡无光而寒冷闭塞。曾经繁荣昌盛一时的草木都萧条了。在冬天和夏天都能保持绿色的，只有松柏受此天命而长青。松柏的树干虽迎风却傲然挺立，枝节凌寒却更加坚强有力。我明白松柏岁寒而后凋，所以被孔圣人称赞。

　寤寐以求的东西不会遥遥无期，心志所向像若木那样正直。那些权贵们洋洋得意，争相地夺取更多的权力。他们都自以为是刚强正直的人，好像自己是可以依靠的能担当重任的人。等到国家局势动荡不安，谁又能够临危受命，对国家忠诚信实呢？（面对天下大乱，这些奸臣们）或者向入侵者摇尾乞怜，或者向强者下跪以求保全性命。那些平庸之辈，本来就不值得去谴责。谁又果真能获有松柏这样的气节呢？伯夷、叔齐在首阳山采摘野菜度日，最后因不食周粟而饿死。苏武被匈奴囚禁宁可吃毡毛和雪，但每天无论站着还是躺着都要握住汉节。董宣在政治清明的朝代里敢于直言进谏，皇帝都因他敢于执法的刚毅性格而感到理屈。朱云在国家不安宁的时候折槛以直谏，使那些奸臣丧失了胆魄。等到松柏与其他的植物在林中相处，就会在众多的植物中树立它良好的风尚。松柏的高尚节操不仅仅在深冬才显得珍贵，而是在于它不论处于顺境还是逆境都能保持节操。

　所以说：四季都能保持如一节操的，只有松柏。而我所寻求的人，又有谁能像松柏那样具有高尚的节操呢？想要了解谁具备（松柏的品格）并不难，在平常，那些敢于进谏的就是有松柏的品质的人。

【赏析】

"托物言志"在赋作中是常见的艺术手法。钟嵘说："气之动物，物之感人，故摇荡性情，形诸舞咏。"作家们往往是由"物"而想到"我"，将自己的情感巧妙而富于个性地熔铸到物象中，达到"物""我"的完美统一。在这篇赋里，作者看到了那在冬季的寒风里仍然苍翠的松柏，将自己比作松柏，抒发出了自己心中那些由来已久的情绪。

作者在文章的开篇，欲扬先抑地说世上万事万物没有不遵循四季的变化规律，但是松柏却能够四季如一，不论寒暑都能保持自己的颜色常绿。在这里作者借松柏孤高骄傲的性格来象征自己高洁的品格，不论社会环境怎样变化，自己磊落、坦荡的品格不会改变。作者将春天里万物舒畅、百花盛开指代成世间美好的事物，如果我们结合作者的生平和本文的写作背景来看，便不难将这些美好的事物理解为当时的人们所追求的权力，财富等等，而作者就是在这种追求权贵的社会风气之中那棵能保持自己坚贞节操的松柏，不依附谁，也不奉承谁，只是在这浊世中站在高处，以一颗纯洁无垢的心，高洁不屈的姿态，傲视着这扭曲的社会和丑陋的人们。接下来，作者承接"岁寒松柏"的比喻意义，写松柏虽然经历了种种磨难却依然屹立的刚强性格，这是作者再一次表明自己的节操，狂风和严寒可以看成是外界的困难和压力，而"特立"和"愈劲"则是作者面对这些困难的态度，作者不会被这些困难压垮，反而会在这些困难面前挺直腰板，傲然屹立，坚强不屈。

在这篇赋的第二段，作者一上来就描写了朝廷上那些在有权势时就洋洋得意，一旦遭到强敌侵袭就贪生怕死，摇尾乞怜的权贵们的嘴脸,并紧接着提出了一个问题,就是等到国家局势动荡不安,谁能够临危受命,对国家忠诚呢?答案自然不会是那些贪生怕死之辈,而是像伯夷、叔齐这样宁可饿死也不食周粟,以表达自己的忠诚坚贞的人;像苏武那样宁可吃毡毛和雪也不屈从,每天都要拄着他的杖节起来和躺下,以表达自己对国家的忠贞的人;像董宣和朱云那样不畏强权,敢于直言进谏的人。也就是说只有那些对国家忠诚坚贞,不论身处顺境还是逆境,都能保持自己坚贞不屈的品格的人,不论处于治世还是乱世之中,都能不畏强权敢于直言进谏的人,才是像松柏一样具有高尚节操的人。作者通过这些高洁忠诚的名士,衬托出了自己的刚正不阿和直言敢谏,同时也表明自己才是国家可以依靠的能够承担重任的人。

最后,作者通过三言两语,精炼地道出了自己的看法,表达了自己对松柏品行的赞赏,以及对直言进谏的肯定。语言言简意赅,评论一针见血,不仅总结了全文,还与文章的题目遥相呼应,使得整篇赋完整而充实。

纵观全文,作者将自己高尚的节操寄托在松柏之上,使得松柏成为作者的志趣、意愿以及理想的寄托物。作者的个人之"志",借助于松柏这个具体之"物",表达得巧妙完美、充分而富有感染力。此外典故的运用也为这篇赋增添了文采,显示出作者深厚的文学功底。加上这篇赋句式工整,结构严谨,不愧是托物言志赋的佳作。

【原文】

哀晁錯

余哀晁錯之死忠兮,後千祀而流涕[1]。夫何經國之遠慮,反爲讒賊之所制[2]。彼吳濞之逆謀,匪一日與一歲[3]。自博局之構釁,未嘗暫忘乎西噬[4]。從太宗之克恭,錫几杖而保惠[5]。鑄山煮海而招納亡命,意固不止於東帝[6]。顧霸陵之既土,又何有於後裔[7]。吁嗟夫子兮,適獨當此際也[8]。衆皆顧望而容默,誰復爲國而深計[9]?劉氏之安危,固一身之所繫[10]。

昔詩人之取譬,隨淺深而屬揭[11]。謂景帝可與盡忠,何夫子之不慧?悅袁生之巧舌,反以我爲罪蠚[12]。殺忠諫以快仇讎,豈人臣之可勵[13]?縱悔悟其云晚,胡不取彼以爲殪[14]?伏梁劒其非冤,信天道之昭晰[15]。

重曰[16]:"謂夫子愚兮,知圖大於其細[17]。謂夫子智兮,曾葵足之莫衛[18]。一死固不足惜,反作戒於來世。使賈生後夫子兮,豈但痛哭於當今之勢也哉。"[19]

【题解】

晁错(前200~前154),颍川(今河南禹县城南晁喜铺)人。他为人刚直,直言敢谏,在汉文帝时任太常掌故,被太子刘启(即后来的景帝)尊为"智囊"。他为加强皇权,提出了削夺藩王封地的政策,导致了强大的藩王势力与中央皇权之间的矛盾激化,致使以刘濞为首的七国藩王以"请诛晁错,以清君侧"的名义反叛,发动了七国之乱,晁错也因此被景帝错杀,腰斩于长安东市。晁错可谓是献身于帝国大业的政治家。这篇赋中,作者通过对晁错悲剧结局的哀叹,表达了对晁错的理解与同情,同时也表明了自己的忠君爱国之心和高洁不屈的品质。

【注释】

[1] 哀:为……悲哀。死忠:为忠而死。祀:商代称年为祀。
[2] 經國(经国):治理国家。遠慮(远虑):作较长远的考虑。讒賊(谗贼):指好诽谤中伤残害良善的人。制:限定;约束;管束。
[3] 吳(吴)濞:吴王刘濞(bì)的省称。汉景帝时,刘濞曾发动吴、楚等七国之乱,后为周亚夫所平。逆謀(谋):逆;背叛。谋,图谋。指逆谋造反。
[4] 博局:在这里指棋盘。据《史记·吴王濞列传》记载:"孝文时,吴太子入见,得侍皇太子饮博。吴太子师傅皆楚人,轻悍,又素骄,博,争道,不恭,皇太子引博局提吴太子,杀之。"構釁(构衅):制造争端。噬:咬,吞。
[5] 太宗:指汉文帝。克:能够。恭:肃敬,谦逊有礼貌。錫(锡):通"赐",给予;赐给。几杖:坐几和手杖,皆老者所用。按中国传统,被授"几杖"是一件极为荣耀之事。《礼记·曲礼》中记载:"大夫七十而致事,若不得谢,则必赐之几杖。"这就是说官员70岁时,可以向君主提出退休。如果没有得到君主的准许,则一定要赐其几杖,以示嘉奖,愿其能继续工作。又据《文选·班彪〈北征赋〉》记载:"降几杖于藩国兮,折吴濞之逆邪。"保惠:保护并施以恩惠。
[6] 鑄(铸)山煮海:出自《史记·吴王濞列传》:"吴有豫章郡铜山,濞则招致天下亡命者盗铸钱,煮海水为盐。"即开采铜矿以铸造钱币,烧煮海水而获得食盐。铸钱与制盐为国家所为,刘濞私自铸山煮海视为越制不轨。后用"铸山煮海"比喻越制妄为。亡命:指铤而走险不顾性命的人。出自《汉书·景帝纪》:"吴之所诱者,无赖子弟、亡命、铸钱奸人,故相诱以反。"東(东):在东方。帝:称帝。
[7] 霸陵:汉文帝的陵寝。土:封土。
[8] 獨當(独当):独自迎击;单独抵御。
[9] 深計(计):深入周密地谋划。
[10] 繋(系):拴;绑。
[11] 厲(厉)揭:原意是涉水。出自《诗经·邶风·匏有苦叶》:"深则厉,浅则揭。"连衣涉水叫厉,提起衣服涉水叫揭。在这里的意思是指所受影响深浅不同。
[12] 袁生:指晁错的政敌袁盎,就是他在汉景帝"七国之乱"时,曾奏请斩晁

错以平众怒。巧舌:巧言,即花言巧语。罪戾(戾):罪过。
[13] 快:使……快乐;痛快。仇雠(chóu):仇敌;仇家。
[14] 縱(纵):纵然;即使。云:为;是。殪(yì):杀死。
[15] 伏梁劍(剑):《史记·袁盎晁错列传》记载:"袁盎虽家居,汉景帝时时使人问筹策。梁王欲求为嗣,袁盎进说,其后语塞。梁王以此怨盎,曾使人刺盎。刺者至关中,问袁盎,诸君誉之皆不容口。乃见袁盎曰:'臣受梁王金来刺君,君长者,不忍刺君。然后刺君者十余曹,备之!'袁盎心不乐,家又多怪,乃之棓生所问占。还,梁刺客后曹辈果遮刺杀盎安陵郭门外。"伏,俯伏,趴下。这里引申为杀死。梁,这里指梁国。昭晳(zhé):表示光明之意。这里引申为明智、明白、明辨。晳,"晳"的异体字。
[16] 重曰:全文的结束语,与"乱曰"、"倡曰"、"讯曰"等意同。
[17] 圖(图)大於(于)其細(细):实现远大的目标要从细微的入手。出自老子《道德经》第六十三章:"图难于其易,图大于其细。"
[18] 葵足之莫衛(卫):即倾柯卫足,指善于保护自己。出自《左传·成公十七年》:"仲尼曰:'鲍庄子之智不如葵,葵犹能卫其足。'"葵的叶子倾向太阳,以护卫自己的根部。指善于保护自己。
[19] 賈(贾)生:指汉代的贾谊。

【译文】

我为晁错不惜生命地效忠帝王而感到悲伤,后世千百年来也为他(悲惨的结局)而流泪。(晁错)为治理国家做了多么深远的考虑,反而被那些诽谤良善的人所害。那刘濞图谋造反,不只是计划了一日、一年。自从(皇太子刘启)用棋盘(杀死了刘濞之子)因而引起了争端,(刘濞)就从来没有片刻忘记过向西吞噬。在文帝统治之时,(刘濞)能做到谦逊有礼,被赐予几杖以保护他并对他施以恩惠。刘濞开采山中铜矿以铸造钱币,烧煮海水而获得食盐,并且招纳那些铤而走险不顾性命的人为自己所用,他的意图固然不会只是在东方称帝。回看汉文帝的霸陵已经封土,又有什么留给他的子孙后代的呢?

可叹的是晁错啊,正好赶上独自抵御藩王反叛的时候。众人都持一种犹豫观望的态度并且保持沉默,又有谁能为国家深入周密地谋划呢?汉家刘氏的安定,确实拴在(晁错)一个人的身上。

过去诗人们寻求譬喻,会随着所受影响的深浅而有所不同。说到景帝,(臣子)可以为他竭尽忠诚,为什么您(指晁错)却不够聪明呢?皇帝喜欢袁盎花言巧语,反认为(晁错)犯了罪过。杀死忠诚劝谏的人而使他的仇敌欢快,难道能够鼓励臣下吗?纵然醒悟也晚了,为什么不杀死袁盎呢?袁盎被梁国的刺客杀死并不冤枉,相信天理是明辨的。

因此说:我们说晁错愚直吧,他知道要做大事就要从细处做起。说晁错聪明吧,他却不善于保护自己。一个人的死固然不值得可惜,但却警示了后代的人们。让贾谊这些后世的人,何止只是为当今的形势痛哭啊。

【赏析】

本文的题目为《哀晁错》,简洁明了地表明这篇赋是借古喻今之作。

李荇和文中的主人公晁错有相似之处,都性格耿直、敢于直言进谏而不为腐败的朝廷所容。李荇因此也被流放近10年。所以作者与晁错具有心灵上的契合,对晁错有深刻的理解和同情。

在文章的开篇,作者写晁错被景帝错杀,表面上写刘濞等人的谋反,慨叹晁错的悲哀,实则是通过晁错的悲剧来写自己的悲剧。在这篇赋里,晁错就是作者自己,而以刘濞为首的叛贼则是朝廷上那些为作者所不齿的贪得无厌、骄奢淫逸的权贵势力。作者虽然被贬谪,祖国的命运却始终牵动着作者的心,就像晁错一样对国家永远都忠贞不渝。他讽刺那些阿谀奉承的权贵们在面对危难之时只会逃避妥协,而只有自己这样的忠良之士才会不惧危险,临危受命,真正地为国家的稳定,人民的安居乐业着想。

接下来他借袁盎的花言巧语来反衬晁错的直言不讳,表面似乎是在批评晁错不够聪明,实际上则是在写晁错忠诚刚正、为国为民、直言进谏的高尚品格,进一步表明自己也有着和晁错一样的高尚节操。

最后作者对晁错的悲剧一生做了简短的议论,表面上总结出晁错的悲剧在于他不善于保护自己,实际上是从侧面衬托出他全心全意为国家考虑,将自己的生死置之度外的品格。并委婉地表达出要善于保护自己的复杂心态。

作者全篇都在写晁错、哀晁错,同时也是在写自己、悲自己,这里的晁错已经带上了作者的影子,或者说就是作者自己,他借历史上的悲剧人物来比自己,抒发了自己郁郁不得志的悲苦心情,表现出甘于为国家奉献的忠诚。本文议论则能做到层次分明,观点鲜明,说理充分,抒情则能做到真挚感人,以含情之笔说理,以明理之言诉情,是一篇寓情于理,情理交融的佳作。

【原文】

馬嵬驛

攬余轡而西征兮,遄余邁乎馬嵬[1]。路鬱紆而未平,水鳴咽而餘哀[2]。訪古驛之遺址,撫往事而徘徊[3]。悲乎四紀之天子,竟何至於此哉[4]?顧蛾眉而莫之救,空掩淚而腸摧[5]。但寄怨於淋鈴,胡不思夫禍胎[6]?當開元之勵精,仰隆古而思恢[7]。蔚花萼之相輝,肯自比於《新臺》[8]。嗟人情之無常,遽侈欲之一開[9]。既彝倫之自斁,無怪夫孽胡之潛媒[10]。

亭沉香而池凝碧,竭萬姓之生財[11]。紛霓裳與羽衣,又羯鼓之相催[12]。慨韓休之莫起,寧諫疏之復來[13]。惟尤物之移人,鮮不遺其殃災[14]。殷妲周褒,猶爲遠代,曷不戒夫前隋之顛頹[15]?倡漁陽之鼙鼓,積戰骨而成堆[16]。俄九廟之不守,宗祐化爲煙煤[17]。使明皇少有人心,於此時何以自裁[18]?宜悔悟之不暇,反爲妃子而首回[19]。事有可哂而不可弔,罪難逃於九垓[20]。歷千載猶遺臭,安得湔洗以雨雷[21]?問往事而無憑,莽千里兮黃埃[22]。

【題解】

马嵬驿也叫马嵬坡,故址在今陕西省兴平县西北,距离长安(今西安)百余里。公元756年夏(唐玄宗天宝十五年六月),安史叛军攻破潼关,唐玄宗与杨国忠、杨贵妃姐妹等仓皇奔蜀,路经马嵬驿,六军徘徊,持戟不前,一致要求诛杀杨国忠。接着,随行郎吏又恳请玄宗以贵妃搪抵天下怨愤。玄宗无奈,只好反袂掩面,让人缢死杨贵妃。史称"马嵬之变"。马嵬这个地名由此而名扬天下,马嵬事件亦成为后来文人不断关注吟咏的主题。这篇赋通过记叙拜访马嵬驿的遗址,探讨了马嵬驿兵变背后深刻的原因,作者怀古伤今,抒发了自己对清明政治的呼唤,同时也含蓄地规劝君主要坚守道德,防微杜渐,不要因偏听偏信小人的谗言而打压忠臣,最终导致悲剧的发生。

【注释】

[1] 攬(揽):本义是执;持。引申为挽住。轡(辔):驾驭牲口用的缰绳。遄(chuán)邁(迈):快速前进;疾驶。
[2] 鬱紆(郁纡):盘曲迂回的样子。
[3] 撫(抚):本义为摩擦。这里引申为回想、回忆。
[4] 四紀(纪):纪,岁星十二年一周天为一纪,唐玄宗在位四十五年,约为四纪。竟:到底;终于。
[5] 顧(顾):眷念;顾及。蛾眉:本意是蚕蛾触须细长而弯曲。用以比喻女子美丽的眉毛,也可借指容貌美丽的女子。这里指美貌的杨贵妃。腸(肠)摧:形容悲痛欲绝。肠,指内心;情怀。摧,指悲伤。
[6] 但:徒然。淋鈴(铃):相传唐玄宗入蜀时,因在雨中闻铃声而思念杨贵妃,故作《雨霖铃》以寄相思。
[7] 開(开)元:唐玄宗年号(713—741年)。勵(励)精:即励精图治。振奋精神,设法把国家治理好。隆:尊崇。恢:扩大;发扬。
[8] 蔚:繁茂。花萼相輝(辉):意为花朵与花萼相互辉映。比喻兄弟友爱,手足情深。史载唐玄宗曾造"花萼相辉映楼"与其兄畅叙手足之情。《新臺(台)》:《诗经》中的一首诗的名称,是一首讥讽卫宣公筑台的诗歌。讲的是春秋时,卫宣公为儿子伋娶了一名齐国的女子,听闻其貌美,就想自己娶她,于是卫宣公就在河边建筑了新台,将齐女截留至此。后用"新台"比喻不正当的翁媳关系。杨玉环原为李隆基子寿王李瑁妃。这里指唐玄宗和杨贵妃两人的翁媳恋。
[9] 侈欲:过分的欲望。
[10] 彝倫(伦):伦常。斁(dù):败坏。胡:中国古代称北边的或西域的民族为"胡"。这里孽胡指安禄山。潛:秘密地;暗中。媒:谋划。
[11] 沉香:香木名。产于亚热带,木质坚硬而重,黄色,有香味。凝碧:深绿。
[12] 霓裳與(与)羽衣:以云霓为裳,以羽毛作衣。形容女子的装束美丽。唐玄宗宠妃杨玉环善舞《霓裳羽衣舞》。羯鼓:羯鼓是一种乐器,据说来源于羯族。羯鼓两面蒙皮,腰部细,用公羊皮做鼓皮,因此叫羯鼓。唐朝

时,很多人喜爱且擅长羯鼓,唐玄宗便是其中之一。

[13] 韓(韩)休:唐朝大臣,字良士,京兆长安(今陕西西安)人。敢于直言进谏。据《资治通鉴·唐纪二十九》记载:"休为人峭直,不干荣利。及为相,甚允时望。"諫(谏)疏:条陈得失的奏章。

[14] 尤物之移人:指绝色的女子能移易人的情志。鮮(鲜):少。

[15] 妲:指妲己。褒:指褒姒。古人常将亡国之君的过失与女色联系起来,于是二人均为人们诅咒的对象。戒:以……为告诫,警告。隳:通"堕"。坠落;掉下。顛頹(颠颓):原意是倒地而死。这里引申为亡国。

[16] 漁(渔)陽(阳)鼙(pí)鼓:指安史之乱。渔阳是地名,在今河北蓟县一带,鼙鼓指古代军中用的小鼓。出自唐朝白居易《长恨歌》:"渔阳鼙鼓动地来,惊破霓裳羽衣曲。"

[17] 九廟(庙):指帝王的宗庙。古时帝王立庙祭祀祖先,有太祖庙及三昭庙、三穆庙,共七庙。王莽增为祖庙五、亲庙四,共九庙。宗祐(shí):原意是宗庙中藏神主的石室。这里引申为朝廷、国家。

[18] 使:假如;如果。少(shǎo):通"稍",稍微;略微。自裁:自杀。指的是唐玄宗马嵬坡赐杨贵妃自缢这件事。

[19] 首回:回首。指忆念杨贵妃。

[20] 哂(shěn):讥笑;嘲笑。弔:"吊"的异体字,凭吊;伤怀往事。九垓:亦作"九阂"。谓九重天。

[21] 湔(jiān)洗:除去;洗刷耻辱、污点等。

[22] 莽:无涯际的样子;广大;辽阔。

【译文】

我挽住马缰向西远行,朝着马嵬驿的故址疾驰。道路盘曲迂回而且不平坦,流水声音凄切并抒发着不尽的悲哀。拜访马嵬这个古老驿站的遗址,因回想起往事而在那个地方徘徊。悲哀的是唐玄宗在位四十多年,到底为何会到(被人逼迫赐死杨贵妃)这种地步呢?唐玄宗顾望杨贵妃却不能救她,只能悲痛欲绝地掩面流泪。徒然地在《雨霖铃》中寄托哀怨,为什么不思考一下导致这些祸乱的根源呢?当初唐玄宗在开元年间能够励精图治,敬慕尊崇古代(优秀的东西)并且想把它们发扬光大。曾使得手足之情有如花萼与花瓣,繁花辉映,后来却像《新台》诗所讽刺的那样,与儿媳产生不正当关系,所以只感叹人的情欲是没有常理而变化不定的。这种过分的欲望一旦开始,不久就会败坏伦理道德,正是由于这样,安禄山暗中谋划造反的事也就没有什么可奇怪的了。

亭子散发出香气,池水深绿,(这些美景都是)用尽万民毕生的财力(换来的)。(杨玉环的)霓裳羽衣纷飞飘舞,(唐玄宗)又敲打羯鼓以助兴。慨叹韩休(因为他上疏玄宗不要大肆享乐)没有得到重用,(要是早知道会有马嵬兵变,我想唐玄宗)宁可(让韩休的)奏章重新呈上来吧。想想绝色女子能够移易人的情志,很少会不留下祸害灾难。(如果说)殷商的妲己和周代的褒姒,都是过去的人了,那怎么还不以前代亡国的事情为警戒呢?(结果安禄山)发动了叛乱,导致战死的士兵们的骸骨可以积累成堆。短短的时间里帝王的宗庙已经不能再被守护了,朝廷也化为灰烬。如果唐玄宗稍微得人心,在兵变时怎么会至于把杨贵妃缢死呢?恐怕(唐玄宗)要后悔都来不及,但他却沉浸在忆念杨贵妃的感情中。事情可笑却不能够凭吊,所犯下的罪行却逃不过上天。即使经历了千年仍然留下恶名,又怎能是用暴雨就能洗刷除去的呢?现在要追究往事已经没有凭证了,只剩下了这一望千里的黄土。

【赏析】

中国的传统文化具有很强的历史意识,深受中国文化影响的古代朝鲜作家也在其作品中寄寓着这种浓重的历史沧桑之感,以史为鉴,照察现实,成了忧国忧民者的必修课,李荇的这篇《马嵬驿》就是在这样的文化背景下写成的。

赋的开篇,作者通过拜访马嵬驿遗址,进而激起对当年发生在这里的事件的回忆,进入议论的主题。作者对唐玄宗与杨贵妃爱情的悲剧结局并没有做过多的阐述,而是揭示出二人悲剧结局背后的深层原因。唐玄宗在他的统治初年能够励精图治,打开了开元盛世的局面,却因为晚年时候纵情于享乐,专宠杨玉环一人,使得杨家盛极一时,埋下了许多祸根。作者写唐玄宗在马嵬驿兵变之时不能保住杨玉环的性命,讽刺他不去找灾祸的根源却只会将自己的悲痛寄托于《雨霖铃》曲子中这种无能的行为,并指出安禄山之所以发动反叛,是因为当时过分的欲望导致道德已经败坏,所发生的一切不过是这些祸根引发的结果,没有什么可奇怪的。

在赋的第二段,作者继续探讨着悲剧的根源,并列举历史上因贪恋美色导致亡国的史实,揭示唐玄宗是因为贪恋杨贵妃而导致了那样的结局,同时借韩休不能久任这件事,讽刺唐玄宗不能在灾祸很小的时候防微杜渐,却只会打压谏臣,宠信奸佞,最后只能以牺牲自己心爱的女人的性命为代价保存自己,纵然悔悟也已经晚了,他的罪孽是无论如何也洗不掉的。

纵观全篇,作者借古讽今,通过探究马嵬驿兵变,杨贵妃被赐死这件事,发掘出其悲剧结局背后的深刻根源,旨在告诫当今统治者不要贪恋美色,宠信那些只会溜须拍马的佞臣贼子。同时作者在这篇赋里也含蓄地将自己比作韩休。作者耿直刚正,敢于直言进谏的品格正和韩休一样,而他的命运也与韩休有着相似之处。韩休因为直言进谏只做了十个月左右的宰相便被撤下,而作者自己也是因为直言进谏而被朝廷贬斥,流放十年之久。作者在赋中说如果早知道会有马嵬驿兵变这样的事情发生,当初还不如让韩休将他的谏疏呈上,实则是在写自己不能被朝廷重用的悲哀,同时劝谏统治者不要像唐玄宗一样,远贤臣、亲小人,等到最后灾祸发生也已经悔之晚矣。

  这篇赋借历史上有名的马嵬驿兵变阐发了自己一系列的议论,写得含蓄却不失犀利,简练却不失深刻,层次鲜明,说理清晰而透彻,是一篇议论佳作。

【原文】

薏苡化明珠

  余嫉夫讒人之罔極兮,致白黑之變遷[1]。伏利刀於談笑,毒浩浩而滔天[2]。嗤人主之喜聽,反不信其仁賢[3]。溯往古之載籍,慨親疎之何偏[4]。雖光武之英明,尚未免夫厥愆[5]。痛伏波之盡忠,羌終始之不全[6]。

  當草昧之未創,推赤心而周旋[7]。迨後日之安枕,何恩義之易捐[8]?嗟驕人之好好,每乘間而巧舌[9]。指薏苡爲明珠,又文犀之連觳[10]。縱形似之可化,亦聚米之在目[11]。大功之終不取信,益歎夫荃心之反覆[12]。然至人之垂訓,戒知足而不辱[13]。功既成而勇退,乃保身之良策[14]。陋據鞍之顧昫,謾自矜其矍鑠[15]。竟裹革於壺頭,愧鄉里之下澤[16]。始擇君而遨遊,孰不贊其明識[17]。在東隅而非失,至桑榆而顛倒[18]。豈功名之易昏,抑盛滿之難保[19]。非文叔之少恩,恨爾悟之不早[20]。偉赤松之請從,卓有見夫斯道[21]。穀亦可辟而終身,奚輕身之足寶[22]？

嗚呼！君臣之際，顧不難矣乎[23]？光武非始明而終暗，馬援豈初智而後愚？顛沛則胡越同心，宴安則室家異區[24]。天下未定，輕重一軀，雖有明珠，豈有讒夫[25]？四海既平，名與位俱，雖無薏苡，豈無讒夫？前車既覆，戒在後途。

【题解】

薏苡(yì yǐ)是多年生草本植物，果实很大，犹如珠宝一样，因此，"薏苡明珠"是说薏米被进谗的人说成了明珠，用来比喻被人诬蔑，蒙受冤屈。根据《后汉书·马援传》记载：东汉名将马援（伏波将军）领兵到南疆打仗，军中士卒病者甚多。当地民间有种用薏苡治瘴的方法，用后果然疗效显著。马援平定南疆凯旋，带回几车薏苡药种。谁知马援死后，朝中有人诬告他带回来的几车薏苡，是搜刮来的大量明珠。这一事件也称为"薏苡之谤"。作者以"薏苡化明珠"的典故为题，表达了对进谗小人的憎恨，同时规劝君主要吸取前车之鉴，不要听信小人谗言而重蹈前人的覆辙。

【注释】

[1] 嫉：憎恨。谗(谗)人罔极(极)：进谗言之人无所不用其极。变迁(变迁)：情况的变化转移。
[2] 伏：隐藏。毒：罪恶。浩浩：广大无际貌。
[3] 嗤(chī)：讥笑；嘲笑。人主：指帝王。
[4] 溯：追溯；探求。
[5] 光武：指光武帝刘秀。愆(qiān)：古同"愆"，罪过；过失；错误。

[6] 伏波:指伏波将军马援。
[7] 草昧:始创;草创。推:献出;让出。周旋:谓辗转相追逐。
[8] 迨(dài):等到。安枕:安眠。亦用以比喻无忧无虑。捐:舍弃;抛弃。
[9] 驕(骄)人之好好:骄人指得志的小人。好好:喜悦的样子。乘間(间):利用机会;趁空子。巧舌:灵巧的舌头。指用花言巧语和媚态伪情来迷惑、取悦他人。
[10] 指:指着;指向;指认。这里引申为诬指。文犀:有纹理的犀角。連(连)轂(穀)(gǔ):一车接一车。形容车辆众多。毂,车轮中心的圆木,周围与车轴一端相接,中有圆孔,用以插轴。
[11] 化:疑为"讹"字,虚假之意。聚米:出自《后汉书·马援传》:"援因说隗嚣将帅有土崩之势,兵进有必破之状。又于帝前聚米为山谷,指画形执,开示众军所从道径往来,分析曲折,昭然可晓。"后以"聚米"来比喻指划形势,运筹决策。
[12] 荃:香草名。即"菖蒲",又名"荪"。古用以比喻君主。
[13] 至人:指思想或道德修养最高超的人。垂訓(训):垂示教训,留传以示后人的教训。知足不辱:自知满足,就不会招致羞辱。语出《老子》第四十四章:"知足不辱,知止不殆,可以长久。"
[14] 保身:保全自己。语出《诗·大雅·烝民》:"既明且哲,以保其身。"孔颖达疏:"既能明晓善恶,且又是非辨知,以此明哲择安去危,而保全其身,不有祸败。"
[15] 據(据)鞍:跨着马鞍。亦借指行军作战。顧(顾)眄(miǎn):左顾右眄。多用以表示洋洋自得。謾(漫):空泛。自矜:抬高自己;自我夸耀。矍鑠(铄):形容老人目光炯炯,精神健旺。
[16] 裹革:用马皮把尸体包裹起来。指军人战死于战场。寓意将士要英勇牺牲在战场。出自《后汉书·马援传》:"男儿要当死于边野,以马革裹尸还葬耳,何能卧床上在儿女子手中邪?"壺頭(壶头):指壶头山,马援病殁在这里。下澤(泽):指下泽车。一种适宜在沼泽地上行驶的短毂轻便车。
[17] 遨游:四处奔走。明識(识):高明的见识。
[18] 東(东)隅:指日出处。表示早年。桑榆:指日落处。表示晚年。"失之东隅,收之桑榆",出自南朝宋·范晔《后汉书·卷十七·冯异传第七》:"玺书劳异曰:'赤眉破平,士吏劳苦,始虽垂翅回溪,终能奋翼黾池,可

谓'失之东隅,收之桑榆'。方论功赏,以答大勋。"后用"失之东隅,收之桑榆"指在某处先有所失,在另一处终有所得。也可以比喻在某一面有所失败,但在另一面有所成就。

[19] 昏:昏聩;糊涂。盛(shèng)满(满):骄傲自满。
[20] 文叔:刘秀,字文叔。恨:遗憾,后悔。
[21] 赤松:指赤松子。相传是上古时期的神仙,神农时期的雨神。语出《史记·留侯世家》:"愿弃人间事,欲从赤松子游耳。"这个典故常用来比喻大功既立、功高震主之后隐迹避祸。
[22] 穀:善;良好。辟:通"避",躲避。
[23] 际(际):彼此之间。
[24] 颠(颠)沛:指动荡变乱。胡越:古代称北方和西方的民族如匈奴等为胡,称江浙粤闽之地所居民族为越,也泛指南方。宴安:安逸享受。室家:家家;家家户户。异(异):分开。区(区):通"驱",鞭马前进。
[25] 轻(轻)重一躯(躯):指自身无足轻重。谗(谗)夫:进谗言的人。

【译文】

我憎恨那些无所不用其极的进谗言的小人,(他们的谗言)会导致黑白颠倒,是非混淆。他们说话时笑里藏刀,这些人罪恶滔天。可笑君主却喜欢听信(谗言),反而不相信贤能有德者(的忠言)。我从古代典籍里探求答案,感慨帝王对亲疏不同者竟然极为不公。结果发现即使是光武帝这样卓越而明智的人,尚且免不了有他的过失。人们为伏波将军马援竭尽忠诚(对待君王)但最终却不能保全自己而感到痛心。

在国家草创阶段,人们都会献出自己的忠心追随君王。等到后来人们的生活安定无虑了,为什么那种忠义之心那么容易就被抛弃了呢?感叹那些得志的小人总是一副喜悦的表情,经常找机会用花言巧语来取悦和迷惑君主。他们将马援带回来的薏苡诬指为明珠,又说那一车接一车的东西都是有纹理的犀角。就算外形相似可以把薏苡误当成明珠,不过(马援)运筹决策的功绩摆在(君主)眼前。(纵然马援立下了)汗马功劳到最后却不能取得(光武帝的)信任,由此更加感叹君主的心思真的是变化无常。但是那些思想道德高尚的人留给后世的教导,是告诫我们做人要知道满足,这样才不会让自己受辱。大功告成之后勇于自行隐退,才是保全自身的好的计策。(但是马援却)大咧咧地跨着马鞍(为光武帝表演马术)一副洋洋自得的表情,并不切实际地夸耀自己仍然精神健旺,(可以出征平叛。)结果马援最终在壶头山病死,虽然实现了马革裹尸、战死沙场的愿望,却愧对告老还乡、乘着下泽车颐养天年的心愿。最初马援投奔识人用贤的光武帝,并为了他奔走周旋,谁不称赞他见识高明。马援早年没有什么过错,晚年却遭到了诽谤。(这是因为马援)拥有了功绩和名声变得昏聩了,还是因为他骄傲自满以至于难于保护自己了?其实不是光武帝刘秀缺少恩典,遗憾的是马援觉悟得太晚。所以请求跟随伟大的赤松子去远游,才是有远见卓识的方法。可以避祸活着并且善终,为什么还不珍重自己的生命而给它足够的珍视呢?

　　唉!君臣之间,就那么难以相处么?光武帝并非刚开始明察秋毫而到最后却变得不圣明了,马援又岂是刚开始聪明而到后来愚蠢了呢?社会动荡则全国上下都是一条心,生活安逸、天下太平,一家人也走不到一块儿。天下还没有平定的时候,人们都不分尊卑贵贱,即使有那么多的珠宝摆在眼前,又怎么会受到谗言小人的诽谤呢?等到天下安定了,人们拥有了名利和地位,即使没有薏苡,又怎么会没有进谗言的小人呢?前车之鉴,后世的人应该引以为戒。

【赏析】

在漫长的历史长河中，但凡真正的英雄几乎都避免不了悲剧的结局，"英雄"和"悲剧"俨然成了一对孪生兄弟，给后世的人们留下了无尽的惋惜以及吟咏的对象。在这篇赋里，作者李荇将视线投向了东汉的开国功臣马援，通过"薏苡化明珠"这个事件，铺陈出马援的悲剧结局，并进一步分析了产生这种悲剧结局的原因，同时借古讽今，表达了作者对那些谗邪小人的厌恶和憎恨，也希望能够警诫后人吸取教训，不要再发生同样的悲剧。

作者一开始就表明心志，说自己"嫉夫谗人之罔极"，奠定了全文的感情基调。接下来作者借导致东汉伏波将军马援最终悲剧结局的"薏苡明珠"典故，逐步展开，分析其背后深层的原因，同时表明自己的观点。

在赋的第二段，作者深入地探讨了导致马援悲剧结局的原因。在他看来，马援最后没有得到善终主要有两个原因，一是"骄人"的巧舌，这些小人将薏苡诬指为珠宝，说马援贪墨，导致皇帝大怒。二则是马援自己不懂得"知足不辱"的道理，骄傲自满，最终将自己陷入不义之地。自古功高盖主的臣子都没有好下场，而马援这样一个立下汗马功劳的人，不仅不知道收敛，还处处出头，主动请缨去平叛，这样自然会导致朝廷上很多人的忌恨。当初马援进身朝廷，没有一个人推举荐拔，全靠自己忠心为国。后来居于高位，也不结势树党。这就导致了他生前受到权贵的排挤压抑，死后又遭到了严重的诬陷，这和马援自身的思想局限不无关系。作者没有像前人一样提到马援就赞叹他为国为民、马革裹尸的英勇业绩，而是独辟蹊径，并不赞同马援这种殉命疆场的做法，他通过马援的悲剧，写出做人要知道满足，要知足不辱、知止不殆，要学习赤松子，大功即成之后就要隐迹避祸，这样才能保全自己而有善终。

在赋的最后一段，作者抒发了自己的感慨，在天下未定的时候人们都可以为国尽忠，没有尊卑贵贱之分，所以就算有大量的珠宝摆在眼前,也不会有人诬陷迫害他人。但是一旦天下安定,贪欲就开始左右人们的行为,让人们为了更多的名利和地位而明争暗斗,就算只有薏苡,还是会有人拿它大做文章,陷诬忠良。所以有了马援的前车之鉴,作者告诫后人要吸取教训,知道满足,不要因为贪功而最终发生和马援一样的悲剧。

这篇赋通过"薏苡明珠"的典故,在表达自己对小人进谗言的憎恨的同时,进一步分析出导致马援悲剧产生的原因,并以此规劝后人要以史为鉴。

文章语言质朴,感情真挚,同时发人深省,给人们留下许多值得思考的地方。

【原文】

問　津

惟聖人之受命兮,爲生民而立極[1]。苟一夫之不獲,寔已推於溝壑[2]。想夫子之問津,亦豈吾之得已[3]？視天下無不可爲,古與今其一軌[4]。方洪水之滔天,禹過門而不子[5]。使吾民免於爲魚,功萬世而永賴[6]。顧今日之乾坤,豈但懷襄之爲害[7]？舉四海而淪胥,混東西以無際[8]。彼滔滔其皆是,余不知其攸濟[9]。旣《河圖》之不出,徒臨川而歎逝[10]。然皇天生德於予,蓋有意於援溺[11]。雖胼胝其不恤,奚復暇乎暖席[12]？

羌接淅以周流,指西方而洞泝[13]。紛厄蔡而圍匡,孰導吾夫先路[14]？已矣乎！夢猶不復，奄年歲之遲暮[15]。苟用我以爲政，雖朞月而亦可[16]。余旣不難夫閉戶，故眷眷而未果[17]。彼耦耕其何人，謂鳥獸之可羣[18]。唯知逸居而苟安，孰四體之云勤[19]？曾不思耕食而生生，非聖功其誰賴[20]？是欲潔其一身，竟亂倫之爲歸[21]。嗟夫子之用心，豈暫忘其東周[22]。知吾道終不可行，故興嘆於乘桴[23]。

乱曰：聖之得時，濟生民兮[24]。聖之不遇，澤後人兮[25]。夫子之功，與天均兮[26]。爲我指南，是知津兮[27]！

【题解】

问津出自《论语·微子》："长沮、桀溺耦而耕，孔子过之，使子路问津焉。长沮曰：'夫执舆者为谁？'子路曰：'为孔丘。'曰：'是鲁孔丘与？'曰：'是也。'曰：'是知津矣。'问于桀溺。桀溺曰：'子为谁？'曰：'为仲由。'曰：'是鲁孔丘之徒与？'对曰：'然。'曰：'滔滔者天下皆是也，而谁以易之？且尔与其从避人之士也，岂若从避世之士哉？'耰而不辍。子路行以告，夫子怃然曰：'鸟兽不可与同群，吾非斯人之徒与而谁与？天下有道，丘不与易也。'"

问津即问路，孔子问路，作者也问路，作者是在效仿孔子，写出了自己虽然仕途坎坷，但是仍会像孔子一样有坚守理想的决心和勇气。在这篇赋中，他高度赞扬为民治水的大禹，对那些隐逸避世的隐者嗤之以鼻，并表明了虽然自己前途坎坷，怀才不遇，但是不会因此就放弃自己的理想和信仰，反而会更加坚定自己的决心。

【注释】

[1] 立極(极):树立最高准则。
[2] 溝(沟)壑:指困厄之境。
[3] 夫子:指孔子。得已:指出于自己的意愿。宋曾巩《上欧阳舍人书》:"今者欲奉亲数千里而归先生,会须就州学,欲入太学,则日已迫,遂弃而不顾,则望以充父母养者,无所勉从,此岂得已哉?"
[4] 一軌(轨):一种途径。轨,车轮的痕迹。这里引申为道路;途径。
[5] 過門(过门)不子:即过门不入,路过家门却不进去。形容恪尽职守,公而忘私。语出《夏本纪》:"禹曰:'予娶涂山,癸甲,生启予不子,以故能成水土功。'"另《孟子·离娄下》:"禹稷当平世,三过其门而不入。"不子,指禹过门不入,不能尽爱子之情。
[6] 为魚(为鱼):《左传·昭公元年》:"微禹,吾其鱼乎。"言若无大禹治水,人们将淹没为鱼。后因用"为鱼"喻遭受灾殃。萬(万)世永賴(赖):经历了很长时间仍然被世人所依靠、赞扬。赖,依靠;依恃;凭藉。
[7] 懷(怀)襄:即怀山襄陵。大水包围山岳,漫过丘陵。形容水势很大或洪水泛滥。怀,包围。襄,上升至高处。
[8] 舉(举):皆;全。淪(沦)胥:沦陷;沦丧。
[9] 濟(济):渡口。
[10] 《河圖(图)》:儒家关于《周易》卦形来源的传说。传说黄河中浮出龙马,背负河图,献给伏羲,伏羲通过龙马身上的图案,与自己的观察,画出的"八卦",而龙马身上的图案就叫做《河图》。歎(叹)逝:感叹岁月易去。语出《论语·子罕》:"子在川上曰:逝者如斯夫,不舍昼夜。"
[11] 生德於(于)予:赋予我德行。援溺:拯救溺水者。比喻救人于苦难。
[12] 胼(胼)(pián)胝(zhī):手上脚上因为劳动或运动被摩擦而起的老茧。暖席:即"席不暇暖",席子未及坐暖即离去。形容忙于奔走,无时间久留。暇,空闲。
[13] 羌:发语词。接:连接。浙:浙江。洄泝(sù):逆流而上。
[14] 紛(纷):多;众多。厄:被困;受苦。据《孔子家语·在厄》:"孔子厄于陈蔡,从者七日不食。"圍(围)匡:指孔子被匡人围困。据《史记·孔子世家》:"(孔子)将适陈,过匡……匡人闻之,以为鲁之阳虎。阳虎尝暴匡

人,匡人于是遂止孔子。孔子状类阳虎,拘焉五日。"導(导):引导。
[15] 已矣乎:叹词,罢了;算了。奄:忽然。
[16] 朞月:一整月。朞,同"期(jī)"。
[17] 閉(闭)户:这里指不预外事,刻苦读书的人。故:通"顾",反而。眷眷:一心一意的样子。未果:没有实现;未成事实。
[18] 耦(ǒu)耕:指二人并耕。后亦泛指农事或务农。鳥獸(鸟兽)之可群:可以和飞禽走兽同群。
[19] 逸居:安居。苟安:苟且偷安。
[20] 耕食:耕田而食。生生:繁衍生息。
[21] 是:表示加重语气之词。潔(洁):使保持清白不污。
[22] 暫(暂):须臾;短时间。
[23] 道:方法;途径。这里指作者想要效仿孔子进行改革之道。興歎(兴叹):生发感叹。乘桴(fú):乘坐竹木小筏。出自《论语·公冶长》:"道不行,乘桴浮于海。"意思是说主张行不通了,就坐木筏到海外去。
[24] 得時(时):遇合机遇;行时走运。濟(济):救助。生民:人民。
[25] 不遇:不得志。澤(泽):施恩德。
[26] 均:等同。
[27] 知津:知道过河摆渡的渡口。犹言识途。

【译文】

　　只有圣人是受天之命,为了百姓制定纲纪。如果有哪一位圣人没有得到(天的受命、人民的支持),那他实际上就是被推向了困厄之境。遥想当年孔子问津,这难道不也是我的意愿吗?看看普天之下没有什么是办不到的,这在古代和今天其实都是同样的道理。正当洪水肆虐,洪灾泛滥的时候,大禹三过家门而不入,不能尽爱子之情。使百姓免于灾殃,他的功绩是不论过多久都会被人们赞扬的。看如今天下局势,又何止是洪水泛滥危害百姓呢?全国上下已经沦陷了,四方混乱没有终止。像那样泛滥的洪水到处都是,我不知道能济渡的地方。能够治理黄河的《河图》不出现,只能徒然地面对奔腾不息的川流感叹岁月的逝去。然而上天赋予我德行,大概就是有意让我救百姓于苦难。即使手脚被磨起了老茧也不会顾惜,还哪有时间多坐一会儿呢?

江水连接着浙江周而复始地流淌,指向西方逆流而上。世上都是些厄蔡围匡之徒,又有谁能为我指引道路呢?算了吧,当初的梦想已经不可能再回来了,岁月忽然就过去,我也到了晚年了。如果能让我从政为官,即使只有一个月也行啊。我已经不难于闭户不仕,然而还不能做到专心致志。那两个耕地的人是什么人啊,竟然认为人可以和飞禽走兽同群。他们只知道住在好的地方苟且偷安,谁能说自己的四肢就那么勤劳,善于劳动呢?曾经不用耕田而食就能够繁衍生息,不是依靠圣人的功业又是依靠谁呢?想要使自己一个人保持清白不污,最后竟然做出违反人伦常理的事情。慨叹孔夫子那么用心,怎会稍稍忘记(恢复)周礼(的理想)。如果知道我想要改革的道路最终是行不通的,那我只能感叹(生于乱世),而乘坐竹木小筏到海外去。

所以说:圣人得遇时,救助天下百姓。圣人不得遇时,就会恩泽后人。孔夫子的功劳与天等同。成为我的指南,这才是知津啊!

【赏析】

在这篇赋作中,李荇借孔子"问津"这个典故,表达了自己和孔子一样怀才不遇的心情。但是作者并不因此而退缩,而是坚守着自己的理想和信念,为改变那种混乱黑暗的局面而努力着。从整篇赋作的内容来看,李荇空有抱负却无处施展,因此对自己的前途感到十分的渺茫,但是他并没因怀才不遇从此一蹶不振,而是更加坚守自己的理想与信念,认为自己一定可以改变这种混乱的局面,由此我们可以感受到李荇那种正直高洁的品格和不畏艰险、敢于斗争的人格魅力。

在第一段,作者首先引出孔子问津的典故,借孔子说明自己怀才不遇的处境和像孔子一样坚定的信念。接下来他又借大禹治水的典故,说大禹为了治水三过家门而不入,得到了当时和后世人们的高度赞扬。作者写大禹,其实也是在写自己,他将当时的混乱时局比喻成滔天肆虐、危害百姓的洪水,写大禹治水的决心,实际是写自己的决心。他有感于上天赐予人们的德行,并迫不及待地想要用自己的力量去拯救处于水深火热之中的人民,即使手脚被磨出老茧,又算得了什么呢?就算是为了理想牺牲自己的生命,作者也不会有一丝犹豫的。

在第二段中,李荇想着那缓缓流淌,"指西方而洄溯"的河流,发出了和辛弃疾一样"廉颇老矣,尚能饭否?"的感慨,表达了自己虽然年纪大了,但是仍能为国效力的决心。在这里,作者自己就是他笔下那条逆行西去的河流,尽管前路充满了艰辛,但是他还是义无反顾地向前奔腾着,直到实现自己的理想才会停息。接下来作者又回到了孔子问津的典故之中,讽刺了那两个隐居避世的人,认为他们这样的人是不值得效仿的,也许这些隐士和作者一样都是怀才不遇的人,但是他们只知道自己的生活安宁,却忘了自己应尽的职责和本分,即在这样的乱世之中,应该为结束这样的混乱尽自己的一份力,而不是躲起来苟且偷生。但是在这样的乱世之中又有多少人能够不惜牺牲自己的生命,像作者一样坚守信念呢?因此作者想到这里,不禁发出一声叹息,如果他的努力最终只是徒劳,他的理想没有实现的话,那么他只能效仿孔子,乘小船去海外游荡了。

最后,李荇就自己提出的问题——知津,给出了答案,那就是效仿孔子,用孔子的德行来处世为人,用孔子改革的决心和勇气激励自己,这样才能真正知道道路究竟在何方,才能真正地实现自己的抱负和理想。

　　作者在这篇赋中向世人剖白了自己为国效力的决心,让读者能够深刻地感受到作者身上散发出的高尚的人格魅力。从文章开始的"问津"到最后给出答案,中间穿插着对为民除难的大禹的赞颂以及对隐居避世的长沮、桀溺的鄙视,层次分明,突出了作者的思想感情,可以说是一篇抒情赋的佳作。

李彦迪

【作者简介】

李彦迪(1491～1553),字复古,号晦斋、紫溪翁。谥号文元。朝鲜朝哲学家、辞赋家、诗人。1570年朝鲜朝颁布的《国朝儒先录》将李彦迪与金宏弼、郑汝昌、赵光祖并列为朝鲜四贤。

李彦迪是朝鲜朝京畿道骊州人。1530年在任司谏期间,曾受到当局的排斥,到庆州紫玉山从事性理学研究,过了7年左右的隐居生活。1537年再被录用,历任副提学、吏曹、礼曹、刑曹判书和左赞成等官职。1547年又遭权臣尹元衡一派忌恨,再度被流放到江界,直至1553年逝世。

李彦迪在政治上提倡"中和"的理论,认为"中和"符合"天理"。这实际上是调和阶级之间的矛盾,为封建统治阶级的行为作辩护。他的政治主张和哲学思想在其诸多著作中都有所体现。

李彦迪在晚年的流放生活期间,在创作上取得了巨大的成就,留下几部重要的著作。如《求仁录》、《大学章句补遗》、《中庸九经衍义》、《奉先杂仪》等。《求仁录》(4卷)中对于儒家经典核心概念的"仁"给予了高度关注。他阅读了儒家各部经典和熟习宋代儒学家的学说后,确认了关于仁的本体和实现方法是儒学的根本精神。

《大学章句补遗》(1卷)和《续大学惑问》(1卷)超出了朱熹的《大学章句》和《大学惑问》的范围,展示出他独立的学术世界。在这一问题上，李彦迪与所追随的儒学家们相比，持有更加自律的态度。如改编了朱熹的《大学章句》中所提出的体系，尤其是对朱熹的理论，他没有全部认定，由此可见，李彦迪与后期那些对朱熹的一字一句都视为金科玉律的人相比，他的态度显现出的是一种独创精神。

《中庸九经衍义》(29卷)是李彦迪未完成的绝笔。这部著作也超越了朱熹的《中庸章句》或《中庸惑问》体系，阐明了统治国家方法的《九经》，《九经》为中庸精神的中心，分为"修身、尊贤、亲亲、敬大臣、体群臣、子庶民、来百工、柔远人、怀诸侯"，具有独创性。这部撰著应用了真德秀的《大学衍义》中大学体系的治理原理，提出了相应的具体实现方法，较为详细地反映了其道德经世观。

《奉先杂仪》(2卷)提出了儒学实践性的规范，故成为朝鲜朝后期理学派的先驱。朱熹的《家礼》对朝鲜朝社会产生了深远影响，顺应天道和民心应该是王道政治的根本理念，也是浓缩了的儒学经世观所展现出的观念。李彦迪既顺应天道和人心，也很重视安定民心这样的儒学修养论作为经世的根本，他是朝鲜朝学习和实践儒学的典范，在古代朝鲜儒学史上有着无可取代的地位。

李彦迪著有《晦斋集》13卷。其较为有名的赋作有《问津赋》、《鞭贾赋》和《利口覆邦家赋》等。

【原文】

問津賦

有周之衰，世極於否[1]。王綱不張，海內委靡[2]，民墜塗炭，嗷嗷罔依[3]。世無哲王，孰濟斯時[4]？偉我仲尼，天縱其德。道揖堯舜，仁並覆育[5]。責既重於生民，憂亦大於天下。謂吾道之將行，施木鐸之教化[6]。扶民彝於幾泯，澤區夏於既涸[7]。夫何卒不得其志兮？空問津以汲汲，雖志切於濟世兮，祇以招尤而速累[8]。想其所有者德，所無者位。道雖至大，蘊而莫施[9]。十年轍環，東西北南，卒老于行，時無知音[10]。

晏嬰止泥谿之封，武叔毀日月之明。視雁有慢賢之色，受樂無尊德之誠[11]。滔滔者天下皆是兮，喟枘鑿其奚合[12]？然聖人未嘗忘天下，席不煖於一夕，罷絃歌於陳蔡，又應聘於楚王[13]。偶臨河而迷津，渺煙波之蒼茫，遂停驂而延佇，塞欲濟而無梁[14]。遇沮溺之耦耕，乃使問其津渡。既不聞其指示，反逢彼之譏侮[15]。彼固避世之士兮，獨非聖人而自是，彼焉知君子之仕兮，乃所以行其義也[16]！豈不厭世道之幽昧，豈不知可卷而懷之[17]？惟鳥獸不可與同群，余獨離世而何為[18]？矧今天下之溺矣，其敢獨善於己[19]。

蓋天地高厚，并包萬類，博施雨露，無一物不遂其性[20]。聖人之量，與天地並。四海之內，吾將施德而陶之。萬姓之衆，吾將流澤而膏之[21]。既無不可化之人，又無不可爲之時。庶幾一行其道兮，俾域中群生，舉得所而熙熙[22]。豈若小丈夫然兮，果於忘世，坐視墊溺而不救[23]。而且賢人不時出，聖人不世有[24]。上而爲君，堯舜湯禹；下而爲臣，伊周稷契[25]，彼皆經綸宇宙，化育民物[26]，際天極地，咸受其澤[27]。當今之世，非我伊誰？生民之休戚，天下之安危，責實在我，其敢不力[28]？此夫子所以汲汲於斯世，而沮與溺之所未識者也[29]。豈知大旱之焦土兮，龍無所用其神，慨司寇三月之化兮，卒未能大施於斯民[30]。

念皇天之生是元聖兮，豈無期於下國[31]？繼統緒於百聖，開盲聾於千億[32]。茲寄托之至偉，故賦與之特厚，胡獨吝於天位，俾赤子而失乳[33]。伊龍德之正中，宜厥施之斯普[34]，竟問津而周流，歎已極於乘桴。空懷寶而踽踽一世兮[35]，邈天意之難求。

重曰：二帝世遠，三王迹熄。繼天立極，誰任其責[36]？道大莫容，天下之不幸。下悲人窮，上畏天命[37]，遑遑栖栖，不敢自暇。彼耦耕流，豈知聖者[38]！

【题解】

本文借孔子问津的典故，表现出圣贤空怀高尚的品德和济世的情怀却得不到理解和重用的无奈，抒发了作者对古代圣贤怀才不遇的感慨，并表达了自己虽然生于乱世，怀才不遇，但依然要遵循圣贤之路,继续救世人于水火之中的坚定意志。

【注释】

[1] 有:词缀,用在某些朝代名称的前面。如有夏、有宋一代。世:时代;朝代。極(极)於(于)否:因盛极而消亡。否,坏;恶。
[2] 王綱(纲):国家的法律。張(张):施行;举用。委靡(mǐ):也作"萎靡",颓丧。形容精神不振,意志消沉。
[3] 塗(涂)炭:比喻极端困苦的境地。嗷嗷:众声嘈杂。罔:无;没有。
[4] 哲王:贤明的君主。
[5] 並(并):并行;并列。覆育:抚养;养育。
[6] 木鐸(铎):以木为舌的大铃,铜质。古代宣布政教法令时,巡行振鸣以引起众人注意。《周礼·天官·小宰》:"徇以木铎。"比喻宣扬某种学说、思想观念或政教的人。
[7] 扶:支持;帮助。民彝(yí):犹人伦。旧指人与人之间相处的伦理道德准则。區(区)夏:诸夏之地。指中国。既(既)涸:河流、池塘等干枯无水。
[8] 汲汲:心情急切的样子。切:急迫。祇(zhī):但;只。招尤而速累:因引起他人的怪罪或怨恨而招致祸害。
[9] 蘊(蕴):积聚;蓄藏。
[10] 轍環(辙环):乘车环游。喻周游各地。
[11] 晏嬰(婴):即晏子,名婴,字平仲,春秋后期齐国的国相,曾在齐灵公、庄公和景公三朝任事,是著名的政治家和外交家。泥谿(溪)之封:《墨子·非儒》载:"孔某之齐见景公,景公说,欲封之以尼溪,以告晏子。晏子曰:'不可!夫儒,浩居而自顺者也,不可以教下;……今君封之,以利齐俗,非所以导国先众。'公曰:'善。'于是厚其礼,留其封,敬见而不问其道。"作者引出这个典故,为孔子这样的圣人怀才不遇而感到惋惜。武叔毁日月之明:语出《论语·子张》:"叔孙、武叔毁仲尼。子贡曰:'无以为也,仲尼不可毁也。他人之贤者,丘陵也,犹可逾也。仲尼,日月也,无得而逾焉。'"视(视)雁有慢贤(贤)之色:《吕氏春秋·似顺论第五·慎小》载:"卫献公戒孙林父、甯殖食。鸿集于囿,虞人以告,公如囿射鸿。二子待君,日晏,公不来至。来,不释皮冠而见二子。二子不说,逐

献公,立公子黚。"文中引卫献公视雁而不尊贤的典故。

[12] 滔滔者天下皆是:语出《论语·微子》"滔滔者天下皆是也,而谁以易之?"枘(ruì)鑿(凿):"方枘圆凿"的略语。方榫头,圆榫眼,二者合不到一起,比喻两不相容。《楚辞·九辩》:"圆枘而方凿兮,吾固知其鉏铻而难入。"后因以"枘凿"比喻事物的格格不入或互相矛盾。枘,榫头。凿,榫眼。

[13] 煖席:久坐而留有体温的坐席。指安坐闲居,煖,"暖"的异体字。罷(罢)絃(弦)歌於(于)陳(陈)蔡:语出《庄子·让王》:"孔子穷于陈蔡之间,七日不火食,藜羹不糁,颜色甚惫,而弦歌于室。……孔子曰:'是何言也!君子通于道之谓通,穷于道之谓穷。今丘抱仁义之道以遭乱世之患,其何穷之为?故内省而不穷于道,临难而不失其德。天寒既至,霜雪既降,吾是以知松柏之茂也。陈蔡之隘,于丘其幸乎。'孔子削然反琴而弦歌,子路扢然执干而舞。"作者引用这个典故,是为了赞扬孔子在困境中仍坚持自己的道义,意志坚定。應(应)聘:接受聘问。汉刘歆《移书让太常博士》:"是故孔子忧道不行,历国应聘。自卫反鲁,然后乐正,《雅》《颂》乃得其所。"

[14] 驂(骖)(cān):古代驾在车前两侧的马。延伫:久立;久留。梁:桥。

[15] 沮溺:指长沮和桀溺。传说中春秋时楚国的隐士。指示:犹指点,指引。譏(讥)侮:讥刺侮慢。

[16] 避世:隐居,不与外界接触。君子之仕:语出《论语·微子》:"君子之仕也,行其义也。道之不行,已知之矣。"作者引用《论语》中这句话,意在说明君子为官的初衷,赞扬了孔子宽广的胸怀和无私的精神。

[17] 幽昧:昏暗不明。卷而懷(怀)之:把自己的主张收藏在心里,也暗指辞官隐居。

[18] 離(离)世:远离世俗;远于世事。

[19] 溺:陷于困境。獨(独)善:保持个人的节操。

[20] 博:广泛;普遍。遂:称心如意,使得到满足。性:天性。

[21] 陶:陶冶;化育。流澤(泽):散布的恩德。膏:滋润。

[22] 庶幾(几):或许可以,表示希望或推测。俾:使。域中:国内。群生:众生。此指百姓。得所:谓得到安居之地或合适的位置。熙熙:温和欢乐的样子。

[23] 小丈夫:庸俗而识短的人。果:成为事实。忘世:忘却世情。坐視(视):

指袖手旁观,对该管的事故意不管或漠不关心。垫(垫)溺:指淹入水中。此处指处于水深火热之中。

[24] 時(时):时时;时常。

[25] 湯(汤)禹:指商汤和夏禹。伊周:商伊尹和西周周公旦。两人都曾摄政,后常并称。稷契(xiè):稷和契的并称,唐虞时代的贤臣。尧(尧)舜汤(汤)禹、伊周稷契皆为古代贤明的君主和有名的贤臣,作者列举这些贤人,意在表明自己要向他们学习,像他们一样致力于民生百姓之事的意志。

[26] 經綸(经纶):整理丝缕、理出丝绪和编丝成绳,统称经纶。引申为筹划治理国家大事。化育:教化培育。

[27] 際(际)天極(极)地:谓无所不至。

[28] 休戚:喜乐和忧虑。力:致力;努力。

[29] 識(识):知道;懂得。

[30] 司寇:古代官名。古代中央政府中掌管司法和纠察的长官。这里指孔子。孔子曾经担任过鲁国司寇。

[31] 元聖(圣):大圣人。指孔子。下國(国):天下。

[32] 統緒(统绪):指皇室世系。这里指救济苍生的责任。盲聾(聋):眼瞎耳聋。亦喻愚昧无知。千億(亿):极言其多。

[33] 偉(伟):宏大;盛大。天位:帝位。赤子:婴儿。

[34] 龍(龙)德之正中:语出《易经·文言》:"九二曰:'见龙在田,利见大人。'何谓也? 子曰:'龙德而正中者也。庸言之信,庸行之谨,闲邪存其诚,善世而不伐,德博而化。'"比喻贤人具有的正中之德。

[35] 周流:此指四处飘流。乘桴(fú):见《问津》注释[23]。懷寶(怀宝):喻自藏其才;怀才。踽(jǔ)踽:单身独行、孤独无依的样子。引申为落落寡合的样子。

[36] 迹熄:出自《孟子·离娄下》:"王者之迹熄而《诗》亡,《诗》亡然后《春秋》作。"迹指圣主采诗的事情。迹熄即指礼崩乐坏,世道衰微。繼(继)天立極(极):继承天子的皇位,确立纲纪。任:挑担;荷:肩负。

[37] 道大莫容:原指孔子之道精深博大,所以天下容纳不了他。后用以指正确的道理不为世间所接受。天命:指上天的意志。

[38] 遑遑:惊慌不安的样子。栖栖:忙碌不安的样子。

【译文】

　　周朝衰落了,这个朝代在盛极之后走向了衰亡。国家的法律已无法正常执行,全国上下一片消极溃败的景象,百姓陷入了极端困苦的境地,哀嚎着、无依无靠。这个世上没有圣明的君主,那么谁能在这个时候拯救黎民百姓呢?是我们伟大的孔子,上天赐予了他高尚的德行。他继承了尧舜的道义,用仁爱抚育天下,他不但肩负的责任比普通百姓要沉重很多,忧虑、情怀也比天大。他宣称将要推行自己的道义,实施正规的教育,帮助百姓重新建立即将消失的伦理道德准则,用恩泽滋润即将枯竭的国家。可是最后孔子为什么没能实现他的愿望,心情急切却白白地去问津,即使他迫切地致力于救济世人,(但到头来)只是因招致他人的怨恨而遭到祸害。想想孔子,他拥有的最多的是高尚的品德,然而所没有的是高高的官位,(因此)他的品德虽然如此高尚,以至于无人能及,却只能暗自积蓄,没有实行开来。孔子乘车周游列国十几年,从东向西,自南到北,最后在奔走中老去,当时也没有知音。

　　晏婴曾阻止齐景公把泥溪的田地封赠给孔子,武叔诽谤仲尼不够贤德,卫献公因为看见大雁而轻慢贤人,听奏音乐却没有尊崇道德的诚意。世上像洪水一样的坏东西到处都是,就像圆榫头与方卯眼合不到一起一样,贤人与愚人怎么会达成一致?然而,我们的圣人孔子并不曾忘记天下的黎民百姓,坐席还没有坐暖和(就开始新的行程了),刚停下在陈、蔡的弹唱,就又接受了楚国国王的聘请。碰巧到了河边,不知道渡口在哪里,水面空阔辽远,烟雾缭绕,看不清楚,于是停下马车,站在那里(观察了)很久。想要过河,但是却没有桥,刚好遇到了(楚国的隐士)长沮和桀溺在旁边干农活,于是孔子便派人去向他们打听渡口在哪里。（没想到）不但没有从他们那里得到指引，反而受到了他们的讽刺和挖苦。他们本来就是逃避世事，隐居起来的人，却在那非议圣人而自以为是。他们哪里会了解君子做官其实是为了履行君臣之道义的呢？难道说君子就不厌恶社会上的昏暗丑陋吗？就不知道把自己的主张藏在心里，辞官隐居吗？我们既然不可以同飞禽走兽合群共处，若不同人群打交道，又同什么去打交道呢？更何况，现在国家已经陷入了困境，我怎么敢独善其身，不管世事？

天是这么的高，地是那么的厚，兼并包容了世间万物，并广泛地施予它们雨露，使万物没有一种是不能顺应其本性生长的。圣人的气量，能与天地的气量不相上下。我将会广施恩德，陶冶化育天下。广泛地播撒恩惠给百姓，来滋润他们的心田。这个世界上，既没有无法教化的人，也没有不能有所作为的时代。希望我可以施展自己的抱负，发挥自己的特长，使国中的百姓都能得到安居之所，过上欢乐祥和的生活。怎么能像庸俗而识短的人那样呢？事实上这些人忘却世情，远离世事，坐在那里如同没事人一样看着百姓处于水深火热之中，而不去解救他们。有才德的人不是常常都有的，圣人也不是永远都存在的，上到做君王的尧、舜、商汤和夏禹，下到作为臣子的伊尹、周公旦、稷和契，他们都是筹划治理国家大事、教化培育百姓的贤德之人，即使远到天的边缘，地的尽头，世间万物都能得到他们的恩泽，在如今这个时代，这不是我的还能是谁（的职责）？百姓的喜乐和忧虑，国家的安全与危险，这些责任确实是落在我的身上啊！我怎么敢不尽心尽力？这就是我为什么要疲劳奔波于世间，而长沮和桀溺这类人所不懂的（原因）。然而又怎能料到（结果会）如同拥有神力的天龙在大旱过后被烈火烧焦的土地上，也无能为力一样，慨叹啊！孔子几个月的教化，最后也还是没能将恩惠广泛地施与这些百姓。

我思考着上天让孔子这样一个大圣人诞生,难道不是对天下寄托了希望吗?从诸多圣人那里继承下了救济苍生的责任,帮助成千上亿愚昧无知的人摆脱愚昧,这个寄托责任极其重大,所以对孔子寄予厚望,怎么能私自吝惜帝位,使赤子失去乳养。孔子是一个拥有像君主一样品德的贤人,他的恩泽如此广泛地施洒,最后的结果竟然是一边到处问路,一边四处游走,慨叹着自己的遭遇,在游走中终其一生。他空怀一肚子的才华,却落得一辈子孤独无依、落落寡合。遥想着上天的旨意是很难实现的了。

总而言之:尧、舜二帝的时代已经很遥远了,三王采诗的制度也已经消失了,那么继承上天的意旨,重新确立纲纪,这样的职责要由谁来承担呢?孔子之道精深博大,然而却不为世间所接受,这是全天下的不幸啊!对下怜悯百姓处于困苦之中,对上又敬畏上天的意志,(所以)每天忙碌不安的,不敢让自己闲暇下来。那些只知道隐居务农的一类人,怎么能晓得圣人呢?

【赏析】

李彦迪生活在朝鲜朝政治混乱、祸乱频生的时代。朝鲜朝时期,为了加强封建专制统治,十分重视儒学教育,尤其推崇程朱理学,把它视为维护封建统治的舆论工具,极力加以推广。因此作者对于儒家经典相当稔熟,并有所研究,故能熟练而准确地引经据典。在那个黑暗腐败的时代,外部有倭寇入侵,内部统治者昏庸无能,当权者贪婪残暴,结党营私,人民处于水深火热之中,作者面对这样的时局,空有一身抱负却无处施展,故作此赋抒发感情并表明心志。

作者联系人生,抒情言志。《问津赋》是一篇抒情赋,作者借孔子问津的典故，表现出圣贤空怀高尚的品德和济世的情怀却得不到理解和重用的无奈，抒发了作者对于古代圣贤怀才却不遇的感慨。作者由此想到了自己，胸怀天下却无人赏识，一再受到排斥，故借此典故，以赋明志。"问津"一词，既有孔子打探渡口之意，也暗示了作者对于前方道路的迷茫之感。但孔子遭受如此多的磨难，尚未放弃济世之行，自己又岂"敢自暇"呢？借此表达作者要追寻先贤的脚步，继续救济世人，造福百姓的坚定意志。

《问津赋》结构严谨，逻辑性强。赋文开头，作者先交代"有周之衰"、"民坠涂炭"的历史背景，发出"孰济斯时"的呼唤与感慨，继而引出"伟我仲尼"的下文，交代圣人孔子救济世人的必要性和紧迫性。随后开始描写孔子是如何"济斯时"的，然而却"卒不得其志"，反而遭到无知之人的讽刺和侮辱，但是孔子依然"汲汲于斯世"。最后引出作者"遑遑栖栖，不敢自暇"，致力于救济民生之志。

《问津赋》引用了大量的典故来叙事抒情，既有历史故事，如"孔子问津"、"泥溪之封"、"武叔毁日月之明"、"罢弦歌于陈蔡"等，也有前人文句，如"君子之仕也，行其义也"、"卷而怀之"、"鸟兽不可与同群"、"龙德而正中"、"迹熄"等。运用的手法既有明用，也有暗用；既有正用，也有反用。大量典故的成功运用，极大地增强了文章的表达效果。

该赋讲究排偶对仗。如"责既重于生民，忧亦大于天下"、"扶民彝于几泯，泽区夏于既涸"、"晏婴止泥溪之封，武叔毁日月之明，视雁有慢贤之色，受乐无尊德之诚"等。达到了音律和谐，语言整饬而凝练的艺术效果。

曹　植

【作者简介】

　　曹植(1501～1572)，曹，古同"曺"。字楗仲，号南冥、山海、方丈老子、方丈山人。曹植是朝鲜朝中期的诗人，其诗风在古代朝鲜山林诗歌中独具一格，曹植也是16世纪朝鲜朝著名的性理学家，"实学"思想的倡导者。

　　曹植主导了朝鲜朝中期庆尚右道的地域学问，是儒家文化的伟大传播者和践行者，创立了南冥学派。他的哲学思想从根本上没有脱离过儒学思想，也没有偏离过当时流行的性理学，性理学可谓是他的哲学思想的核心。但是，他的哲学思想又不同于当时流行的性理学，他给性理学赋予了强烈的实践意义，因此未能得到正确的历史评价。

　　北宋哲学家张载提出"心统性情"的命题，曹植以图解的形式对其概念系统进行了全方位的整合，其《心统性情图》即是对张载、朱熹等人关于心、性、情关系的图式诠解，其解释不仅体现着理学"体用一源，显微无间"的天人一体理路，而且有着自己独到的领悟和见解。曹植在开创性研究与发展性理学的过程中，从中国的孔孟儒学，宋明理学中汲取了丰富的思想营养。现代学者研究曹植学，主要依靠收入《曹植集》中的曹植的文章，门生以及学者们所写的"评述"、"传略"、"碑刻"、"行状"和图表等资料，以窥其学说之梗概。曹植37岁时,见"世衰道丧,人心已讹,风漓俗薄,大教废弛",故决心罢试举,不求仕,"退居山野",开始其隐居生涯。此后,他便在家乡山林间建德川书院,专心于教育,培育弟子不辍。曹植虽隐居不仕,然"未忘斯世者也","阴阳、地理、医药、道流之言无不涉其梗概,以及弓马行阵之法,关防镇戍之处,靡不留意究知"。故其弟子多通晓政事战守,不少人曾经率兵抗击倭寇。

曹植的撰著有《士表礼节要》、《学记类编刊补》、《南冥先生集》等。他在赋方面也很有成就,现存《军法行酒赋》等3篇。

【原文】

軍法行酒賦

酒猶兵也,不戢將自伐矣,矧乎樂勝則亂[1],固宜折衝樽俎之列[2]。獨何人兮劉氏子,堂堂氣聳之如山[3]。毅然制非常之法,以處夫非常之艱[4]。是直撥亂反正之器,夫豈小丈夫然哉[5]。曾乃祖之好武,慢禮義而不先,酗拔劍而擊柱,夫孰賓交之秩秩[6]?顧家老之既亡,紛衆孽之狨狨[7]。毋囂子庸臣憫,邦之危兮杌陧[8]。彼諸呂之睥睨,謂吾家之闒闑[9]。與之奪之自我,又濟之以殺戮,焚如突如死如[10]。一室之內,盡是敵國[11]。

當是時也,欲以糠粃之禮而制之,比拔山其猶難[11]。循循然俯首而聽命,又非朱虛之所安[12]。視盤筵之叫呶,等操戈而入室。奚至於相猶而已,蔓難圖矣非日[13]。差差白刃之在腰,奮一擊而欲襲。矧軍令之所尚,乃漢氏之家法。是呂氏之所安,亦不忤而見許[14]。俄一人之干令,遽首足之異處[15]。四座相顧而失色,非但股慄而膽亦掉,亦皆曰失酒而可斬,苟犯義者何保?劉氏章者最可畏,吾等謹避而已[16]。昔也狼戾而虎嗥,今焉稽首而就屍,終呂氏而莫敢誰何[17]?實由於今日之酒,使之屹然鎮一代金湯之險,視綿蕝其何似[18]。

是知人不可無義氣,無義氣男子可烹[19]。獨惜夫漢家之無法,以軍法而爲俐[20]。王庭非流血之地,刀鉅異鍾鼓之聲。曷若制之以禮,君君臣臣,分如天淵。袵席之猶不可亂,而況於穆穆天子之前[21]?體天險者,無如禮矣,人孰勝夫天哉?

一介孤孫,得之則劉,失之則呂,蓋亦匹夫之行矣[22]!重嘆夫無禮則國亡,劉不呂者幸矣[23]!

【題解】

"军法"就是指军队中的刑法。"行酒"就是监酒,指在席间主持酒政。根据《史记·齐悼惠王世家》记载:一次,吕后在宫中设宴,命刘邦的孙子朱虚侯刘章作"酒监",刘章说:"臣是将种,请以军法行酒!"得到吕后首肯。当酒喝得有点醉意时,刘章进献歌舞。过了一会儿,吕后家族中有一人喝醉,避醉逃席,刘章追上,拔剑把他斩了。

作者用这个典故为题,表达了作者对刘章的英勇和胆识过人的欣赏,强调了礼法在治国安邦中的作用。

【注释】

[1] 酒猶(犹)兵:这里将酒比作兵器。戢:收敛。自伐:自己败坏、戕害自己。樂(乐):喜悦。这里指沉迷于醉酒。勝(胜):过于。

[2] 折衝(冲)樽俎:在会盟的席上制胜对方。《国策·齐策五》:"此臣之所谓比之堂上,禽将户内,拔城于尊俎之间,折冲席上者也。"折衝(冲),折退敌方的战车,意谓抵御敌人。樽俎,古代盛酒和盛肉的器皿。后泛称外交谈判为"折冲樽俎"。

[3] 堂堂:形容容貌庄严大方。嵷(耸):通"崇",高起;矗立。

[4] 毅然:刚强坚韧而果断的样子。處(处):置身。

[5] 直:通"值"。器:才能;人才。小丈夫:庸俗而识短的人。撥亂(拨乱)反正:消除混乱局面,恢复正常秩序。指纠正重大错误。反,通"返",回复。

[6] 好:偏重。慢:轻视;怠慢。酗:沉迷于酒,酒醉行凶。拔劍(剑)而擊(击)柱:出自《史记·刘敬叔孙通列传》:"高帝悉去秦苛仪法,为简易。群臣饮酒争功,醉或妄呼,拔剑击柱,高帝患之。"秩:这里用为按次序排列之意。

[7] 跊跊(zhì):群飞貌。这里形容人们纷纷扰扰很多。

[8] 毋:疑应为"母"字。嚚(yín):奸诈。庸:平常。傲:同"傲",骄傲;傲慢。杌陧(wù niè):倾危不安的样子。

[9] 睥睨:眼睛斜着看。閫(阃)(kǔn)闑(阋)(niè):门槛和门橛。这里指门户。

[10] 濟(济):疑应为"继"字。焚如突如死如:语出《易经·离》九四爻辞:"突如其来如,焚如,死如,弃如。"意为敌人突然来焚烧着、杀死着,抛弃着。比喻刘氏子孙没有藏身之地,处境险恶。

[11] 糠粃:谷皮和瘪谷。比喻粗劣而无价值之物。制:禁止;遏制。

[12] 循循:遵循规矩貌。聽(听):听凭;任凭。朱虚(虚):古县名。西汉置,相传为帝尧之子丹朱之虚,故名。治所在今山东东南。汉高后二年封齐悼惠王子刘章为朱虚侯,即此。

[13] 盤(盘)筵:宴席。叫呶(náo):喧哗。相猶(犹):相同。操戈而入室:出

自《后汉书·郑玄传》:"时任城何休好《公羊》学,遂着《公羊墨守》、《左氏膏肓》、《榖梁废疾》。玄乃发《墨守》,针《膏肓》,起《废疾》。休见而叹曰:'康成入吾室,操吾戈以伐我乎!'"后以"入室操戈"比喻以其人之说反驳其人。蔓難(难)圖(图)矣:出自《左传·隐公元年》:"无使滋蔓;蔓,难图也。"比喻坏的事物绝不能任令它蔓延开来,否则,便难以收拾或消除。蔓,繁生、蔓延。图,消除。

[14] 差差:不齐的样子。
[15] 干:冒犯;冲犯。
[16] 股慄(栗):两腿发抖。犯義(义):这里指触犯酒令。
[17] 狼戾而虎嗥:指凶狠、暴戾。稽首:古时一种跪拜礼,叩头至地。屍:"尸"的异体字。
[18] 鎮(镇):以武力维持安定。金湯(汤)之險(险):比喻防守牢固,地势险要。金,指代金城,城墙坚固像铁。汤,指代汤池,护城河像滚烫的开水。綿蕝(绵蕝):制定整顿朝仪典章。
[19] 義氣(义气):刚正之气。
[20] 侀(xíng):同"型",本谓铸器的模型。引申为定型;完成。
[21] 天淵(渊):形容高天和深渊相隔极远,差别极大。袵(rèn)席:亦作"衽席",床席。穆穆:端庄恭敬。
[22] 一介:一个。多含有藐小、卑贱的意思。
[23] 重:深;堪。

【译文】

酒如同兵器,不加收敛就会戕害了自己,过于沉迷醉酒之乐就会被其所迷惑。本来应当把酒应用到像"折冲樽俎"这样的有智谋有作为的事上。为什么独有刘章这个刘氏子孙,他的容貌出众,气概如山。在处境非常艰难的情况下,他果断地制定了不同寻常的法令。刘章具有能使国家消除混乱局面,恢复正常秩序的才能,怎么能是庸俗而识短的人呢?刘章的祖父刘邦曾经偏重军事,忽视礼法和道义,致使在庆功宴上,众武将酗酒后拔剑击柱,哪里还有次序、礼貌和规矩可言呢?但看刘邦已经亡去,众多的刘氏子嗣软弱无能,被人所欺。吕后奸诈,孝惠帝平庸、软弱,大臣们目中无君,国家处在风雨飘摇的危险境地。诸吕斜视刘氏天下,认为是自家的门户,想把刘氏天下抢夺过来据为己有,又对刘氏家族进行杀戮,刘氏家族被戕杀着,处境十分危险。一室之内都是与之敌对的人。

正当这个时候,想用糠秕之礼来控制事态的发展,恐怕比拔起大山还难吧!循规蹈矩,屈服于命令,听人摆布,又不是朱虚侯刘章所安于的。看他们在酒席上喧闹不已,真如同拿着戈矛在主人家嚣张啊!如果刘章仅仅和其他人一样(惧怕吕氏,对他们过分的行为不闻不问)那么他们(吕氏家族成员)就会更加肆无忌惮,很难收拾。(刘章)总想拔出自己腰中的剑,给他们狠狠的一击。对军令的崇尚,是汉朝的传统,也是吕后所赞同的。所以(军令行酒)没有被她看作是冒犯而被允许。不一会,有一个人违背了酒令,马上被(刘章)给斩首。在座的人无不面面相觑大惊失色,吓得两腿发抖,心惊胆颤,都说违背酒令应当被斩首。刘章这个人很可怕,我们还是躲着他吧。从前是凶狠、暴戾的人,如今落了个身首异处的下场,最终吕氏家族中也没有谁敢把刘章奈何。确实是由于这次酒宴上发生的事,使(刘章)成为一个如镇守住金城汤池一样巍然屹立在险要之处的人,这与给朝廷整顿出一套朝仪典章何其相似啊!

由此可知做人不可以没有刚正之气,没有刚正之气的男子就可以将其杀死。汉朝无礼义之法而用军中的刑罚代替真是遗憾啊。皇宫不是流血的地方,刀剑相碰的声音也与钟鼓之音不同。不如用礼义之道掌控时局。使君臣之分像天地一样有区分,衽席之间尤不能乱来,何况在天子面前啊!亲身体悟到残酷的现实,不如施行礼义之道,人怎么能胜过天道呢?

有刘章这个人,天下就是刘氏的天下,没有刘章这个人,天下就是吕氏的了。这恐怕只是匹夫的行为吧!深深地感叹,没有礼义,那么国家就要灭亡,刘氏的江山没变成吕氏是实属万幸啊!

【赏析】

《军法行酒赋》是一篇整齐和谐,清新流畅而又具有磅礴气势的小赋。

作者开篇以酒入题,非常简洁自然地引出人物、事件,高度赞扬了刘章的英雄气概和丰功伟绩。他在处境艰难的时刻临危不惧,做出了别人想不到的事。起到杀一儆百的作用,为刘氏宗族人树立了榜样。在赞扬刘章的同时,作者又暗示礼义在治国安邦中的作用。礼义在中国古代用于定亲疏,决嫌疑,别同异,明是非。《释名》曰:"礼,体也。言得事之体也。"纵观历代的荣辱兴衰,我们可以看到,礼义的应用要适度,秦朝的礼义法度太残暴,使民众怨声载道,很快就被灭亡了。高祖刘邦深知秦朝的弊病,在攻陷咸阳后,与百姓"约法三章",深得民心。刘邦死后,即位的孝惠帝威信不足,同时缺少约束文臣武将、皇宫六院的礼法,使国家动荡不安。本文写作此赋,除了阐明礼义在治国安邦中的重要作用外,还暗讽朝鲜朝不重礼义,人心已去,发人深省。

本文是篇散体赋,它骈散结合,铺陈渲染,辞采讲究,句式四言至九言均有,以议论为主,笔法清新。曹植通过刘章这一英雄人物,在帝无威信、后宫掌权之时能挺身而出,不畏权势的英勇之举,反衬了当时社会的昏庸黑暗,呼吁当时的有识之士能像刘章一样挺身而出,独当一面,拯救时局。

卢 守 慎

【作者简介】

卢守慎(1515～1590),字寡悔,号鲧斋、伊斋、十青亭、暗室。1543 年(中宗三十八年)状元及第,宣祖时历任领相,朝鲜朝名儒。卢守慎一生历经中宗、明宗、宣祖三个时期。由于坡平尹氏的垮台,宣祖初期的朝鲜政坛呈现出了两大党派互相争斗的局面。以金孝元为中心、以许晔为领袖的东人党与以沈义谦为中心、朴淳为领袖的西人党之间,在朝廷人事、权力阶层等各大方面展开了一场旷日持久的政治战争。东西党争揭开了 200 年朋党政治的序幕。卢守慎亲历了朝鲜朝这场著名的东西党派之争。卢守慎与当时的副提学李珥出于公心奔走于金孝元和沈义谦之间,劝说他们放弃政争,这就是有名的"卢李调停"。卢守慎提出,将金孝元和沈义谦调任外职,缓和朝廷矛盾。他提议的目的就是要调开两党的中心,从而肢解两党。宣祖碍于朝廷的公论以及加强自身集权的目的,同意了卢守慎的要求,将金孝元调任庆兴府使,将沈义谦调任开城府留守。

卢守慎的提议,其实完全是一厢情愿的做法。冰冻三尺非一日之寒,东人党、西人党起源于坡平尹氏与青松沈氏的早期斗争,两党在朝廷里的势力之根扎得非常深,金孝元和沈义谦只是他们其中的代表人物,调走这两个人并不能缓和党争,反而刺激两党制造出更出格的政治事件。最后由于两派利益冲突严重,"卢李调停"以失败告终。直至卢守慎去世,朝鲜朝的朋党之争仍在继续。

卢守慎著有《人心道心辩》、《稣斋先生文集》。本文选自《稣斋先生文集卷之一》。由于卢守慎对性理学研究颇深,其一些文学作品遂与其相关。现存赋有《三字符赋》等共3篇。

【原文】

續續杞菊賦

穌齋先生,古之愚也[1]。區區玩物,養其小者[2]。乃歎曰:"古人有或一視豐約,恥食苟且,咸兹篤嗜,豈云矯假[3]?予又萬死餘生兮,宜居夷而背夏[4]。尙莫沉於湘淵兮,且俟夭乎羽野[5]。"

伊終歲不飽葵兮,況清晨之菜把[6]。瞻彼二蒔,我憂以寫[7]。雨苗春浹,露葉夏灑,于以烹之[8]。于石于瓦朝殄饞饕,暮饘侈哆[9]。棲遲樂飢,婉晚秋社[10]。金英吐黃,玉乳觲赭[11]。煉之伏鼎,醞而注斝[12]。煩穢滌除,性靈陶冶[13]。聊適口而怡神,詎祈壽而邀嘏[14]。

嗚呼!窮安環堵,富悅廣廈[15]。惟子張子,位非賤下,就此淡簡,謝彼歲鮇[16]。不淫于得,不失其雅,綽綽有裕,克操靡捨[17]。顧余不得已而效嚬兮,沾赧汗其如瀉[18]。腹既虛而心則實兮,紛紛坐馳夫意馬[19]。正孟子所謂:"其爲人也多慾,雖有存焉者,寡矣[20]。"賦以自警,揭之僛舍[21]。客來有問,先生啞啞[22]。

【题解】

　　唐朝诗人陆龟蒙曾作《杞菊赋》,赋中称自己终日以枸杞和菊花充饥,饿时只能食草木。后来南宋张早作《续杞菊赋》。苏轼也曾根据《杞菊赋》创作出《后杞菊赋》等篇。本文是作者继张早《续杞菊赋》后创作的《续续杞菊赋》。表达了作者对当时的社会已经彻底失望,不愿再挣扎于政治生活中,抒发了作者对田园生活无限向往的情怀。

【注释】

[1] 穌齋(苏斋)先生:卢守慎号苏斋。古:谓不同时俗。
[2] 區區(区区):形容微不足道。玩物:供人玩弄或玩赏的东西。養(养):种植;栽培。小者:这里指菊花。
[3] 一视(视):同样看待。豐(丰):富裕;富足。約(约):贫困。苟且:随便;敷衍了事。篤(笃)嗜:非常喜爱。矯(矫)假:作假;行诈。
[4] 宜:适合。居夷:亦作"居彝",本指居住在东方九夷之地。后泛指居住在少数民族地区。背夏:远离中原。
[5] 湘渊:指湘江支流汨罗江。屈原就是投此江而死。侯夭乎羽野:语出《离骚》:"鲧婞直以亡身兮,终然夭乎羽之野。"鲧做事刚直,不考虑个人安危,终于在羽山之野遭杀身之祸。《山海经》:"洪水滔天,鲧窃帝之息壤,以堙洪水,不待帝命,帝令祝融杀鲧于羽郊。"作者引用此典意在借鲧在羽野间被杀来比况自己的处境。

[6] 終歲(终岁):一年到头。葵:葵菹,蔬菜名。我国古代重要蔬菜之一,可腌制。菜把:蔬菜。
[7] 瞻:往上或往前看。蒔(shí):移栽。憂(忧):忧愁。寫(写):通"泻",宣泄。
[8] 浹(浃):浇灌。灑(洒):浇洒。
[9] 瓦:古代陶制器物的总称。飧(sūn):指简单的饭食。饕(tāo):指贪食。饘(zhān):厚粥。侈哆(chǐ duō):口大张的样子。
[10] 棲遲(迟):指游玩与休息。语出《诗·陈风·衡门》:"衡门之下,可以栖迟。"《朱熹集传》:"栖遲,游息也。"婉晚:仪容柔顺的样子。秋社:古代秋季祭祀土神的日子。
[11] 金英:特指菊花。吐黄(黄):开出黄色的花。玉乳:梨的一种。鞞(鞸)(duǒ):指下垂。赭(zhě):指红色的土。
[12] 伏鼎:古代烹煮用的器物,一般是三足两耳。醖(酝)(yùn):指酿酒。斝(jiǎ):古代的酒器。青铜制,圆口,三足,用以温酒。盛行于商代和西周初期。
[13] 煩穢(烦秽):繁冗芜杂。性靈(灵):指人的精神、性格等。陶冶:原意为烧造陶器、冶炼金属。这里引申为陶冶情操。
[14] 怡神:怡养或怡悦心神。嘏(gǔ):指福气。
[15] 環(环)堵:即四周环着每面一方丈的土墙,形容狭小又简陋的居室。廣(广)厦:高大的房屋。
[16] 張(张)子:指南宋作《续杞菊赋》的张早。淡簡(简):生活淡雅朴质。胾(zì):意为大块的肉。鲊(zhà):经过加工的鱼类食品。
[17] 淫:放纵、沉溺。得:这里指物质上享受的东西。雅:美好的;高尚的;不鄙陋的品质。綽綽(绰绰)有裕:出自《诗经·小雅·角弓》:"此令兄弟,绰绰有裕。"绰绰,宽裕的样子。形容房屋或钱财非常宽裕,用不完。克:能够。操:行为;品行。靡:浪费;奢侈。捨:同"舍",指居住的房子。
[18] 效顰:即"东施效颦"。出自《庄子·天运》:"西施病心而膑其里,其里之丑人见而美之,归亦捧心,而膑其里。"后人将机械模仿者叫做"东施效颦"或"效颦"。顰,同"颦",皱眉。赧(nǎn):因羞愧而脸红。
[19] 虚:空;衰弱。實(实):富足;充实。馳(驰)夫:骑马的役夫。意馬(马):意马心猿,形容心思不定,好像猴子跳、马奔跑一样控制不住。
[20] 其爲(为)人也多慾(欲),雖(虽)有存焉者,寡矣:此句出自《孟子·尽心

下》:"养心莫善于寡欲;其为人也寡欲,虽有不存焉者,寡矣;其为人也多欲,虽有存焉者,寡矣。"
[21] 揭:高举;标示。僦舍:指租赁之屋。
[22] 哑哑(哑哑):象声词,形容笑声。

【译文】

稣斋先生,是个不同时俗又愚笨木讷的人。对一个微不足道的供人玩赏的东西(指菊花),却从小就精心栽培它。于是感叹:"古时有些人对富裕和贫穷一视同仁,对吃苟且之食感到羞耻,而且大家都很喜欢这种态度,难道这些都是作假的吗?而且我本来就应当是已死之人了,却仍然活在世上,应该住到九夷之地而远离中原。况且我还没有像屈原一样投入汨罗江而死,难道还会像鲧一样在羽野等死吗?"

一年到头吃葵都不能果腹,何况每日清晨还要采一把野菜充饥。回头看到移栽的杞与菊,我心中的忧愁得以宣泄。春天的雨水浇灌在禾苗,夏天的露水洒在叶子上,我可以用它们烹饪。早上吃简陋餐具里盛着的简单的饭食,到了晚上则大口地喝着厚粥。游玩休憩,以饥饿为乐,以端庄的姿态参加秋季祭祀。菊花开出了黄色的花儿,玉乳梨成熟了都下垂挨着红土。(将菊花和梨)用伏鼎提炼,酝酿成酒后倒在酒器里。繁荣芜杂的东西都被洗涤除去,人的性情、精神得到的了提升。畅谈合乎性情、能够怡悦心神的话题,抑或向上天祈求寿命和福气。

唉!穷人安于居住在狭小简陋的居室,而富人只有住在大房子里才会快乐。只有张早那样的人地位不卑贱,却又如此的淡雅朴质,拒绝那大鱼大肉的奢侈生活。不沉溺于对物质生活的追求,没有失去美好的品行，房屋和钱财都非常的宽裕，仍然保持自己的操行，不过度挥霍。看到自己迫不得已而去效仿他，羞愧得汗如雨下。腹中虽然是空落的，但是内心却是非常充实的。我也效法众人那样做，却心思不定。正如孟子所说："那些平素欲望多的人，尽管其中也有能保存本心的，但为数也是很少的。"我把它写下来，高挂在自己的屋子中，当有客人来询问它时，先生（我）只是会心一笑而已。

【赏析】

　　唐代文人陆龟蒙作《杞菊赋》意在一面自解，一面自宽。本文作者卢守慎深处朝鲜朝朋党之争最严重的时期，他一心想为民请命、平息争斗，然而在这场血雨腥风的朋党争斗中，卢守慎虽然是出于公心，极力奔走，但仍然未能达到其预期的效果。"卢李调停"的失败也使卢守慎深刻地认识到了仕途的艰险，本以为自己能够在官场上纵横捭阖，却不料早早收场，无功而返。这一事件给卢守慎本人带来了巨大的打击，也让他萌发了退隐的想法，于是他便想起了唐朝诗人陆龟蒙的《杞菊赋》和南宋张早的《续杞菊赋》。便想效仿他们离开混沌不堪的政治舞台，退隐林间，过着恬淡自然、与世无争的田园生活。

　　本文采用第二人称的叙述方式来描写田园生活的闲情逸致。作者在文章开始就称自己为"古之愚者"，实际上这是作者的自嘲，可以说卢守慎并非愚者而是大智若愚，能够洞悉万事万物。在文章中作者用清新自然的笔调描写退隐生活中的种种琐事，笔锋朴实无华，清新自然，略去了华丽辞藻的渲染，更加突出地展现了作者所描绘的田间生活的纯美景象。文章中所描写的归隐生活是十分辛苦的，终日食不果腹，但作者并没有流露出丝毫的不悦之意。而是更加觉得充实丰盈，这也在侧面说明了作者面对纷繁复杂的东西党派之争，深知凭一己之力无法改变现实，倒不如转投山野之间,陶冶情操,怡然自得的感悟。可以说在政治上的失败是促成卢守慎退隐的直接原因,而究其根本便是当时朝鲜朝的混沌腐败。卢守慎深刻体悟出自己并非圣人,面对错综复杂的政治局面,自己无回天之力,这也更加坚定了其归隐山林的意念。

在文章中,作者纷纭复杂的内心感受得到了真切的抒发。正是由于作者对于当时的政治生活彻底失去了信心,宁愿过着清贫孤寂的生活也不愿意再周旋于朝廷尔虞我诈的政治争斗中,于是便充满了对返璞归真的生活的渴望,虽然作者所描写的景物是平淡无奇的,但却寄寓着作者深厚的感情,格调清新高雅,意境深远。

另外值得一提的是作者沿袭唐朝诗人陆龟蒙的《杞菊赋》和南宋张早的《续杞菊赋》,创作出《续续杞菊赋》,借前人之作,抒一己之情,可谓妙哉!作者还在文章中引用孟子的"其为人也多欲,虽有存焉者,寡矣",意在说明人不应有太多的欲望,而要清心寡欲,这样才能达到提养心性的目的,再次表达了作者追求性灵陶冶的宗旨。

纵观全文,虽然只有区区260个字,但却阐明了作者对其政治生活及人生的态度。让人读来兴味盎然,回味无穷。我们从这篇赋中不仅可以看出卢守慎是一个一心归隐的士人,也可以看出他像任何一个有骨气的文人一样,想要通过自己的文学作品集中抒发自己蓄积已久的对所处黑暗社会混沌不堪的政治局面所秉持的强烈的愤懑情绪。

康惟善

【作者简介】

　　康惟善(1520～1549)，字元叔，号明庵、舟川。七八岁就能通识文章，10岁时便可以自如流畅地创作文章，被人誉为神童。1537年参加司马试就获得通过。康惟善是朝鲜朝的太学生，是一位积极奋进、勤奋好学的儒生，跟从赵光祖学习，崇尚儒学思想。1541年赵光祖因被李洪胤以"引进党羽，蛊惑儒生"等罪名被诬告入狱，康惟善因此受牵连获罪，度过了3年艰难的牢狱生活。1545年3月康惟善曾三次上书为赵光祖申冤，并多次挣扎着上诉要恢复官爵。

　　康惟善著有《州川遗稿》，其中以《素王赋》、《一将功成万骨枯赋》等7篇辞赋最为著名。这些文章表现出康惟善对儒学思想的极高尊崇以及对当时混乱不堪的朝鲜朝政治的严厉抨击和谴责。其赋最大的特点就是借古喻今，由于他爱国心切，却报国无门，身为一代忠良所提出的忠义之策却不能得到认可，于是便将其才华与思想在文章中淋漓尽致地表现出来。

【原文】

一將功成萬骨枯賦

瀾迤平原,沙平蓬短。壘毀草枯,巨港骨積[1]。空谷鬼呼,滿目戰場,刀痕箭瘢。於是僕本志士,俯仰長嘆:"哀哀齊民,而有何辜?"無少無長,骨寒魂孤,將之者誰?莫之敢指[2]。驅我蒼生,遠戍千里[3]。才成一功,四野骨白[4]。民生到此,胡寧忍說[5]?俶在上古,俗美風淳[6]。好大無君,喜功無臣[7]。耕食鑿飲,安爾室家如何叔世[8]?亂日常多,君無明哉,將喜徼功[9]。驅兵深入,暮西朝東。兵戈日尋,四海同塵。飲血裹瘡,重功輕身[10]。策民卒之疲乏,希徼倖於萬一[11]。凱歌間奏於一隅,鬼哭已遍於四域[12]。一將飲至策勳,萬骨空暴霜雪[13]。

長平一戰,士卒如麻[14]。星火矢石,澒洞干戈[15]。四十萬卒,一時就坑[16]。天愁地慘,獸駭鳥驚[17]。秦築長城,用防蠻戎。誰尸厥功?曰:"維蒙公。"[18]功高位尊,赫赫將軍。骨暴血濺,哀我民斯[19]。離邦去里,怨魂疇依[20]?粉堞東西,捻是白骨[21]。

漢葉傳六,武皇乘極[22]。君喜拓地,臣饕功名[23]。赳赳武夫,踴躍用兵[24]。枕骸遍野,王庭遠移[25]。燕衍山上,虛立頌碑,茲三數人[26]。殘民亂坑者,謂創國業。虐民築郭者,謂慮後日[27]。窮兵黷武者,謂拓邦基[28]。出師雖異,戮民則一;成功班師,將得其樂[29]。塡港之尸,亦獨何罪[30]?生者生還,蹈舞奏凱[31]。死者何爲?異域怨魄[32]。瞻彼將士,旣歡且悅。寂寞戰地,鬼號啾啾[33]。家山萬里,骸骨誰收[34]?桓桓將軍,佩紫列候[35]。孑孑孤魂,百年流落[36]。抱恨積怨,將向誰說[37]?孰無父子?孰無夫婦?慈孝唱隨,寔天所賦[38]。胡爲是日,遭世不淑[39]。遠赴征戍,死生誰識[40]?父子永隔,夫婦難尋[41]。

日居月諸,憤惋益深[42]。欲樹功而糜萬姓,吾不知何有於爲國[43]?是豈特庸將之過,亦可刺當時之人牧[44]。尙焉忍驅吾之赤子,寄身命於鋒鏑[45]。仁義利於甲兵,地利不如人和[46]。行王道而字吾民,庶可以塵不起兮海不波[47]。不必從事於征戰,頑苗自格兮玁狁自逐[48]。咄彼後主之昏惑,謾徒事乎兵革[49]。徒注心於開邊,日窮黷而未已[50]。小功無補於大患,根本已搖兮,能國者鮮矣[51]。

今悲古兮后悲今,洞古今兮長太息[52]。故於末而並錄,願以聞乎後來之誼辟也。

【题解】

"一将功成万骨枯"语出唐代曹松的《己亥岁二首》其一:"泽国江山入战图,生民何计乐樵苏。凭君莫话封侯事,一将功成万骨枯。"意思是说一个将帅的成功是靠牺牲成千上万人的生命换来的。本文中作者意在通过描写战争的残酷以及战争过后带来的满目疮痍来表达自己对战争的厌恶,对当时将领们为个人利益而发动战争的恶劣行为给予强烈批判。

【注释】

[1] 瀰迆(mǐ yǐ):平坦绵延的样子。沙平:河边可耕之地。蓬:草名。又名"飞蓬"。壘(垒):古代军中作防守用的堡垒。湏(juàn):形容水回旋的样子。
[2] 哀哀:悲伤不已的样子。齊(齐)民:指平民百姓。骨寒魂孤:尸骨都已经凉了,魂魄都变得孤独。形容战争死亡惨重。將(将):统帅。
[3] 遠(远)戍:谓戍守边疆。
[4] 四野:原义是四方的原野。也泛指四方、四处。骨白:尸骨;枯骨。泛指死人。
[5] 胡寧(宁):为什么;怎么。
[6] 俶(chù):开始。俗美風(风)淳:风俗纯美。
[7] 好大無(无)君,喜功無(无)臣:指无好大之君,无喜功之臣。
[8] 耕食鑿飲(凿饮):出自成语"凿饮耕食"。汉·王充《论衡·感虚》:"尧时五十之民击壤于涂,观者曰:'大哉尧之德也!'击壤者曰:'吾日出而作,日入而息,凿井而饮,耕田而食,尧何等力!'"意思是说太阳升起时百姓就出去耕作,太阳落山时就回去休息,自己凿井饮水喝,自己种地得粮食,自食其力。这里指百姓乐业,天下太平。叔世:犹指末世;衰乱的时代。
[9] 亂(乱)日:这里指战乱的日子。徼(jiǎo)功:犹指求功、请功。
[10] 日尋(寻):泛指平常、素常。四海:《尔雅·释地》中说:"九夷、八狄、七戎、六蛮,谓之四海。"这里指天下,全国各处。同麈(尘):同路;同行。这里比喻全都一样,大举征战,混乱不堪。飲(饮)血:血泪满面,流入口中。形容战争的惨烈。裹(guǒ):"裹"的异体字,包;缠绕。
[11] 策:鞭打。徼倖(jiǎo xìng):"侥幸"的异体字,作非分企求,希望得到意外的成功。
[12] 一隅:指一个狭小的地区。四域:四周界限。指四方之内。
[13] 飲(饮)至策勳(勋):即成语"策勋饮至",意为庆功并记功勋于策书之

上。出自左丘明《左传·桓公二年》:"凡公行告于宗庙,反行饮至,舍爵策勋焉。"饮至,指诸侯朝、会、盟、伐后回宗庙饮酒庆功、庆功祝捷。策勋,把功勋记载在简策上。

[14] 長(长)平一戰(战):指长平之战。公元前262年至前260年,秦国使用反间计大败赵国于长平,并坑杀40万赵军。如麻:像乱麻一样数不清。形容被杀死的人多得像乱麻。

[15] 星火:流星。形容急速。矢石:箭和垒石。古时守城的武器。澒(澒)(hòng)洞:相连;绵延;弥漫无际。

[16] 坑:坑杀;把人活埋。

[17] 天愁地慘(惨):这里是说天地都为此感到愁苦。形容极其悲惨。獸駭鳥驚(兽骇鸟惊):出自成语"鸟惊兽骇"。形容成群的人像受惊的鸟兽一样逃散。《三国志·蜀志·谯周传》:"当秦罢侯置守之后,民疲秦役,天下土崩;或岁改主,或月易公,鸟惊兽骇,莫知所从,于是豪强并争,虎裂狼分,疾搏者获多,迟后者见吞。"

[18] 秦築(筑)长城:秦始皇三十三年(前214年)遣大将蒙恬北逐匈奴,又西起临洮(今甘肃岷县)、东至辽东筑长城万余里,以防匈奴南进,史称秦长城。蠻(蛮)戎:先秦时对中国北方、西北等地少数民族的统称。所谓东方曰夷,南方曰蛮,西方曰戎,北方曰狄。这些都泛指除华夏族以外的民族。誰(谁)尸厥功:谁来享有它的功劳。尸,享;居。維(维):只有。蒙公:指秦名将蒙恬。

[19] 功高位尊:功劳极大且地位尊贵。赫赫(hè hè):显著盛大的样子。

[20] 疇(畴):通"谁"。

[21] 堞:土城上的矮墙,亦称女墙。揔(zǒng):"总"的异体字,总是。

[22] 漢(汉)葉(叶)傳(传)六:指西汉的第六代的时候。武皇:指汉武帝刘彻(前156~前87年)。

[23] 拓地:指扩张、开拓疆土。

[24] 赳赳武夫:比喻勇武的人。

[25] 枕骸:尸体纵横交错地躺在一起。

[26] 燕衍山:应为燕然山。在今蒙古国境内。頌(颂)碑:东汉时窦宪大败匈奴,在燕然山刻碑记功。

[27] 殘(残)民:指被残害的人民;劫后余民。

[28] 窮(穷)兵黷(黩)武:随意使用武力,不断发动侵略战争。形容极其好

战。拓:开辟,扩充之意。邦基:指国家的基业。
[29] 班师(师):调回军队;也指军队凯旋。
[30] 填(填)湙(juàn):指填满河流。
[31] 奏凯(凯):《周礼·春官·大司乐》:"王师大献,则令奏恺乐。"郑玄注:"大献,献捷于祖;恺乐,献功之乐。"谓战胜而奏庆功之乐。后以"奏凯"泛指胜利。
[32] 異(异)域:他乡;异乡。
[33] 啾啾(jiū):象声词,泛指像各种凄切尖细的声音。
[34] 家山:犹指故乡。
[35] 桓桓(huán):形容威武的样子。佩紫:佩挂紫色印绶。汉代相国、丞相皆金印紫绶。因以"佩紫"借指荣任高官。
[36] 孑孑:孤单;孤寂。流落:穷困失意;在外漂泊。
[37] 積(积)怨:宿怨;积久的怨恨。
[38] 唱随:"夫唱妇随"的略语。比喻夫妇和睦相处。寔:通"是",此;这。
[39] 不淑:不幸。
[40] 征戍:从军守卫边疆。
[41] 永隔:永别;永久分离。
[42] 日居月诸(诸):出自《诗·邶风·柏舟》:"日居月诸,胡迭而微。"后用以借指日月、光阴。愤(愤)惋:怅恨;愤恨。
[43] 樹(树)功:建立功勋。鏖(áo)萬(万)姓:驱使百姓鏖战。
[44] 豈(岂)特:难道只是;何止。庸:平常;不高明。刺:指责;揭发。人牧:即人君。
[45] 忍:狠心;残酷。鋒鏑(锋镝):泛指兵器。锋,刀口。镝,箭头。
[46] 仁義(义):宽厚正直。这里是指仁义的施政方式。甲兵:铠甲和兵器。这里指行军作战。地利不如人和:有利的地理条件不如人心所向,内部团结。出自《孟子·公孙丑下》:"天时不如地利,地利不如人和。"
[47] 王道:古时指以仁义统治天下的政策。
[48] 頑(顽):愚钝;愚昧;顽钝而不灵活。格:击;打。獫(猃)(xiān)狁(yǔn):我国古代北方少数民族。逐:强迫离开。
[49] 咄(duō):表示惊怪。后主:后代的君主。謾(谩)(mán):欺骗;欺瞒;蒙蔽。
[50] 注心:集中心意;专心。開邊(开边):指用武力开拓疆土。

[51] 根本:指国家的本源,根基。國(国):治理国家。
[52] 洞:通晓;悉知。太息:大声叹气;深深地叹息。

【译文】

　　绵延无尽的平原上和河边可耕之地一片凋零;防守用的壁垒已经损毁,边上的草木也都枯萎了,尸骨躺在湍急的水流中;鬼魂在空荡的山谷中发出凄惨的叫声,眼中看见的全是战争的惨烈。死者身上到处都是刀伤和剑伤留下的痕迹。面对这样的(惨景),我这个意志坚决的人也不禁感叹:"可怜的百姓有什么罪呢?"不论是年龄大的,还是年龄小的人的尸骨都已经凉透了,成为了孤魂野鬼。要是询问统帅是谁,却没有人敢指认。逼迫百姓去遥远的地方戍守边疆。仅仅就只是赢得了一场胜利,却四处都是尸骨。百姓的生活达到这种地步,还怎么忍心说啊!上古之初民风淳厚,风俗纯美。无论君臣,都不好大喜功,百姓安居乐业,天下太平。哪里会有家家户户处于乱世之中的这种情况呢?而现在战乱的日子多,当政的君主不英明,将领喜欢邀功。军队晚上在西边,早上征战到东边,日日征战,天下都是一样的混乱不堪。(士兵)血泪满面地包扎着自己的伤口,为了立功,毫不珍惜自己的生命。(将领)鞭打疲于徭役的平民们,希望有机会能够取得功绩。战争胜利的凯歌只是偶尔在一个很小的地方唱起,而鬼魂哭嚎的声音却传遍四方。将领可以把自己的功勋记载在简策上,庆功祝捷,而数以万计的尸骨却暴露在霜雪之中无人问津。

　　长平之战,战死的士兵像乱麻一样多得数不清。箭和垒石像流星一样急速(地射向敌军),战争烟火弥漫无际。(赵国)四十多万士兵,全部被活埋。真是极其的悲惨,成群的人像受惊的鸟兽一样逃散。秦王朝修筑长城,用来防御北方、西北等少数民族。是谁立下的功劳呢？回答是："只有蒙恬将军。"（蒙恬）功劳极大且地位尊贵，是赫赫有名的将军。我看到却是鲜血飞溅，为百姓感到悲痛。这些人离开自己居住的地方和国家，战死的冤魂又能依附谁呢？用白土涂刷的女墙东西两面，（看到的）总还是尸骨。

汉朝的基业传承到第六代时，汉武帝刘彻继承了皇位。（刘彻）喜欢开拓疆土，臣子们贪图功绩和名位。勇武果敢的将领，积极调兵遣将，指挥战争。尸骸纵横交错地躺在一起，遍布山野，朝廷距离战争之地十分遥远。在燕然山上，空设了一个颂碑，并且上面只记写了几个人。（将领）残害百姓坑杀士卒被称为开国创业；驱使百姓筑造城郭称作是忧虑后日；把使用武力，不断发动侵略战争的行为称作扩充国家的基业。出兵征讨虽然有所区别，但是压迫、残害百姓还是一样的。取得成功还师之后，将领自己得到让其快乐的东西。那些填满了河流的尸体又有什么罪过呢？活着的人从危险的遭遇中返回，跳舞并且奏庆功之乐。死了的人又是为了什么呢？只不过成为他乡的冤魂而已。再看那些将领和士兵们，欢乐而又愉悦。空寂的战地上，鬼魂凄切地叫着。家乡在遥远的地方，尸骸之骨谁来收呢？威武的将军佩挂紫色印绶封为列侯。孤单的鬼魂只能在外永远漂泊。心中怀有的怨恨，将要向谁说呢？哪个人没有父亲和孩子？哪个人没有丈夫和妻子？父慈子孝，夫妇相随是天所赋予的。为什么如今却遭遇了这样不幸的时代，从军去守卫边疆。他们的生死又有谁知道呢？父亲和儿子永远分隔，妻子再也找不到丈夫了。

日月光阴流逝，愤恨之情愈来愈深。想要建立功勋，就要用百姓去作战，我不知道这样做能为治国带来什么？难道只是平庸的将领的过错吗？也要指责那些不体恤百姓的君主。仍然是强行逼迫人民将生命依附在刀口上啊。仁义的执政方式比行军作战有利，在地理上拥有有利形势,不如得到人心。实施仁义的政策来治理人民,或许就不会再有飞扬的尘土和振荡起伏的水面了。不需要致力于征战,而使顽苗自相残杀,獯狁被迫离去。惊怪于后代君主的昏聩困惑,被蒙蔽而白白地发动了战争。白白的专心于开拓疆土,每天不停止地发动战争。小小的功绩对于大的祸患来说并没有补益,国家的根基已经动摇了。能够治理国家的人已经很少了。

现在我们为古人感到很悲哀,而(如果不施行仁政的话)后人又要为我们感到悲哀了,通晓了古今之后不禁发出深深地叹息。所以在最后我一并记录下来,希望后人能听见我的话进而防止悲剧的再次发生。

【赏析】

本文开篇便描绘了战争过后满目疮痍的景象,读来令人不禁哀由心生。作者在文中曾经十几次提到"白骨"、"孤魂"、"尸骸"等词语,意在表现战争之惨烈,死伤之严重。为本文奠定了哀婉、悲愤的基调。

作者在整篇文章中多次引用历史典故,借古讽今,以史警人。作者首先引用历史上著名的"长平之战"。长平之战中,赵国军队全军覆没,秦国军队亦死亡过半。此次战役成为春秋战国时代一次持续最久、规模最大、最惨烈的战争,古人论及东周500年的战争时,唯推晋阳、长平两役。可见长平之战在历史上的重要影响和地位。在这场战争中,无论是胜利方秦国还是失败方赵国都损失惨重,造成了巨大的人员伤亡。而这一点也正是康惟善所要表达的思想——战争给百姓带来了巨大灾难。随后作者又引用秦朝蒙恬将军立奇功、筑长城等典故,其在此的目的并不是夸赞蒙恬的伟大,而是要借此展现在伟大事业背后的辛苦服徭役的黎民百姓的血泪画卷。而现实却是人们只看到了蒙恬的丰功伟业,却看不到伟业光辉下百姓的血泪。作者引用了穷兵黩武的汉武帝刘彻的例子,意在说明君主往往是打着稳固江山、开拓疆土的幌子大举侵略。皇宫与战争相距万里,而真正厮杀在前线、牺牲生命的却是没有名字的普通士卒。作者通篇是用一种极其悲痛、愤恨的心情来书写的,里面夹杂了对逝去的普通百姓的惋惜及对当政者沉迷开拓疆土,进行侵略战争的愤慨、痛恨之情。

在康惟善看来,将领们为了换取一个小小的功绩,牺牲了太多的生命,这是极其不正确的行为。当政者应该以"仁义"二字治天下。否则只会动摇国家的根基。这就充分体现出了作者"以仁为本"、"仁义治国"的治国观点。康惟善是儒学思想的崇拜者及实践者,跟从朝鲜四大贤士之一的赵光祖学习。主张建立一个和谐、讲仁义、爱民如子的和平世界,而不是牺牲百姓利益去换来将领的一点小小的功绩。这一观点充分体现了儒家反对霸权征战的思想,可见当时朝鲜文人深受中国儒学思想的影响。虽然康惟善只是一个太学生,不能像赵光祖那样为百姓请命,但其爱民之情可见一斑。

全文语言流畅,笔锋犀利,直言不讳,充分表达了作者仁义治国的思想,以古喻今,表达了自己对死亡士兵的惋惜之情以及对将领为了赢得战争而不顾百姓存亡,只图一己私利的强烈谴责和批判。

【原文】

一竿渔父傲三公赋

澤國秋晴,水府波殘;紅蓼花邊,眠鳧閑閑[1]。扁舟短棹者誰氏子[2]？簑衣蒻冠,雪鬢霜髭。雲鎖篷窓,月印波頭[3]。生涯一竿,身世虛舟;一簞一瓢,百年契闊[4]。我之無榮,人孰我辱？我之無非,人孰我是？

咫尺人間,遠如千里;安分身閑,負乘寇至[5]。古今宦海,幾度飜覆;牽犬難再,逐兔不復[6]。富貴須臾,勳業亡羊;何如江上,萬事都忘[7]。濯纓濯足,清濁滄浪;興亡何知,進退無心[8]。邯鄲夢絕,桃源可尋。一身何管,滿江清興[9]。時移節換,景物紛更;閑立磯頭,我興則一[10]。

方其春回水滿,風恬波寂;千棹百槳,滿步星列[11]。綱而不釣,罟必用數;不奪不厭,取必盈欲[12]。籊籊竹竿,所樂何樂[13]！行止食飲,只從其意適而已[14]。及夫秋來風急,水落石出;檣傾楫摧,十步九溺[15]。前不知戒,後不知懲;載胥及溺,覆轍相仍[16]。蘆花江渚,所憂何憂[17]？臨風釣雨,衹足於浮體而已[18]。孰爲可賀,孰爲可吊;其憂其樂,摠是自召[19]。江東一帆,桐江一裘;榮耶辱耶,樂耶愁耶[20]。所謂萬事無心一釣竿,三公不換此江山者乎[21]。

噫！彼皆知所樂之爲可慕,而不知此樂之可以慕。此亦知所樂之爲可久,而不知彼樂之可以久。彼所慕者爲可久耶？宦海迅駛,此所樂者爲不可久耶[22]？江山無事,如處之則將焉取乎？樂乎樂乎泛乎水,願同歸於扁舟子[23]。

【題解】

"渔父",指渔翁。在历史上最有名的"渔父"莫过于东汉的严子陵了。他早年是汉代光武帝刘秀的同学，刘秀非常赏识他。刘秀当了皇帝后多次请他做官，都被他拒绝。严子陵不受而退隐，垂钓于富春江，成为不趋权势，不慕名利的高士。"三公"，周代三公有两说，一说，司马、司徒、司空为三公；一说，太师、太傅、太保为三公。西汉以丞相（大司徒）、太尉（大司马）、御史大夫（大司空）合称三公。明清虽亦以太师、太傅、太保为三公，但只用作大臣的最高荣衔。"一竿渔父傲三公"的意思是一竿渔翁傲视最高长官，即隐者傲视官场之人。作者意在通过塑造这样一个永远都是手持"一竿"，身披"一蓑"过着垂钓生活的渔夫形象来表达自己淡泊名利、甘于寂寞、追求高雅情操的情怀。

【注释】

[1] 澤國（泽国）：多水的地区。这里指水乡。水府：指水的深处。波㣂（残）：指断断续续的波纹。紅（红）蓼（liǎo）：蓼的一种。蓼为一年生草本植物。鳧（凫）（fú）：水鸟。俗称"野鸭"。
[2] 扁舟：小船。短棹（zhào）：划船用的小桨。
[3] 箹（箹）（yào）冠：用竹子编成的帽子。箹，竹节。霜髭（zī）：指白髭。篷：散乱。印：照映。波頭（头）：指水波。
[4] 虛（虚）舟：出自《庄子·山木》："方舟而济于河，有虚船来触舟，虽有惼心之人不怒。"指无人驾驭的船只。比喻胸怀恬淡旷达。一箪（箪）一瓢：出自《论语·雍也》："一箪食，一瓢饮，在陋巷，人不堪其忧，回也不改其乐。"这句话原为孔子赞美颜回安贫乐道之语。后用以比喻生活清苦。契闊（阔）：勤苦；劳苦。
[5] 咫尺：比喻相距很近。負（负）乘寇至：即"负乘致寇"。意思是卑贱者背着人家的财物，又坐上大马车显耀，就会招致强盗来抢。出自《易·解》："六三：负且乘，致寇至，贞吝。《象》曰：'负且乘，亦可丑也。自我致戎，又谁咎也。'"后以"负乘致寇"谓居非其位，才不称职，就会招致祸患。

[6] 飜覆:巨大而彻底的变化。飜,"翻"的异体字。牽(牵)犬難(难)再,逐兔不復(复):语出《史记·李斯列传》:"斯出狱,与其中子俱执,顾谓其中子曰:'吾欲与若复牵黄犬俱出上蔡东门逐狡兔,岂可得乎?'遂父子相哭,而夷三族。"引此典表明作者对古今宦海的厌倦、无奈之情。

[7] 亡羊:即"歧路亡羊"。《列子·说符》:"杨子之邻人亡羊,既率其党,又请杨子之竖追之。杨子曰:'嘻!亡一羊何者追之众?'邻人曰:'多歧路。'既反,问:'获羊乎?'曰:'亡之矣。'曰:'奚亡之?'曰:'歧路之中又有歧焉,吾不知所之,所以反也。'……心都子曰:'大通多歧亡羊,学者以多方丧生。'"后以"歧路亡羊"比喻事理复杂多变,没有正确的方向,因而找不到真理。用此典故,表明那些所谓建立勋业的人却最终迷失方向,找不到真理。

[8] 濯纓(缨)(yīng)濯足:洗濯冠缨,洗去脚污。出自《孟子·离娄上》:"沧浪之水清兮,可以濯我缨。沧浪之水浊兮,可以濯吾足。"后以"濯缨"比喻超脱世俗,清除世尘,操守高洁。滄(苍)浪,指青苍色。多指水色。進(进)退:指仕进和仕退。

[9] 邯鄲(郸)夢(梦):即"黄粱梦"。唐沈既济《枕中记》载:卢生在邯郸客店中昼寝入梦,历尽富贵。梦醒,主人炊的黄粱尚未熟。后因以喻虚幻不实的事和欲望的破灭。絕(绝):断。桃源:指桃花源。出自东晋陶渊明的《桃花源记》。指最纯洁美好的生活家园。清興(清兴):指水清波兴。

[10] 紛(纷)更:变乱更易;纷纷改变。磯頭(矶头):指突出江边的岩石或小石山。興(兴):或许。一:一归一。

[11] 方:正在;正当。風(风)恬波寂:风平浪静。千棹百槳(桨):比喻船很多。步:疑应为"布"字。星列:如天星罗列;密布。

[12] 綱(纲)而不釣(钓):用网捕鱼而不用钩钓鱼。綱:疑应为"網(网)"字。罟(gǔ):鱼网。奪(夺):遗漏;脱落。

[13] 籊籊(tì tì)竹竿:《集韵》:"籊籊竹竿,以钓于淇。"用细而长的竹竿在水中垂钓。籊籊,细而长的。

[14] 行止:行步止息。犹言动和定。

[15] 檣(樯)傾(倾)楫摧:桅杆倒下、船桨断折。实指船损坏。樯,桅杆。楫,船桨。溺:淹没。

[16] 戒:防备。懲(惩):戒止;惩前毖后。載(载):句首助词。覆轍(辙):翻过车的道路。比喻过去失败的做法或前人失败的教训。相仍:依然;仍

旧。
[17] 江渚:江中小洲。亦指江边。
[18] 釣(钓)雨:冒着雨垂钓。
[19] 捴:同"总"。
[20] 一帆:借指一舟。
[21] 無(无)心:不关心。三公不換(换)此江山:意指江上垂钓这样一件美事,就是用高官厚禄也不会交换的。见明代张廷玉《理性元雅》:"饮泉憩石在山中,此江山不换与三公。只见屈崎岖出有路通,野客的也山翁。竹径的也松风,唱个太平歌。不知南北与西东,山中不记日,寒到便知冬。"
[22] 迅駃(kuài):迅速。敏捷。这里指变幻莫测。駃,同"快"。
[23] 泛水:坐船在水上游玩。舟子:船夫。

【译文】

水乡天朗气清,水面深处的波纹断断续续;在红蓼花边,水鸟悠闲地睡着觉。那划着小船的人是谁呢?(渔父)身上披着雨披,头上戴着用竹子做成的帽子,双鬓和胡须都已经白了。云朵遮住了篷窗,月亮照映在水波之上。一生都拿着鱼竿垂钓,一世都乘坐着虚舟,无拘无束,恬淡自然;一箪食,一瓢饮,一辈子勤苦劳作。我没有荣耀,别人又能羞辱我什么?我没有过错,别人又能对我说什么呢?

人世间(人们)相距很近,但(心)却相距千里。安守本分便可心静身闲,逞能炫耀便会招致祸患。古代和如今的官场常常有翻云覆雨的变化,一旦身入宦海,"牵犬"、"逐兔"这样的乐事是不会再有了。富贵的生活也只有片刻,追逐功业却得不偿失。倒不如在江上(垂钓),一切事情全部都可以忘掉。超脱世俗,操守高洁,管他水清水浊?兴亡之道怎能得知,进退之途无心去问。邯郸梦虽断,但桃花源是可以寻找的。(在桃花源)没有需要费尽心机的事情,整个江面水波清新。随着时间的推移和季节不断转换,景色和事物纷纷改变。我悠闲地站在江边的岩石上,或许就能与物合一。

当春天回来,江水充盈的时候,(江上)风平浪静,有很多小船像天星一样布满整个江面。(人们)用网捕鱼而不用钩钓鱼,一定会用细密的渔网。不漏掉也不满足,获取的一定比想要的多。用细而长的竹竿钓鱼,所快乐的又是怎样的快乐啊?活动和饮食,只要顺从并且适合自己的意愿就可以了。等到秋天到来的时候,秋风瑟瑟、水位低落、石头显露、桅杆倒下、船桨断折、小船损坏,走几步就会溺水。往前不知道戒备,往后不知道戒止;最后不过是相继落水,仍然重蹈过去的失败罢了。在长满芦花的江边,所忧虑的又是怎样的忧愁啊?迎着风冒着雨垂钓,只要能够托浮住身体罢了。要向谁去祝贺,向谁去慰问呢?忧愁和快乐总是自己招致来的。长江上的一叶扁舟、钱塘江上的一个穿袭衣的人;荣耀(指位高权重)与耻辱(指卑微渺小),快乐与忧愁;所有的事情都不去关心,只是手拿一根鱼竿去垂钓。就算是用高官厚禄也不会与此交换。

唉!大家都知道拥有高官厚禄的快乐是人们所向往的,不过却不知道江上垂钓的快乐也是值得羡慕的;只知道这种快乐的事情(高官厚禄)不能持续很久,而不知道那种快乐的事情(江上垂钓)是可以持续很长时间的。大家所向往的(高官厚禄)会持续很久吗?官场变幻莫测,这种快乐是不能够持续很久的。国家平安无事,像处于江边垂钓,个人还希望获取什么(名利)?快乐地在水中泛游,我愿随扁舟子一同而归。

【赏析】

"渔父"这一意象历来是文人墨客最常用来表达自己淡泊明志

的经典形象。本文作者也不例外,用"一竿渔父"这一遗世独立的隐逸意象来表达自己无限的隐士情怀。

文章以描写水乡优美、清新可人的自然环境开篇,描绘了一幅安静悠远、清丽脱俗的画面。在画中蓑衣霜鬓的渔父形象清晰可见,这也就奠定了本文飘逸洒脱的基调。文中"荣"、"辱"、"乐"、"忧"四字反复出现,最为抢眼。人们都渴望自己能够建功立业,可以位高权重,有"荣"无"辱",长乐无忧。但事实却是官场的波云诡谲,尔虞我诈,朋党比结,相互倾轧。这一切使作者看清了官场的腐败,吏治的肮脏。另外,作者在赋中还引用了李斯"牵犬难再"的典故,意在说明官场上的快乐都不是真正可以持续长久的快乐,一旦进入混沌污浊的官场便再也找不到过去那种"逐兔郊野"的纯洁乐趣了。同时,作者还举出"邯郸梦断桃源可寻"的典故,意在表达自己想去寻找生活安乐、环境清幽的世外桃源,希望摆脱俗尘凡事的羁绊进而归依于纯洁圣地的情怀。在作者看来,对于能够手持一竿在江边闲来垂钓的生活,就是拿高官厚禄也不愿与之交换。由此可见作者对追逐名利的鄙弃以及追求潇洒自得的情趣,同时还寄寓了对于隐士生活的向往,其中充满了无限的隐逸色彩。

在作者的描述中,我们看到渔父的生活是自然、惬意、无拘无束的。江上垂钓不需要担心世间的任何事情,只有钓者和水之间的随意与洒脱,还有对世间万物悠游宽容、超然物外的境界。"钓"意味着耐心,意味着隐者要独善,而这一境界无疑正是作者所特别追求的。作者认为,高官厚禄带来的快乐是不会长久持续的快乐,而这种在山水之间垂钓观景的快乐才是人生最长久最惬意的快乐。只要秉着"不以物喜,不以己悲"的淡泊情怀便可以弃忧从乐。

作者康惟善在写这篇赋的时候,还只是一名太学生,师从赵光祖,当时的康惟善其实非常想在政坛上大展宏图,为国尽忠,但当时社会极为黑暗,政治混乱不堪,随着赵光祖被陷害入狱,自己也随之受到牵连后,他开始逐渐看透了宦海沉浮,从而打开了坚守德操,拒绝世俗,追求至情至性和至真至善人格的精神之门。认为宦途功名和富贵如疥如疮,俗不可耐,不屑为伍,避之唯恐不及,渴望能够秉怀朴素的精神生活。于是他便想像渔父一样,不为世俗所累,垂钓江边。

全文语言流畅,句式工整,描写景物生动形象,字字珠玑,将无限风光娓娓道来,让人身临其境,如沐春风。同时又将作者自己追求归隐的强烈情怀彰显其中,倾情地表露了自己对无拘无束,安静飘逸,和谐宁静生活的强烈渴望,不禁让人拍案叫绝,为之慨叹。

李　珥

【作者简介】

　　李珥(1536～1584)，字叔献，号栗谷、石潭、愚斋。出生于江原道江陵被坪村。其祖先是德水(今开封)人，父母均系名门出身，其母在诗文和书画上有很高的造诣。李珥从小受母亲的熏陶，三四岁便会写字，八九岁能诗文，13岁考中进士初试，名震江原道。16岁母丧，守丧三年后，进金刚山学禅，经过长期的苦心探究，对禅学取否定态度，重回家乡攻读儒学典籍。23岁(1559年)在礼安的陶山谒见大儒学家李滉，同年冬，应考别试课，以《天道策》状元及第。李珥29岁时中文科(大科)状元，当时因前后殿试状元共9次，时称九度状元公。历任户曹佐郎、清州牧使、黄海道观察使，又做过校理、承旨、副提学、大司谏、大司宪、大提学等职。1568年，李珥代表朝鲜朝出使明朝，期间著有《精言妙选》，充分而又细腻地表现出他去中国后的复杂心态。诗中有对中国礼义文化的倾慕衷情，有对明朝军防腐败的担忧，也有对中国京师恢弘场面的神往。

　　李珥一心专注于学问，屡次要求辞官。在朝时，经常主张哲人君主政治，劝君王体验实践圣人之学与治。这在他的文学作品中屡见不鲜，为宣祖实践尧舜之治而制定的《东湖问答》、《万言封事》、《圣学辑要》、《人心道心说》等，都论述了他的内圣外王之道。在改革方面，他学习中国的王安石，提倡变法更张，但由于宣祖软弱,未能付诸实践。

　　李珥的根本思想是儒学,特别是以程朱理学为基础的思想。他精通易学,修习佛法,以道家思想修身却以儒学思想治天下。用他的话说是"所谓真儒,进则行道,以使百姓安享太平,退则教化万世,使学者猛醒"。他对佛教的生死轮回、因果报应等思想也进行了批判。但是他固守儒家的纲常伦理,认为三纲五常是"亘古今而不可变者",是不可违反的、永恒的绝对真理。

　　李珥的辞赋作品有《浴沂辞》、《理一分殊赋》、《画前有易赋》、《次天王使箕子庙赋韵》、《镜浦台赋》、《游伽倻山赋》、《青蝇赋》、《空中楼阁赋》、《纳约自牖赋》9篇,都收录在他的文集《栗谷全书》中。

【原文】

浴沂辭

　　春風兮習習,春日兮遲遲[1]。我服旣成兮我友同遊,瞻彼沂水兮浴乎清漪[2]。振余衣兮彈余冠,風一陣兮於舞雩[3]。觀物化兮詠而歸,達一本兮通萬殊[4]。仰天兮俯地,魚躍兮鳶飛[5]。勛華已逝兮吾誰與歸[6]?樂彼杏壇兮爰得我師[7]。

【题解】

本文选自《栗谷全书》第一卷。文题浴沂出自《论语·先进篇·侍坐章》"莫春者,春服既成,冠者五六人,童子六七人,浴乎沂,风乎舞雩,咏而归",不难看出作者在借题发挥。《浴沂辞》充分表达了李珥知己难寻的感慨,以及以儒学治天下的治国思想。

【注释】

[1] 习习(习习):微风和煦的样子。迟迟(迟迟):阳光温暖、光线充足的样子。清(清)漪:出自《诗经·魏风·伐檀》:"河水清且涟猗。"谓水清澈而有波纹。
[2] 瞻:看;望。沂:古水名。源出山东省曲阜市东南的尼山,西流至滋阳县合于泗水。
[3] 振:振动;抖去尘土;整理。弹(弹):弹击;叩打。舞雩:台名。是鲁国求雨的坛,在现在曲阜县东。古代求雨祭天,设坛命女巫为舞,故称舞雩。雩,古代求雨的一种祭祀。
[4] 詠(咏):用诗歌的文学样式写景抒情。達(达):通晓;明白。通:懂得;通晓。一本:同一根本。萬(万)殊:各不相同。亦指各种不同的现象、事物。
[5] 魚躍鳶飛(鱼跃鸢飞):指世间生物任性而动,自得其乐。语出《诗经·大雅·旱麓》:"鸢飞戾天,鱼跃于渊。"
[6] 放勳(勋):尧的名字。华:重华,舜的名字。吾谁(谁)與(与)歸(归):我同谁一起相处。指对志同道合者的寻求。
[7] 坛杏:相传为孔子讲学处。爰(yuán):乃;于是。

【译文】

阳光明媚,春风微微吹着,我穿好衣服与朋友一同出游,沐浴在那清澈的沂水。抖掉衣服上的灰土,拍打帽子上的灰尘,一阵风吹过舞雩台,我观察事物的变化,歌咏而归。进一步通晓事物的根本规律,而明白事物千变万化的不同。我抬头看天,低头看地,鱼儿跳出水面,鸢鸟在天空飞翔。世间生物任性而动,自得其乐。尧舜那样的大人物已经逝去了,还有谁能与我志同道合呢?我师从(孔子),以在杏坛讲学为乐。

【赏析】

　　《浴沂辞》全篇仅84字,短小精炼,骈散结合,对偶工仗整齐,是一篇难得的辞赋作品。
　　作者借春天出游的一系列描写,如选一个阳光明媚的日子,穿着做好的新衣服,抖掉衣帽的灰尘,在沂水边沐浴。看上去是很普通的动作,实际是作者追求心灵的净化,崇尚内心的完善。这也正是孔子借弟子曾皙之口表现出来的治国思想。于是在春风的沐浴下,作者有了"达一本兮通万殊"的感悟。再回头俯仰天地,看世间万物,最终发出了尧舜已逝,知己何在的慨叹。然而作者并没有就此停止思索的脚步,最终落脚于"乐彼杏坛兮爱得我师"。
　　文章既表达了知己难寻的感慨,又阐释了儒学治天下的治国思想,同时兼顾说理,"观物化兮咏而归,达一本兮通万殊"。在辞赋作品中表现自己的哲学观点是李珥辞赋的突出特色。

郑澈

【作者简介】

郑澈(1536~1593),字季涵,号松江。朝鲜朝著名诗人。父亲郑惟沈曾任敦宁府判官,郑澈的大姐是仁宗的贵人,二姐是桂林君瑠的夫人,因此他从小就出入皇宫,与小庆原大君(后日的明宗)亲熟。1545年明宗即位,由于桂林君与在统治阶级内部发生的乙巳士祸事件有关联,其家族受到牵连,郑澈的父亲被流放,他也随父被流放。15岁师从著名学者金麟厚和奇大升,受到了良好的教育。后又和名儒成浑交游,结为忘年友。26岁文科及第,历任礼曹判书、直提学、大司谏、大司宪和左、右议政等要职。当时党争激烈,多次遭降职、罢官、流放。1591年最后一次被流放,至壬辰战争爆发才被放回。接着,由平壤随从宣祖至义州避乱。当时明朝帮助朝鲜朝大败日本,郑澈作为谢恩使访问过明朝,后因此受到同仁们的诬陷,他毅然辞官,寓居在江华岛的松亭村,直到去世,终年57岁。1609年光海君即位后,郑澈的冤屈被平反,谥号"文清"。

郑澈是朝鲜朝国语诗歌歌辞的大家,是歌辞的集大成者。他的歌辞描写细腻,语言生动,使人听其曲,观其辞,如同亲临其境。他不仅坚持使用朝鲜文字写作,而且大量采用群众的生活语言入诗,这是他的国语歌辞获得成功的原因之一。他还写了大量的时调和一些出色的汉诗。郑澈政治上的波折,直接影响着他的创作。代表作是用朝鲜语创作的歌辞《关东别曲》、《思美人曲》和《续美人曲》。《关东别曲》是一首长篇写景诗,是他游览包括金刚山等关东八大景时写下的赞美山水的诗词,而且还插入了故事、风俗等。《思美人曲》和《续思美人曲》描写女子思恋情人,她倾吐着衷肠,表白对爱情的忠贞;季节上的每一变化,都能在她心理上引起种种波动,更添一层愁人的悬念。一般认为这两首歌辞的原意并非写爱情,而是寄托作者在失意时怀恋君主的思想。但是,打动人们心灵的,却恰恰是那些对爱情的描写。两篇作品一直作为爱情诗长期流传,这对当时统治诗坛的道学诗歌是大胆的挑战。郑澈作为歌辞文化的大文豪和时调作家尹善道成为古代朝鲜诗歌史上的双璧,他的时调与歌辞对17世纪以后朝鲜诗歌产生了很大影响。

17世纪著名小说家金万重在《西浦漫笔》中说:"松江《关东别曲》、前后《思美人歌》,乃我东国之《离骚》。"又说:"自古海左真文章,只此三篇。"郑澈有朝鲜国语诗歌集《松江歌辞》和汉文文集《松江集》,笔写本有《松江别集追录遗词》和《文清公遗词》传世。赋的主要代表作有《春秋成 麟至》、《鸣琴百泉上》等共4篇。

【原文】

春秋成　麟至　此下科作

　　原相感之一理,悟有孚於聲氣[1]。德在我而既大,祥不期而自至[2]。

　　成魯史於麟至,偉有利於夫子[3]。應筆削之神化,表一世之休祥[4]。人一去於西土,鳳不鳴於岐岡[5]。楚澤舟兮已溺,故宮黍兮離離[6]。悲王政之一息,慨天綱之陵夷[7]。人類變於禽獸,諸夏雜於蠻貊[8]。幸斯文之不喪,聖尼丘之有作[9]。擬古道之欲廻,睿周流於四國[10]。

　　歌非兕兮無托,響木鐸兮誰知[11]？卷兼濟之大道,指故國而言歸[12]。念天地之易位,憫冠屨之倒置[13]。苟傍視而恝然,竟莫救於墜緒[14]。然無益於空言,曷若見諸行事[15]？期假權於南面,挈無形之斧鉞[16]。王正同於既春,大一統於萬國[17]。嚴尊卑之有序,抑名分之斯定[18]。褒而貶兮昭昭,是與非兮井井[19]。陽或舒於春生,陰亦慘於秋殺[20]。扶已頹之三綱,揭既晦之九法[21]。亂臣見而畏懼,賊子聞而戰慄[22]。自聖經之一修,致元氣之不滅[23]。世雖入於長夜,道惟存其一脈[24]。爰有獸兮四靈,稟振振之仁性[25]。俟河清於一千,冀自鳴於聖遊[26]。欲蹌蹌於虞庭,九疑鬱其雲愁[27]。思文歸於周道,豐之水兮空流[28]。

賴鳳兮之枉魯,文已具於制作[29]。固志氣之交感,伊捨此而安適[30]。斯出野而賁然,實先天而不違[31]。痛時人之盲目,謂不祥而棄之[32]。拭悲淚於反袂,痛斯道之益非[33]。天胡爲乎邈邈,事已矣於絕筆[34]。

聖前後之無異,奚若遇之不一[35]?龜呈瑞於文命,鳳儀韶於雍熙[36]。是知理之當然,歎斯麟之猶尼[37]。噫!上天之生聖,胡無期於下土[38]?倘施設於當日,致天地之位育[39]。豈特鳥獸之咸若,同人物於仁澤[40]。

【题解】

"此下科作"中的"科作"即为科考应试之作,本篇当为郑澈应试而写的文章。

"春秋成 麟至"这个题目出自"孔子获麟绝笔"的典故,据《左传·卷十二》载:"西狩于大野,叔孙氏之车子钥商获麟,以为不祥,以赐虞人。仲尼观之曰:'麟也。'"鲁哀公十四年春,孔子写成《春秋》一书,这时孔子已 71 岁,"孔子获麟绝笔"从此不再著书,这是因为孔子的母亲是遇一麒麟而生孔子,而孔子在自己 71 岁高龄之时再次遇到麒麟,他认为是个不祥之兆。在遇麒麟的两年后,孔子与世长辞。作者以《春秋成 麟至》为题,表达了他对国家前途的担忧,希望在当时动乱的朝鲜朝能出现一位像孔子这样的人,以国计民生为重,振臂一呼,抚纲常,治世乱,使朝鲜朝能够尽快地安定下来,成为秩序俨然,国富民强之邦。

【注释】

[1] 相感:相互感应。一理:同一准则。有孚:即诚实有信。出自《周易·中孚》九五爻辞:"有孚挛如,无咎。"
[2] 祥:吉的预兆。
[3] 鲁(鲁)史:指《春秋》。
[4] 筆(笔)削:古时在竹简或木简上写字,写错要修改时就用刀削。这里指孔子作《春秋》,用文字来评人论事。表:表率;榜样。休:吉庆;美善;福禄。
[5] 西土:佛教语。西方之极乐世界。即佛国。岐冈(冈):指岐山。在陕西省岐山县城东北,山状如柱,又称天柱山,相传周初有凤鸣于此,故名凤凰堆。
[6] 楚澤(泽):古楚地有云梦等七泽。后以"楚泽"泛指楚地或楚地的湖泽。故宫黍兮離離(离离):语出《诗经·王风·黍离》:"彼黍离离,彼稷之苗。行迈靡靡,中心摇摇。"谓宗庙宫室毁弃,尽为禾黍丛生。以"黍离"代指乱世,是首感叹亡国之诗。离离,浓密盛多的样子。
[7] 王政:国君的政令。天綱(纲):朝廷的纲纪。陵夷:同"凌迟",逶迤渐平。引申为衰颓。
[8] 諸(诸)夏:周代分封的中原各个诸侯国。泛指中原地区。蠻(蛮)貊(mò):古代称南方和北方落后部族。亦泛指四方落后部族。
[9] 尼丘:指孔子。
[10] 擬(拟):模仿;仿照。古道:传统的正道。廻(huí):"回"的异体字。
[11] 兕(sì):古代一种酒器。这里指酒。托:陪衬;铺垫。鐸(铎):铃,木舌的铃。古代施行政教,传布命令时用之。也用以比喻宣扬教化的人。《论语·八佾》:"天将以夫子为木铎。"
[12] 卷:隐藏。兼濟(济):使天下民众、万物咸受惠益。指:通"旨",意旨;意向。
[13] 憫(悯):忧愁;烦闷。冠屨(屦)(jù)之倒置:比喻上下位置颠倒,尊卑不分。冠屦,即帽与鞋。头戴帽,脚穿鞋,因以喻上下、尊卑。
[14] 恝(jiá)然:淡淡;无动于衷;不在意的样子。竟:结束;完毕。墜緒(坠绪):《尚书·五子之歌》:"荒坠厥绪,覆宗绝祀。"孔传:"太康失其业以

取亡。"后以"坠绪"指行将断绝的皇统。

[15] 曷若:何如。
[16] 假:借用;利用。南面:古代以坐北朝南为尊位,帝位面朝南,故代称帝位。挈(qiè):带领。無(无)形:不露形迹。斧鉞(钺)(yuè):用于作战的兵器。是军权和国家统治权的象征。
[17] 王正:指王朝所颁之历法。春:生机。
[18] 嚴(严):严守。
[19] 褒而貶(贬):赞扬和指责。借指评论好坏。昭昭:明白;清楚。井井:形容整齐有条理的样子。
[20] 舒:舒展。慘(惨):狠;恶毒。春生:春天万物萌生。秋殺(杀):秋天万物凋零。
[21] 扶:辅助;帮助。三綱(纲):中国封建社会中谓君为臣纲、父为子纲、夫为妻纲,合称三纲。揭:高举。九法:泛指治理天下的各种大法。
[22] 亂(乱)臣賊(贼)子:指不守君臣、父子之道的人。后泛指心怀异志的人。乱臣,叛乱之臣。贼子,忤逆之子。
[23] 聖經(圣经):指儒家经典。元氣(气):精神;生气。滅(灭):消失;丧失。
[24] 一脈(脉):犹言一线;一缕。多用于连贯相承的事物。
[25] 四靈(灵):指"麟、凤、龟、龙"四种生物。禀:赋予;给与。振振(zhēn zhēn):信实而仁厚的样子。
[26] 俟(sì):等待。河清(清):见《椒水赋》注释[23]。冀:希望;期望。自鳴(鸣):自我表白;自我显示。
[27] 虞庭:指虞舜的朝廷。相传虞舜为古代的圣明之主,故亦以"虞庭"为"圣朝"的代称。九疑:山名。相传为舜所葬之处。鬱(郁)其雲(云)愁:愁多如云。形容忧愁深重。
[28] 文:文德。周道:周代治国之道。
[29] 鳳(凤):比喻有圣德的人。之:前往;来到。枉:乱的。具:完备;详尽。制作:指礼乐等方面的典章制度。
[30] 安適(适):适安。去哪里。
[31] 野:郊外。賁(贲)(bì)然:光彩貌。
[32] 盲目:比喻无见识。
[33] 反袂(mèi):用衣袖拭泪。形容哭泣。
[34] 邈邈(miǎo):恒久。絕筆(绝笔):停笔不再写下去。出自"孔子获麟绝

笔"的故事。

[35] 奚若：犹奚如；何如。
[36] 龜(龟)呈瑞：指传说中的神龟从洛水出现，背负"洛书"。一说禹治洪水的时候，上帝赐给他《洪范九畴》，《洪范》就是《洛书》。文命：相传为禹的名字。《史记·夏本纪》："夏禹名曰文命。"韶：宫廷乐章的美称。《礼记·乐纪》："韶，继也。"郑玄注："韶之音绍也，言舜能继尧之德。"
[37] 知：道理。當(当)然：表示肯定，强调合于事理或情理。麟：比喻才能杰出的人。
[38] 下土：四方；天下。
[39] 施設(设)：陈设；布置；安排。
[40] 咸若：古指称颂帝王之教化，谓万物皆能顺其性、应其时、得其宜。

【译文】

推究人和人之间相互感应的同一准则，是一定要在对方的声音和气息中感悟对方诚实有信。我有德行又能使之发扬光大，吉祥就一定会不期而至。

《春秋》是在获麒麟之后完成的，这有利于成就夫子的伟业。他在著述中感应到了神灵的教化，标榜出一世的吉祥。贤人死去后，凤凰就不再在岐山上鸣叫了。楚地的湖泽里的船都沉溺下去了，宫殿里的黍稷已经很茂盛浓密了。为国王政令的停止而感到悲哀，并慨叹朝廷纲纪的衰落。人民因为那些卑劣之人的影响正发生着变化，国家因涌入了大量落后部族而更加混乱错杂。庆幸典章制度和文化没有被丢掉，圣人孔子大作（指《春秋》）传世。他打算恢复正道，奔走在各个诸侯国之间。

歌时没有美酒就像没有衬托，宣扬教化的人又有谁理解呢？将自己想要立下千秋之业的愿望隐藏起来，心念自己的故国，想要回到家乡。为天下大乱(天地变换位置)而忧虑,为上下位置颠倒,尊卑不分(而感到)烦闷。假使像一个旁观者一样无动于衷,最终就将会看着皇统断绝而无力救助。然而光用嘴说没有什么益处,何不付之于行动呢?期望能够借用帝王的权利,提着无形的斧钺。统一国家的历法,并将天下的诸侯国统一到一起。严守尊卑之间的次序,阻止人们乱定名分。是好是坏清清楚楚,是是非非明明白白。所以那些好的方面的事物就像春天万物萌生一样舒展,那些不好的事物则像秋天万物凋零一样凄惨。扶正已经衰败的三纲,高举日渐晦暗的国家大法。让叛乱之臣见到就感到害怕,使心怀异志的人听到而感到恐惧。自从修订圣人的经典后,才使元气没有灭掉。现世虽然进入漫漫长夜之中,但道尚存儒家一脉。于是有四种灵兽,保持着仁慈宽厚的秉性。等到黄河变清这个时机太难了,因此希望在与圣人同游时自我展示、自我表白。想要在盛世上跄跄而行,(眼前却)如九疑山上愁丝如云。思念文德能回归于周道,但希望却如同丰水一样白白流逝。

依赖圣人前往混乱的鲁国,文章典籍制作完毕。坚定为求上进的决心和勇气,舍弃了这些还能去追求什么?出于郊野而光彩斐然,实际是遵循先天本性而不相违背。为现在人们的盲目感到痛心,因为他们认为不吉利的就舍弃。用衣袖拭掉悲伤的泪水,为古时那种礼仪制度的面目全非而感到痛心。天道为什么这么遥远,记事停在绝笔之时。

圣人前后没有什么不同,为什么所遇到的却不一样呢?神龟背负《洛书》呈现给大禹,美好的道德传到雍熙之年。这当然合于情理,感叹这麒麟如同孔子。唉!上天之生圣人,怎么不会对下土无所期待?倘若设置在当日,致使天地之位得以培植。岂止是鸟兽都这样,与人物共同得到仁义的恩泽。

【赏析】

　　郑澈生活在朝鲜朝的动荡时期,一生都在权力圈外围徘徊,他血气方刚,心直口快。这篇赋是他有感于混乱的政治时局而写下的。作者经历了乙巳士祸,并被流放。时党争激烈,郑澈多次遭降职、罢官、流放。由于国家动乱,政治暗流凶险,党争现象严重,直接导致社会局势动荡,人民生活在水深火热之中,这些都影响着作者的写作。此时的郑澈饱经离乱之苦,哀民生之不幸,叹世事之浊乱,由此联想到中国古代春秋时期的混战给人民带来的巨大不幸,并举出孔子并没有因为当时的时局混乱而随波逐流,而是发愤著《春秋》以改变当时的社会风气。这其实也是作者自己心中的宏愿,他希望在当时动乱的朝鲜能出现一位像孔子这样的人,以国计民生为重,振臂一呼,扶纲常、治世乱,使朝鲜朝能够尽快的安定下来,成为秩序俨然、国富民强之邦。

　　通过这篇赋,读者不难体会到郑澈身为一名封建士大夫所具有的为国民而忧愤的情操,其字里行间都充满对国家前途的担忧。郑澈之文不愧为"东国之《离骚》",其人亦可称之为"东国之屈原"。

　　文章引用典故来叙事抒情,既有历史故事,也有前人文句,极大地增强了此赋的表达效果。结构严谨,逻辑性强。此赋字句整齐,声调和谐,语言节奏都极为灵活自由,形成一种起伏跌宕,回肠荡气的美感。描写事物极尽铺陈夸张,而于结尾处发一点议论。作者联系人生,抒情言志,感情真挚,是一篇表达心志的佳作。

【原文】

鳴琴百泉上

　　別一區之天地,藏遯世之高跡[1]。山靡靡而旁圍,水泠泠而注玉[2]。寂萬壑兮鳴玉琴,姚子能追《考槃》[3]。仲尼顏子樂處,應尋得於一班[4]。

　　際翔雲而晦塞,倡絕學於此庭[5]。悲濂溪之響絕,恨關閩之阻夐[6]。抱白雪之高調,鼓韾瓚之韶馨[7]。衆淫哇而都好,琴雖工而誰聽[8]。進既不遇夫知音,退將修吾初服[9]。

　　蘇門山兮何處?實隱者之攸宅[10]。泉百道而飛來,可塵纓之一濯[11]。左《圖》兮右《書》,聊俯仰而自適[12]。前聖兮後賢,儼無邪於對越[13]。然性情之陶寫,蓋莫先於音樂[14]。乃求嶧陽之孤枝,乃緪《淸廟》之朱絃[15]。盤白石兮永夕,望素月於涼天[16]。彈南薰之妙曲,激清商之雅調[17]。謁虞舜於彷彿,覿文王之遺操[18]。和舞雩之遺詠,繼河汾之餘音[19]。見鳳凰之百鳥,聞滄海之龍吟。疑孫登之遺嘯,似弘景之松風[20]。不見是而無悶,聲洩洩而融融[21]。怨世人之不聽,時悽悽而切切[22]。寡鶴助兮嘹亮,石泉資其清絕[23]。

　　但見山高而水深,豈必世上之鍾期?邈高韻之難追,有斯人於此時[24]。使有得於依歸,應與點瑟同科[25]。然君子之出處,有成法於丘軻[26]。倘磨磷於涅緇,讀聖賢書何事[27]?

梁甫吟之孔明,待昭烈而乃起[28]。何《南風》之不歌兮,奏韶武於聾俗[29]。篤南聲之一缺,徒北鄙之殺伐[30]。想燕獄之吟嘯,懷文山兮不設[31]。

【题解】

《鸣琴百泉上》,描写了作者看到当时的黑暗社会时所产生的退隐之心,抒发了怀才不遇的伤感,表达了作者希望有一天能得遇知己,出山施展抱负,实现济世救民的愿望。

【注释】

[1] 遯(dùn)世:避世隐居。遯,"遁"的异体字。
[2] 靡靡:绵延不绝的样子。泠泠(líng):清凉,凄清的样子。
[3] 萬(万)壑:形容山峦绵延起伏,高低重叠。壑,山谷。姚子:人名,不详。《考槃》:《诗·卫风》篇名。《诗序》谓此诗系刺卫庄公"不能继先公之业,使贤者退而穷处"。《诗集传》则说是赞美"贤者隐处涧谷之间"。
[4] 颜(颜)子(前521~前481):春秋末鲁国人。名回,字子渊。孔子最得意弟子。寻(寻):探求。一班:同等。
[5] 際(际):遭遇。晦塞:隐晦闭塞。絶学(绝学):宏伟独到的学术;失传的学问。
[6] 濂溪:指周敦颐,亦指濂溪学派。關閩(关闽):关指张载,闽指朱熹。濂洛关闽是宋朝理学的四个重要学派。洛指程颐、程颢两兄弟。夐:通"迥"。远。
[7] 高調(调):指高尚的品格。聾聵(聋聩):耳聋或天生的聋子。比喻愚昧无知;不明事理。磬:通"磬",打击乐器。
[8] 淫哇:淫邪之声。工:善于;擅长。

[9] 修:学习;培养。初服:谓开始或首先履行、从事某项事务。

[10] 攸:所。

[11] 塵(尘)缨(缨)之一濯:即洗濯冠缨。见《一竿渔父傲三公赋》注释[8]。

[12] 《圖(图)》:指《河图》。《書(书)》:指《洛书》。

[13] 無(无)邪:谓无邪僻,无邪曲。《礼记·乐记》:"中正无邪,礼之质也。"對(对)越:犹对扬。答谢颂扬。

[14] 陶寫(写):谓怡悦情性,消愁解闷。

[15] 嶧陽(峄阳)之孤枝:《太平御览》中有"峄山多孤桐"的记载。峄阳指峄山之南,峄山在今山东邹城市,即孟子故乡,山又名邹山、邹峄山、邾峄山,当年秦始皇东巡留有峄山刻石,即在此山。孤桐指特生的桐树,据说是制琴的上等材料,以峄阳之桐为最。絚(huán):通"亘",连贯两头。《清廟(庙)》:《诗经·周颂》的第一章,祭祀先王的歌。朱絃:即练朱弦,用练丝(即熟丝)制作的琴弦。絃,"弦"的异体字。

[16] 永夕:长夜,通宵。素月:皎洁的月亮。涼(凉)天:秋天。亦指秋天的天空。

[17] 南薰:指《南风》歌。相传为虞舜所作,歌中有"南风之薰兮,可以解吾民之愠兮"等句。清(清)商:商,古代五音之一。古谓其调凄清悲凉,故称。

[18] 文王:姬姓,名昌。周王朝的缔造者。

[19] 舞雩(yú):见《浴沂辞》注释[3]。河汾:地域名。隋代王通(即文中子)设教于河汾之间,受业者达千余人,人才盛出,房玄龄、杜如晦、魏征、薛收等人皆出其门,时称"河汾门下",故后世文人以"河汾"泛指晋南。餘(余)音:不绝之音;感人至深之音。

[20] 孫(孙)登之遺(遗)嘯(啸):指晋隐士孙登长啸事。出自《晋书·阮籍传》:"籍尝于苏门山……。至半岭闻有声若鸾凤之音响乎岩谷,乃登之啸也。"松風(风):指晋陶弘景爱听松林之风。《南史·隐逸传下·陶弘景》载:"特爱松风,庭院皆植松,每闻其响,欣然为乐。"

[21] 閔:同"悯",怜恤;哀伤。洩洩而融融:即融融泄泄,形容非常高兴。出自《左传·隐公元年》:"公入而赋:'大隧之中,其乐也融融。'姜出而赋:'大隧之外,其乐也泄泄。'"洩,同"泄"(yì)。

[22] 悽悽:形容悲伤凄凉。切切:形容声音的凄凉或细急。

[23] 寡鶴(鹤):失偶之鹤。嚖(jiāo):动物叫声。資(资):凭借。

[24] 鍾(钟)期:指钟子期。
[25] 點(点)瑟:因孔子弟子曾点善鼓瑟,故称点瑟。科:程度;等级。
[26] 出處(处):行进和静止。成法:既定之法。丘軻(轲):孔丘与孟轲。
[27] 磨磷(lìn)於(于)涅緇(zī):出自成语"磨不磷,涅不缁"。比喻意志坚定的人不会受环境的影响。
[28] 梁甫吟:亦作《梁父吟》,是古代用作葬歌的一支民间曲调。后诸葛亮、李白、刘基等均有以此为题的诗作。文中指诸葛亮"好为梁父吟"的典故。据《三国志·诸葛亮传》:"亮躬耕陇亩,好为梁父吟。"昭烈:刘备死后尊谥昭烈皇帝。
[29] 《南風(风)》:见注释[17]。韶(sháo)武:韶乐与武乐。即大韶、大武。韶,舜乐名。武,武王乐也。泛指高雅的古乐。聾(聋)俗:比喻愚昧无知的流俗,就如有耳而无闻。
[30] 篤(笃):深厚;厚实。北鄙:即"北鄙之声"。指殷纣时的音乐,后世视为亡国之声。
[31] 吟嘯(啸):吟咏;歌啸。文山:文天祥(1236~1283),号文山。在大都狱中所作《正气歌》尤为世所传诵。設(设):施用。

【译文】

告别一方天地,隐藏避世隐居的痕迹。群山延绵,围于四周,水清凉得就像玉一样。寂静的山峦绵延起伏,高低重叠,在这里弹奏玉琴,姚子追慕《考槃》而愿隐居。孔子和颜回乐于处在简陋之处,应该是探求到了相同的乐趣。

在浮云边游翔而感到晦暗闭塞,(于是)在此庭院提倡绝学。为濂溪学派无人继承而悲哀,痛恨关闽学说被远隔。弹奏高雅的音乐,敲出振聋发聩的鼓音。靡靡之音是那样地受欢迎,高雅美妙的琴音又有几人喜欢听呢!如果前进没有遇到知音,那就退一步继续培养自己的学识。

苏门山在何处呢？实际上是隐士所居之处。泉水从多处喷涌，清可濯缨。左为《河图》，右为《洛书》，姑且在俯仰之间而悠然闲适、自得其乐。前有圣人后有贤者，答谢颂扬时都没有邪曲。这样怡悦情性、消愁解闷，大概没有什么比音乐更好的。于是到峄山之南寻找能够制琴的桐树枝，再接连上能够弹出祭祀先王之歌的朱弦。在白石周围整夜徘徊，望着秋天皎洁的月亮。弹奏《南风》这首美妙的曲子，激发优雅婉约的清商古音。仿佛拜见了虞舜，朝拜周文王遗留下来的操行品德。唱和舞雩台所遗留下的吟咏，继承晋南人才的不绝之音。看百鸟之中的凤凰，听大海之中龙的叫声。怀疑是晋代隐士孙登之长啸，也似陶弘景在松林听风。体会不到这些也不用哀伤，音声依旧融融泄泄，令人喜悦。怨尤世间的人不听这美妙的声响，时而流露着悲伤凄凉。鹤鸣使琴声更加嘹亮，石泉凭借（鹤鸣而）越加清绝。

能够听懂高山流水的难道一定只有钟子期？我不认为高雅的音韵那样难以追求。这世上一定有这样的人，使我能够有所依托，在我能够像曾点鼓瑟一样得到同等的回应。然而才德出众之人的行为，有孔孟已规定了的既定之法。如果不受外界影响（而坚持归隐），那么读圣贤书又是为了什么？

吟唱《梁甫吟》的诸葛亮，待到昭烈帝的三顾茅庐而出山。为何不唱《南风》，却把高雅的古乐弹奏给如聋子一样的俗人听。缺少了南曲的笃厚之情，只有亡国之音的杀伐之声。想到燕京狱中所吟唱的《正气歌》，感叹文天祥不被重用。

【赏析】

本文作者在政治生涯中曾经几次失势，有时是自动隐退，有时是被贬,有时是被流放。他才华横溢,但是性格倔犟,看到朝鲜当时黑暗的社会现实,便产生了退隐的念头。他希望能在山林之中隐居,从而给他带来安宁与清静,并且寻找到他心中的清白之世。但是,作为一位封建士人,他所受的教育又使他不甘于退隐,还是希望有人能够真正了解他内心的痛苦与渴求,就像俞伯牙的音乐只有钟子期能懂,怀才不遇的诸葛亮自有求贤若渴的刘备来求一样,作者也希望能够得遇知己,出山施展自己的抱负,济世救民,得偿所望。

作者在写作本文时,有种怀才不遇的伤感。同时也表现出作者关心国家命运、忧虑国家局势、希求国家复兴的可贵品格。

作者的分析是理性的,所抒发的情感是强烈的,透发出浓重的悲凉之气。本赋结构严谨,气势盘桓凝重,情感起伏低回,内容充实,语言凝练质朴,充分体现了抒情小赋的艺术魅力。

林悌

【作者简介】

林悌(1549~1587),字子顺,号白湖、谦斋、枫江、啸痴,全罗北道罗州人。朝鲜朝著名诗人、小说家。他生于封建官僚家庭,少年时代即显露出文学才华。1577年谒圣科及第,曾任礼曹正郎、平安都事。后因对封建统治集团内部的党派斗争不满,被罢去官职,游历名山、古迹,以诗酒自娱。

林悌具有强烈的民族意识和爱国思想,他性格耿介磊落,因而与当权者始终格格不入。林悌反对当时一般文人士大夫一味崇拜和模仿中国而抹杀或轻视本民族文化的做法,他对本国的文化充满自豪感。相传他去就任平安道事的途中,曾特意到以写作爱情时调闻名的女诗人黄真伊墓上祭奠。但他也因此事被御史弹劾,被罢免官职,郁郁而终。

林悌有《白湖集》和《浮碧楼觞咏录》传世。他在文学史上的特殊贡献在于讽刺小说,他20岁时就用汉文写过短篇幻想小说《元生梦游录》,此后又写了《愁城志》、《花史》、《鼠狱说》等短篇寓言小说,其小说特点是讽刺辛辣,表达对现实政治的不满。他最具进步意义的作品是《鼠狱说》和《花史》。《鼠狱说》写一个品行极坏的老鼠,带领一帮同伙偷吃国库的粮食,被捉住以后百般抵赖,诬陷别人,拒不认罪。后来真相大白,受到应得的惩罚。作者的意图在于揭露封建统治阶级的腐败、贪婪、阴险和狡诈。《花史》取材于中国的历史,借花草的形象,以编年体的形式写成一部"花之王国的兴亡史",以揭露当时统治者的种种丑恶形态。作者用生动的形象和拟人化的细腻手法,夸张、幽默、辛辣地讽刺当权者,很有特色。

林悌的赋收录在《林白湖集》卷四中,比较有名的为《意马赋》、《夏载历山川赋》和《哭卒却敌赋》3篇。林悌仕途受阻,报国无门,于是便将自己的抱负和才情在赋中淋漓尽致地表现出来,因而其赋具有极强的可读性和较高的艺术性。

【原文】

意 馬

某麁豪人耳,早歲失學[1]。頗事俠遊,娼樓酒肆,浪迹將遍。年垂二十,始志于學。而其所學亦不過雕章繪句,務爲程文[2],眩有司之目,而圖當世之名矣,其後屢屈科場[3]。無適俗之調,忽起遠遊之志。在庚午秋,爲千里之魚,而得一拜於床下[4]。從容函丈,便有不忍舍去之意[5]。而勢難久住,悵然而辭。辛未喪母,持服南歸[6]。癸酉冬,又一歷拜[7]。雖爲人事所拘,奔走風埃[8]。而向慕之心,豈嘗一日離於床下乎?今法寺於鐘谷,只隔數重山。雖未能朝夕執弟子之禮,而屢次承顔,頑質幾化[9]。昔公明宣遊曾子之門,三年不讀書,而亦未嘗不學焉,何也[10]?其言動接物之際,自有做出人處。據此言之則文字,外也。義既如此,身得依歸。情欲結茅於山中[11],買數頃石田,陪杖屨以送百年[12]。而有累之身,何可必也?拜辭在邇,不勝愴恨[13]。永嘆之餘,偶成一賦。賦六十七句,凡七百二十餘言。命之曰意馬,猶禪家者曰心猿。

　　詞曰:爰有一物參天地者,主宰方寸,乃神明舍。動而無形,假像曰馬。不毛不鬣,何以四蹄爲哉[14]?放之則橫馳千里,收之則立脚靈臺[15]。非造父之所馭,豈穆王之可騎[16]?項負拔山之力,只制烏騅[17]。布有使戟之雄,赤兔徒羈[18]。悠悠兮今古,幾失馭而顛躓[19]。曩吾人之肉走,信馬行而縱恣[20]。日周道之荒蕪,逕繾紛其東西[21]。楊朱之淚空灑,阮籍之途長迷[22]。或危而高,或仄而低。平地波瀾,暗谷魑魅[23]。奔走不一,大概有四:其一則長安雨歇,五陵春融。金鞍醉月,玉勒嘶風[24]。當貂裘於酒肆,狎胡姬於紅樓[25]。重然諾兮一寸心,報知己兮雙吳鉤[26];其一則幽燕健兒,秦壟壯士。奇韜龍虎,按陣天地。飲鐵馬於渤海,駐大旆於王庭[27]。歸明光兮謁天子,煥麟閣之丹青[28];其一則青瑣列班,金門通籍[29]。鳴珂赤墀,躍馬紫陌[30]。喚風霜於一語,樹桃李於千門。水榭春兮楊柳暗,舞筵香兮羅綺翻;其一則飯顆戴笠,灞橋騎驢。瘦生語苦[31],聳肩吟孤。傳閑情於月露,寫清思於雲煙。得一句兮三年,或潭底兮水邊。

　　嗚呼!談兵者近於樂禍,好俠則無奈賊義。雕蟲之小技徒工,趙孟之富貴可愧[32]。去此以往,安適而可。釋老以清虛誘我，申韓以刑名啗我[33]。非我思之所存，來違棄而改求。歲忽忽其不淹，結蘭佩而周流。若有大人先生悶余悵悵曰：去爾之伎倆，遵汝馬於大方[34]。夫大方者，非高非遠。約而在腔子裏，散而爲萬化本[35]。受之於天，物我同得。罔於聖豐，罔於愚嗇。未發則一片止水，既發而幾分善惡。不離道曰涵養，謹其獨曰省察[36]。守不失兮應無差，乃吾身一太極。在天者日月風霆，在人者喜怒哀樂。鳶飛魚躍，上下察也。陰陽代序，鬼神迹也[37]。此之謂天人合德，非蒙學之所能識[38]。故知道者，道之所在，無適無莫[39]。可行則行，可止則止[40]。千駟萬鍾，何加於己？簞食瓢飲，樂亦在中[41]。有何一點浮雲敢查滓於太空[42]？然則斯道也，達而堯舜周公，窮而孔孟顏淵[43]。萬古同符，千聖相傳。

余聞之，初似茫昧，致曲而明。革去舊服，知至而誠[44]。調六轡兮如琴，忽乎吾將行[45]。嘜嘜然曰：古之人，況親炙之功程[46]。遂浩歌曰：我思碩人，山前水北[47]；白屋蕭然，南阮之宅[48]；琴中歲月，靜處乾坤。看意思之庭草，鑄唐虞於一樽。哀末路不可爲也，深閉柴扉。願從遊兮《考槃》，復駕言兮焉歸[49]？

【題解】

《意马》选自林悌的《林白湖集》，为其赋作中较有名的一篇。"意马"即意马心猿。原是道家用语，比喻人的心思流荡散乱，后佛家借用为"言人意驱逐于外境不住于一处，犹如奔马也"。《慈恩传九》曰:"愿托虑于禅门,澄心于定水。制情猿之逸躁,絷意马之奔驰。"作者明写"命之曰意马,犹禅家者曰心猿",表明"意马"是借用佛家之意的,即假借意马,来表达自己不受世俗的羁绊的决心,从而展示了作者清高的气节。但纵观全文,说佛的少,说道的思想却很浓厚。

【注释】

[1] 麄(粗)豪:粗鲁豪强。
[2] 雕章繪(绘)句:亦作"雕章镂句"。指文章的词句刻意修饰。程文:科举考试作为示范的文章。
[3] 有司:指官吏。古代设官分职,各有专司,故称"有司"。
[4] 庚午:指公元1570年。千里之魚(鱼):亦作"鱼千里"。指鱼游千里。比喻追逐不舍。床:坐榻。
[5] 函丈:亦作"函杖"。原指讲学者与听讲者坐席之间相距一丈。后用以指讲学的坐席或前辈学者或老师的敬称。
[6] 辛未:指公元1571年。持服:守孝;服丧。
[7] 癸酉:指公元1573年。
[8] 風(风)埃:指世俗;纷乱的现实社会。
[9] 承顏(颜):顺承尊长的颜色;指侍奉尊长。頑質(顽质):愚钝的资质。
[10] 公明宣:曾子的弟子。曾子:名参,字子舆,春秋末年鲁国南武城(今山东嘉祥县)人,孔子儒学的正宗传人,是继孔子之后著名的教育家和思想家。三年不讀書(读书):出自刘向《说苑·反质》:"公明宣学于曾子,三年不读书。曾子曰:'宣,尔居参之门三年,不学何也?'公明宣曰:'安敢不学?宣见夫子居宫廷,亲在,叱咤之声未尝至于犬马。宣说之,学而未能。宣见夫子之应宾客,恭俭而不懈惰,宣说之,学而未能。宣见夫子之居朝廷,严临下而不毁伤,宣说之,学而未能。宣说此三者,学而未能。宣安敢不学而居夫子之门乎?'"引此典故意在说明跟随老师学习其言谈举止,提高自己的实践能力。

[11] 依歸(归):依托;依靠。結(结)茅:编茅为屋。指建造简陋的屋舍。
[12] 石田:贫瘠的田地。
[13] 拜辭(辞):敬词,辞别;告别。愴(怆)恨:悲痛。
[14] 鬣(liè):马颈上的长毛。
[15] 靈臺(灵台):周代台名。《孟子·梁惠王上》:"文王以民力为台为沼,而民欢乐之,谓其台曰灵台,谓其沼曰灵沼。"
[16] 造父:西周著名御车者。穆王:指周穆王。"穆王八骏"是传说中周穆王驾车用的八匹骏马,传说能日行万里。
[17] 項(项):指项羽。烏騅(乌骓):项羽所骑黑马名骓。
[18] 布:指吕布,字奉先。赤兔:亦作"赤菟",吕布的战马。
[19] 顛躓(颠踬):倒仆;下跌。
[20] 曩(nǎng):以往;从前。縱(纵)恣:肆意放纵。
[21] 周道:大路。
[22] 楊(杨)朱之淚(泪):即"杨朱泣歧"。指对世道崎岖,担心误入歧途的感伤忧虑,或在歧路的离情别绪。语出《荀子·王霸》:"杨朱哭衢途曰:'此夫过举跬步而觉跌千里者夫!'哀哭之。"阮籍之途:指人所处困境,绝望悲哀之情。出自《晋书·阮籍传》:"(阮籍)时率意独驾,不由径路,车迹所穷,辄痛哭而返。"
[23] 魑魅:指荒凉、边远的地区。语本《左传·文公十八年》:"投诸四裔,以御螭魅。"
[24] 玉勒:玉饰的马衔。此指马。
[25] 當(当)(dàng):抵押。
[26] 一寸心:指一片诚心。吳鉤(吴钩):钩兵器,形似剑而曲。春秋吴人善铸钩,故称吴钩。后也泛指利剑。
[27] 壟(垄):通"陇",指陇西一带。飲(饮)(yìn):使……喝。王庭:朝廷。
[28] 明光:汉代宫殿名。后亦泛指朝廷宫殿。麟閣(阁):"麒麟阁"的简称。汉武帝建麒麟阁于未央宫之中,主要用于藏历代记载资料和秘密历史文件。后汉建帝为表彰功臣,将历代对汉有功的功臣画像存放于麒麟阁。麒麟象征辅佐帝王的将相功臣。丹青:丹和青是我国古代绘画常用的两种颜色。借指绘画。
[29] 青瑣(青锁):装饰皇宫门窗的青色连环花纹。通籍:指做官。籍,是二尺长的竹片,上写姓名、年龄、身份等,挂在宫门外,以备出入时查对。

[30] 鸣(鸣)珂:"珂"疑为"珂"。古代显贵者所乘的马以玉为饰,行则作响,故称"鸣珂"。珂,珂色白如玉,相击有声,常作马勒的饰物。赤墀(chí):皇宫中的台阶,因以赤色丹漆涂饰,故称"赤墀"。借指朝廷。紫陌:指京师郊野的道路。
[31] 饭颗(饭颗):相传是唐代长安附近的一座山。唐孟棨《本事诗·高逸》:"白(李白)才逸气高,与陈拾遗齐名……尝言:'兴寄深微,五言不如四言,七言又其靡也,况使束于声调俳优哉!'故戏杜曰:'饭颗山头逢杜甫,头戴笠子日卓午。借问何来太瘦生,总为从前作诗苦。'盖讥其拘束也。"后遂用作表示诗作刻板平庸或诗人拘守格律或刻苦写作的典故。灞桥骑驴(灞桥骑驴):据《韵府群玉》记载:"孟浩然尝于灞水,冒雪骑驴寻梅花,曰:'吾诗思在风雪中驴子背上。'"形容文人雅士赏爱风景苦心作诗的情致。灞桥是桥名,唐时在长安东,相送客至此桥,折柳作别。
[32] 雕虫(虫)之小技:比喻微不足道的技能。工:巧;精。赵(赵)孟之富贵(贵):赵孟,春秋时晋国正卿赵盾,字孟。他的子孙如著名的赵文子赵武、赵简子赵鞅、赵襄子赵无恤等都因袭赵盾而称赵孟。这里以赵孟代指有权势的人物。
[33] 釋(释)老:释迦牟尼和老子的并称。亦指佛教和道教。申韓(韩):战国时法家申不害和韩非的并称,后世以"申韩"代表法家。啗(dàn):同"啖"字。
[34] 淹:停止。大人先生:指有身份有地位的人。倀倀(伥伥):无所适从的样子。伎俩(俩):手段;花招。大方:见识广博或有专长的人。
[35] 萬(万)化:万事万物;大自然。
[36] 省察:反省检查自己。
[37] 代序:时序更替。
[38] 天人合德:指天道与人的德性相契合。
[39] 無(无)適(适)無(无)莫:语出《论语·里仁》:"君子之于天下也,无适也,无莫也,义之于此。"指对人没有什么亲疏厚薄。
[40] 可行则(则)行,可止则(则)止:语出《金史·石琚传》:"朕为天子,未尝敢专行独断,每事遍问卿等,可行则行,不可则止也。"指该静止的时候,必须要静止;该行动的时候,必须要行动。不论是静止,还是行动,都要掌握好时机。
[41] 箪(箪)食瓢飲(饮):见《一竿渔父傲三公赋》注释[4]。

[42] 查滓:即"渣滓",泛指恶劣无用之人。查,"查"的异体字。
[43] 堯(尧)舜:唐尧和虞舜的并称。远古部落联盟的首领,古史传说中的圣明君主。周公:西周初期政治家。姓姬名旦,也称叔旦。曾辅武王灭商。后多作为圣贤的典范。孔孟:儒家代表人物孔子和孟子的并称。颜淵(颜渊):即颜回,字子渊。
[44] 革:脱掉,除去。
[45] 六轡(辔):古一车四马,马各二辔,其两边骖马之内辔系于轼前,谓之䪙,御者只执六辔。辔,缰绳。
[46] 嘐嘐:形容志大而言夸。親(亲)炙:谓亲身受到教益。《孟子·尽心下》:"非圣人而能若是乎?而况于亲炙者乎?"程:显现。
[47] 碩(硕)人:贤德之人。
[48] 白屋:不施彩色、露出本材的房屋;指平民或寒士的居所。南阮:阮籍与其侄阮咸同负盛名,共居道南,合称"南阮"。
[49] 《考槃》:见《鸣琴百泉上》注释[3]。復駕(复驾)言兮焉歸(归):化用陶渊明《归去来兮辞》句:"复驾言兮焉求?"意为再驾车出游又归向什么地方呢?

【译文】

　　我是一个粗犷豪放的人,早年中途辍学。喜欢侠游,流连于娼楼酒肆,浪迹于四海之内。二十岁的时候,才开始致力于学业。然而所学的只不过是词句的雕饰,致力于科场应试的文章,在官吏面前显示自己的文采,以此求得名声。其后,在科举考试中多次失败。与世俗格格不入,忽然产生远游的志向。在庚午年秋季,做了一个追逐不舍的远游人,拜一个非常有学问的人为师。所拜之人学问深厚,从容自如,于是便有了不忍离去的意念。然而当时的形势却使我不能在此长久留住,于是失望地辞别了(老师)。辛未年母亲去世,我为了守孝而南归。在癸酉年冬季,再次拜师,我虽然被世俗所限制,四处奔走然而我的仰慕之心何曾有一天离开所拜之人呢？现在法寺与钟谷只隔数座山。虽然不能早晚行弟子之礼，然而却能多次顺承尊长的颜色，领受教诲，愚钝的资质几乎开化了。从前公明宣在曾子的门下学习，三年不读书，却不曾停止学习，这是为什么呢？是因为曾子的言行举止、待人接物，自然有比别人高明的地方。这样看来言传身教是文字之外的一种教育啊。道义既然这样，生命也得以依托。心中很愿意在山中建造茅屋，购置数顷贫瘠的土地，陪伴师长以送百年。但自己身有所累（无法这样做），为什么一定这样呢？告别之际，十分悲痛。歌咏叹息的时候，做成一首赋。这篇赋六十七句，总共七百二十余字，命名为"意马"，犹如佛家所说的"心猿"一样。

词曰：有一物生活在天地间，他能主宰内心，是神明寄住的地方。行动没有踪迹，托名叫做马。没有毛，没有鬃，也没有四个蹄子，放开它则驰骋千里，收回它则立在灵台上。它不是造父所能驾驭的，也不是穆王能骑的。项羽有拔山的力气，只能驾驭得了乌骓。吕布有使用戟的才能，也只能驾驭赤兔。悠悠古今，多少人几乎失去驾驭马的能力，而被马摔倒。从前我们用脚走路，任由马恣意放纵。大路日渐荒芜，歧路却东西纵横交错。杨朱空流眼泪，阮籍为前途的迷惑而哀号。有的路危而高，有的路仄而低。平地起波澜，暗谷渺茫而不知所往。他们走的路不相同，大概有四条：其中一条：长安的雨停歇了，五陵春气融和，金色马鞍，对月酣饮，马在风中嘶叫。把貂裘抵押在酒楼里，习惯了在红楼中与胡姬相会。看重承诺，一片诚心，用吴钩来报答自己的知己；另一条道路是幽燕健儿，秦陇的壮士。有龙虎一样的雄韬伟略，在天地之间排兵布阵，在渤海给披着铁甲的战马饮水，在匈奴的王庭驻扎军队。回到宫殿来拜见天子，自己的画像被放入麒麟阁；还有一条路：位列朝班，在朝廷做官，身居高位而出入朝廷。

在京师郊野策马奔腾,呼风唤雨,桃李满天下。春天亭台水榭,杨柳碧绿。宴席歌舞,香气袭人,罗裙翻动;又有一条路:像饭颗山头的杜甫、灞桥骑驴的孟浩然一样苦寻诗意。像瘦弱的杜甫一样书写自己的苦闷,抬起肩膀孤独地吟诗。在月露下传递闲情,在云烟下书写情思。三年得一名句,或在潭底,或在水边。

唉!谈论兵法的人近于喜欢战争的灾祸,喜好行侠的人则无奈于毁弃道义。雕虫小技只是一种技巧,而像赵孟那样的富贵则是可惭愧的。去此以往,安逸舒适的生活就可以了。释迦牟尼和老子以清静虚无来诱惑我,申不害和韩非以刑法来约束我。这不是我的想法,我不能违背抛弃自己的意愿,改变追求。时光流逝,(我)依然保持清高的气节。似乎有一位有身份地位的人惆怅地对烦忧的我说,还是丢掉那一套吧,随着你的马驰骋于大地去吧!既不高也不远,聚集时在躯体里,散开时则成为万事万物的根本。受命于天,物我相得。这个所谓的大地无论贤愚都一样拥有。未发生则平静如水,已经开始则能分清善恶。不背离其道称作涵养,独处时谨慎称作省察。固守而不失去这些应该没有差错,是我自身坚守着太极之理。在天上有日月风雷,在人间有喜怒哀乐。鸟飞鱼跃,上下俯察。阴阳交替,是鬼神的踪迹啊。这就叫做天道与人的德性相契合,不是学识浅陋之人所能辨别的。所以了解道的人,就是道所在的地方,对人没有亲疏薄厚。可以做的去做,不可以做的则不做。千驷万钟那样的生活为什么要强加给自己呢?一箪食物,一瓢清水那样的贫穷生活也是乐在其中啊。哪能被一点儿浮云遮蔽天空呢?然而,道可行则像尧舜周公那样行于世,道不行,则像孔孟颜渊那样行于世。这种道理万古不变,千载相传。

我听说了这种道,起初迷茫愚昧,最终明白了其中的道理。(于是)我改掉自己的旧思想,获得知识后意念变得真诚。调试六辔就像调琴一样,咳!我将要走了。我踌躇满志地说:古代的人,仿佛亲身受到教益而使功效呈现出来。于是就歌咏说:我思慕贤德的人,住在山的南面水的北面,房屋简陋,像南阮的宅院。以琴为伴,安静地生活于天地之间。观看庭院里青草的意趣,在一杯酒里铭记唐尧和虞舜的太平盛世。哀叹时逢末世无可作为,紧闭柴门。希望跟随隐士贤者快乐出游,再驾车出游又归向什么地方呢?

【赏析】

《意马》这篇赋,作者开篇用较大的篇幅,描述了一个粗犷豪壮之人的生平及远游求学经历,说明写作此赋的目的是为了不被世俗生活所累,选择归隐山林,有感而发,并以"意马"命名,假象为马,实为表现自己的心志。

本篇以马为假象,对马的外形、脾气秉性进行描绘,体现出它的桀骜不驯,结合林悌的生平及经历,可以得知,其实这也是作者本人的一种真实写照。赋接下来论述了四种人的不同人生道路,对于这四种人生道路,作者没有赞同其中的一种,而是指出隐逸自由的生活是其追求所在,他不会因为外界的诱惑而改变自己的思想和初衷,会依然保持清高的气节,顺应自己的情志和意愿,从而达到天道与人的德性相契合。最后,表达自己要坚守其道,保持"箪食瓢饮"清贫生活的决心,并作歌来歌咏贤德之人所居处的环境,希望自己也能成为这样的贤德之人。

本篇赋在文体上属于咏物赋,虽说是咏物,但咏物即是咏人,因物入情,物我合一。文中运用了大量典故。如"天人合德"。在中国传统的古典哲学中,儒家的中庸之道,道家的无为自然,都体现一个重要的原则,那就是"循生生之道,谋天人合德"。"天人合德"建立了儒家伦理道德体系的立论根据,高扬了人在宇宙间的主体性和独特的道德价值属性,确立了儒家伦理道德的终极关怀和价值追求,反映了中国人"自强不息,厚德载物"的博大胸怀。再如"箪食瓢饮"出自《论语·雍也》,作者借此表达了自己的清贫高洁之志以及不愿与当时黑暗的社会同流合污的高尚节操。透过这些典故,可以看出,作者深受中国传统文化的影响,特别是儒学文化已深入作者的思想,成为其思想的精髓。作者借物抒情,情景交融,将自己的情感酣畅淋漓地表现出来。在作者看来,道是无界限的,是人们应该尽心追求的,作者更是希望能够在这清新淡雅,飘逸怀柔的世界生活。

全赋构思巧妙,匠心独运,语言流畅、凝练、生动,显示出了作者较高的语言运用能力。林悌具有强烈的民族意识和爱国思想,但他又与当权者始终格格不入,最终被罢免官职。作者写作此赋,表达了不受世俗羁绊的决心,展现了自己清高的气节。本文感情真挚,读来令人激情澎湃,读其文如见其人,让我们联想到了作者愤世嫉俗的形象,令人回味无穷。

朴　敏

【作者简介】

　　朴敏(1566~1630),字应星、行远,号凌虚、郑逑,泰安人。其祖父朴世勋,官至参奉。伯父朴安宗,官至县监。仲父是朴安祖,妻子是乌川郑氏。朴敏10岁的时候在外祖父家学习,19岁考取进士,20岁时自号凌虚。后来与文人张显光、金宇谈论学问,并得到士林的尊敬。1627年,因丁卯胡乱,招集义兵,战争结束后重返家乡,官居左承旨。

　　他曾借"居则皆言莫吾知,知之竟有底事为。不如白石流水洞,无愿无求守吾痴"的诗句表达没有被人认同感叹,但始终坚信自己一定能够有所作为。他一生经历了郑逑、成汝信、赵任道三大事件,死后埋葬在晋州鼎冈书院。

　　朴敏流传至今的作品集有《凌虚关漫稿》和《凌虚集》。赋作有《三不朽》、《风》、《和述病怀》、《伽倻琴》、《痛哭昭烈庙》、《三世不遇》等篇。

【原文】

三不朽

托名者于盤于量，頌美者敦之鋣之[1]。茲皆有時而銷泐，外矣奚取於斯[2]。歷萬古不朽其三，君子身焉有之[3]。既所修出類而拔萃，宜芳名不歇於永久[4]。鍾岳瀆非常閒氣，優優哉身上抱負[5]。惟皇所畀如許不貧，藹藹乎衆美俱焉[6]。其處則桂郁蘭芬，其出則漓光吐質[7]。夫豈若草木然哉，滅沒之化爲飛塵[8]？

肆賢喆求於在己，錦而裘兮檟而珠[9]。飽仁義而腴道德，既和順之內積[10]。踐之篤兮力之久，自英華之外發[11]。省不疚而行有裕，在家邦必聞必達[12]。可以爲百代之師表，可以作後學之矜式[13]。夫然後無愧於德行，嘉聲與天地不滅[14]。窮之所養達之所施，功業自分內做出[15]。立大紀兮陳大經，天理民彝之不忒[16]。調玉燭兮煥皇猷，斯世斯君乎致澤[17]。禮樂刑政之彬彬，典章文物之秩秩[18]。搆乾元而樹眞宰，莫非施之於事[19]。彌千載兮永萬年，能不泯者在是[20]。有是道必有是文，得之心而發之言[21]。理之瑩如金精玉粹，詞之溢如大河深源[22]。以之而闡經，道德性命之精章矣。以之而辨事，得失安危之機判矣[23]。況袞鉞直筆之嚴正，是非也善惡也自別[24]。

猶天之日月,猶地之草木[25]。有目皆可得以覿也,庖犧後兮缺吾未見[26]。卽此而磨滅,經古今如須臾。儼若朝夕之對越,化化盡而物物衰[27]。不衰者三也其獨,如使不朽而可朽,天不天地不地人不人矣。

仰前脩之長鳴,紛不知其有幾[28]。周孔之德顏曾之學,至今愚夫婦口耳[29]。周程之業張朱之道,炳然方策中如昨[30]。惟其積實之功至,所以悠遠而不熄。何世人立一節鳴一藝,營營汲汲擬萬古不死[31]？是猶涸其源而望流之長,一夕薰沉響絕而止耳[32]。歲換而不換,時移而不移,豈若此三者如一日哉？若有人兮唔咿,恨多年之耳食[33]。獨睘睘而守眞,惟卓軌焉是學[34]。着一腳於□地,庶勉勉於篤實[35]。寧同鳥獸之好音,期大鳴於千億。

【題解】

《左传》有云："太上有立德,其次有立功,再其次有立言,虽久不废,此之谓三不朽。"这篇以"三不朽"命题的文章,充分反映出作者在他所处的时代,不与世俗同流合污的高洁情怀,抒发了作者渴求伦理道德,建立人与人之间和谐相处行为规范和准则的美好希望。

【注释】

[1] 托名:留名。量:计量。敦:勉励。锏(铡):同"硎",磨刀石。这里是砥砺

的意思。

[2] 銷(销):熔化金属。泐(lè):石依其纹理而裂开。

[3] 歷(历):经过。

[4] 芳名:美好的名声。

[5] 瀆(渎):江河大川。閒氣(气):天地间特殊的气体。閒,同"间"。優優(优优):雍容自得的样子。

[6] 皇:指天。畀(bì):给予;赐予。藹藹(蔼蔼):树木茂密状。翕(xī):和顺;协调。

[7] 處(处):静止状态,与下句的"出"相对。桂郁蘭(兰)芬:即"桂馥蘭香",指气味芳香。漓:沾湿或渗滴的样子。吐:露出。質(质):质朴。这里形容山川树木在动态情况下的美色。

[8] 然:"燃"的古体字。滅没(灭没):熄灭。

[9] 肆:显露;表现。賢(贤)喆:即贤哲,贤明睿智。錦(锦)而褧(jiǒng):语出《诗经·卫风·硕人》:"硕人其颀,衣锦褧衣。"锦衣外面再加上麻纱单罩衣,以掩盖其华丽。比喻不炫耀于人。錦(锦),有彩色花纹的丝织品。褧,用麻布制成的单罩衣。櫝(椟)而珠:即"买椟还珠",《韩非子·外储说》:"楚人有卖其珠于郑者,为木兰之椟,熏以桂椒,缀以珠玉,饰以玫瑰,辑以翡翠。郑人买其椟而还其珠。"形容迷惑于表面的华丽而忽视了实际。比喻舍本逐末,取舍不当。

[10] 飽(饱):使饱满;使充足。腴:使丰腴;使充实。

[11] 踐(践):履行;实行。篤(笃):忠实;一心一意。英華(华):美好的声誉。《礼记·乐记》中有:"和顺积中华而外发。" 外發(发):扩大;发展。

[12] 必聞(闻)必達(达):语出《论语·颜渊》"在邦必闻"和"在邦必达"。闻,有名;著称。达,显贵;显达。

[13] 矜式:敬重和取法的榜样。

[14] 嘉聲(声):夸奖、赞许的声音。

[15] 窮(穷):形容仕途困窘。施:施舍;施与。

[16] 大紀(纪):纪纲;法度。大經(经):常道;常规。天理:自然法则;天道。民彝:见《问津赋》注释[7]。不忒:没有变更;没有差错。

[17] 調(调):提取;调取。玉燭(烛):谓四时之气和畅。形容太平盛世。煥(焕):光亮;鲜明。皇猷:帝王的谋略或教化。

[18] 彬彬:文雅。文物:这里指礼乐制度。秩秩:有条有理;不混乱。

[19] 搆："构"的异体字,构建。乾元:见《观物赋》注[72]。眞(真)宰:宇宙的主宰。
[20] 彌(弥):久;远。
[21] 道:法则;道理;道义。
[22] 瑩(莹):光洁像玉的石头。形容光洁透明。金精:月亮。
[23] 機(机):机智;机敏。
[24] 衮鉞(钺):褒贬。衮,奖励。钺,惩罚。直筆(笔):谓古代官吏按照事实,忠实的记载,无所避忌。
[25] 覯(觏):看见。
[26] 庖犠:即伏羲。
[27] 儼(俨)若:如;像。越:度过。化化:化生之物。物物:各种事物。
[28] 仰:仰望。前脩(修):前贤。有幾(几):有多少。
[29] 周孔:周公和孔子。顏(颜)曾:孔子弟子颜回和曾参的并称。
[30] 周程:周敦颐和程颢、程颐。張(张)朱:张载和朱熹。炳然:明显;明白。方策:典籍。
[31] 營營(营营):追求功名。汲汲:急于得到。
[32] 涸:堵塞。一夕:形容时间极短。沉:消失。
[33] 唔咿:读书的声音。恨:悔恨。食:俸禄。獨(独):唯独。煢煢(qióng):孤独无依的样子。守眞(真):保持真元;保持本性。
[34] 卓軌(轨):高超的行为。
[35] 着:放置。一腳(脚)於(于)□地:脚踏实地。此处的缺字疑应为"实"字。勉勉:见《清川江赋》注释[28]。篤實(笃实):踏实;实在。

【译文】

留名于世的人在青铜器铭文上留下名字,歌颂赞美的人勉励他,砥砺他。这些都有它的时限而像熔金裂石一样开裂而不存,其他的事物也是这样。经历万世而永久存在的只有"三不朽"的美德,它存在君子的身上。一个人已经有了出类拔萃的修养,那么他美好的名声就应该被永远地传下去。汇聚高山大川中天地间的灵气,怀揣着志向，雍容自得。只有上天所赐予我们的才这样丰厚，在一团和气中所有美好的事物都协调一致。这种美德静处时如芳香馥郁的兰桂，表现出来时就犹如水光闪烁，显露出它的美丽。这样美德又怎么会像草木燃烧，化为飞扬的尘土而消失呢？

显露自己的才华要靠自己，不能像锦衣外穿麻衣，买椟而还珠那样舍本逐末。用仁义道德来充实自己，让自己的内心和善温顺。忠实地实践并长久地致力于它，美好的声誉自然会传播开去。反省自己时能够做到问心无愧，做事非常到位，那么在国家中就一定会有名望而致显贵。这样的人可以做后世的表率，可以成为后人们学习的榜样。这样之后在德行方面无所愧疚，赞许的声音就会和天地一样长久地存在而不会消失。仕途困窘时要保持（自己的节操），仕途显达时就要给予他人方便，功绩事业都是从做好自己分内的事而建立的。建立纲纪，陈列常规，天道人伦就不会有差错。四时之气顺畅调和，君王的教化焕发光彩，这样的世道、这样的君主可以说是达到施恩德于天下了。礼节、刑法文明有序，法律、礼乐制度有条不紊，构建天之大德，树立宇宙的主宰，没有不是按这个道理行事的。历经了千年万年之后，不消失的就是这种美德。有这样的道德准则必然有相应的文章，出于本心而形成文字。道理莹润，如金玉之精粹，言词洋溢，如大河具有深广之源。用这样的语言来阐释经典，一定会把道德性命解释得非常精彩。用这样的语言来评定事情的发展，一定会把得失安危判定得非常精确明白。更何况有褒贬分明忠实严正的记载，是非善恶昭然若揭。这好比天上的日月，大地上的草木。凡是有眼睛的人都是可以看见的，自从伏羲以后就缺失了，我还没有见到过。这些之后就都消失了，从古到今所经历的时间仿佛就在片刻之间。就像朝夕相对越过，化生之物死亡而各种事物却颓败。不衰败的唯有这三不朽。如果连这不朽的东西都衰败了,那天就再也不是天,地不是地,人也不是人了。

　　敬仰能够长久闻名于世的前贤,不知他们闻名的原因有多少。周公和孔子的德行,颜回和曾参的学问,至今仍被人们口耳相传。周敦颐和程颢、程颐的事业以及张载和朱熹之道,在典籍中明显地和过去一样(没有改变过)。只有这些学说具有积累成实之功,能够使它久远流传而不消失。为何世上的人们希望通过建立一番事业去展示一技之长,从而能使自己千古流芳呢?这就好比阻塞了水的源头却希望水能够长流,在一夜之间因烟气消失、声音断绝而停止一样。岁月变换却不变换,时世推移却不推移。像这样,怎么能希望"立德"、"立功"、"立言"这"三不朽"在一天就实现呢?倘若有做到立德、立功、立言的人,必然是孜孜不倦而读书的。即使多年不食俸禄也不悔恨,孤独无依也要保持本性,惟有这样高超的行为,才能增长学识。脚踏实地,希望勤勉不倦于笃行实践。宁愿同鸟兽悦耳的声音共鸣,希望能闻名于千亿人之中。

【赏析】

　　"三不朽"的载体是名人,而名人业绩的多少是可以衡量的。"三不朽"之所以不朽,是因为树立"三不朽"的人具有出类拔萃的修养、高尚的人格为后人所称颂。

　　作者围绕"三不朽",从三个方面进入了阐述。第一,作者鲜明地指出,建立"三不朽"必须是具有远大志向的人。他们充满着仁义道德理念,不断地检查自己的言行是否有愧,做得是否充足,一心一意地忠实履行自己的承诺而经久不疲。这样的精英,在国家里必然显达而有名望,堪称为学问品德方面的表率而流芳百世,可以做后人学习的楷模,得到后人的敬重。第二,阐明了"三不朽"的具体所指:其一为"立德",即树立高尚的道德。其二为"立功"。调取四时之气和顺,焕发帝王的教化,迎来太平盛世。其三为"立言"。有道义、法规,必然有记载它的文字,心里有的思想、感情,必然会在言辞上表露出来。道理光明透彻,必然像月亮一样冰清玉粹;言辞充溢,就如同大河一样源远流长。编著讲述这种思想、道德、行为的专著,确立人与人之间相处的伦理道德准则,使之不变更。第三,划清"立德"、"立功"、"立言"与追求名利、急功近利的界限,明确指出怎样才能做出"三不朽"的业绩。告诫人们不要追求功名,急于得到功名,期望万古流芳。这种急功近利的做法会适得其反。若想不随着岁月的变换而变换,不随着时间的流逝而流失,必须付出巨大的、百折不挠的努力,怎么能奢望"立德"、"立功"、"立言"这"三不朽"在一天内就实现呢?

倘若要做到"立德"、"立功"、"立言",就要孜孜不倦地读书,即使多年不食俸禄也不悔恨,孤独无依也要保持本性。惟有这样高超的行为,才能增长学识;惟有脚踏实地才是最好的办法。但愿有志者力行不倦,忠实地实行,安静地如同听鸟兽悦耳的声音一样去专心学问,期待着有一天会闻名于天下。

这篇以"三不朽"命题的赋,充分反映出了作者在他所处的时代,不与世俗同流合污的高洁的情怀。抒发了渴求伦理道德,建立人与人之间和谐相处行为规范和准则的感叹。用典故、比拟等手法抒怀言志,生动、准确,充满了激情,具有很强的可读性和说服力。

赵 纬 韩

【作者简介】

　　赵纬韩(1567～1649),初名绍韩,字持世,号素翁、玄谷,汉阳人,诗人、文学家。赵纬韩出身于名门世家,祖父一代即为朝廷命官。赵纬韩一生相对平坦,青年时期在科举考试中初露锋芒。1585年,18岁的赵纬韩在乙酉试年试中,考取生员三等。1589年增广会试中凭借《逸者人君之大戒赋》考取丙科第九名。1601年光海君统治时期,任监察,官至知中枢府事,后又在两班官员中的东班官任资宪大夫。中年时期的赵纬韩处于"两党之争"最激烈时期,1613年因"癸丑狱事"被牵连入狱,招供后被流放。1618年他在流放时期写了著名的《次归去来辞》。1623年,50多岁的赵纬韩经仁祖平反,被召回朝廷,命为司成,全家回到了南原。晚年时,赵纬韩脱离了官场,致力于文学,参与编写文稿《象村集》并为申钦写序。1649年,82岁的赵纬韩病逝于坡州津村七井里。

　　赵纬韩一生创作颇丰,题材多样,古体诗、律诗、绝句各体兼备。作品内容上以悼亡诗、和作诗为主,但也不乏写景抒情、即事感怀之作。其中较著名的是悼亡诗《挽李赞成贵》、《哭东岳李子敏》;和作诗《次子渐韵》、《次善述韵·赠郑时望》;写景抒情诗《同汝章子渐舟游龙湖》、《与天朝吴相公明济会龙山》;即事感怀的作品《龙湖舟中·闻秋香唱思美人曲·有感》、《宿鞍山站有感》等等。

赵纬韩一生有作品723篇,收录于《玄谷集》中,共十四卷。其中前十卷为诗卷,共684首,后四卷为应制而作的各类文体作品。《玄谷集》中有辞二篇《次归去来辞》、《挽仙缘金相国尚荣夫人迁葬辞》;赋三篇《〈河图〉赋》、《海大鱼赋》、《逸者人君之大戒赋》;五言诗184首;七言诗466首;其余文体68篇。

赵纬韩辞赋作品艺术手法多样,善于引经据典,叙事严密,风格典雅,句式章法参差明显,声韵和谐,辞藻华美,具有独特的艺术风格。

【原文】

《河圖》賦

厥初伏羲,繼天立極[1]。至化塊圠,神功不測[2]。《乾》、《坤》定位,《坎》、《離》對峙[3]。衆妙無門,斯文未備[4]。于時縈河日稷,彩霧祥雲[5]。龍駒躍波,背負星文[6]。山川獻瑞,神物效靈,是曰《河圖》[7]。厥數縱橫[8],一三爲奇,二四爲偶。陰成六八,陽著七九[9]。森布列而不錯,儼相對於十五[10]。近取爲法,天俄可度[11]。極其數而測天,達其變而析理[12]。日月有遲速而道分赤黃,星辰有經緯而不失躔次[13]。二儀扶輿兮雨暘時若,六氣調和兮風雷順軌[14]。人文煥然大彰,天道昭乎可紀[15]。夫豈獨觀乎天文,以化成天下[16]?亦可以見天地之心矣。然則是圖也[17],體天地協陰陽,具衆理統萬方[18]。受符於上帝,爲瑞於聖王[19]。覆載以之平成,昏明以之有常[20]。物得其宜,人得其道[21]。爲綱常於萬古,作棟梁於宇宙[22]。由是推衍四象,創畫八卦[23]。參奇偶而表裏,合陰陽而終始[24]。其理則甚微甚妙,其象則至簡至易[25]。幽而爲鬼神,大而爲天地[26]。近而民彝物則,遠而千世之日至[27]。莫不炳炳焯焯,昭布羅列於方寸之中[28]。直與《洛書》竝美匹休,同作指南於群蒙[29]。

是知聖人御世,與天爲徒[30]。天不愛寶,地不祕靈[31]。產祥錫瑞,拔郜開冥[32]。輸乾坤於數點,該萬象於一畫[33]。主宰於兩儀之橐籥,元氣於空中之細物[34]。雖復洪水滔天而不能溺,大旱流金而不能鑠[35];后羿之藝而不能射,共工之力而不能觸[36];女媧鍊石而不能補其數,蚩尤干紀而不能亂其度[37]。生天而生地,終古而不老[38]。帝得之而爲帝,王得之而爲王。高辛氏、堯舜氏、大禹氏、殷湯氏[39],咸得之而不倍,作傳受之心法[40]。猗歟休哉,靈莫測兮[41]。雖然,道不常亨,一治一亂[42]。否泰迭承,汙隆相間[43]。一自姬轅不西,文運告訖[44]。綱壞紀斁,大業潰裂[45]。拋疇範於草莽,礫象數於戰伐[46]。皇靈晦蝕,蕪沒於豺虎之場[47]。帝象流離,消沈於風雨之域[48]。以其時考之,天未欲乎平治[49]。誕生宣尼,文不在兹[50]。接百王之統,繼千聖之緒[51]。構乾坤而樹正氣,廓《屯》、《蒙》而掃荒穢[52]。修《春秋》制禮樂而與天下更始,其爲事功,與庖羲以竝駕[53]。將見《圖》出而鳳至,應玄聖之神化[54]。天何爲而惜此,發浩歎於夫子[55]。我知之矣，天之生大聖，豈偶然而已哉[56]？天旣生庖犧於大道未顯之前，而使彝倫肇修於元始[57]。天又生尼父於大道旣熄之後，而使彝倫復明於叔季[58]。則前聖也後聖也，易地則皆然。惟彼圖之出不出，無益損乎上天之載[59]。

嗚呼！聖人旣出，雖無此圖何害？聖人不出，雖有此圖何貴？圖則爲聖人出，聖人非有意於符瑞[60]。然其有有聖人而圖不出之時，未有無聖人而圖虛出之世。此圖之所以只見於庖犧之御天下之日，而摠皇王兮冠六經者也[61]。厥今黃河清泰階平，調玉燭穆璿衡[62]。登萬姓於春臺，囿一世於壽域[63]。黃龍紫鳳赤雁白雉之屬，駢進而迭興[64]。景貺殊徵，肹蠁而畢集[65]。所未致者惟圖也，蓋有之矣，我未之見耶[66]。

遂作頌曰：於穆皇道，隱於泱芒[67]。微莫顯兮，握乾酌元[68]。探玄賾黃，帝所眷兮[69]。有矯風驪，超波跳沫[70]。背負《圖》兮，受而爲則。象天圖物，至德符兮[71]。

【題解】

《〈河圖〉賦》选自赵纬韩《玄谷集》卷一。《河图》和《洛书》是古代儒家关于《周易》和《洪范》两书来源的传说。《易·系辞上》说："河出《图》，洛出《书》，圣人则之。"作者以《河图》为题，阐述了他崇尚礼仪教化、伦理纲常的观点，同时也劝谏君王用仁德来统治世间，使天下太平。

《河图》

《洛书》

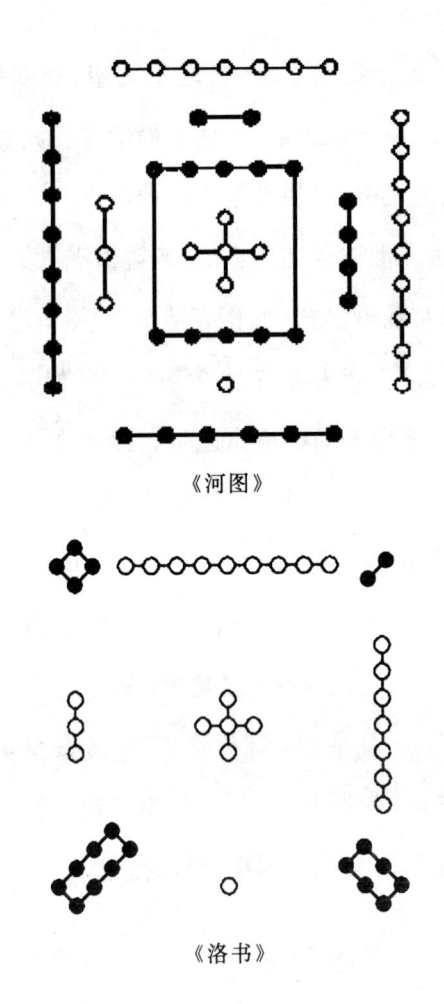

【注释】

[1] 厥初：当初。極（极）：准则。
[2] 至化：极美好的教化。坱圠（yǎng yà）：漫无边际的意思。
[3] 《乾》、《坤》：均为八卦之一，象天、地。《坎》：八卦之一，象水。《離（离）》：八卦之一，象火。

[4] 門(门):一切奥妙变化的总门径。比喻宇宙万物的唯一原"道"的门径。斯文:指礼乐教化、典章制度。
[5] 稷:五谷之神。
[6] 龍駒(龙驹):指龙马。星文:星象。
[7] 獻(献)瑞:呈现祥瑞。瑞:吉祥;好预兆。效靈(灵):显灵。
[8] 縱橫(纵横):纵向和横向。
[9] 奇、偶、陰(阴)、陽(阳):根据《易传·系辞》:"天一,地二,天三,地四,……天九,地十。"将数字分成阴阳,即奇为阳,偶为阴。
[10] 森:严整的样子。儼(俨):整齐。十五:即五行之数。五行之数即五行之生数,就是水一、火二、木三、金四、土五,也叫小衍之数。一、三、五、为阳数,其和为九,故九为阳极之数。二、四为阴数,其和为六,故六为阴之极数。阴阳之数合而为15数,故化为《洛书》则纵横皆15数,乃阴阳五行之数也。
[11] 法:标准;模式。《易·系辞上》:"制而用之谓之法。"孔颖达疏:"言圣人裁制其物而施用之,垂为模范,故云'谓之法'。"峨:通"峨",高耸。度(duó):丈量;计算。
[12] 極(极):尽。達(达):明白;懂得。
[13] 遲(迟)速:慢和快;缓慢或迅速。道:宇宙万物的本源、本体。經緯(经纬):本指织物的纵线和横线。在这里比喻条理秩序。躔(chán)次:日月星辰在运行轨道上的位次。躔,日月星辰的运行。
[14] 二儀(仪):指阴阳。扶輿(yú):犹言扶摇。形容自下而上。暘(旸):出太阳;天晴。《书·洪范》:"曰雨曰旸。"孔传:"雨以润物,旸以干物。"時(时)若:亦作"若时",顺应天时的意思。六氣(气):即厥阴风木、少阴君火、少阳相火、太阴湿土、阳明燥金、太阳寒水的合称,配一年主气六步分六气。
[15] 人文:指人类社会的各种文化现象。焕(焕)然:鲜明光亮的样子。彰:明显;显著。昭:清晰;明白。紀(纪):准则;法则。
[16] 化:教化。
[17] 然則(则):连接句子,表连接关系。犹言"如此,那么"或"那么"。
[18] 體(体):表示体验,体察。協(协):调和;调整。
[19] 符、瑞:都是吉祥的征兆。
[20] 覆載(载):天覆地载。天地的代称。平成:治平;安定。常:规律。

[21] 宜:合适;适当;适宜。
[22] 綱(纲)常:"三纲五常"的简称。封建时代以君为臣纲、父为子纲、夫为妻纲为三纲,仁、义、礼、智、信为五常。棟(栋)梁:比喻担负国家重任的人。
[23] 推衍:推演;推论演绎。四象:语出《系辞上》:"易有太极,是生两仪,两仪生四象,四象生八卦。"四象是阴阳两仪与八卦之间的中间环节,即老阳⚌、老阴⚏、少阳⚎、少阴⚍。此四象可以象春夏秋冬四时。八卦:八个三画卦,其名称和卦画符号是乾☰、坤☷、震☳、巽☴、坎☵、离☲、艮☶、兑☱。
[24] 参(參):加入。
[25] 甚微甚妙:非常精微深奥。甚,很;极。
[26] 幽:幽秘;隐微。
[27] 民彝物则(则):人们的伦理道德和事物的客观规律。出自王守仁《〈大学〉问》弟子钱德洪之序言:"《〈大学〉问》者,师门之教典也。学者初及门,必先以此意授,使人闻言之下,即得此心之知,无出于民彝物则之中,致知之功,不外乎修齐治平之内。"
[28] 炳(bǐng)炳焯(zhuō)焯:明亮,照耀。这里指光明显著。
[29] 竝(并):并行;并列。匹休:比美。匹,比。休,吉庆;美善;福禄。蒙:愚昧无知。
[30] 徒:从师学道艺的人。
[31] 愛(爱):吝惜。祕靈(灵):保守秘密。祕,"秘"的异体字。
[32] 蔀(bù):本义是覆盖于棚架上以遮蔽阳光的草席。引申为覆盖。冥:昏暗。
[33] 輸(输):传达;表达。该:通"赅",包括一切;尽备。
[34] 橐(tuó)籥(钥)(yuè):也称橐龠。橐,以牛皮制成的风袋。龠,原指吹口管乐器,这里借指橐的输风管。本文用以比喻空间。空中之细(细)物:空中细小之物。《列子·天瑞》载:"夫天地,空中只一细物。"
[35] 大旱流金:形容气候酷热。
[36] 后羿之藝(艺):传说后羿是尧时候的人,尧统治天下的时候,天上有十个太阳同时出现在天空,天帝帝俊命令后羿协助尧解除人民的苦难。十个太阳被后羿射去了九个。艺,才能,技能,本领。共工:古代传说中神农氏的后代,被颛顼击败,共工怒而头撞不周山(传说中支撑天的支

柱),造成天向东南倾斜。

[37] 女娲(娲)鍊(炼)石:相传女娲炼成三万六千五百颗五彩石,用来修补天空。蚩尤:上古时代九黎族部落酋长,中国神话中的武战神。蚩尤被黄帝所杀。干纪(纪):违反法纪。语出《左传·襄公十三年》:"干国之纪,犯门斩关。"

[38] 終(终)古:久远;无穷尽。

[39] 高辛氏、堯(尧)舜氏、大禹氏、殷湯(汤)氏:均为传说中的圣王。

[40] 倍:通"背",背弃;违背。心法:泛指授受的重要心得和方法。

[41] 猗歟(欤)(yú)休哉:多么美好呀!原为古代赞颂的套话。

[42] 亨:顺利;亨通。

[43] 否(pǐ)泰:指世道盛衰,人世通塞或运气好坏。汚(污)(wū)隆:升与降。常指世道的盛衰或政治的兴替。

[44] 一自:自从。姬轩不西:姬轩指轩辕,即黄帝,因常住姬水故以姬为姓。这里借指文明。西:犹"西席"、"西宾",代指教席。这一句指文明不被尊崇。文:指礼节仪式。告:表明状态。訖(讫):完结;终了。用在动词后表动作已完成,相当于"了"。

[45] 轢(轹)(lì):欺凌践踏。大業(业):帝业。潰(溃)裂:破裂;崩溃。

[46] 疇(畴)範(范):九畴与《洪范》。九畴即九种法则。据古代传说禹继鲧治洪水时,天地赐给他的九种治理天下的大法。《尚书·洪范》:"天乃赐禹《洪范》九畴,彝伦攸叙。初一曰五行,次二曰敬用五事,次三曰农用八政,次四曰协用五纪,次五曰建用皇极,次六曰并用二德,次七曰明用稽疑,次八曰念用庶征,次九曰向用五福,威用六极。"旧谓五行辨析物性;五事属于个人立身行事;八政以安定民生;五纪观察于天象,计时定岁;皇极为民之准则;三德以治民;稽疑以卜筮占吉凶;庶征以天时变化测岁收;五福以勉人为善,六极以沮人为恶。《洪范》:《尚书》篇名。洪,大。范,法;规范。旧传为商末箕子向周武王陈述的"天地之大法"。草莽:草野;民间。与"朝廷"、"廊庙"相对。磔(zhé):古代祭祀时分裂牲畜肢体。象数(数):《左传·僖公十五年》载:"龟,象也;筮,数也。物生而后有象,象而后有滋,滋而后有数。"杜预注:"言龟以象示,筮以数告,象数相因而生,然后有占,所以知吉凶。"《周易》中凡言天地山泽之类为象,言初上九六之类为数。象数并称,即指龟筮。

[47] 晦蚀(蚀):暗淡而残缺不全。蕪没(芜没):指杂草丛生,隐没于其中。

豹虎:泛指猛兽。这里引申为凶险的地方。
[48] 流離(离):因灾荒战乱而流转离散。消沈:消逝。沈,同"沉"。風(风)雨:刮风下雨。比喻危难和恶劣的处境。
[49] 考:推求;研究。平治:太平安定。
[50] 宣尼:汉平帝元始元年,追谥孔子为褒成宣尼公,后因称孔子为宣尼。文不在兹(兹):出自《论语·子罕》:"子畏于匡,曰:'文王既没,文不在兹乎?'"意思就是说周文王死后,周代的礼乐文化不都体现在我的身上吗?
[51] 緒(绪):前人遗留下来的未竟的事业。
[52] 構(构):本义架木造屋。引申为结成;组织。正氣(气):充塞天地之间的至大至刚之气。廓:开展;扩张。《屯》、《蒙》:《易经》中《屯》卦和《蒙》卦的并称。这里是塞滞、困顿的意思。荒穢(秽):污秽。
[53] 《春秋》:见《焚书坑儒赋》注释[13]。更始:重新开始;除旧布新。庖羲:即伏羲。竝駕(并驾):两马并驰。这里引申为一齐,并排着。
[54] 《圖(图)》出:即"河出《图》"的典故,见《问津》注释[10]。鳳(凤)至:《论语·子罕》:子曰:"凤鸟不至,河不出《图》,吾已矣乎。"凤鸟,指凤凰。相传帝舜时和周文王时都曾出现,预示着时代的兴盛、事业的成功。玄聖(圣):指有大德而无爵位的圣人。这里特指孔子。
[55] 浩歎(叹):长叹;大声叹息。
[56] 大聖(圣):古代称道德最完善、智能最超绝、通晓万物之道的人。
[57] 彝倫(伦):常理;常道。肇:开始;最初。元始:初始。
[58] 尼父:孔子的敬称。父,同"甫",是古代对男子的美称。熄:停止;歇。叔季:本义是国家衰乱将亡的时代。这里引申为没落;末世。
[59] 益損(损):增加和减少。这里指得失的意思。載(载):陈;设置。
[60] 符瑞:吉祥的征兆。多指帝王受命的征兆。
[61] 摠:同"总",皆;都。冠:尊崇;放在首位。
[62] 黃(黄)河清:见《椒水赋》注释[23]。泰階(阶)平:古人认为泰阶星现,预兆风调雨顺,民康国泰。泰阶,古星座名,即三台:上台、中台、下台共六星,两两并排而斜上,如阶梯,故名。調(调)玉燭(烛):四季气候调和,四时之气和畅。形容太平盛世。穆:温和;和睦。璿衡:亦作"璇衡","璇玑玉衡",泛指星象。
[63] 春臺(台):指登眺游玩的胜处。《老子·二十章》:"众人熙熙,如享太

[64] 骈(骈):本义是两马并驾一车。这里是并列的意思。迭兴(兴):交替兴起;相继兴起。
[65] 景:高;大。贶(贶)(kuàng):赠;赐。殊徵(征):特殊的迹象。肸(xī)蠁(蚃)(xiǎng):散布;传播。畢(毕)集:聚集。
[66] 致:表达。
[67] 於:同"呜"。穆:严肃;美好。隐(隐):精微。沕(wù):深微的样子。芒:通"茫",模糊不清;昏暗。
[68] 握:本义是控制。引申为治理。乾:指乾卦。酌:考虑;度量。元:万物创始的根源。语出《易·乾》:"元亨利贞。"
[69] 赜(赜):深奥;玄妙。眷:顾念;爱恋。
[70] 矫(矫):矫健。風驪(风骊):传说中疾驰如风的神马。
[71] 至德:指最高的德行。符:祥瑞。

【译文】

当初伏羲继承天意,制造准则。美好的教化无边无际,他如神一般的功绩不可测量。《乾》和《坤》定位,《坎》与《离》互相对立。宇宙天地万物的奥妙,是没有一定门径可把握的,礼乐教化、典章制度还没有齐备。这时人们每天围绕着黄河祭祀五谷之神,以至彩雾祥云笼罩。一匹龙马跳出波浪,它的背上有星象一样的图案。山川呈现祥瑞,神物显灵,这就是《河图》。上面的数字纵横排列。一和三为奇数,二和四为偶数,六和八为阴,七和九为阳。分布陈列严整而不错乱,相对着整齐的排列成为五行之数。从近处援取《河图》当作规范,(哪怕)高高耸立的上天也可以度量。极尽其数来推测天意,明白天的变化并分析其道理。太阳、月亮的运行有快有慢,才使天道有了赤、黄之分,星辰有条理的分布才能够在正确的位置上有序地运行。阴阳旋转使阴天晴天顺应天时,六气调和使风和雷顺应轨迹。礼乐教化明显发生了崭新的变化,天道清晰明了可以作为纲纪。岂能只观察星辰在宇宙间的分布运行等现象,来教化天下的呢?也可以用《河图》认识、理解天地之心。既然这样,那么这幅《河图》可以体察天地、调节阴阳,使众理完备以统治四方。从上帝那里接受吉祥的预兆,给圣王带来祥瑞。天之所覆,地之所载都一片安定,黑夜和白昼有规律(地交替)。天地万物有了衡量的标准,人们有了一定的思想规范。《河图》可以作为万世的纲常,在宇宙间作为栋梁。于是由这幅《河图》推演出四象,创立了八卦的爻画,加上奇数、偶数而互为表里。始终把阴和阳合在一起。它包含的万物的规律是深奥玄妙的,它的象则是简单容易的。它出隐如同鬼神,广阔无垠如同天地。眼前可以教导人们的伦理道德和事物的客观规律,远处可以了解千万年之后的事情。无不光明显著,分布排列地显示在方寸之中。直接和《洛书》并列媲美。同时给群氓作指南。

由此知道,圣人统治世间,是师从天道的,上天不吝啬它的宝藏,大地也不隐藏它的秘密。天赐祥瑞,拨开覆盖着的黑暗。用数点来表达天与地之道,用一幅图来囊括世间万象。主宰着天地间的空间,元气只是空中之细物。虽然洪水滔天却不能被淹没,气候酷热却不能使之熔化。后羿善射却不用去射掉它,有共工的力量却不能去触动它。女娲炼石却不能填补它的运数,蚩尤违反法纪也不能乱了它的法度。能产生天与地,无穷无尽而不忘。帝得到它可以称帝,王得到它可以称王。像高辛氏,尧舜氏,大禹氏,殷汤氏,都是得到了它的义理,而不违背,当作传授给后代的重要法宝。多么美好啊!神灵莫测。即使这样,那么天道不能保持永久的顺利,治世和乱世交替进行。世道盛衰相互交替,政治的兴废相互间隔。自从文明不被尊崇,礼仪教化便宣告完结,纲常被破坏,法纪被欺凌践踏,国家崩溃了。

把"九畴"、《洪范》抛弃于草莽之中,为了战伐而祭祀占卜。君主的神光暗淡不全,隐没在虎狼般的凶险之中。帝王的气象因战乱而流转离散,消失在危难恶劣的环境中。用当时的状况来推究,天下还没有达到太平安定。孔子诞生,礼乐文化都体现在他身上。孔子承接了历代帝王的统续,继承了历代先贤未竟的事业。将天与地组合起来建立正气,扩展《屯》、《蒙》卦义而扫除污秽。编纂《春秋》,制定礼乐让天地除旧布新,孔子所建立的事功,可以和伏羲并列了。将要出现"《图》出凤至"的现象,以应孔子的圣明教化(却没有出现)。上天为什么对此这么怜惜?让孔子发出浩然长叹。我知道,上天诞生大圣人,难道只是偶然吗?上天既然在万物的本质没有显露之前诞生了伏羲,让他成为最初修订常理的始祖。上天又在大道已经熄灭之后诞生了孔子,让他在国家衰乱将亡的时候使纲常伦理恢复光大。这就是前圣和后圣啊,虽然地点换了,却还是一样的。只是那《河图》出现与不出现,对上天所设之数没有损益。

唉!圣人既然出现了,虽然没有这个《河图》,又有什么损害呢?圣人不出现,即使有了《河图》,又有什么可贵的呢?《河图》是因为圣人出现而出现的,圣人的愿望不在于祥瑞的征兆上。然而只有有圣人出现而《河图》不出现的时候,没有无圣人出现而《河图》空出的时代。这就是为什么《河图》只在伏羲统治天下的时候出现,历代君王都尊崇"六经"的原因啊!现在黄河清、泰阶平,四季气候调和,四时之气和畅,星象和睦清明。让百姓生活在幸福的太平世界里,让他们生活在福寿绵长的环境中。黄龙、紫凤、赤雁、白雉这一类代表祥瑞的东西,并列前进交替兴起。上天赐予人间这特别的迹象,祥瑞之兆聚集在一起传播和平美好。所未出现的只有《河图》,大概这世间有《河图》吧,只是我没有看见过。

于是作颂曰:啊,静穆的大道,深奥道理隐于微茫之中。微妙没有显现,要掌握《乾》卦的原理,探究万物创世的根源。探索天地的奥妙,考虑皇王所顾念的事情。有矫健的如风神马,在波浪上跳跃,背上负有图书,圣人得到了它作为准则。以天为象,以图昭示物理,是至德之祥瑞。

【赏析】

《〈河图〉赋》的主旨是阐释作者崇尚礼仪教化、伦理纲常的观点。同时,文章也具有汉赋劝谏的特点,在赋的末尾劝谏君王用仁德来执政,必能"至德符兮"。

作者通过对《河图》本源的解释,《河图》对后世的影响,以及后世君王的所作所为来论述全文。通过"帝得之而为帝,王得之而为王。高辛氏、尧舜氏、大禹氏、殷汤氏、咸得之而不倍,作传受之心法"和"一自姬辕不西,文运告讫。纲坏纪铄,大业溃裂"这两个正反例子来进一步阐释作者对君王的劝谏:"于穆皇道,隐于沕芒。微莫显兮,握干酌元。探玄赜黄,帝所眷兮。有矫风骊,超波跳沫。背负图兮,受而为则。象天图物,至德符兮。"这也正是作者写此赋的目的和对君王的期望。

《〈河图〉赋》沿袭了汉赋的特点,主要表现在文章的结构上,极力摹写所写事物,长篇巨制,结构严密,气象壮阔,文辞富丽,活用典故难字,表现出一种典雅堂皇,肃穆凝重的风格。在这篇赋中,对《河图》的描写靡丽多夸,辞藻华美,声韵和谐,既有诗歌的韵律、节奏,又有散文的章法、句式。句子长短错落,韵脚灵活多变,排比、对偶自由严谨,典故引用恰到好处。

《〈河图〉赋》开篇通过一段神话故事来吸引读者。伏羲通过龙马身上的图案与自己的观察,画出了"八卦",而龙马身上的图案就叫做《河图》。这样一个让人费解的《河图》就由故事引出,使我们能够进一步地思考,《河图》就是时空的一切规律。这一段中,作者的艺术构思独特,文章句式整齐划一,韵脚严密,文辞富丽,并能将典故活用,为下文抒发作者自己的观点作铺垫。在叙述完《河图》由来之后,作者在文中又接着写下了"一三为奇,二四为偶。阴成六八,阳着七九。森布列而不错,俨相对于十五。近取为法,天俄可度。极其数而测天,达其变而析理。日月有迟速而道分赤黄,星辰有经纬而不失躔次。二仪扶舆兮雨旸时若,六气调和兮风雷顺轨。"这一段文字,由叙述中我们可以了解到,这是对八卦的描写,赵纬韩生活的时代,儒家文化早已传入朝鲜朝,并经过历代宣扬和文人加工,儒家文化已广泛地融入到了当时文人的思想之中。

李安讷

【作者简介】

　　李安讷(1571～1637)，字子敏，号东岳，自号青鹤道人，谥号文惠，德水人，朝鲜朝中期诗人。1599年(宣祖三十二年)文科及第，仕途坎坷，历任刑曹判书诸官职，后任弘文馆提学。1608年2月至1609年7月期间，任东莱府使。1601年，李安讷作为进贺使书状官从辽东陆路来华朝贡。1632年，作为奏请使副使的李安讷再次来华，与正使洪霶、书状官洪镐一道入明朝贡。为记录两次朝贡事件，李安讷分别著有《朝天录》和《朝天后录》，都收在《东岳先生集》里。李安讷死后两年即1639年(仁祖十七年)，遗稿由李植整理，翌年初，出刊了正集24卷，之后补加赋及杂著2卷，重新将其入仕前诸作作为续集，诸家挽词补充为《同别录》。

　　作为朝鲜朝中期诗人，李安讷诗风浑厚浓丽，实罕世之才，佳作颇多。他的诗多是发自内心，在放弃幻想的心情下创作的，表达了曲高和寡的主题。李安讷的从子李植在《安讷行状》当中描述他的诗作："即已完料成章，而复编示知友，必得人人信服，方入正稿，稍不满意，辄弃之改撰，故其诗见存者几万首，一字一句皆有来历，雄健声律谐适。"对其诗作的价值予以高度评价。

　　李安讷各体皆善，近体诗最得意。李安讷的诗里写了许多典故，但补缀痕迹一点都看不到，厚重与恣肆、素描与修饰、感慨与逸兴等技巧随时体现。现有图书中记载的已接近5000首,大部分都体现了相当高的水准。同时,李安讷是个赋作家,有《次归去来辞韵》、《雪赋》、《拟长门赋》、《孔雀赋》、《凤凰翔于千赋》、《弄雏赋》、《东门柳赋》、《樽酒乐余春赋》、《次王粲登楼赋韵》等赋作传世。

【原文】

次歸去來辭韻

歸去來兮,昔何來思今何歸[1]!惟生民與我同胞,念窮人其可悲。仰周任之格言,願陳力而相追[2]。荷蕢果於忘世,諒前聖之所非[3]?故王曾之雅志,匪飽食而煖衣[4]。冀司檄而畜蕃,不量德之纖微[5]。越茲端州,受命駿奔[6]。歲丁大侵,漁奪多門[7]。哀彼流氓,十戶一存[8]。非無柔瑟,亦有清樽[9]。慘顣頞而疾首,赧忸怩其厚顏[10]!咴民脂以自飫,豈余心之忍安[11]?顧百里之分符,異晨門之抱關[12]。彼外本而內末,曷遠抱而大觀[13]?謂割剝以爲賢,孰遁逃之復還[14]。膰不至而去魯,乃見幾於季桓[15]。

歸去來兮,且卒歲而優游[16]。伊磁石之引鍼,固同氣其相求[17]。鑿既圓而枘方,寧括囊以違憂[18]。瞻江漢之一曲,有先人之遺疇[19]。惟山可履,惟水可舟[20]。振鷺飛而遵渚,嘉木蔚其蔽丘[21]。陟雲巖而高步,時容與而遡流[22]。聊厲深而揭淺,信生浮而死休[23]。

已矣乎,俟河之淸果何時[24]?日月逝矣歲不留,于嗟乎捨此其安之[25]。貧賤不足恥,聖賢以爲期[26]。爰左《圖》而右《書》,式春耕而夏耔[27]。契幽貞於羲《易》,詠碩薖於《衛》詩[28]。得所歸以勇往,固守吾志有何疑!

【题解】

次韵是旧时古体诗词写作的一种方式,就是按照原诗的韵和用韵的次序来和诗,本文是作者效法东晋陶渊明《归去来兮辞》的韵和用韵的次序作的一篇赋,叙述了他辞官归隐后的生活情趣和内心感受,表达了作者洁身自好、不同流合污的高尚情操。本文通过描写具体的景物和活动,创造出一种宁静恬适、乐天自然的意境,寄托了他的生活理想。

【注释】

[1] 思:用于句中,无实义。
[2] 仰:敬慕。周任之格言:据《论语·季氏》记载:"孔子曰:周任有言曰:'陈力就列,不能辄止。'"意思是周任说:"能够贡献自己的力量,这才任职;若是行不通,便该罢休。"周任,古代的一位史官。陳(陈)力:贡献、施展才力。
[3] 荷:担;扛。蕢(篑)(kuì):指装土用的筐子。忘世:忘却世情。諒(谅):料想;认为。前聖(圣):指孔子。此句出于《论语·宪问》:"子击磬于卫,有荷蒉而过孔氏之门者,曰:'有心哉,击磬乎!'既而曰:'鄙哉,硁硁乎!莫己知也,斯己而已矣!深则厉,浅则揭。'"

[4] 王曾(978—1038):青州益都(今山东益都)人,字孝先。宋真宗咸平五年(1002)壬寅科状元。王曾少年孤苦,善为文辞,曾咏梅花诗:"未须料理和羹事,且向百花头上开。"又言:"平生志不在温饱。"雅志:平素的志向。飽(饱)食而煖衣:吃得饱穿得暖。

[5] 司:主管;操作;承担。樴(zhí):小木桩。

[6] 越:作语助词,无义。駿(骏)奔:急速奔走。

[7] 丁:当;遭逢。大侵:古同"大祲",严重歉收;大饥荒。漁奪(渔夺):侵夺;掠取。多門(门):谓多家多户。

[8] 流氓:指居所不定之流浪者。十戶(户)一存:十户只剩一户。这里指动乱给人民带来的深重灾难。

[9] 柔瑟:音色优美的瑟。

[10] 頧頩(頧頩)(chuí cuì):前额突出。忸怩(ní):羞愧。

[11] 唊:吃。飫(饫)(yù):饱食。

[12] 符:古代朝廷传达命令或调兵将用的凭证,双方各执一半,以验真假。又,帝王封官授爵,分给符节的一半做为信物。借指做官的人。晨門(门):掌管城门开闭的人。抱關(关):其意思和晨门一样,指掌管城门的人;这里指的是像侯嬴那样的贤人。侯嬴(?—前257),战国时期魏国人。年七十岁,任大梁(今河南开封)夷门的守门小吏。后被信陵君迎为上客。魏安厘王二十年(公元前257),安厘王派将军晋鄙救赵,屯兵不敢前进。他献计信陵君,设法窃得兵符,并推荐勇士朱亥击杀晋鄙,夺取兵权,固而胜秦救赵。

[13] 外本内末:语出《大学》:"德者,本也;财者,末也。外本内末,争民施夺。"德是根本,财是枝末。轻德重财就会和百姓争夺利益。强调品德高尚的人应注重修养德行。曷:何;什么。遠(远)抱:远大的抱负。大觀(观):谓为人所瞻仰。

[14] 割剝(剥):指侯嬴自刎而死。

[15] 膰(fán):古代祭祀用的熟肉。幾(几):事物发展的苗头。季桓:春秋时鲁国人。季孙氏,名期。鲁定公13年,齐国送美女到鲁国,季桓氏接受了女乐,君臣迷恋歌舞,多日不理朝政,孔子非常失望,不久鲁国举行郊祭,祭祀后按惯例送祭肉给大夫们时并没有送给孔子,这表明季氏不想再任用他了,孔子不得已离开鲁国,开始了周游列国的旅程。

[16] 卒歲(岁)而優(优)游:语出《诗经·小雅·采菽》:"优哉游哉,聊以卒

岁。"喻指悠闲度日。
[17] 同氣(气)相求:比喻志趣相同的人自然结合在一起。
[18] 鑿(凿)既(既)圓(圆)而枘方:即"凿圆枘方"。见《问津赋》注释[12]。
括囊:扎束袋口。指说话谨慎,只想保住个人禄位。違憂(违忧):身体有病。
[19] 江漢(汉):长江、汉水之间。遺疇(遗畴):留下的田地。畴,田地。
[20] 屐:登山用的木屐。一种前后齿可装卸的木屐。舟:划船。
[21] 鷺(鹭):白鹭。遵:沿着;按照,依照。渚:水中小块陆地。蔚:茂盛;会聚;盛。
[22] 陟:登高。雲巖(云岩):高耸入云的山。高步:大步;阔步。容與(兴):悠闲自得的样子。
[23] 厲(厉)深而揭淺(浅):本义是水浅时撩起衣服,水深时干脆连衣涉水过河,即相机行事。比喻行动要因时因地制宜。揭,撩起衣服。参见本文注释[3]。信:确实。浮:漂浮。休:停止;罢休。
[24] 河之清(清):见《河图赋》注释[64]。
[25] 安:使平静;使安定。
[26] 期:期望;追求。
[27] 左《圖(图)》右《書(书)》:左边《河图》右边《洛书》。秄(zǐ):给植物根部培土。
[28] 契:相合;相投。幽贞:指隐士。羲:指伏羲。《易》:指《周易》。碩(硕)薖(㝻)(kē):出自《诗经・卫风・考槃》"硕人之㝻"。硕人,指圣德之人。㝻,空的样子。

【译文】

　　回去吧,往日从哪里来现在就回到哪里去!只是惦记着生民和我的同胞,想着那些穷苦的人民是多么令人伤心。敬慕周任"陈力就列,不能辄止"的话,希望能施展才能而相追随。肩负土筐的人忘却世情,认为孔子所为是错的?因此,也像王曾平素的志向一样,不只是为了吃饱穿暖。希望哪怕只有一根小木桩,也能拴住更多牲畜一样(尽自己微薄的力量,做一番大事业),而没考虑德行微薄。在端州,接受任命的我骑上马快奔而去。赶上大灾之年,许多百姓又受到掠夺。可怜那些百姓流离失所,十户只剩了一家。(面对这种情况)不是没有优雅的乐声,也不是没有美酒,我却形容憔悴忧苦至极,即使是脸皮厚的人也会感到羞惭!吃着民脂民膏而饱食终日,怎么能使我安心呢?顾望百里之内的官员,都与侯嬴不同,他们轻德重财,哪有什么远大的抱负,侯嬴以死报恩是个贤德之人,谁逃跑了又返回呢?祭肉没有送到,孔子离开了鲁国,是发现了季桓公对自己不满的苗头。

回去吧,姑且悠闲度日吧。那磁石尚能够吸引铁针,原本志趣相同的人自然结合在一起。方枘装不进圆凿,宁肯说话谨慎(只为保住官位)以至于身体有病。看江汉弯曲处,有祖先留下的田地。(我)只有去山里访幽,去水上泛舟。白鹭沿着水边抖动翅膀飞翔,嘉木长得茂盛,可以遮蔽山丘。大步登上高耸入云的山,有时悠闲自得地逆流而上。水浅时撩起衣服,水深时干脆连衣涉水过河。确实是人生漂浮直到死才是终结。

算了吧,等到黄河水清究竟得到什么时候?时光不等我啊,岁月不停留。于是感叹,舍弃这些吧,安安稳稳地过平常的日子。贫苦微贱并不可耻,把成为品德高尚的人作为毕生的追求。于是将《河图》、《洛书》置于两旁,春天种地,夏天在田里(除草培苗)劳作,与相投的隐士谈论《周易》,吟咏《诗经·卫风》"硕苤"之句。勇敢地一直向回乡的方向前进,坚守我的志向有什么可迟疑的!

【赏析】

本文作于李安讷辞官之初,作者想象自己辞官归隐后的生活情趣和内心感受。读《次归去来辞韵》,并不能给人一种轻松感,因为在诗人看似逍遥的背后是一种忧愁和无奈。李安讷本质上不是一个只喜欢游山玩水而不关心时事的纯隐士,他的骨子里是想有所作为的。"惟生民与我同胞,念穷人其可悲。"这些愤激之语,我们感到了沉重。即使选择了归去也有太多的不舍和留恋。"瞻江汉之一曲,有先人之遗畴。惟山可屐,惟水可舟。"放眼四望,江汉遗畴,颇显自嘲之意。诗人原来的抱负是要经天纬地的,然而越到人生的最后阶段,他越是痛感自己的渺小无力。于是只能寄情于山水,其中的痛楚和无奈该有多深!

文章卒章显志,抒发诗人委心乘化、乐天安命的情志。我们固然强化了对诗人崇尚自然、追求自由、返朴归真、守节养性的人生理念的理解,不过,强烈的感叹又使我们分明意识到诗人去留难定、取舍难决的矛盾和苦闷。"矣乎,俟河之清果何时?日月逝矣岁不留!"叹人生苦短,余生不多,强调委心任运,顺其自然,其实是表达去留难定,心力不及的无奈和痛苦。"嗟乎,舍此其安之!贫贱不足耻,圣贤以为期。"否定了忧心忡忡、犹豫不决,其实正暗示出平日里心有所求、志有所得的煎熬难耐。"得所归以勇往,固守吾志有何疑!"说自己乐天安命,坚信不疑,正折射出作者何去何从、取舍难定的怀疑和忧虑。事实上,归隐田园之后的李安讷并不能够做到真正的归隐,因为他总有不忘尘世,感时伤怀的时候。"厉深而揭浅。信生浮而死休。"写自己醉情山水,逍遥自在,其实也是对现实的一种谴责和抗议,为了保持纯真质朴的天性,他只好到自然山水中去寻求心灵的解脱和情感的寄托了。"爱左《图》而右《书》,式春耕而夏籽。契幽贞于羲《易》,咏硕莅于《卫》诗。"这些文句,字里行间我们都能感觉到诗人否定官场,抗争世俗的孤愤和绝决。

本文在文体上属于辞,辞意畅达,匠心独运而又通脱自然,感情真挚,意境深远,有很强的感染力。本文一大写作特色就是想象。作者写的不是眼前之景,而是想象之景,心中之景。那么,写心中之景与眼前之景有什么不同吗？眼前之景，为目之所见，先有其景后有其文，文景相符，重在写真；心中之景，为创造之景，随心之所好，随情之所至，心到景到，未必有其景，有其景则未必符其实，抒情表意而已。

另外，本文语言十分精美。诗句以六字句为主，间以三字句、四字句、七字句和八字句，朗朗上口，韵律悠扬。句中衬以"之"、"以"、"而"等字，舒缓雅致。多用对偶句，或正对，或反对，都恰到好处。描写和抒情、议论相结合，时而写景、时而抒情、时而议论，有景、有情、有理、有趣。

金 光 煜

【作者简介】

金光煜(1579~1656),字晦而,号竹所,朝鲜朝后期文臣。其家族为安东金氏,系名门望族,在朝鲜朝很有影响。其父为刑曹参议(正三品官)。金光煜1606年参加进士考试,以第一名的成绩考中,先后任承文院待教(正八品)、奉教(正七品)、兵曹左郎(五品)、正言(六品)、副修撰等职,曾被罢职在高阳,继而隐居。1641年任兵曹参议,1644年任副承旨(正三品)兼世子宾客,陪世子前往清朝。

金光煜一生抱负远大、品性高洁、端雅正直、多才多艺,尤擅文艺和书法,作品集《长陵志状》中收有赋6篇、诗歌344首、疏18篇、启辞12篇、状2篇。其中最为人称道和流传最广的是收录在《青丘永言》、《海东歌谣》里的14首时调,篇中既有关注民生疾苦、渴望兼济天下的现实主义之作,又有寄情山水、笑傲江湖的隐逸之篇,对后世影响很大。

作者流传下来的6篇赋中,《饭桶投水赋》、《窃酒赋》、《忧道不忧贫赋》3篇为骚体赋,《剑赋》、《忆禹功赋》、《登单于台赋》3篇均为骈体赋。

【原文】

劒賦

劒之時義遠矣哉[1]。耶谿之鋌，赤山之精，祝融噓焰，女媧鎔形，銷以羊頭，被以龜章[2]。質耀晴雪，彩動華星，陸剸特犀，水截奔鯨，風湖爲之骨驚，薛燭爲之心折[3]。一揮而雷電走，再振而魑魅泣，指鄭則三軍白首，麾晉則千里流血[4]。僕本好劒之人，請言其始：

想其季子西邁，聘于上國，萬里隨身，三尺雪鍔，一朝過徐，徐君囁嚅，歸來挂墓，宿草荒蕪[5]。至如平原適楚，毛遂穎脫，兩言利害，日中不決，拔刃直前，白馬盤血，堂下十九，成事碌碌[6]。若乃荊卿入秦，白虹貫日，圖窮督亢，匕首忽發，揕胸未及，環柱袖絕，易水風寒，壯士不越[7]。及夫澠池一會，趙瑟秦缶，辱甚偏鼓，十城虛壽，一介英藺，猛氣咆勃，突刃五步，虎狼褫魄[8]。至若項王虎鬬，八千雷奔，宰割山河，指揮中原，楚歌一夕，蓋世心違，帳中起舞，泣挫雄威[9]。又如袴下少年，杖劒歸漢，一拜金壇，三軍竦歎，蹴項鋤嬴，千金漂母，僞遊雲夢，兔盡烹狗[10]。乃有炎祚中缺，王氏弄權，朱雲抗直，願斬佞臣，天威霆震，忠憤縲紲，大呼攀殿，殿檻遂折[11]。至乃天地軍麾，山河鼓角，倚樓行藏，看鏡勳業，江邊老病，劒外衰草，崆峒未倚[12]。壯志已老獨惜乎？鐲鏤之賜慘矣，大夫之死哀矣，武安之刎忠矣，豫讓之擊壯矣[13]。暨夫宋玉之倚天外，周穆之切和氏，專諸之置魚腹，張陵之奪梁冀，虞公之指日，侯生之刎頸，馮驩之彈鋏，伊吾之抵掌，東海之勇婦，公孫之劍舞[14]。冒兒徒之烈□，對漢使之陵母[15]。或大試而小試，或有遇而未遇，歷萬古而無窮，羌難得而備悉也[16]。

若余者，勤十年磨，耻一人敵，陋匹夫之疾視，憤太阿之倒持[17]。將欲軒陛之下，有先意順旨者，以此劍誅之[18]；廟堂之上，有蔽賢蒙惡者，以此劍麾之[19]；朝廷之中，有附邪背正者，以此劍擊之；四海之內，有謀逆亂紀者，以此劍斬之[20]。庶使奸臣氣喪，佞人膽慄，國家清明，邪氣消滅，則劍之功也，不其大矣乎[21]？不然埋石函於豐城，吐紫氣於靈嶽，待雷煥之一掘，庶得試於他日[22]。

【题解】

在漫漫的历史长河中，剑不再单纯作为一种兵器，而是被赋予了诸多特殊的文化内涵。本文以剑为赋，历数中国历史上与之相关的典故事迹，纵横铺排，体物言志，表达了作者耿直中正、嫉恶如仇、为国为民的思想情怀。

【注释】

[1] 時（时）：时世。

[2] 耶谿(溪):即若耶溪。在会稽县南二十五里。鋌(铤)(dìng):未经冶铸的铜铁。赤山:赤堇山。在今浙江绍兴东南,相传为春秋时欧冶子铸剑之处。祝融:火神名。嘘:吹。羊頭(头):三棱形的箭镞。语本《淮南子·脩务训》:"苗山之鋌,羊头之销。"被(bèi):覆盖;雕饰。龜(龟)章:类似龟纹的图案。

[3] 剬(tuán):割断;截断。特:雄性的动物。奔鯨(鲸):快速游动的鲸鱼。風(风)湖:春秋时楚国人,精于识剑、铸剑。薛燭(烛):春秋越人,善相剑。

[4] 魑魅(chī mèi):古谓能害人的山泽神怪,亦泛指鬼怪。指鄭(郑)则(则)三軍(军)白首,麾晉(晋)则(则)千里流血:出自《越绝书》:"楚王作铁剑三枚,晋郑闻而求之,不得,兴师围楚之城,三年不解。于是楚引太阿之剑,登城而麾之。三军破败,士卒迷惑,流血千里,晋郑之军,头毕白也。"麾,通"挥"。

[5] 季子:指春秋时吴国公子季札。邁(迈):远行。聘:礼聘。鍔(锷):刀剑的刃。代指剑。囁(嗫)嚅(niè rú):想说而又吞吞吐吐不好意思说出来。此句出自《史记·吴太伯世家》:"季札之初使,北过徐君。徐君好季札剑,口弗敢言。季札心知之,为使上国,未献。还至徐,徐君已死,于是乃解其宝剑,系之徐君冢树而去……"用以赞扬诚信守诺。

[6] 平原:指战国时期平原君赵胜。毛遂:平原君的门客。兩(两)言:指平原君和楚王的交谈。利害:利弊。日中:中午。白馬(马)盤(盘)血:歃血为盟。十九:跟随平原君来楚的其他十九个门客。此句出自《史记·平原君虞卿列传》:"秦之围邯郸,赵使平原君求救,合从于楚,约与食客门下有勇力文武备具者二十人偕。平原君曰:'使文能取胜,则善矣。文不能取胜,则歃血于华屋之下,必得定从而还。士不外索,取于食客门下足矣。'得十九人,余无可取者,无以满二十人。门下有毛遂者,前,自赞于平原君曰:'遂闻君将合从于楚,约与食客门下二十人偕,不外索……'。"

[7] 荊卿:即荆轲。白虹貫(贯)日:白色的长虹穿日而过。引申为有较大变革发生之前上天所降示的吉凶之征兆。督亢:战国燕的膏腴之地,今河北省涿州市东南。揕(zhèn):用刀剑等击刺。易水:河流名,位于河北省易县境内,因燕太子丹送荆轲刺秦于此作别,高渐离击筑,荆轲和着音乐高歌:"风萧萧兮易水寒,壮士一去兮不复还!"越:归来;回来。此句出自《史记·刺客列传》:"轲既取图奏之,秦王发图,图穷而匕首见。因左手

把秦王之袖,而右手持匕首揕之。未至身,秦王惊,自引而起,袖绝。拔剑,剑长。操其室。时惶急,剑坚,故不可立拔。荆轲逐秦王,秦王环柱而走。"

[8] 渑(澠)池:河南省与陕西省交界处,战国时秦赵曾在此会盟。偏鼓:单独一方击奏乐器。虛:同"虚",空。与"实"相对。蔺(藺):战国时赵国大夫蔺相如。咆勃:发怒的样子。突刃:拿着兵器急速地向前冲。虎狼:代指秦王。褫魄(chǐ pò):夺去魂魄,极恐惧状。此句出自《史记·廉颇蔺相如列传》:"秦王饮酒酣,曰:'寡人窃闻赵王好音,请奏瑟。'赵王鼓瑟。秦御史前书曰:'某年月日,秦王与赵王会饮,令赵王鼓瑟。'蔺相如前曰:'赵王窃闻秦王善为秦声,请奏盆缶秦王,以相娱乐。'秦王怒,不许。于是相如前进缶,因跪请秦王。秦王不肯击缶。相如曰:'五步之内,相如请得以颈血溅大王矣!'左右欲刃相如,相如张目叱之,左右皆靡……。"

[9] 虎闘(斗):勇猛。雷奔:如雷之奔行。形容作战神速。这里指最初追随项羽的八千江东子弟。楚歌:项羽困于垓下,韩信为瓦解楚军斗志,让汉兵伪唱楚地民歌。《史记·项羽本纪》:"项王军壁垓下,兵少食尽,汉军及诸侯兵围之数重。夜闻汉军四面皆楚歌,项王乃大惊曰:'汉皆已得楚乎?是何楚人之多也!'项王则夜起,饮帐中。有美人名虞,常幸从;骏马名骓,常骑之。于是项王乃悲歌慷慨,自为诗曰:'力拔山兮气盖世,时不利兮骓不逝。骓不逝兮可奈何,虞兮虞兮奈若何!'歌数阕,美人和之。项王泣数行下,左右皆泣,莫能仰视……"

[10] 袴下少年:即韩信。杖:持。竦歎(叹):恭敬;叹服。蹴:践踏。項(项):项羽。嬴:秦始皇嬴政。漂母:漂洗衣物的老妇。出自《史记·淮阴侯列传》:"信钓于城下,诸母漂,有一母见信饥,饭信,竟漂数十日。信喜,谓漂母曰:'吾必有以重报母。'母怒曰:'大丈夫不能自食,吾哀王孙而进食,岂望报乎!'淮阴屠中少年有侮信者,曰:'若虽长大,好带刀剑,中情怯耳。'众辱之曰:'信能死,刺我;不能死,出我袴下。'于是信孰视之,俛出袴下,蒲伏(同匍匐)。一市人皆笑信,以为怯……"雲夢(云梦):古薮泽名,即云梦泽。汉高祖六年,刘邦用陈平计设计游云梦,擒韩信,将其降为淮阴侯。兔盡(尽)烹狗:兔子死了,猎狗因不再需要而被烹。比喻事成见弃,多指功臣被杀。《史记·越王勾践世家》:"范蠡遂去,自齐遗大夫种书曰:'飞鸟尽,良弓藏;狡兔死,走狗烹。'越王为人长颈鸟喙,可与共患难,不可与共乐,子何不去?'"又《淮阴侯列传》:"信(韩信)

曰：'果若人言，狡兔死，良狗亨（烹）；高鸟尽，良弓藏；敌国破，谋臣亡。'天下已定，我固当亨（烹）！"兎，同"兔"。

[11] 炎祚：五行家谓"刘汉"以火德王，所以炎祚代指汉朝的统治。参见《焚书坑儒赋》注释[68]。中缺：指王莽代汉自立。王氏：王莽。朱雲（云）：见《挂冠东门》注释[17]。佞臣：奸邪谄上之臣。天威：代指皇帝。霆震：愤怒。縲绁（缧绁）（léi xiè）：捆绑犯人的绳索，引申为牢狱。槛（槛）：栏杆。

[12] 天地軍（军）麾，山河鼓角：化用杜甫《遣兴》："天地军麾满，山河战角悲。"形容全国各地都处于战乱之中。軍（军）麾，军中指挥用的旗。鼓角，战鼓和号角。代指战事。倚樓（楼）行藏，看鏡（镜）勳（勋）業（业）：化用杜甫《江上》："勋业频看镜，行藏独倚楼。"表达渴望早日成就勋业、为年华渐老而焦急的心情。行藏，人物行止、踪迹和底细等。劍（剑）外：四川剑阁以南地区。崆峒：山名。在今甘肃平凉市西。

[13] 鐲鏤（镯镂）（zhuó lòu）：亦为"属镂"，古代剑名，相传吴王夫差用此剑赐死伍子胥。大夫：三闾大夫屈原。武安：战国时秦名将武安君白起，后因与秦王对待赵国军事策略上的不合，被赐自刎而死。豫讓（让）：春秋战国时期晋国人，智伯家臣，替主报仇未成，伏剑自杀。

[14] 曁（既）夫：语气词，起承上启下的作用。宋玉：战国人。倚天外：出自宋玉《大言赋》："长剑耿介，倚天之外"，形容宝剑之长，气势之盛。周穆：周穆王。和氏：和氏璧。專諸（专诸）：帮助阖闾用藏在鱼腹中的匕首刺杀吴王僚的刺客。張（张）陵：东汉大臣，官至尚书。梁冀：东汉时外戚出身的权臣，为人骄横跋扈。一次带剑入朝，张陵命令侍卫将剑夺下，并对其进行弹劾治罪。虞公：传说虞公与夏战，日欲落，公以剑指日，日返不落。侯生：魏信陵君的门客侯嬴，为报效信陵君的礼遇，刎颈答谢。冯谖（xuān）：战国时君孟尝君的门客。彈鋏（弹铗）：弹击剑柄。《史记·孟尝君列传》："弹其剑而歌曰'长铗归来乎，食无鱼'……。"伊吾：今新疆哈密。抵掌：击掌。《后汉书·臧宫传论》："臧宫、马武之徒，抚鸣剑而抵掌，志驰于伊吾之北矣。"比喻立下伟大的理想。東（东）海之勇婦（妇）：李白诗篇《东海有勇妇》中剑术精湛、为夫报仇的女子。公孫（孙）：唐代著名的剑舞表演者公孙大娘。

[15] 冐兇（凶）徒之烈□：句中脱字疑应为"刃"字。冐，"冒"的异体字，冒充。陵母：王陵之母。王陵乃汉初大臣，以功封安国侯，官至右丞相。楚汉

之争时,项羽为使王陵归附而劫持其母,王母为使儿子免受威胁而自刎。

[16] 試(试):用;任用。遇:际遇;机会。備(备)悉:详尽。
[17] 耻:以……为耻。疾視(视):恶视。《孟子·梁惠王下》:"夫抚剑疾视,曰:'彼恶敢当我哉?'此匹夫之勇,敌一人者也。"太阿:古之名剑。"太阿倒持"即倒拿着剑,把剑柄给别人。比喻把大权交给别人,自己反受其害。
[18] 軒(轩)陛:殿堂的台阶。先意:揣摩人意。順(顺)旨:谓曲意逢迎。
[19] 廟(庙)堂:指朝廷。蒙:隐瞒;包庇。
[20] 逆:叛乱;谋反。亂(乱):败坏;破坏。
[21] 佞:巧言诌媚。慄(栗):战栗;害怕。清(清)明:清正开明。
[22] 石函:石制的匣子。豊(丰)城:豫章丰城,今江西丰城市。靈嶽(灵岳):灵秀的山岳。雷煥(焕):人名,东晋人,善星历卜占。为丰城县令时,掘土得龙泉、太阿宝剑。此句出自《晋书·张华传》:"焕到县,掘狱屋基,入地四丈余,得一石函,光气非常,中有双剑,并刻题,一曰龙泉,一曰太阿。其夕,斗牛间气不复见焉。"

【译文】

剑对于时世的意义真可谓深远。(剑)以若耶溪的铜铁、赤堇山的精华为材料,祝融吹火,女娲熔铸,锻炼成三棱的形状,雕饰以龟纹的图案。其质地如耀眼的晴雪,光彩如闪烁的星辰。在陆地上可以斩断雄犀牛,在水中可以阻击游动的鲸鱼。风湖为之震撼,薛烛为之折服。(宝剑)挥动一下如雷电霹雳,挥动两下则使鬼怪哭泣,指向郑军,士兵的头发变白;挥向晋军,则血流千里。我是一个喜爱剑的人,让我说一说它的由来始终:

遥想季札向西远行,礼聘于诸国,随身佩戴三尺宝剑,当他来到徐国时,徐国君主对他的宝剑非常喜欢,但又吞吐地没有说明,回来时徐君已死,为兑现诺言,季札将剑挂在了长满荒草的墓旁的树上。至于像平原君到楚国去,毛遂脱颖而出。平原君与楚王谈论各自的利害,到了中午还没有达成一致,毛遂拿着宝剑来到楚王面前,促使两国立定盟誓,跟随而来的十九个门客,则碌碌无为。像那荆轲前往秦国,白色的长虹穿日而过,督亢地图打开时,露出了用以行刺的匕首,击刺没有成功,绕着柱子追赶秦王,并刺断了他的衣袖,易水风寒,壮士一去不返。渑池会上发生了赵王鼓瑟秦王击缶的事情,单令赵国一方鼓瑟击缶对赵国是很大的侮辱。秦王虚情假意要以十座城池换取和氏璧,一个英勇的蔺相如勇猛之气喷薄而发,持剑向前五步,秦王恐惧不敢放肆;再如项羽英勇,率领八千子弟起兵抗秦,分封天下,号令诸侯。(最终)兵败被围,四面楚歌,无法完成英雄的心愿,(虞姬)帐中舞蹈,哭声使项羽失去霸王之威;又如韩信忍受胯下之辱,仗剑归附刘邦,被封侯拜将,令三军敬畏,消灭项羽军,铲除秦王朝,他以千金来报答曾接济他的洗衣老妇。(刘邦)假以游云梦泽之名,骗韩信拜见,将其捉拿,(这就如同)兔死狗烹;还有王莽弄权,汉朝的国统被从中间断裂;朱云忠直,弹劾奸邪诣上之臣,愿以剑斩奸佞,皇帝为此大怒,将其治罪拿下,(朱云)大声呼喊,双手抱住台阶上的栏杆,将栏杆折断。更有那满天的旗帜、响彻河山的角鼓,渴望早日成就勋业,为年华渐老而焦虑,身处江边,既老且病,剑阁以外更见衰草蔓延,壮志难酬。壮志已老就独自惋惜吗?被赐剑而死十分悲惨,大夫的死让人哀痛,武安君的自刎表现得忠直,豫让的刺杀表现得壮烈。还有宋玉以剑为赋,周穆王用剑切玉,专诸将剑放到了鱼腹,张陵夺下了梁冀的佩剑,虞公在战斗时以剑指日,侯嬴引剑自刎,冯谖弹剑抒志,臧宫、马武鸣剑击掌立志建功于伊吾,东海勇妇仗剑报仇,公孙大娘以剑为舞……(剑)也充当恶徒的利刃,王陵的母亲便在汉使面前自刎。(剑)或起到了小的作用或起到了大的作用,或拥有机遇或未有机遇,历经无穷岁月,难以说得详尽。

像我的这把剑,历经十年的辛勤磨砺。以一人能匹敌为耻辱,以逞匹夫之勇、恶目相视为鄙陋;以授人权柄、自受其害为愤懑。我欲在殿堂之中,有揣测君王之意,曲意逢迎的,我将用这把剑来诛杀;朝廷之中,有蒙蔽贤者、包庇恶人、依附邪佞、违背忠正的,我将挥舞这把剑来警告他;四海之内,有谋划叛乱、败坏纲纪的,我将用这把剑来击杀他。如能使奸臣丧气,巧言谄媚的人害怕,使国家清正开明,不正当的风气减除,剑的功劳不也是很大吗?不然就用石函将其埋在丰城,于灵秀的山岳透出紫气,等待雷焕那样的人过来挖掘,希望能在他日得以一试!

【赏析】

《剑赋》的艺术特色首先在于选材。文章以剑为赋,实则抒发了剑所承载的侠义、尚武、英勇、忠正等众多丰富的情感与精神,并以此为线索,贯穿全文、组织成篇。纵观历代文学作品,诗歌之中咏剑、论剑之作不在少数,但在赋中却鲜有所及,本篇可谓独树一帜。

其次,《剑赋》的结构严密、条理分明。开篇以"剑之时义远矣哉",引出剑的来历、制作过程以及相关故事传说。接下来用"仆本好剑之人,请言其始"作为第一段的结束和下文的开始,引出下面的一系列典故,并且在所述的典故之间,运用了"至如"、"若乃"、"及夫"、"又如"、"乃有"、"至乃"等连词相互贯通、层层推进、首尾照应、一气呵成,使得全文结构紧凑、浑然一体。

再次,在运用典故方面,所用典故数量虽然较多,但大多较为熟悉常见,容易理解。各个典故虽都以"剑"相关,但又各有不同,表现了丰富的内容。开篇所引剑的来历、制作等典故,颇具奇幻浪漫色彩,引人入胜。

另外,在文辞与声律上,本文不仅讲求文辞和形式的对仗工整,还特别注意音韵的抑扬顿挫,可以说是一篇较为典型的骈俪化的赋作,文中大量运用了双句对偶、骈四俪六的句法结构。同时又不完全对仗、押韵,例如文中的一些连词和起承接关系的语句,就使得全篇语言形式错落有致、婉转跌宕。

本篇在艺术上体现了较为成熟和高超的水平,可以看出作者对前人的借鉴与学习。在思想内容方面,该文作者更是将剑的多种精神与文化内涵,统一于儒家的忠君报国思想之中,使该文主题得以升华,读后令人耳目一新。

金 堉

【作者简介】

金堉(1580~1658),字伯厚,号潜谷、晦静堂,谥号文贞。曾任朝鲜朝一品文官,领议政。

作为一名朝廷官员,金堉的一生都是在政治斗争中度过的。在罕见的200年的朋党斗争中,金堉曾是西人党中汉党的代表人物。因为帮助仁祖推翻光海君的缘故,没落了相当长时间的西人党得势,执政50余年,直到显宗时,渐渐分裂为勋西党、清西党、山党和汉党等,金堉和李时白成了当时汉党中最为显著的代表,与山党人宋时烈、宋浚吉对立。此后,令人眼花缭乱的党派之争从未止息,肃宗时的党争被推向高潮。金堉在政坛上大有作为,1649年至1654年,他大力推行"大同法"进行改革,即对土地征收附加税。此法的实施对国家的税收极为有利。孝宗对这样一个结果感到特别满意,因为他的目的是要增强军队战斗力和增加国家收入以反对清朝。为了对抗清朝,还颁布一道命令作为另一项增加收入的措施:所有男子,甚至和尚,都要交纳普遍税,来免服兵役。

除此之外,金堉也是中朝友好往来的见证人之一。1636年,担任朝鲜副使的金堉使华,当时清兵正在攻打宁远城,10月29日,宿于蓟州城西。他与当地几位老人交谈,仍以战事为内容。高丽末期至朝鲜朝末期,朝鲜使节撰写的出使中国的纪行录就多达

153部之多,这些纪行在韩国出版后称《燕行录全集》,其中收录了金堉的《朝天日记》、《朝京日录》、《朝天录》、《潜谷遗稿》,其中大部分文献是中国所没有的,弥足珍贵。韩国成均馆大学校林荧泽指出:17世纪30年代来华的朝鲜使节金堉所撰《潜谷朝京日录》,显示出18、19世纪韩国实学走向鼎盛的历史契机。

金堉一生著作宏丰,涉及文、史、经学各个学科,精通诗词,尤擅赋文,其作品具有丰富的社会内容、强烈的时代色彩和鲜明的政治倾向,真实深刻地反映了朝鲜朝一个历史时代政治时事和广阔的社会生活画面。

金堉的赋,风格质朴,沉郁顿挫,直抒胸臆。代表作有《登海峤赋》、《哀江南赋》、《次濯缨感旧游赋》、《归山居赋》等4篇,在这些赋中,作者借景抒情,喻古讽今,始终贯穿着忧国忧民这条主线,通过最普通的自然景物,来抒发自己真挚的情感。他热爱生活,热爱人民,热爱国家的大好河山,有着宏伟抱负。他嫉恶如仇,对朝廷的软弱、社会生活中的黑暗现象都给予了揭露和批评,因而对朝鲜朝后期文坛影响很大。

【原文】

登海嶠賦　丙子七月

泊余舟兮南汛,阻北風而凝滯[1]。經旬日而未發,念歸程而空計[2]。懷鬱鬱而不可更兮,余將陟彼而遠睇[3]。

遂舉趾而登陸,步從容於水滸[4]。過長堤而遊覽,指山樊而奮袂[5]。石崎嶇兮叢林密,無徑路之可逝。乘陵岡以登降,羌十步而一憩[6]。忘險阻而直前,志升高之甚銳。凌絕頂而遂息,見浮屠之高揭[7]。積瓴甓而層成,妙刻畫之古製[8]。經浩劫而突兀,有浮雲之相衛[9]。何兇賊之壞破?佛無靈於盡殪[10]。

　　望大海而開襟,渺接天而無際。覺華島兮寧遠山,露雲端之雙髻[11]。余何日兮彼岸?恨孤舟之一繫[12]。天清朗而氣爽,廓四舉而無翳[13]。通萬里而一矚,但目力之不逮[14]。東方杳兮何許[15]?望美人兮迢遰[16]。紅雲擁兮紫闕遠,向扶桑兮揮余涕[17]。極壯觀於中天,信樂極而悲繼[18]。痛金虜之猾夏,幾鯨吞而虎噬[19]。衣冠變兮為左衽,暗腥塵於遼薊[20]。嗟無辜之黔首,髮何為而皆剃[21]?村廬盡於兵燹,慘滿目之凋弊[22]。鞠茂草於丘墟,餘石礫於墻砌[23]。稽天討於十年,孰斯民之能濟[24]?落牒頭兮何時,無善射之如羿[25]。

　　余多感於平昔,況燕趙之徂歲[26]。承王命而泛海,賀佳辰而執幣[27]。思夷險之不貳,盡臣節而自勵[28]。波濤壯兮何畏?願乘風而謁帝[29]。仗忠信而獨往,質神明以為誓[30]。惟一生之用功,豈今日而可替[31]?秋聲動於碧落,歸雁叫而鶴唳。覽眾芳之凋歇,色不渝於松桂[32]。趁暮色以歸船,已篷窓之皆閉[33]。舒中情之紆軫,詠新詞而叩枻[34]。

　　亂曰[35]:君子為學貴造詣兮,堯舜之道惟孝悌兮[36]。為忠移孝若左契兮,阨窮患難任時勢兮[37]。登高行遠有次第兮,自強不息何相戾兮[38]?

【题解】

　　《登海崎赋》是借景抒情的名篇,选自《潜谷先生遗稿卷之一》。这篇赋作于1636年,这一年,皇太极正式由汗改称皇帝,改国号为大清。他事先将此事告知朝鲜,希望朝鲜能入朝庆贺,但朝鲜统治者却一心向明,极不愿与明朝断绝关系。这篇赋就是作于这个大环境下,它虽然描写的是作者在海边登高望远的情景,但这却不仅仅是一篇山水游记,这篇赋的意旨在于表达作者感时伤怀、忧国忧民、劝人勉励等复杂的思想感情。

【注释】

[1] 汛:江河定期的涨水。凝滞(滞):黏滞;停止流动。
[2] 句日:十天。
[3] 鬱鬱(郁郁):忧伤沉闷的样子。遠(远)睇(dì):远眺。
[4] 從(从)容:舒缓不急迫。潝(yì):溶潝。水波动荡貌。
[5] 山樊:山旁。这里指山中茂林。奮(奋)袂:挥袖。形容奋然的样子。出自三国曹植《求自试表》:"辍食弃餐,奋袂攘衽,抚剑东顾,而心已驰于吴会矣。"作者借这个典故生动地表现了自己从刚开始的"郁郁"转为"兴奋"的心情。
[6] 憩(qì):休息。
[7] 浮屠:佛教名词。佛塔。高揭:高耸。
[8] 瓴甓(líng pì):砖块。古製(制):古时的法式制度。
[9] 突兀:高耸貌。
[10] 盡(尽):全部;都。殪(yì):死。
[11] 無際(无际):犹无边、无涯。

[12] 繫(系):约束;羁绊。
[13] 舉(举):皆;全。
[14] 逮:到;穷尽。
[15] 杳:无声无息;幽暗;深广。
[16] 迢遰(递)(dì):遥远的样子。
[17] 紫闥(闼):宫廷。
[18] 中天:天空。
[19] 金虜(虏)(lǔ):朝鲜朝把后金看作夷虏,视清朝为犬羊夷狄,是对其轻蔑、侮辱的称呼。猾:扰乱。几:将近;差一点。
[20] 左袵:衣襟向左。指我国古代某些少数民族的服装。《尚书·毕命》中说:"四夷左袵,罔不咸赖。"辽蓟:指辽地(今辽宁)和蓟地(今北京市和河北、东北一带),因两地邻接而并称。
[21] 黔首:古代对百姓的称呼。
[22] 村廬(庐):乡村简陋的房屋。燹(xiǎn):火。多用为兵火。凋弊:凋敝。
[23] 鞠:弯曲;弯身。
[24] 天討(讨):上天的惩治。
[25] 旄頭(头):古代一种先驱的骑士。羿:指后羿。
[26] 徂(cú):过去;逝。
[27] 泛海:指乘船过海。執(执):拿着。
[28] 不貳(贰):专一;无二心。臣節(节):人臣的节操。
[29] 帝:文中指明帝。
[30] 仗:凭借;依靠。
[31] 替:废弃。
[32] 碧落:犹言碧空。天空。凋:萎谢。歇:尽。渝:改变。
[33] 窓:同"窗"。
[34] 舒:伸展;抒发。中情:隐藏在心中的思想或情感。紆軫(纡轸)(yū zhěn):苦闷盘结胸中。叩枻:桨击船舷。
[35] 亂(乱)曰:见《问津》注释[24]。
[36] 造詣(诣):学业所达到的程度。
[37] 爲(为)忠移孝:语出《孝经·广扬名》:"君子之事亲孝,故忠可移于君。"指把孝顺父母之心转为效忠君主。左契:左券或者符契之左半。契,即契券,古代借贷金钱、粮米等财物都用契券。阨窮(穷):困厄穷迫。

[38] 相戾:前后矛盾;相违背。

【译文】

　　我的船停泊在南边涨水的地方,被北风阻挡而不得不滞留在此。过了十天也不能出发,想到回去却没有办法。我心中充满忧愁却也改变不了这种状况,便登上堤岸去远眺。

　　于是抬脚登上陆地,不慌不忙地在水边行走。经过长长的堤岸边走边游览,指着山中茂林很激动地挥动衣袖。那里石头崎岖,树林茂密,没有小路可以过去。(于是我)就踩着山上的石头爬上去,每走十步就得休息一下。忘记了艰难险阻而径直向前,意志愈来愈坚定。(我)在极其险要的最高处才停止,看见佛塔高高地耸立着。它们是砖块一层层累积而建成的,奇巧精细地描摹着古时的法式制度。经过巨大灾难而高耸着,(是因为)有飘浮在天空的云彩在护卫它?可为什么还会遭到凶残贼人的破坏,大概是因为佛在生灵死后没有灵验吧。

　　看着大海而觉得心胸开阔,大海茫茫与天相接没有尽头。发现华岛安宁地坐落在远处的山上,露出云端的地方像盘在头顶的两个发髻。我什么时候才能登上那边的海岸?只恨这孤舟的羁绊。天气清澈明朗,使人精神清爽,天际广阔而没有遮蔽物。想要没有阻碍地看尽几万里,但是(我的)视野却不能达到。幽暗深广的东方到底在哪里?美人在很遥远的地方。红色的云围绕着,宫廷还很遥远,面对着东方挥洒我的眼泪。在空中观尽雄奇宏伟的景色,相信高兴到极点悲伤会相继而来。痛恨后金(清)扰乱了华夏,几乎像鲸鱼吞咽食物、老虎吞噬猎物一般。民众服饰的改变意味着已受制于那荒蛮的异族，在辽蓟一带的大地上弥漫着野蛮人的腥膻之气。无辜的平民百姓，头发为了什么都剃了呢？乡村的简陋房屋都在战乱中被纵火焚烧，满眼都是衰败的悲惨的样子。废墟上茂草摇曳，墙垣只剩下堆积的石块。秉承天意而讨伐了十年，哪一个平民能够度过战乱？什么时候把后金先驱的骑兵射落，没有像后羿一样善于射箭的人了。

我对于过去的事情有很多的感触，更何况对燕赵过去的岁月。承受大王的命令乘船渡海，拿着贡币来庆祝良辰吉日。想着路途的艰险但却没有二心，极尽人臣的节操来勉励自己。就算波涛汹涌又怕什么呢？希望乘着风去拜见天神。凭借着忠诚信念而独自前往，对着神明发誓自己有一颗忠诚之心。一生都努力学习，难道今天可以被废弃？天空中显出秋色，归来的大雁呼喊着，鹤也在鸣叫。看到众多的花卉都已衰败，但是松树、桂树的颜色却没有改变。趁着天黑以前回到船上，船篷的窗户都已经关上了。隐藏在心中的情感舒展了，一边吟咏新词一边击打着船桨。

总的来说：君子做学问贵在他学业所达到的水平，尧舜之道理就是孝顺父母、敬爱兄长。把孝顺父母之心转为效忠君主好像拿着符契之左半，困厄穷迫和灾祸困难听任当时的情势。登高和远行是有顺序的，自强不息又怎么会相违背呢？

【赏析】

金堉生活的时期正值明末动荡之时。新兴的女真军事力量在对明朝的战争中表现出了惊人的实力。后金政权对朝鲜朝采取拉拢的政策，多次派遣使臣赴朝鲜投书，希望朝鲜与明朝脱离关系，与后金结盟。但是朝鲜朝不为所动，仍然支持明朝，反对后金。1627年丁卯（明天启七年，朝鲜仁祖五年，后金天聪元年）正月初八,皇太极以朝鲜朝"助南朝兵马侵伐我国"、"窝藏毛文龙"、"招我逃民偷我地方"、"先汗归天……无一人吊贺"四项罪名,对朝鲜朝宣战。这次入侵,在朝鲜历史上被称为"丁卯胡乱"或者"丁卯虏乱"。朝鲜朝迫于后金的军事压力,命使臣到后金营中投书求和,战乱中仁祖逃往江华岛。双方经过一个多月的谈判,朝鲜朝迫于压力,基本上答应了后金提出的入质纳贡、去明年号、结盟宣、约为兄弟之国等要求,惟有永绝明朝一条不同意。丁卯胡乱之后,后金和朝鲜朝的关系并不和睦。

作为朝廷官员的金堉,面对国家成为清朝的藩属国,痛心疾首。在这种情形下,作者写作了本文。

文章的开篇,寥寥数语交待了事情发生的原因——因为船停在了南边,但是当时吹的是北风阻挡了船的前进。一连十天船都不能开动,想到没有什么好的办法让船逆风回去。作者心中很是郁闷,闲来无事就准备登山望远。

接下来详细记叙了游山所见的景物和经过。首先,作者总写所登之山的地理形势,记述登山经过,叙写登山的艰难。接下来作者叙述自己攀爬到高处所看到的景物及自己的心情,"凌绝顶而遂息,见浮屠之高揭。积瓴甓而层成,妙刻画之古制。经浩劫而突兀,有浮云之相卫。何凶贼之坏破?"在此,作者首次抒情,当看到精细描摹着古代法式的佛塔经过巨大灾难却仍然高高地耸立,联想到国家与人民。由此,不禁悲从中来。接着,作者面朝大海,登高望远,海面茫茫然,好像与天相接而没有尽头,他想要没有阻碍地看尽几万里,但是视野却不能达到。于是发出感叹:"东方杳兮何许?"东方幽暗深广到底在哪里?"红云拥兮紫闼远"红色的云彩围绕着,宫廷还很遥远。此情此景,作者对着扶桑挥洒着眼泪,知道高兴到了极点悲伤马上会相继而来。行文到此,作者还是一面观景一面抒情,沉郁顿挫,感情真挚。为下文大量抒发自己心中的"悲"做好了铺垫。所以,接下来作者再也按捺不住心中的悲愤,疾呼"痛金虏之猾夏,几鲸吞而虎噬。衣冠变兮为左衽,暗腥尘于辽蓟。无辜之黔首,发何为而皆剃?村庐尽于兵燹,惨满目之凋散。鞠茂草于丘墟,余石砾于墙砌。稽天讨于十年,孰斯民之能济?落旄头兮何时?无善射之如羿。""鲸吞""虎噬"这两个词,形象又生动地描写出后金政权的贪婪与残暴。这几句话感慨淋漓,把作者忧恨的情感直白地抒发出来。接着,作者又借古讽今,联想到以前"承王命而泛海,贺佳辰而执币。思夷险之不贰,尽臣节而自励。波涛壮兮何畏?愿乘风而谒帝。"那个时候承受着大王的命令乘船渡海,拿着贡币来庆祝良辰吉日,路途虽然艰险但是没有二心,极尽人臣的节操来勉励自己。就算波涛汹涌也不怕,一心想着乘着风去拜见圣上。

接下来,作者笔锋一转,写道:"秋声动于碧落,归雁叫而鹤唳。览众芳之凋歇,色不渝于松桂。趁暮色以归船,已篷窗之皆闭。"突然,又从慷慨激昂的抒情过渡到写景记叙上来,趁着暮色又回到船上,与篇首照应,贯穿全文,把我们又拉回了现实当中。最后作者一边击打着船桨咏新词曰:"为忠移孝若左契兮,陑穷患难任时势兮。登高行远有次第兮,自强不息何相戾兮!"表明自强不息的心志。

该赋言简意赅,以六字句为主,字句上讲究齐整,语音上要求声律谐协,朗朗上口;结构严谨,前后呼应,讲究排偶、对仗;描写叙述生动形象,议论抒情真挚感人;借景抒情,借古讽今,不愧是一篇佳作。

尹善道

【作者简介】

尹善道(1587~1671),字约而,号孤山、海翁,雅号忠宪。朝鲜朝宣祖、显宗年间的诗人、文臣。1587年(宣祖二十年)生于汉城,经光海君、仁祖、孝宗,于1671年(玄宗十二年)逝世。他一生坎坷,不断辞官隐居或被流放,最后在甫吉岛乐书斋去世。

尹善道从小喜欢钻研学问,涉猎诸子百家之书。1612年进士及第,历任兵曹佐郎、工曹佐郎、工曹参议、同副承旨等官职。当时党争激烈,曾先后四次被革职、流配。1616年,他以成均馆儒生的身份,上诉掌握重权的李尔瞻,反受其攻击,翌年被流配到咸镜北道庆源,接着移配到机张,其间作《被谪北塞》诗。1624年获释,历任户曹佐郎、汉城庶户、侍讲院文学、星州县监等职。不久辞官,回到故乡海南。1636年,后金入侵,率弟子数百人赴江华岛,准备参加抗战。因听说江华岛陷落,和议已成,遂驾船去济州。途中见甫吉岛风景秀美,建乐书斋,决定在那里定居。1638年,仁祖因他战后未去朝见,又把他流放到盈德一年。1652年,出任礼曹参议。孝宗死,因服制问题和重臣宋时烈意见相左,1660年第三次被流放,1667年放回。

尹善道是国语诗歌时调的名家,他在盈德流配后,在故乡海南所写的《山中新曲》(包括《朝雾谣》、《夏雨谣》、《日暮谣》、《夜深谣》、《饥岁叹》、《五友歌》、《山中续新曲》)和老后隐退时所作《渔父四时词》,代表了时调的最高成就。这些作品大多是优美的山水诗,从时序、气候的变化中描写大自然的景色,饱含着热爱祖国山川的深厚感情。然而,尹善道并不是一个忘情山水的隐士。他在写了这些作品之后,又去做官,继续投身到政治斗争之中。他之所以写山水诗,是企图用一尘不染的自然界的清新气象来衬托朝鲜朝官场的污浊,是他不满现实的一种隐晦、曲折的表现。他希望能够出现一个清明的世界。在艺术上,尹善道突破了短小的平时调的束缚,创造了较完美的连时调的形式。他的时调作品开拓了国语文学的处女地,给国语注入了清新的新意,并活用它创作了优美的抒情诗,对时调的发展影响甚大。他的时调作品流传至今的有77首,与郑澈并称为诗歌文学的双璧。

尹善道的汉文著作有《孤山遗稿》,全6卷第6册中,记载他所创作的"时调"75首,"汉诗"358首。从中我们可以看到在他的文学创作中汉诗作品所占有的地位。其中除汉诗外,还收有赋、辞、书、疏、序、记等文章。书已失传,现在只能在《大东诗选》里看到他的少量汉诗。尹善道的赋作有《著书藏名山赋》、《醉仙楼赋》、《诏于天子无北面赋》、《尚友赋》4篇,这些赋论点鲜明、立意深远、情景交融、气势磅礴、耐人寻味。

【原文】

著書藏名山賦　陞補三上居第二

惟史之作，自有文字；惟書之行，人各有異[1]。或傳民間，或暴於市。粲一家之載籍，藏名山兮誰氏[2]？

余相感於俟後，豈獨取於良史[3]。汪洋氣兮伊人，牛馬走兮自稱[4]。書林式游，庭訓是承；手披家傳，口吟國乘[5]。下自焚書，上至結繩，經傳乎貫穿，古今乎馳騁[6]。琢以金椎，汲以脩綆，耳溢前言，目富往行[7]。蓋有意於壯行，不謂抱此而究竟[8]。如何一言之不中，遂有奇禍之相隨[9]。非自作而不逭，奈家貧而數奇[10]。於是自比無目之丘明，又擬斷足之孫子[11]。知不用於斯世，故著述焉大肆[12]。搜羅宇宙之放失，夷考天人之終始[13]。採摭涉獵殆數千載，是是非非，亂亂治治，信信疑疑者凡五十二代[14]。其文也俊逸，其辭也條達[15]。言直而事覈，廣博而纖悉。泓涵演夷，磅礡磊落[16]。誠百世不易得之文，抑萬古不可無之書。而此汗牛充棟之縹帙，安得經歷久遠而藏諸[17]？思壽其傳，置彼喬嶽[18]。護之以芸，韞之以櫝[19]。然後山之高也書與之倚薄，山之久也書與之不滅[20]。惟山也與天共長，惟書也與山竝立。涉其流者於斯，採其端者於斯。薰濃香兮幾人，咀嚼味兮億茲。書固賴山而遠傳，名亦賴書而長垂[21]。

　　雖然，文者載道之器也，不深於道而能文者，未有伊人也。不求正於周公孔子之道，獨於文堂藝院而翺翔宿留[22]。是以其才也莫及，其勤也良苦，而其立言也多疵。先黃老而後六經者何說，退處士而事奸雄者何意[23]？至於崇勢利羞貧賤，雖實憤激而發之，寧無愧於正議。

　　是故，世儒或多不取，而考亭夫子至以讀其書者爲被其病[24]。乃知立言者不可徒尙文辭，爲文者不可不理情性。且夫書苟盡善，不必求傳而自不得不傳。書苟有不善，傳之愈久而其疵愈聞。但可圖吾書之盡善，何必圖世傳之永久。其不盡在我之實，而要名譽之不泯，無乃近於沉碑之太守[25]。然其辯而不華，質而不俚，不隱惡不虛美，終有可取[26]。而朱子《綱目》亦或有因於此者，以俟君子之願得遂，而余之有感於太史令者在是也[27]。

【題解】

　　本文应为尹善道参加"升补"应试之作，"升补"为朝鲜朝每年阴历十月在成均馆举行的考试。该考试在评价诗文时分为十二个等级，本文为"三上"，即第七等。

　　《著书藏名山赋》选自《孤山遗稿卷之六》别集。"藏名山"出自汉代司马迁在《报任少卿书》："仆诚以着此书，藏诸名山，传之其人，通邑大都，则仆偿前辱之现，虽万被戮，岂有悔哉。"意思是把著作藏在名山，形容著作极有价值，是能传后世之作。本文作者尹善道以伟大史学家司马迁为榜样,意在说明著书立言必须"深于道而能文",并且"宁无愧于正议",这样文章便能"不必求传而自不得不传"。

【注释】

[1] 行:流动;传布。
[2] 粲(càn):灿烂;鲜艳。载籍:书籍。
[3] 良史:原指优秀的史官,能秉笔直书、记事信而有征者。这里指司马迁。
[4] 牛馬(马)走:原指供奔走的仆人。后来作为自谦词。
[5] 書(书)林:藏书多的地方。式:作语助词。承:蒙受;受到。披:打开;散开。國(国)乘:国史。
[6] 焚書(书):指公元前213年"焚书坑儒"的事件。結繩(结绳):"结绳记事",是文字发明前,人们所使用的一种记事方法。即在一条绳子上打结,用以记事。
[7] 金椎:铁铸的捶击具。脩綆(修绠):汲水用的长绳。耳溢前言,目富往行:语出《周易·大畜》:"君子以多识前言往行,以畜其德。"前言,前人的言论,指前代圣贤的言行。
[8] 究竟:结果;原委。
[9] 奇禍(祸):使人不测、出人意料的灾祸。
[10] 逭(huàn):逃避。數(数)奇(jī):指命运不好。
[11] 自比無(无)目之丘明,又擬(拟)斷(断)足之孫(孙)子:司马迁自比左丘明和孙膑,虽身残仍有作为,想留下文章来表露自己的本心。
[12] 大肆:毫无顾忌地。
[13] 放失:散失。失,同"佚"。夷考:考察。
[14] 採(采)摭:选取;摘录。殆:几乎;差不多。是是非非:把对的认为是对的,把错的认为是错的。比喻是非、好坏分得非常清楚。是是,第一个"是"表示肯定,第二个"是"指正确的东西。非非,非所当非,不是就是不是。治:与文中"乱"的意思相反,表示安定。
[15] 俊逸:超群拔俗;优美潇洒。條達(条达):条理通达;畅达。

[16] 言直而事覈:现在作"事核言直"。事情确实,文辞直捷。覈,"核"的异体字。纖(纤)悉:细致而详尽。泓涵演夷:谓文章气势流转绵长。比喻学问渊博精深。泓,水深。涵,包含。演,长流。夷,应作"迤",延伸的意思。

[17] 汗牛充栋(栋):书存起来能塞满屋子,堆至屋顶,运出去会使牛马都累得出汗。形容藏书非常多。栋,指栋宇;房屋。縹(缥)帙:淡青色帛做成的书衣,也指书卷。

[18] 喬嶽(乔岳):本指泰山。后泛称高山。

[19] 韞(蕴):收藏,蕴藏。櫝(椟)(dú):木柜;匣子。

[20] 倚薄:交迫;迫近。

[21] 垂:传下去;传留后世。

[22] 求正:寻求正道。周公孔子之道:指的是周公之"德"和孔子之"仁",是儒学之道。宿留:停留;等待。

[23] 黃(黄)老而後(后)六經(经)者:这几句话是班固在《汉书·司马迁传赞》中说司马迁:"是非颇谬于圣人,论大道则先黄老而后六经,序游侠则退处士而进奸雄,述货殖则崇势力而羞贫贱"。是班固批评司马迁的话。

[24] 考亭:指福建省建阳市的考亭村,是南宋理学家、教育家朱熹晚年著述讲学之地,考亭书院是南宋时全国最有影响的书院之一。朱熹在此创立了考亭学派,成为"闽学"之源,所以这里的考亭夫子指的就是朱熹。病:害。

[25] 無(无)乃:比较委婉地表示对某一事情或问题的估计或看法,相当于现代汉语的"恐怕"、"只怕"。沉碑之太守:《晋书·杜预传》:"预好为后世名,常言:高岸为谷,深谷为陵。刻石为二碑,记其勋绩,一沉万山之下,一立岘山之上。"作者用杜预沉碑的故事来讽刺那些一味追求名誉、不在乎文章好坏的人。

[26] 辯(辩)而不華(华):不用华丽的词藻说明。質(质)而不俚:质朴而不粗俗。质,朴素;单纯。俚,粗俗。隱惡(隐恶):隐藏不好的地方。

[27] 朱子《綱(纲)目》:《资治通鉴纲目》,简称《朱子纲目》,编年体史书,五十九卷,朱熹撰。以俟君子:出自《论语·侍坐》"如其礼乐,以俟君子",意思是至于这个国家的礼乐教化,就要等君子来施行了。

【译文】

　　唯有史书的创作,是从有文字开始就开始了;唯有书籍的传播,是因为传播人的不同而不同。有的在民间流传,有的暴露于街市。能够为藏书之家增辉添彩,值得收藏于名山的书籍又是谁撰写的呢?

　　我在后来有了一些感触,(那些有价值的书)难道仅仅从司马迁那里才可获取吗?这个人有汪洋瀚海之气,称自己是像牛马般奔走的仆人。漫步书林,受到很好的家庭教育;手中拿着家传的典籍,口中吟诵着国史。下至秦始皇焚书,上至结绳记事,贯穿于经传,驰骋于古今。用金椎来雕琢,用长绳来汲水,耳中和眼中充满着前人圣贤的言行。大概有益于如司马迁那样去壮游,不说出有些情怀的原由。却为什么仅仅因为一句话不恰当马上就遭遇到不测呢?这个灾祸不是因为自己的行为而不能逃避,无奈家中贫穷并且自己的命运也不好。于是(他)把自己比作无目的左丘明和断足的孙膑。明白自己不会在当世被启用,所以毫无顾忌地撰写文章。搜罗世间散佚的(文章),考察天象和人事的本末。选录、涉猎的是近千年来(的史实),是是非非,乱乱治治,信信疑疑,一共五十二代。他的文章超群拔俗,辞赋条理通达。文章能忠实地直书史实,他所记述的历史事件翔实准确。宽广博大并且细致详尽,文章气势流转绵长、广大潇洒。确实是百代也不容易得到的文章,抑或是万世也不可没有的书。而这部体制巨大的书能不能历时久远地被收藏呢?想要它的寿命长久,就把它放置在高山。用芸草来护卫它,用木匣来收藏它。这样之后,书依偎着山的高俊,与山一样永远不会消失。山和天共长存,书和山一同存在。这本书可以用来浏览,可以用来引用。熏浓香的人能有几个,咀嚼味道的却上万。书本来依赖山而流传久远,名也依赖书而流传后世。

即使这样,但写文章是为了说明道理,弘扬精神的,对道理不能深入理解而能作文章的人,是没有的。不寻求周公孔子的正道,仅仅在文堂艺院翱翔停留。这样虽然他的才能没有人比得上,真的很勤奋很刻苦,但他写文章还是会有很多毛病。为什么说是先黄老后六经,叙述游侠而丢掉了真正的处士让奸雄进入《游侠列传》呢?至于书中推崇有势力的而羞辱了贫贱之辈,虽然实在是(因为)愤怒激动才这样写的,难道无愧于公正的言论吗?

所以,当代的学者大多都不采用,而且考亭夫子(朱熹)甚至认为读那些书会被它所害。这才知道立言的人不可以仅仅注重动听的言辞,写书的人不可以不注重道理。再说所著的书如果极其完善,不必希望它传诸世人而自己就会被流传下去,书如果有不好的地方,传得越久它的瑕疵越明显。仅仅希望我的书可以极尽完善,何必希图它永久地传于世。它不能极尽完善,在于我写作的真实情况,而想要名望与声誉都不消泯,只怕和杜预沉碑一味追求名誉、不在乎文章好坏的人的故事没有什么不同了。然而(司马迁)不用华丽的词藻说明,质朴而不粗俗,不妄加赞美,也不隐其恶行,总是有可取的地方。而朱熹所作朱子《纲目》或许因为这个原因,来等待君子的愿望得以实现。而我对司马迁的感慨就在这点上。

【赏析】

《著书藏名山赋》的作者尹善道从伟大史学家司马迁论起,意在说明著书立言必须"深于道而能文",并且"宁无愧于正议",这样文章便能"不必求传而自不得不传",而不是"著书藏名山"像沉碑太守"而要名誉之不泯"。

文章先提出所论对象"余相感于俟后,岂独取于良史",指出全文都是围绕良史司马迁"书藏名山"的事情来抒发议论的,点出文章中心,引出下文。

接着,作者先从历史事实入手,说司马迁"书林式游,庭训是承,手披家传,口吟国乘"、"经传乎贯穿,古今乎驰骋"、"自比无目之丘明,又拟断足之孙子"正面描写了他撰写《史记》的背景情况,肯定了司马迁著书的艰辛与不易。对于《史记》的艺术成就,作者认为"搜罗宇宙之放失,夷考天人之终始"、"其文也俊逸,其辞也条达,言直而事核,广博而纤悉,泓涵演夷,磅礴磊落"高度评价司马迁和《史记》:"诚百世不易得之文,抑万古不可无之书。"因为他尊重并忠实于历史,笔法出色,令人陶醉,所记述的历史事件翔实准确,不虚构统浩者的善事,也不隐瞒统治者的恶行,能够作到坚持真理,实事求是。在此,作者都是从正面议论司马迁的功绩,论人论事,用词恳切,毫无忸怩之态。

但是,接下来,作者笔锋一转,先扬后抑,"虽然,文者载道之器也,不深于道而能文者,未有伊人也",言及司马迁的另外一面:"不求正于周公孔子之道,独于文堂艺院而翱翔宿留"、"是以其才也莫及,其勤也良苦,而其立言也多疵"。用班固在《汉书·司马迁传赞》的话,说司马迁"是非颇谬于圣人,论大道则先黄老而后六经,序游侠则退处士而进奸雄,述货殖则崇势力而羞贫贱",指出司马迁的《史记》,在关于古圣贤的是非判断方面中有错误的——论天人大道是先黄老;叙述游侠则丢掉了真正的处士而让奸雄进入《游侠列传》;在记录物产、农商的《货殖列传》中推崇有势力的而羞辱了贫贱之辈。这些评价点明了"乃知立言者不可徒尚文辞,为文者不可不理情性"的重要性。

接着写道"且夫书苟尽善,不必求传而自不得不传;书苟有不善,传之愈久而其疵愈闻"、"但可图吾书之尽善,何必图世传之永久",指出了在"藏书名山"问题上的态度——"其不尽在我之实,而要名誉之不泯,无乃近于沉碑之太守。"书不能极尽完善在于自己,而想要名望与声誉都不消泯,恐怕和杜预沉碑一味追求名誉、不在乎文章好坏的做法没有什么不同了。在此,作者引用"杜预沉碑"的故事,虽只用了寥寥数语但却说理深刻。最后,作者写道"而余之有感于太史令者在是也"与前文"余相感于侯后,岂独取于良史"相照应,首尾呼应。

纵观全文,构思巧妙,论点鲜明,发人深思,立意深远。所论之事,事实充分,说理透彻。文中的引用或用典,都显得自然妥帖,无刻意雕琢之迹。文章不仅耐读有味,而且还波澜迭起,流畅明快。情理交融,气势磅礴,有极强的说服力和感染力,不愧为情激理切、气势浩瀚的一篇美文。

沈 东 龟

【作者简介】

　　沈东龟(1594~1660),字文征,自号晴峰,朝鲜朝青松人。沈东龟的先祖为洪孚,在高丽时期任卫尉丞;其先辈德符为朝鲜朝开国功臣;其高祖名为达源,官至判校,是当时名流;父亲名诨,官至礼曹判书。沈东龟本人在1615年得中进士,1624年仁祖在位时成为朝廷重臣。因此在朝鲜朝,沈氏一族的显赫程度是其他望族不能相比的。

　　据记载,沈东龟"生而秀异"、"髫龀能属文",说他不仅长相秀气,更是在六、七岁时就能写诗作文,因此少年沈东龟的文名已经很大了。在乙卯录取进士时,他却被昏党除了名,没有得中进士。但是到了仁祖即位后,他被推荐为泰陵参奉。甲子年得到提升,由注书的官衔提到翰林,从这以后做了四十多年的官。在这四十年中他大部分时间是在三司讲院任职,兼春秋馆知制教。

　　沈东龟的人品、文品都很高。据记载,他在谏院的时候,一位名叫李公埈的官员进言时犯了忌讳,言辞涉及到宫闱,使得国王十分震怒,沈东龟为其极力开脱争辩,结果被贬官。在贬官期间,沈东龟积极地为百姓做事。沈东龟的人品得到了士大夫和百姓的尊崇。在1636年,朝鲜发生"丙子胡乱"。在国难当头之时,沈东龟表现了忠臣的气节,追随仁祖,不离不弃。事后,沈东龟结束了贬官生活,重新在"三司"任职。

沈东龟做官期间兢兢业业,优贤扬历,做事非常有原则,凡事必用正确的方法引导国王,从不做违心的事情。虽因为刚正不阿屡次被贬,但从来不因此有怨悔之心。后来在沈器远逆狱事件中,沈东龟受到牵连被流放。这期间,沈东龟的父亲、长子、母亲先后谢世。父母的辞世对孝诚纯笃的沈东龟来讲,打击是巨大的。

沈东龟除了在国内政界和文坛颇有名气,还担任过外交使节。1643年,清主皇太极在沈阳驾崩,当时是行台中书舍人的沈东龟作为副使随朝鲜朝外交使团一道来到了沈阳吊丧。可以说,沈东龟的一生,是跌宕起伏的一生,是颠沛流离的一生,是刚正不阿的一生。他受儒家的影响极深,"君臣父子"已深深的浸入他的思想之中。他的一生,被时人称之为"其所谓有德而有言者",即文采与德行相一致的人。

著有《晴峰集》六卷,其中收一篇赋《次欧阳公病暑赋》。

【原文】

次歐陽公病暑賦

吾將避暑於東瀛兮,登萬仞之碧峯[1]。憩扶桑之森翳兮,扣雲闕之玲瓏[2]。王喬邀我以快遊兮,兩腋翼翼生清風[3]。茫乎邈無所倚兮,安得太乙之舟渡海如飄蓬[4]?吾將避暑於西崑兮,軼於埃壒之外[5]。隱日車之所沒兮,栖若木之所蔽[6]。來金飈於萬里,浴黃河之九派[7]。飛昇不可以學幻於仙術兮,奈積蘇之覼墜[8]。欲整駕而征南兮,洪爐熱焰而爍骨[9]。何異求解於沐漆兮,又若蔭偈於烈日[10]。欲抽身而走北兮,羌蠻鬼魅之雜聚[11]。窮荒涸陰吁可畏兮,豈人類之攸處[12]?東西南北皆不得以往兮,噫嘻!生靈孰焉能夫所逃[13]?

四序迭運於冥機,寧自安於所遭[14]。寔天道之常則兮,吾何怨乎獨勞[15]?當朱明之用事兮,諒無物而不焦[16]。忽陰陽之變節兮,有一氣之盈縮[17]。火龍既毒我肝腸兮,玄冥又閉我室屋[18]。余一生之所慕兮,貫四時之松竹[19]。又於世之所懼兮,慘俱焚之玉石[20]。知其天理自然而順之兮,乃至人之高躅[21]。漠寂默而凝神兮,庶寒暑之忘酷[22]。

【題解】

　　沈東龜的这篇小赋是依欧阳修的《病暑赋》之韵写成的。描写暑天难耐的酷热难以逃避,同时也告诫自己酷热之时,不要心烦意乱,要安之若素。这对在宦海中几度浮沉的人来讲,有很深的寓意。

【注释】

[1] 東(东)瀛:指东海。萬(万)仞:极言山高。古代八尺为一仞。碧峯(峰):青翠的山峰。

[2] 森翳:枝叶繁茂,遮蔽光线。扣:击;敲打;击打。雲闕(云阙):云雾掩映的宫阙。指月宫。玲瓏(珑):拟声词。玉声:泛指清越的声音。
[3] 王喬(乔):又名王子乔,神话人物。翼翼:飞动的样子。
[4] 茫乎邈無(无)所倚兮:此句按欧阳修《病暑赋》中原句应为八个字,疑脱掉"恃"字,应为"茫乎邈无所倚恃兮"。邈,距离遥远。太乙之舟:指神仙能任意遨游的仙舟。飄(飘)蓬:飘飞的蓬草。
[5] 西崑(昆):指昆仑山。多借指仙境。軼(轶):后车超前车。引申为超越。埃塿(ài):灰尘;尘埃。塿:同"塕",尘埃。
[6] 日車(车):指太阳。若木:见《岁寒松柏》注释[14]。
[7] 金飆(飙):秋季急风。
[8] 飛昇(飞升):指人服仙丹身体变轻,可以飞起在空中。代指成仙了道。積蘇(积苏):丛生的野草。飜(fān):"翻"的异体字,飞。
[9] 洪爐(炉):大火炉。爇(ruò):烧;烘烤。
[10] 沐漆:即"沐漆求解",是说进入官场就好比用黑漆沐浴,要想清白自身,是不可能的了。语出张耒《送秦少章赴临安薄序》:"自今今以往,如沐漆而求解矣。"蔭(荫):遮蔽。偈:通"憩",休息。
[11] 羌蠻(羌蛮):指少数民族。鬼魅:鬼怪。雜(杂)聚:聚集。
[12] 窮(穷)荒:极远的边塞。涸陰(阴):穷阴。指隆冬寒气凝或指极北之地。
[13] 生靈(灵):人民;百姓。
[14] 迭運(运):更迭运行,循环变易。冥機(机):指天机;天意。
[15] 獨勞(独劳):独苦。
[16] 朱明:夏季。用事:指当令;合时令。諒(谅):料想;认为。
[17] 陰陽(阴阳):指天气的变化。
[18] 火龍(龙):这里指夏季的酷热。玄冥:见《岁寒松柏》注释[9]。
[19] 松竹:松和竹。亦比喻节操坚贞和节操坚贞的贤人。
[20] 俱焚之玉石:美玉和石头一样烧坏。比喻好坏不分,同归于尽。
[21] 高躅(zhú):崇高的品行。躅,足迹。
[22] 漠:淡泊;恬淡。酷;极;甚。

【译文】

　　我将要到东海去避暑,攀登极高的青翠山峰。在枝繁叶茂的扶桑树下休息,叩开掩映在云雾中的月宫,声音清扬激越。仙人王乔邀请我去畅快地游历,飞行时只觉得两腋间有习习的清风生起。天地广大却没有可以依靠的,如何能够得到像飘飞的飞蓬一样轻盈自在的太乙金仙的神舟,来渡过茫茫的大海呢?我将要去西昆仑山避除暑热,超出这红尘之外。隐藏在太阳落下的地方,停留在神奇的若木荫蔽的地方。万里河山上刮起凉爽的秋风,在黄河众多的支流中欢畅地洗浴。想要成仙就不能从仙术中学习幻术,却奈何不了翻飞落下的野草。我想要整理车驾远行到南方,但是那里的太阳就像火炉喷出的烈焰一般炙烤人骨。这与用黑漆来洗濯以求得清洁有什么区别呢,又好比是在烈日之下求得阴凉啊。我想要抛身离开这里去北方,可那里又是羌蛮野人鬼怪混杂聚居之地。荒凉阴冷是多么可怕啊,哪里是人类所能够生活的地方呢?东南西北都不能前往了,唉,只是悲叹老百姓又往哪里去逃呢?

　　如果说四季的更迭运行是天意,那么我宁愿安于我的遭遇。这实在是天道运行的常规法则啊,我怎么能够满腹怨言独自为此费力劳神呢?正当夏季来临的时节,就要想到没有东西是不受炙烤的。天气忽然发生改变,只是一种节气的盛衰变化罢了。夏日如火龙一般火辣辣地炙烤我的身体,晦暗的寒冬又把我幽闭在一屋之中。我一生所仰慕的事物,便是那四季常绿的青松翠竹。而我在这个世上畏惧的事情,莫过于玉石俱焚的惨烈了。了解天道运行的规律并能够顺其自然,这是大彻大悟、超世脱俗之人崇高的品行。我要聚精会神,保持自己淡泊清净的心境,或许就会忘记寒暑之酷!

【赏析】

《次欧阳公病暑赋》一文,可以分为两部分:第一部分可以理解为暑天炎热难当,我设想到哪里去避暑,但我想到的地方又都被我一一否决了。第二部分,可以理解为我在劳心劳神之后,终于意识到无论是炎暑还是酷冬,都无非是自然的一种节气变化,是不以人的意志为转移的,所以要做到顺应时势,"心静自然凉"。

在赋中,作者树立了一个苦于暑热,又无处可避暑的形象。在开头他就直抒胸臆:"吾将避暑于东瀛兮",给这篇赋蓄下了一个态势:因为暑天的酷热,作者恨不能逃离炎炎的夏天,到高山云巅去享受凉爽的清风。围绕着这个主题,作者展开了想象,处处去寻找能够获得阴凉的境地。他首先想登上万仞的碧绿山峰,然后寻找到"扶桑之森翳",美美地在那里小憩一刻。然后再"扣云阙之玲珑",清泠的天籁之音,还有世人不可企及的高度,仙人王乔快活地邀我驾凤飞行,习习凉凉的清风生起于腋下,这该是多么美妙啊!这可否是我理想的境界呢?显然不是。因为,飞行时我明显地感到了"茫乎邈无所倚兮"——无可把握的形体,无可把握的思想负担使我不能追随王乔。那么上哪里去寻找让人踏上去即感安心的太乙神舟呢?这里,一个飘飞如鸟的王乔,一个漂游如蓬草的仙舟,都是同样可以让人获得清凉的所在,可是,仙舟却让作者感到踏实,富有安全之感,但它在哪里呢?——诗人的感叹就是"安得太乙之舟渡海如飘蓬"?这让人隐隐约约地感受到作者并不真的苦于暑热想寻找一个避暑胜地,联系一下作者所生活的那个时代,朝鲜朝的内忧外患——倭人作乱,后金的步步威逼,大明的大厦将颓,国内则是朋党相争,王权的血腥更迭,这是一个让人没有安全感的时代,百姓处于水深火热之中,而即使作为统治阶级一员,也谈不上拥有安全自在的生活。纵观作者跌宕浮沉的一生,可以把这篇赋与宋代欧阳修《病暑赋》表现士大夫优游的一面区别开来。

作者按东西南北方尽情抒写了他的避暑之畅想,最后总结:天下苍生都没办法逃掉这份酷暑！作者感叹之余，又仔细一想：一年四季的变换是出于天道运行的法则，这不是一人一物独自遭受的！作者又顺理成章地反思：我为什么要跳上跳下的苦觅避暑胜地呢？由此作者又省悟：无论热还是冷，那都无非是自然节气的变换罢了。人生就应该明白天道，顺应天道，那是圣贤高人的风范，我也只有顺时守分，凝神静默，心如止水，这样就会历经寒暑而忘记其严酷。

李 回 宝

【作者简介】

李回宝(1594～1669),字文祥,号石屏。朝鲜朝真城人。其先祖李硕,出身于县吏,后任密直使。李硕的儿子李子修,走上仕途后因为讨红巾军有功被封为松安君。从此子孙世代为官。李回宝的五世祖为李兴阳,官至训练参军。高祖名壕,是功臣。曾祖希清,官忠顺卫。祖父元晦,有学行,官拜参奉,没有赴任。父亲李炖,号壶峰,在仁庙反正之初,官拜永川郡守,病死在任上。母亲为安东军资监权正复之女,妻子为兴海进士裴得仁之女,与裴氏生有四男;继室是庆州崔氏,生一男国丛。

李回宝禀质卓异,有文艺天赋,幼时已有诗名。1629年,三捷大小初试,都取得第一,在庭科策问中取得第二名。1631年,被授予成均馆典籍。1632年升为工曹佐郎,1633年又升为户曹郎,因为得罪当权者,辞官还乡。1636年,护驾有功,被任命为分兵曹佐郎。后又被荐为舍人。

李回宝的父亲壶峰公为官十分贤达,李回宝继承了父亲为官的风格。在居官时,一切以清直自持,敢言不讳。在做郎署小官时,就敢于上书斥责当时权倾朝野的金自点,李回宝痛其包藏祸心,每次上疏,都涉及到金自点,不久金自点被处死。由于李回宝在该事件中起到很大的作用,被提拔为司仆寺正。他居官为政,一心考虑百姓的利益。还十分注重戎务,在意军器的改造。后来又被任命为礼宾寺正,但没上任,又被提拔为宗簿正。后来辞官还乡,75岁时去世。

李回宝一生风仪儁伟,器度宏阔。待人接物不喜好表现自己,临事而不拘细节。无论是为官还是在词章方面都被当世大君子所看重。由于他老成持重,办事得体,所以仕途上没有大的坎坷。

著有《石屏先生文集》6卷,其中包括4篇赋——《民安为甲兵》、《迷楼》、《岁寒知松柏》、《无尽藏》。

【原文】

民安爲甲兵　月课

　　舉目乾坤,修我古今[1]。象弭魚服,貝冑朱綬[2]。於斯乎別有甲兵,異於前所云[3]。非戈戟之耀目,豈旌旆之彗雲[4]。

　　普天之下,率土之濱[5]。寧邦有物,百萬斯民[6]。苟世君之拊此,任禦侮於同胞[7]。戎不待於詰爾,有自然之戈矛[8]。安之如何?發政施仁[9]。機有餘布,俾也絲身[10]。廩有餘粟,使之穀腹[11]。上怗恀兮下幼弱,計常裕於事育[12]。無一夫之失所,有萬姓之安堵[13]。

　　豈弟君子,民之父母[14]。孰不親上?撫我則后[15]。曰"吾君"而願戴,盡赤子之攸墍[16]。顧奠民之衽席,有盤石之國勢[17]。堅藏荷笠，利隱把鋤[18]。四境歡歌，萬里軍聲[19]。允矣民斯，非兵而兵[20]。昷已壯於黎庶，塵自靖於幅員[21]。誰知邊圉之無警，賴畎畝之息肩[22]。是所謂之甲兵，不血刃而萬全[23]。金鱗向日，頓覺無功[24]。雪鍔磨空，竟失其鋒[25]。猗無形之有險，豈觀兵之所及[26]。

箏往古之聖君，咸以此而爲國[27]。帝舜敷德，頑苗自格[28]。文王若保，崇密是忽[29]。卻獮猶於勞來，遏巒方於質爾[30]。歧兵民於世降，歎閱武之徒事。民前後之不殊，兵昔今之胡異？秦皇黷武，未免戍卒之叫[31]。漢帝修兵，終致崔蒲之盜[32]。

嗟爾世辟，本固邦寧[33]。胡然昧此，民外求兵。藏堅銳於庶民，偉我王之耀德[34]。既有備於蘇癃，可無畏於禦敵[35]。九重如何，宵旰深憂[36]。顧瞻四方，民亦勞止。盍言加惠，俾厥憂泄。

【題解】

本文是"月课"之作，"月课"是指每月对学子的科试。

"民安"意为使民安定。这篇赋提醒统治者要以仁德治国，使百姓身有衣，食有粮，老有所依，幼有所养。如果这样治理国家，那么百姓就将是国家最好的甲兵，无需民外求兵，集中体现了作者的民本思想。

【注释】

[1] 修:遵循。
[2] 象弭:以象牙装饰末梢的弓。弭,弓的一种,其两端饰以骨角。魚(鱼)服:鱼皮制的箭袋。貝(贝)胄:有贝形花纹的头盔。或说装饰有贝壳的头盔。朱綬(绶):红线;头盔上的红色线条。或说以红线把贝壳联缀在头盔上。
[3] 甲兵:铠甲和兵器。
[4] 旌旆:泛指旗帜。
[5] 普天之下,摔(率)土之濱(滨):全天下,四海内。出自《诗经·小雅·谷风之什·北山》:"普天之下,莫非王土;率土之滨,莫非王臣。"
[6] 寧(宁)邦:使邦国安宁。
[7] 拊:同"抚",安抚;抚慰。
[8] 戎:征伐;战争。詰(诘):谴责。自然:犹当然。
[9] 發(发)政施仁:发布政令;实施仁政。比喻统治者施行开明政治。
[10] 俾:门役。
[11] 穀(谷)腹:即果腹。喂饱肚子。
[12] 怙恃(hù shì):犹言凭借;凭恃。《诗·小雅·蓼莪》:"无父何怙?无母何恃?"后因用"怙恃"为父母的代称。事育:服侍养育。
[13] 安堵:安定;安居。
[14] 岂弟(kǎi tì):同"恺悌",和易近人。
[15] 撫(抚):安抚;抚慰。后:指君主。
[16] 願(愿)戴:拥戴。墾(垦):休息。
[17] 衽席:见《军法行酒赋》注释[23]。盤(盘)石:即磐石。大石。喻稳定坚固。
[18] 荷笠(lì):背着斗笠。此处借指农人。
[19] 軍聲(军声):军队的声威气势。
[20] 允:语气助词,无实义。斯:语气词,用于句末。
[21] 嵒:嵒,"岩"的异体字,高峻的山崖。黎庶:黎民。靖:安定;和平。幅员(员):指疆域。广狭称幅,周围称员。
[22] 邊(边)圉(yǔ):边疆;边地。圉,边疆。息肩:卸去负担。谓休养生息。

[23] 萬(万)全:万无一失;绝对安全。
[24] 金鳞:指在日光照耀下守城将士金光闪闪的甲衣。
[25] 雪鍔(锷):雪白的刀刃。
[26] 觀(观)兵:显示兵力。《左传·宣公十二年》:"观兵以威诸侯。"
[27] 筭(suàn):同"算",计算;谋划。
[28] 敷:布施;分布;散布。格:击;打。
[29] 崇密是忽:周的邻国君主崇侯虎曾向纣告密,说西伯(周文王)将不利于纣。崇,古国名,商的属国,在今河南省嵩山北,到崇侯虎时,为周文王所灭。忽,不重视;忽略。
[30] 卻(却):退却。玁(猃)狁(xiǎn yǔn):见《一将功成万骨枯赋》注释[48]。勞(劳)來(来)(lài):慰劳安抚来者。遏:阻止。蠻(峦)方:南方。質爾(质尔):使它们作为保证的人。
[31] 戍卒之叫:指举义者造反的声势。戍卒,指陈胜、吴广。语出《阿房宫赋》:"戍卒叫,函谷举,楚人一炬,可怜焦土。"
[32] 萑蒲之盗(盗):指盗贼、草寇。萑蒲,即萑苻。春秋时郑国有萑苻泽,是盗贼聚集处。
[33] 世辟:君主。
[34] 耀德:显扬德化。《国语·周语上》:"先王耀德不观兵。"
[35] 蘇(苏)癃:使年老疲惫者得以复原。苏,病体复原。引申为困顿后得到休息。癃,手足不灵活之病。
[36] 宵旰:即宵衣旰食。天不亮就穿衣起床,晚上才吃饭歇息。旰,晚。

【译文】

放眼观看天地之间,遵循古法治理当今。那些弓都是用象牙装饰弓端的,那些箭袋都是用鱼皮制的,头盔上用红线缀满了贝壳。但在这里另有一些铠甲和兵器,与前面说的不同。不像戈戟那样耀眼,又不如旗帜蔽拂云天。

普天之下,四海之内,安邦定国是可以用(除了甲兵之外的)其他事物的,那就是百万的人民。如果当代的君主抚慰他们,依靠同胞们抵抗外来欺侮,战争就不会受到谴责,百姓当然会拿起戈矛保卫国家。使天下安定该怎么做呢?那就是发布政令施行仁政。使百姓织机上有剩余的布匹,门役身上也可以穿丝衣。使百姓米仓里有多余的粮食,人人都能吃饱。上到父母下到幼儿,对于侍奉和养育常常都有充足的准备。没有一个人失去住所,百姓都安居乐业。

和乐平易而厚道的人,可以做百姓的父母官。谁不亲近和乐平易厚道的君主?能抚慰我们的就是君主。口称:"吾君"并心甘情愿的拥戴,是因为他能够注重人民的休养生息。能考虑百姓太平生活的,就会有磐石一样的国势。坚兵利器都藏于百姓手中。全国内一片欢歌,就是能传到万里之外的军势声威。你公允地施政于民,那么,百姓不是兵却也是兵啊。高峻的山崖因为有这样的百姓而倍加雄壮险峻,四境之内也就变得安定和平。谁知道边疆没有危险,是源于让老百姓休养生息而在田间种地啊!这就是所说的甲兵,未经过战斗而得以万全。金甲在日光下犹如片片金鳞,却一下子觉得它没有什么用处;刀剑的刃磨得雪亮,但它的锋利也是徒然的。无形之中蕴有险隘,这可不是靠显示兵器可以就可以达到的。

看古代那些圣明的君主,都是这样来治理国家的。舜帝广施仁德,以至于(感化得)那些顽冥的异族也自我克制了。周文王爱民如子,文王伐崇,杀崇侯虎。但下令不许杀害崇人。用怀柔办法来阻拦狎狁侵袭,用人质来遏止南方蛮人的攻击并使他们保证不来侵扰。在世风日降之时兵与民越来越有差别,感叹阅武这样的事也是徒劳无功的。前与后的人民没有什么区别,古今士兵怎么会有所不同呢?秦始皇穷兵黩武,难免天下大乱。汉帝修整军事,最终草寇四起。

感叹那些国君,国之根本巩固,国家就会安宁。为何要如此的愚昧,到百姓之外去求兵呢?在百姓中隐藏尖锐的武器,光耀我王的伟大与美德。连老弱病残的人都有了准备,就可以无所畏惧地抵御外敌了。九重之上的君主又如何呢,日日夜夜担忧不已。环顾四方,人民也已经够劳累的了,可以让他们休息一下吧。说什么要施与恩惠,不过是发泄一下心中的怨忧罢了!

【赏析】

这篇赋谈古论今,鲜明地提出观点:只要统治者体恤人民,使老百姓衣食无虞,安居乐业,那么就会"宁邦有物"。因为衣食足,知廉耻的人民首先不会成为"萑蒲之盗",另外,谁给了老百姓幸福安定的生活,老百姓就会拥戴谁,谁也就拥有了"盘石之国势",当有外敌入侵时,民众就是最险要的拒敌岩隘。况且,仁义治国,国力鼎盛,外邦也是不敢觊觎于斯的。因为民众不允许谁来破坏自己幸福安定的生活,所以"四境欢歌"就是"万里军声"!百姓"非兵而兵","坚藏荷笠,利隐把锄",故而,广施仁政可以"却狃犹于劳来,遏忿方于质尔"。

这篇赋采用了正反对比的方式论证了"民安为甲兵"这个观点。赋中用仁义治国的帝舜、文王和穷兵黩武的秦皇汉武不同的结果相对比,得出了"有备于苏癯,可无畏于御敌"这一结论。作者最后指出只要让民众休养生息,君王则大可不必"宵旰深忧",呕心沥血地去治理国家。

金庆余

【作者简介】

金庆余(1596~1653),字由善,号松崖,原籍庆州。父亲金光裕,母亲是郡守宋枏寿的女儿。金庆余是朝鲜朝中期的文臣,也是著名的文学家。1624年(仁祖二年),他担任别座一职,后担任直长、主簿及扶余县令,1632年晋升为世子翊卫。谒圣文科时通过丙科科举被任命为礼曹正郎、持平,历任直讲、司书及正言等官职。1636年"丙子胡乱"发生后,作为督战御史,保护王避难于南汉山城。1648年虽拔擢为承旨,但是他推辞没有上任。1649年作为大司谏,上了六条疏,第二年又作为忠清道观察使,负责军队的训练。1653年去世,谥号文贞,被追赠为左赞成,祭享在靖节书院。

金庆余的文学作品收录在《松崖先生文集》卷中。该集共分六卷,另有续集两卷。每卷内容形式均有不同。其中卷一为诗;卷二为疏15篇,启28篇;卷三为书20篇、祭文3篇、杂著5篇;卷四为拾遗,共收录赋、表、铭共15篇;卷五、卷六为附录,其中收录年谱、挽词、祭文等共计26篇;续集卷一收录启7篇、书6篇、策1篇;续集卷二收录作品12篇。

【原文】

游仙枕賦

若有枕兮,異粲兮角[1]。殊色綾木,光凌七寶,制菱琥珀,是適用於假寐[2]。胡爾名之遊仙[3]?羌瓊樓之一欷,遍弱水之三千[4]。想夫葉累仙李,有君不羈。紅塵局束,悲志氣之衰。長嘯宇宙,驚兩鬢之霜[5]。千秋往事,一枕黃粱[6]。波寒鼎湖,雲斷蒼梧[7]。

嗚呼已矣!吾寧從赤松而優遊[8]!於是集迂兮燕齊,採藥兮蓬萊[9]。黃鼎十年,青鳥不來。丹砂九轉,真訣難傳[10]。三清何處,十洲籠煙。求之不得,寤寐思服[11]。

龜玆有國,碼磂納錫[12]。苟枕此者,足以凌倒景而出寥廓,皇心如有所得[13]。受言置之臥榻,將秦帝之肆志[14]。枕宰予之日午,無何,蝴蝶導前,睡魔在後,鸞車已□,鶴駕催行[15]。羽其腋兮飄如,倏爾舉兮上征[16]。披赤城之丹霞,襲桂府之清泠[17]。祥雲兮靈靆,瑞氣兮瓏玲[18]。瑤草兮長春,紫芝兮不老[19]。會穆王於瑤池,集群仙於北斗[20]。人間天子,上界堪輿[21]。不出門庭,辦勝遊兮[22]。誰謂無仙,一枕幻之。誰謂渺茫,一夢遊之[23]。忘凡骨之未蛻,喜夙願之今償[24]。謂神仙之可能,永玉舄於靈境[25]。漁陽之鼙鼓忽警,邯鄲之驚夢恩恩[26]。仙都玉京之茫茫,一華清之老翁奇遊[27]。捕風之莫及,引領兮長嗟[28]。

嗚呼!明王御極,吉夢維何[29]。恭默之朝,帝賚良弼[30]。愼德之時,朕夢協卜[31]。不夢此而遊仙,胡唐帝之迷溺[32]。而況術涉詭誕,天下寧有惟秦暨漢,鮮能之久[33]。仙莖雖擢,蕭蕭茂陵之雨[34]。童女不返,慘慘驪山之樹[35]。既妖妄之若茲,詎一枕之能致[36]。嗟帝之夢,夢中之夢,終然莫辨夫眞僞[37]。致風塵之鴻洞,凄涼斷腸之雨,幾無寐而反側[38]。回首向來之一夢,何所益於人國[39]。昔爾祖之寅畏,不安枕於丙夜[40]。

【题解】

游仙枕是传说中的枕头名。根据五代王仁裕《开元天宝遗事·游仙枕》记载:"龟兹国进奉枕一枚,其色如玛瑙,温温如玉,制作甚朴素。枕之寝,则十洲、三岛、四海、五湖尽在梦中所见,帝因立名为游仙枕。"这篇赋借用游仙枕,讽刺了历代求仙拜佛、谋求长生不老却不顾民生疾苦的封建统治者。

【注释】

[1] 若:助词,表示语气。粲:鲜明;美。
[2] 绫(綾):一种很薄的丝织品。凌:超过。七寳(宝):佛教语。七种珍宝。佛经中说法不一,如:《法华经》以金、银、琉璃、砗磲、玛瑙、真珠、玫瑰为七宝;《无量寿经》以金、银、琉璃、珊瑚、琥珀、砗磲、玛瑙为七宝;《大阿弥陀经》以黄金、白银、水晶、琉璃、珊瑚、琥珀、砗磲为七宝;《恒水经》以白

银、黄金、珊瑚、白珠、砗磲、明月珠、摩尼珠为七宝。制:式样。蔑:细小;细微。假寐:打盹儿;打瞌睡。

[3] 名:叫做;称为。

[4] 瓊樓(琼楼):形容华美的建筑物。诗文中有时指仙宫中的楼台。歆:飨。谓祭祀时神灵享用祭祀的香气。弱水:古水名。由于水道水浅或当地人民不习惯造船而不通舟楫,只用皮筏济渡的,古人往往认为是水弱不能载舟,因称弱水。

[5] 不羁(羁):才行高远,不可拘限。局束:窘迫拘束。悲:为……感到难过。霜:借喻白发。

[6] 一枕黃(黄)粱:即"黄粱梦"。唐沈既济《枕中记》载:卢生在邯郸客店中昼寝入梦,历尽富贵。梦醒,主人炊的黄粱尚未熟。后因以喻虚幻不实的事和欲望的破灭。

[7] 寒:使……寒冷。

[8] 赤松:见《薏苡化明珠》注释[21]。優遊(优游):生活得十分闲适。

[9] 迁:怪迁;怪异迂阔。採藥(采药):采集药物。这里指隐居避世或求仙修道。蓬萊(蓬莱):神话中渤海里仙人居住的三座神山之一(另两座为"方丈"、"瀛洲")。

[10] 黄(黄)鼎:即金鼎。特指道士炼丹之鼎炉借指炼丹或炼丹之术。青鸟(青鸟):神话传说中为西王母取食传信的神鸟。丹砂:一种矿物。炼汞的主要原料。可做颜料,也可入药。九轉(转):九次提炼。道教谓丹的炼制有一至九转之别,而以九转为贵。

[11] 三清(清):道教所指玉清、上清、太清三清境界。十洲:道教称大海中神仙居住的十处名山胜境。亦泛指仙境。籠(笼):笼罩。求之不得,寤寐思服:语出《诗经·关雎》。思服,思念。

[12] 龜茲(龟兹):古代西域国名,在今新疆库车县一带。碼(码):同"玛",玛瑙。磂:古同"硫",硫黄。納(纳):放入。

[13] 淩:迫近;逼近。倒景:指天上最高处,日月之光反而下上照,而于其处下视日月,其影皆倒,故称天上最高的地方为倒景。景:通"影"。

[14] 之:指游仙枕。肆:快意;随心;纵情。

[15] 睡魔:浓浓的睡意。鸞車(鸾车):神仙所乘的车。缺:亏缺。鶴駕(鹤驾):仙人的车驾。

[16] 羽:插上羽毛。倏爾(倏尔):忽然。

[17] 赤城:道教传说中的山名。襲(袭):加衣;穿衣。桂府:桂宫。即月宫。清(清)泠:高洁美好;清新美好。
[18] 靉靆(叆叇)(ài dài):指云雾漂浮缭绕的样子。瓏玲(珑玲):明澈精巧。
[19] 瑤(瑶)草:传说中的香草。紫芝:真菌的一种。也称木芝,似灵芝,道教以为仙草。
[20] 瑤(瑶)池:神话中昆仑山上的池名,西王母所住的地方。《穆天子传》卷三:"乙丑,天子觞西王母于瑶池之上。"
[21] 上界:神仙所处的世界。堪輿(舆):天地的总名。许慎曰:"堪,天道也;舆,地道也。"
[22] 門(门)庭:家门;门户。勝遊(胜游):快意地游览。
[23] 渺茫:时地远隔;模糊不清。指与仙境相距遥远。
[24] 蜕(蜕):蜕变。凤願(愿):一向怀有的愿望。
[25] 舄(xì):古代一种以木为复底的鞋。后泛指鞋。
[26] 漁陽(渔阳)之鼙(pí)鼓:见《马嵬驿》注释[16]。邯鄲(郸)夢(梦):即"黄粱梦",见本文注释[6]。匆:"匆"的异体字,形容急促。
[27] 玉京:泛指仙人居住的地方。華清(华清)之老翁:应指唐玄宗。华清,华清池,在陕西省临潼县城南骊山西北麓。
[28] 捕風(风):捉风。比喻难以实现。引領(领):伸直脖子(向远处眺望)。
[29] 明王:圣明的君主。禦極(御极):登极;即位。維(维):因为。
[30] 恭默:庄敬而沉静寡言。賚(赉):赐予;给予。良弼:犹良佐。
[31] 慎(慎)德:注重道德修养。協(协):相同;相合。
[32] 唐帝:唐代的皇帝。唐代皇帝中有五位因服用丹药中毒丧命,他们是太宗、宪宗、穆宗、武宗、宣宗。其他皇帝中也有迷恋丹药的。迷溺:迷惑沉溺。
[33] 术:指方术。詭誕(诡诞):怪异荒诞。
[34] 仙莖(茎):仙草的茎叶。擢:拔。蕭蕭(萧萧):形容风急雨骤。茂陵:汉武帝刘彻的陵墓。
[35] 童女不返:指徐福被秦始皇派遣,带童男童女出海采仙药,一去不返。详见《史记·秦始皇本纪》和《史记·淮南衡山列传》。惨惨(惨惨):昏暗的样子。驪(骊)山:在陕西省临潼县东南,因古骊戎居此得名。秦始皇的坟墓也在骊山,文中代指秦始皇陵。
[36] 妖妄:怪异荒诞。若兹(兹):如此。詎(讵):岂;怎么。

[37] 夢(梦):这里指求仙的行为。
[38] 鴻(鸿)洞:虚空混沌;漫无涯际。
[39] 向來(来):先前。人國(国):国家。
[40] 爾(尔)祖:应指唐皇的先祖。寅畏:敬畏。安枕:安眠。亦用以比喻无忧无虑。丙夜:三更,晚上11点到翌日凌晨1点。

【译文】

有这样一个枕头,枕头的边角发出特别美丽的光泽。它的颜色不像丝织的也不像木制的,它的光耀超过佛教中的七种珍宝,样式小如琥珀,正适用于打盹。它为什么叫做游仙枕呢?(枕着它)可以享受到仙宫楼台上的神灵之气,足迹踏遍三千弱水。想到有枝叶累累的仙果树,有人不愿受拘束。为纷繁社会的规矩所约束,为志向低落而难过。在宇宙间长啸,却惊讶地发现两鬓已经斑白。岁月久远的往事,原来也只是美梦一场。只见得那鼎湖上寒冷的波光,以及高处被云遮挡的苍翠梧桐。

唉!我宁愿跟随着赤松子去过闲适的生活。这样就可以在燕齐之地收集荒诞的故事,到蓬莱仙岛去采药。已经炼了十年仙丹,传说中的青鸟却没有来。丹砂经过了九次提炼,炼丹的口诀却难以流传。道教的三清境界依然难以探访,十洲胜境,也同样朦胧难寻。探求不到这些,翻来覆去不能入睡。

古代西域的龟兹国,将玛瑙和硫磺放入锡器中。如果枕着这枕头,完全可以接近天下最高的地方,身处空阔而深远的空间,皇帝的心意似乎也能得到实现。接受进言,将游仙枕放在床榻上,(便能够)完成秦始皇(长生不老)的心愿。枕着枕头睡到中午的时候,不久(看见)蝴蝶在前面引导,睡意沉沉时,鸾车已经备好,仙驾催促我上路。

我的腋下插满羽毛而随风飘去,忽然飞向高处。身披赤城的丹霞,再着上月宫高洁的外衣。祥云飘浮缭绕,吉祥之气明澈。仙草长青不败,灵芝长生不老。在西母的瑶池与周穆王会面,前往北斗七星与神仙会合。人世间的皇帝,不用迈出家门,能够到处随意游览,遍访神仙及天地万物。谁说没有神仙,枕上一梦就能让人见到神仙。谁说和仙境相隔遥远,枕上一梦就可以让人如游仙境。忘记了自己尚未退去凡人躯体,为实现了夙愿而欣喜。相信真的有仙境存在,希望能让步履在仙境中停留的时间延长。(忽然)渔阳的鼓声响起,从黄粱美梦中匆匆惊醒。神仙居住的地方(依然)茫茫不可寻觅,唐玄宗在华清池有神游太虚的神奇经历。捕风尚且来不及,伸直脖子眺望远方不免唏嘘长叹。

唉!圣明的君主登基即位,还需要好梦做什么呢?讲究实干的朝代,皇帝会赏赐能够佐政的大臣。注重道德修养的时代,帝王会梦到祥和的占卜。不做这样的梦而梦到游仙,为什么唐皇迷惑沉溺于此。更何况方术几乎都是怪异荒诞的。天下(朝代)少有历久不衰的,不光只是秦朝和汉朝。虽然已经采摘了仙草的茎叶,汉武帝的陵墓依然风雨潇潇。寻访仙药的童女没有回来,骊山秦始皇陵也是树木萧瑟。那么如此荒诞怪异的行径,怎么是睡在枕头上做梦能够达到的。感叹唐皇所做的梦,梦的真实与虚幻,最终也不能分辨真假。虚空混沌之地,却招致了世俗风尘的侵扰,在孤寂冷落让人愁苦的雨夜,几乎让人辗转反侧,无法入眠。回过头来看先前做过的梦,对国家没有任何好处。过去唐皇的先祖因为对国家社稷心怀敬畏,所以在深更半夜也不能安枕而睡。

【赏析】

　　游仙是古代文学作品中的一个传统题材,其兴起主要是受道教、玄学的影响。中国游仙题材的作品,在诗歌方面大多是表现追求隐逸、崇尚自然的心态,如郭璞的游仙诗;在小说方面,则大多叙述漫游仙境、成仙得道之事,如唐传奇《游仙窟》。而像《游仙枕赋》这样通过描绘游仙枕的神力,漫游仙境,体会到仙人的种种好处而去抨击现实,斥责统治者追求成仙得道之荒谬的文章,实属不多见。

　　文章首先从游仙枕的光泽、颜色、样式等方面对其进行了一番细致的描绘,然后借游仙枕名字的来历来赞叹其神力,并表达"吾宁从赤松而优游"的心愿。紧接着描写了仙境的美好,这一部分,作者极尽渲染之能事,"祥云兮暧叇,瑞气兮珑玲。瑶草兮长春,紫芝兮不老"。将仙境写得无比美好及人在仙境中沉醉自得的心态。然而,"渔阳之鼙鼓"惊醒了"邯郸之梦"。接着,作者笔锋一转,将笔触指向现实,道出所谓仙境是"捕风之莫及"的,指出历代帝王追求所谓成仙得道是极其荒谬的行为,不是明君所为,并发出"即妖妄之若兹,讵一枕之能致"的强烈谴责,道出文章的真实意旨。

　　这篇赋在艺术上也有许多值得称道的地方。首先,借用了兴的手法。按朱熹的说法,"兴者,先言他物以引起所咏之词也"。本文意在讽谏统治者寻仙访道的行为,作者并不直接入题,反而先虚写自己游仙的种种经历,由鼓声惊醒,得出所谓仙境不过是南柯一梦,进而切入主旨。这样写,说理透彻,有信服力,并在结构上给人耳目一新之感。其次,文章虚实结合、描写与议论安排得恰到好处。本文由现实入梦境、虚写游仙之感,再借助鼓声,将自己拉回现实,发表感慨,并以回顾自己的梦来结尾。这个过程中虚实结合,描写与议论穿插进行,安排得当,突出了文章的主旨。另外,本文语言生动,描写细致,其赋体颇有楚辞之遗风,是一篇讽谏的好文章。

申翊全

【作者简介】

申翊全(1605～1660),字汝万,号花川、东江,出生于汉城养生坊,本籍平山,是朝鲜朝中期的文官。

申翊全曾在金尚宪门下读书,父亲是领议政钦,母亲是全义李氏(李济臣之女)。1626年考入文科丙科,但因父亲是考官,宪部有争论而落榜。1636年考入文科,因动乱,延误了发榜。1637年秋(仁祖十四年)至1641年曾经做过斋郎。1639年(仁祖十六年)以义顺公主护行使者的身份去过燕京。1642年因祭拜箕子庙,以崇拜明朝的理由被抓到清朝,后由世子的邀请得以释放回国。回国后,先后任舍人、光州牧使等职务。孝宗皇帝时,曾在丰州、义州、丙州等地任职,曾以春秋馆同知事的身份参与过《仁祖实录》的编撰,后历任汉城府左宰相和右宰相、都承旨。对易学颇有研究,善于书法和写文章。他的官场生涯因昭贤世子的死而处于微妙的处境,有时危机四伏,但终因他的忠信而没有遇到大的危难,得以安度晚年。

著有《东江遗集》、《密阳志》。其赋作有《拟蝉赋》等3篇。

【原文】

次陶淵明歸去來辭

乙酉仲冬，余有出宰光山之役[1]。馬上忽憶淵明《歸去來辭》，感而和之，寔以寓懷，匪關效顰云爾[2]。

歸去來兮，乘茲五馬將焉歸！如摘埴之無相，撫身名而堪悲[3]。偭淳熙其旣遰，佩訓謨猶可追[4]。憶稚齡之蛾術，矢寡過於知非[5]。質菲薄其難化，慨未遂乎初衣[6]。遵功令而隨衆，所學之日微[7]。

荏苒涼燠，星歲其奔[8]。云余奏策，於彼金門[9]。紆青拖紫，榮利攸存[10]。璞喪以制，木災而樽[11]。羌束帶而立朝，幾跼影而靦顏[12]。際風塵之多警，痛邦家之敉安[13]。伊薛公之魁然，尙被拘於函關[14]。矧事變之糾纏，孰先幾而大觀[15]。嘻頽波之汩汩，繄東注以不還[16]。抱《麟經》而沈思，宜聖筆之褒桓[17]。

歸去來兮！願輕擧而遠遊[18]。玄圃湃以空闊，捨斯道而何求[19]？期謇謇以匪躬，欲少紆乎主憂[20]。衆皆競進而好朋，昧道王於箕疇[21]。太行摧車，瞿塘覆舟[22]。見險止之稱智，趾擬賁於林丘[23]。時反顧而永懷，泫余涕之橫流[24]。稽前修之逸迹，惟一行與一休[25]。

已矣乎！太上避世次避地[26]，軌躅雖殊皆莫留。胡爲乎營營若失之[27]？其去固靡追，其來有如期[28]。伊天植之根我，宜日耘而日耔[29]。旣允執之載書，亦毋邪之詠詩[30]。不敏而可已，庶致工於無疑[31]！

【题解】

《次陶渊明归去来辞》选自《东江遗集》之卷一。这篇文章作于作者被贬外放期间，是一篇述志的作品，着重表达了作者对黑暗官场的厌恶和鄙弃，赞美了农村的自然景物和劳动生活，也表明了他归隐的决心。

【注释】

[1] 乙酉：公元1645年。仲冬：冬季的第二个月，即农历十一月。出宰：由京官外任。
[2] 寓懷(怀)：寄托情怀。效嚬：即"东施效颦"。见《续续杞菊赋》注释[18]。
[3] 五馬(马)：太守的代称。埴(zhí)：黏土。無(无)相：无人扶助。撫(抚)：据有；占有。
[4] 佴：背；违反。淳熙：质朴敦厚。逖(tì)：远。佩：原指结于衣带上的饰物，在此引申为牢记在心里。訓謨(训谟)：《尚书》六体中"训"与"谟"的并称。后亦用以泛指训教谋画之词。
[5] 稚齡(龄)：年少。蛾術(术)：据《礼·学记》记载："蛾子时术之。"意思是，蛾蚁虽然是小虫，但也时时不会忘记连续地劳作，从而渐渐地就能积土成堆。矢：通"誓"，发誓立志，永不改变。
[6] 初衣：谓入仕前的衣着。
[7] 微：减少。

[8] 荏苒(rěn rǎn):时间在不知不觉中渐渐过去。凉燠(yù):凉热。指冷暖;寒暑。燠,暖。星歲(岁):岁月。

[9] 金門(门):"金马门",汉代宫门名,学子待诏之处。

[10] 紆(纡)青(青)拖紫:汉制,诸侯佩带的印绶为紫色,公卿为青色,以之比喻官位显贵。存:停聚。

[11] 璞:未雕琢过的玉石。以:通"已",已经。木災(灾):谓作为制作器皿的材料是木的不幸。

[12] 束带:指整饰衣冠。立朝:指在朝为官。幾(几):细微的迹象。跼:"局"的异体字,局促;约束。靦顏(腼颜):面容羞愧。

[13] 際(迹):遭遇;逢。敉(mǐ)安:安抚;安定。

[14] 魁然:卓然突出的样子。魁,通"块"。函關(关):函谷关的省称。

[15] 糾纏(纠缠):相互缠绕。先幾(几):预先洞知事物发展的苗头。

[16] 頹(颓)波:向下流的水势。比喻衰颓的世风或事物衰落的趋势。東(东)注:东流入海。

[17] 麟經(经):指《春秋》。孔子作《春秋》至获麟绝笔,故《春秋》又称"麟经",也称"麟史"。沈思:深思。沈,同"沉"。褒:赞扬;夸奖。桓:古代立在城郭、宫殿、官署、陵墓或驿站路边的木柱。

[18] 輕舉(轻举):飞升。

[19] 玄圃:同"悬圃",谓仙境。漭:形容广阔无际。

[20] 謇謇:忠贞;正直。匪躬:谓忠心耿耿,不顾自身。少:稍;略微。紓(纾):解除;排除。

[21] 昧道:不懂得道理。箕畴:指《尚书·洪范》之"九畴"。参见《〈河图〉赋》注释[46]。

[22] 摧:破坏;折断。瞿塘:"瞿塘峡",为长江三峡之首,也称夔峡。

[23] 趾:踪迹。賁(贲)(bēn):通"奔",急走。林丘:指隐居的地方。

[24] 永懷(怀):抒发情怀。永,通"咏"。泫(xuàn):水珠下滴。

[25] 稽:考核。前修:指前贤。逸迹:遁迹。指隐居。一行:一种德行;一种特出的行为。《淮南子·人间训》:"今卷卷然守一节,推一行,虽以毁碎灭沉,犹且弗易者,此察于小好而塞于大道也。"一休:指一种德行。

[26] 太上:犹言最上。

[27] 軌(轨)躅:指旧轨故迹。殊:不同。营营(营营):往来不绝的样子。

[28] 靡:无;没有。

[29] 耘:除草。耔:在植物根上培土。
[30] 允執(执):即"允执其中"。《论语·尧曰》:"天之历数在尔躬,允执其中。"意思是说真诚地坚持不偏不倚的正道。载書(载书):盟书,会盟时所订立的誓约文字。毋邪:即"无邪","思无邪"的意思。语出《论语·为政》:"子曰:'诗三百,一言以蔽之,思无邪。'"诗的最高标准是中和雅正,谓之"无邪"。
[31] 工:细致;巧妙。

【译文】

乙酉年的农历十一月,我由京城外调到光山去任职,骑着马忽然回忆起陶渊明的《归去来兮辞》,有所感慨就写了篇和韵辞,这是为了抒发我的情怀,并非是效颦之举。

回去吧!我乘着太守坐的马车将回到哪里?整个人像松散的黏土一样无人扶助,有身名的同时忍受着悲伤,(因为)违背质朴敦厚的本性,(所以)已然远离而去,牢记自己现在还有补过的机会。回想起年少时勤奋学习,发誓要懂得是非而少犯错误。(我)资质浅薄难以教化,感叹没有达到入仕的水平,随从众人延续旧时的法令,但是学习的东西一天比一天减少。

冷暖更替,岁月流逝。我们在金门中忙于政事,高官厚禄,利禄功名同存。玉璞因打磨加工而失去自我,木材因被制成酒器而遭受灾祸。只有衣带整齐才可以去上朝,细微之处也小心谨慎而又面带愧色。在社会和官场中要时刻保持警醒,为国家还未安定而悲痛。像薛公这样独立不群的人,尚且被扣押在函谷关,更何况时事善变、搅扰不休,谁又能够预先知道将来是什么景象。湍急的流水,向东流去,不再回来。抱着《春秋》这部书陷入沉思,认为这本书就是圣人为后世树立的好榜样。

回去吧！希望能飞升而远游。仙境广阔而又空旷,如果舍弃了隐居这条路我还能做什么呢？希望以正直之言表达自己的忠心,解除君主的忧愁。大家都争着向上爬而互结朋党,愚昧而不懂得箕畴中所阐释治理天下的道理。太行山能折断车辆,瞿塘峡能够使船翻倒,在遇到危险的时候及时停止才能称作真正的智慧,(因此)打算奔向林丘而隐居。时而回顾过去而有所怀念,涕泪纵横。考核前贤隐逸之迹,只是坚守一种德行和特殊的行为。

算了吧！最上乘的是避世,其次是避地,做法虽然不同,但都不留在世俗,为什么好像失去了什么一样？失去的已经追不上了,要来的终究会来。这种天生俱备的秉性,在我的身上生根,应该每天去耕耘。既发誓要真诚地坚持不偏不倚的正道,也要去吟咏那些纯正的诗篇。不聪敏也就算了,还希望能够达到精细而没有疑惑的程度。

【赏析】

1645年,申翊全由京官外调任县官并写下了《次陶渊明归去来辞》。这篇辞不仅是申翊全一生转折点的标志,亦表现出他的归隐意识达到了高峰。

文章前半部分写了作者由京官出任县官,回忆在朝为官时诗人深知为"口腹自役"而出仕,即丧失自我而"深愧平生之志"。文中并未多言官场中的黑暗情形,只说自己"羞愧而独悲"的心情;对以往的居官求禄,也只说"不谏"和"昨非",不作更深的追究;他决定今后不再跟达官贵人来往,语言虽然和婉,意志却是坚如金石。这种淡远潇洒的文风,跟作者安贫乐道、超然物外的处世态度完全一致。

文章的后半部分是诗人人生哲学的高度概括。《易经·系辞》云:"乐天知命故不忧。"让自己的生命始终顺应自然之道,即实现了人生的意义,此足可快乐,还有何疑虑呢!这是超越的境界,同时又是脚踏实地的。

《归去来兮辞》的境界,是隐退避世的超越境界。中国传统士人受到儒家思想教育,以积极用世为人生理想。在政治极端黑暗的时代,士人理想无从实现,甚至生命亦无保障,这时,弃仕归隐就有了其真实意义。

任 守 干

【作者简介】

  任守干(1665~1721),字用誉,号遯窝。籍贯丰川,朝鲜朝后期文臣,右参赞相元的儿子。1690年(肃宗十六年)庚午式年试三等,1694年(肃宗二十年)甲戌谒圣试丙科一等,1707年(肃宗三十三年)丁亥重试丙科二等。1699年,与李晚成等8人一起晋升为弘文录。之后任命为修撰、校理、正言、副修撰等。1703年,论述党争的弊端和时政的得失,但是并没有得到认可,于是暂居乡下,随即做了持平,之后一边任吏曹佐郎一边任修撰、校理等职。

  1709年,任守干被选拔为赐暇读书,第二年作为副史被派遣到日本,这时他写下了《东槎日记》。1711年5月开始到第二年2月,近10个月的时间分别写了《乾》、《坤》。他把日记和重要的记录分开来写,而且日记有分门别类的小题目,一目了然,毫不混乱。任守干的《东槎日记》现在收入《海行揔载》第9辑。之后因为遭受陷害入狱,被罢职。1720年再度被任用,晋升为承旨。

  任守干精通经史,在音律、象数、兵法、地理、书法等方面也有很高的成就。他固守寒庐,寄意田园,持超凡脱俗的人生哲学,以及冲淡邈远、闲适优雅的生活态度,并具有高远志趣和守志不阿的高尚节操。

  其赋作有《烟茶赋》等3篇。

【原文】

烟茶赋

凡人口之於味也，有同嗜者[1]。蒭豢之腴，膾炙之美是也[2]。或物有至微而爲人喜者，若文王之於昌歜，子木之於荷芰，此所獨也，非正味也[3]。至如茶之爲草，著於唐季。公家收榷之利，比於齷金[4]。賓主獻酬之禮，進於酒醴，噫其盛矣，於是乎有烟茶者繼而出焉[5]。不見於神農之《藥經》，未列於園官之蔬品[6]。其食之者，非若芝朮之採，而餌之也[7]；非若芽茗之煎，而飲之也[8]。必也切而燒之，所服者其烟，故命之曰烟茶。天下之人，皆味其無味。豈所謂正味者非耶[9]？乃知天地之生物，至叔世而方侈[10]。抑或人性之嗜好，與時俗而推遷者乎[11]？或云烟茶者，出自南荒之外，可治痰癖之疾，人多試之，未見其益[12]。奈何猗儺一草，非蕕非薰[13]。今爲貴賤之所同好，夷夏之所同珍[14]。民之所須，急於粱肉[15]。

何卉物之有幸，爲衆口之所悅[16]？若乃郭外良疇，村邊閒圃[17]。播子宜早，趁東郊青陽之晨[18]。移根欲密，帶南國黃梅之雨[19]。溉其畎澮，恐其土脉之未融[20]。摘其蘖芽，惡其邪枝之旁吐[21]。既糞既培，乃鋤乃治[22]。俾盡地利，毋愆天時[23]。民功已齊，物性方遂[24]。幹高聳擢，凌衆卉而標青[25]。葉大扶疎,蔽驕陽而籠翠[26]。碧蕉初展,聽雨聲之偏多[27]。青梧未老,佇鳳鳥之或至[28]。鉛華纔綻於其抄,靈氣繼升於其柢[29]。其始也膏液潛滋,流通無滯[30]。日夜上注,洋溢涯際。隱轔晻薆,胗響呎哧[31]。惟其葉之皴蹙,敷鮮碧之沃若,受金精之正氣,鍾香味之酷烈[32]。方椒桂而彌辛,比薑棘而愈辣[33]。乃俟其時而摘取,若蘭佩之雜綴[34]。迎以零露,曝以秋日[35]。英華內斂,芳馨外徹[36]。絢若摘綉,或黃或赤[37]。于是懸昆吾之寶刀,壓岷峨之梓木[38]。將參差之疊綺,羌繽紛而縷切[39]。千箱忽以烟霏,寸刃霍其電掣[40]。纖若游絲,乍離披而輕盈[41]。方如疊璧,頃嵬峩而委積[42]。於是乃範銅錫,以爲器圍,可容乎一指[43]。撮圭劑而盛之,取火食之餘旨[44]。承脩莖而曲項,洞窅冥而疏中[45]。爐上之芳薰旣爇,腔裡之烟氣潛通[46]。試啓齒而一飧,陽和透乎靈宮[47]。吸青藹之氤氳,覺丹田之沖融[48]。故能通乎神明,去其湫濁,安和中腑,消除宿食[49]。玉爐底清,胸中之邪氣淨盡[50]。丹液屢咽,臍下之金光煥發[51]。是以天下之人,莫不饞然耽嗜[52]。寧可三月忘肉,不能一日無此味者[53]。

伊昔建溪之茶,陽羨之茗[54]。雖擅美價於一世,殆不及矣[55]。若乃通邑大都,分隊列肆。家積人藏,霞駁雲委。攘袂按刀者,皆誇揮霍之精切[56]。持鈔抱縉者,無不雜沓而爭市[57]。遠近之所湊集者,夥於果布;駔儈之所居積者,尙乎金綺[58]。或籠取低昂,獨擅其利[59]。富埒素封者,往往有之[60]。乃知山東千樹棗,秦中千畝苴,非獨爲富給之資也[61]。

至如西第將軍，南園公子，擊鍾饗賓，開筵娛士[62]。金蟬狎座，伶優奏技[63]。綺肴紛而山錯，美酒湛而河傾[64]。方歡娛之既洽，厭珍羞之迭呈[65]。犀筯拋而不下，羽觴停而未行[66]。探文梓之髼櫼，引鎔金之脩竹[67]。咽薰氣之辛散，下腴旨之滯積[68]。龍團鳳味，於斯無功[69]。珍果美蔬，爲之掩色。又如俠客冶遊佳人狎歡，或走馬章臺，或拾翠江干[70]。佇良會於月下，滯佳期於桑間[71]。解佩纕而欲贈，懼冒禮而爲猜，方新知之脉脉，美目盼而善睞[72]。傾腰間之香幃，何以畀之之子[73]？傳銀竽而遞飲，接歡意之在此[74]。或如子雲窮居，草《玄》髮白，自守淡而不渝，牢愁反而彌結[75]。囊螢乾於秋夜，淫雨滯於夏日[76]。筆牀掩而塵栖，茶竈傾而烟熄[77]。情紆軫而靡托，飡香薰而不掇[78]。又有妾家城南，君戍塞北[79]。悲年光之遞謝，感容華之易歇[80]。璇閨掩兮晝不暮，錦帳空兮夜何長[81]。青缸翳兮寒焰，金爐爇兮餘香[82]。離愁苦於嘗膽，懷欝欝而焉瀉[83]？抗彤管之有煒，送青氛之裊娜[84]。疑楚岫之行雲，宛天桃之沈烟[85]。又有孤臣罹讒，飄颻流遷[86]。紉江蘺而爲珮，集芙蓉而爲服[87]。秋菊落英，不足以充虛；木蘭墜露，不足以療渴[88]。遂滋九畹之靈根，嘉枝葉之峻茂[89]。精瓊糜以爲粻，芳與辛其雜糅[90]。又有征客天涯，戍卒隴右[91]。方其侵星而遠邁于長程，望月而獨倚乎荒城[92]。微此烟茶，則無以慰夫感憤羈旅之情[93]。又有雪徑樵子，滄江漁父，當其弛肩擔於遙野，卷釣綸於極浦[94]。微此烟茶，則無以暢其幽適閒遠之趣[95]。雖復罄渭川之竹，殫中山之兔[96]，使嚴樂盡其筆精，淵雲騁其秘思[97]，惟此烟茶之爲美，曾不足以縷數而殫記[98]。而況僕本野人，久安藿食[99]。色難腥腐，味甘淡薄[100]。持粱食肉，非所願也[101]。

抱甕灌園，乃其分也[102]。有田數畝，宜此茶也。爰收一囷，爲歲計也[103]。飡烟襲馨，聊自潔也[104]。旨哉氣味，適吾口也[105]。雖商嶺之芝，燁燁可療飢也；蓬島之藥，煌煌可度世也[106]。伊茲茶之可珍，吾不欲以易彼也。

【题解】

《烟茶赋》选自《遯窝遗稿》卷三。

《烟茶赋》写的是"烟"而非"茶"。本文从"烟"的种植方法、植株状态、味道、加工方式、使用方法和吸食工具等方面全面介绍了烟茶，表明了作者固守寒庐、寄意田园、超凡脱俗的人生哲学，以及他冲淡邈远、恬静自然、闲适优雅的生活态度与高远志趣。

【注释】

[1] 嗜：喜欢；爱好。
[2] 芻豢(chú huàn)：泛指家畜。芻，同"刍"。腴：肥美。膾(脍)炙：细切的肉和烤熟的肉。亦泛指佳肴。
[3] 至微：指极微细的物类；极微妙的事理。昌歜(chù)：菖蒲根的腌制品。又称昌菹。传说周文王嗜昌歜，后以之指人所嗜好之物。子木：春秋时楚国人，芈姓，屈氏，名建，字子木。荷芰(jì)：指荷叶与菱角。獨(独)：特别的；独特的。
[4] 收榷(què)：收归专卖。榷，专利；专卖。醝(cuó)：盐。

[5] 獻(献)酬之禮(礼):指饮酒时主客互相敬酒。醴(lǐ),甜酒。
[6] 品:种类。
[7] 芝朮(zhú):草药名。採(采):摘取。餌(饵):服食;吃。
[8] 芽茗:一种茶叶名称。
[9] 皆味其無(无)味:前一个"味"是"以……为味",后一个"味"指味道。
[10] 叔世:犹末世。衰乱的时代。
[11] 與(与):跟着;随着。推遷(迁):推移变迁。
[12] 南荒:指南方荒凉遥远的地方。痰癖:中医病症名。指水饮久停化痰,流移胁肋之间,以致出现胁痛的病症。
[13] 猗(yī)儺(nuó):柔美;盛美貌。蒩(苴):一种有臭味的草。薰:一种香草。
[14] 同好:互相友好;共同交好。
[15] 須(须):通"需",需要。粱肉:以粱为饭;以肉为肴。指精美的膳食。
[16] 卉物:草木物产。
[17] 郭:在城的外围加筑的一道城墙。内城叫城,外城叫郭。良疇(畴)(chóu):良田。閒:"闲"的异体字,清净;安静。
[18] 青陽(阳):指春天。
[19] 南國(国):泛指中国南方。黃(黄)梅之雨:黄梅季所下的雨。也叫"梅雨"。
[20] 畎澮(quǎn huì):田间水沟。泛指溪流、沟渠。土脉:泛指土壤。
[21] 蘖(niè)芽:草木萌生的新芽。惡(恶):憎恨;讨厌。
[22] 糞(粪):施肥。
[23] 俾(bǐ):使;把。愆(qiān):耽误。
[24] 民功:百姓的职事。多指务农之事。物性:事物的本性。遂:顺应;符合。
[25] 幹(干):枝干。高聳(耸):高高地直立。擢(zhuó):耸起。凌:凌驾;压倒。衆(众)卉:百草。標青(标青):出色的青翠。标,出色。
[26] 扶疎(疏):枝叶繁茂分披的样子。蔽:遮;挡。籠(笼):遮盖;罩住。
[27] 蕉:"芭蕉"的略称。
[28] 佇(伫):等待。
[29] 鉛華(铅华):搽脸的粉。本文指茶花。纔(才):方;始;仅仅。綻(绽):饱满开放。靈氣(灵气):指仙灵之气。柢(dǐ):树木的根。引申为本

源,基础。

[30] 膏液:动植物体内或植物果实内的油脂。潛(潜):暗中。

[31] 涯際(际):边际。隱鱗(隐鳞):象声词,隐、鳞皆为车轮的转动声。晻薆(ǎn ài):香气馥郁。肸(xī)響(响)(xiǎng):散布,弥漫。多指声响、气体的传播。肸,同"肸",谓声响振起或传播。咇咈(bì fú):象声词。

[32] 皴(cūn):打皱、皱缩。蹙:皱、收缩。敷:生长。沃若:润泽的样子。金精:指太阳。鍾(钟):汇聚。酷烈:浓烈。

[33] 方:等同;相当。椒桂:指椒实与桂皮,皆调味的香料。彌(弥):更加。薑(姜):生姜。

[34] 蘭(兰):指兰草和兰花。雜(杂):混合。綴(缀):装饰。

[35] 零露:降落的露水。

[36] 英華(华):言花木之美。斂(敛):收拢;聚集。徹(彻):通;透。

[37] 摛(chī):舒展。

[38] 昆吾:用昆吾石冶炼成铁制作的刀剑。压:迫近。岷峨:岷山和峨眉山的并称。梓:梓树。一种落叶乔木。

[39] 疊綺(叠绮):如层叠的罗绮一样。縷(缕)切:细切。

[40] 烟霏:云烟弥漫。寸刃:小刀。霍:快;迅速。電(电)掣:电光急闪而过。喻迅速、转瞬即逝。

[41] 纖(纤):细小。乍:忽然。離(离)披:纷纷下落的样子。

[42] 頃(顷):少顷。短时间。嵬(wéi)峩(峨)(é):高大雄伟。委積(积):充塞;充满。

[43] 範(范):模子。圍(围):环绕;包围。

[44] 圭:古代容量单位。《孙子算精》卷上:"量之所起,起于粟。六粟为一圭,十圭为一撮。"

[45] 洞:贯穿;通达。窅(yǎo)冥:幽暗的样子。

[46] 爇(ruò):烧。

[47] 飡:同"餐"。陽(阳)和:春天的和暖之气。靈宮(灵宫):指心(思维器官)。

[48] 藹(蔼):云气。氤氲(yīnyūn):烟气弥漫的样子。丹田:人体部位名。道教称人体有三丹田:在两眉间者为上丹田,在心下者为中丹田,在脐下者为下丹田。沖(冲)融:冲和;恬适。

[49] 澳濁(浊):污浊。宿食:指未能消化的食物。

[50] 玉爐(炉):炉的美称。
[51] 丹液:道教称长生不老之药。
[52] 饞(馋)然:羡慕的样子。耽嗜:深切爱好。
[53] 寧(宁)可三月忘肉,不能一日无(无)此味者:语出《论语·述而》:"子在齐闻《韶》,三月不知肉味,曰:'不图为乐之至于斯也。'"本文用以赞美烟茶。
[54] 伊昔:从前。建溪:水名,在福建。陽(阳)羡:宜兴旧属阳羡,借指宜兴出产的茶。
[55] 擅:享有。美價(价):善价;高价。
[56] 霞駁(驳)雲(云)蔚:即"霞驳云蔚",形容颜色像云彩一样的绚丽华美。攘袂(rǎng mèi):捋起袖子。揮(挥)霍:豪奢;任意浪费财物。精切:精要贴切;精当切合。这里引申为值得。
[57] 鈔(钞)、緡(缗)(mín):都指钱币。雜(杂)沓:纷杂繁多的样子。市:购买。
[58] 湊(凑)集:凑在一起;聚集。夥(huǒ):多。果布:果品与布帛。泛指各种货物。驵儈(驵侩)(zǎng kuài):说合牲畜交易的人。这里指买卖的中间人。居積(积):囤积。尚(尚):庶几;差不多。綺(绮):有文彩的丝织品。
[59] 籠(笼)取:收罗。低昂:指抬高或压低价格。擅:独揽;占有。
[60] 埒(liè):等同;并立;相比。素封:无官爵封邑而富比封君的人。
[61] 千樹(树)棗(枣):即黄骅冬枣。它已有三千多年历史,史载"燕赵千树枣","自古有鱼盐枣之饶",说明千树枣非常有价值。秦中:古地区名。指今陕西中部平原地区,因春秋战国时地属秦国而得名,也称关中。苞:一种水果的名称。富給(给):富裕丰足。
[62] 擊鍾(击钟):打钟奏乐。形容生活奢华。饗(飨)(xiǎng):用酒食招待客人。泛指请人受用。開(开)筵(yán):设宴;摆设酒席。
[63] 金蟬(蝉):古代妇女所用金色蝉形的贴面饰物。这里引申为歌伎。狎(xiá):亲近;接近。伶優(优):古代以乐舞戏谑为业的艺人的统称。一般认为,以表演乐舞为主的称"倡优",以表演戏谑为主的称"俳优"。在古书中这三者也往往通用。宋元以来,常把戏曲演员称作优伶、优人或伶人。奏技:表演技艺。
[64] 湛:清澈。

[65] 厭(厌):通"饜",饱;满足。珍羞:珍美的肴馔。迭:交换;轮流。
[66] 犀筯:指犀牛角制的筷箸。羽觴(觞):古代一种酒器。作鸟雀状,左右形如两翼。
[67] 探:取。文梓:有纹理的梓树,为良木美材。髹(xiū):用漆涂在器物上。檜(桧)(guì):椐一类的小树,茎多肿节,可以做拐杖。引:取用。镕(镕):铸器的模型。脩(修)竹:高高的竹子。
[68] 咽(yè):充塞;填满。
[69] 龍團(龙团):宋代贡茶名,饼状,上有龙纹,故称。咮(zhòu):鸟嘴。
[70] 冶遊:狎妓。走馬(马)章臺(台):骑马经过章台。章台是汉代长安的街名,旧为妓院的代称。拾翠:拾取翠鸟羽毛以为首饰。后多指妇女游春。江干:江边。干,涯岸;水边。
[71] 佇(伫):等待。良會(会):美好的聚会。桑間(间):指男女幽会之地。《汉书·地理志下》载:"卫地有桑间濮上之阻,男女亦亟聚会,声色生焉。"
[72] 佩纕(缧)(xiāng):指佩带的饰物。纕,佩用的丝带。冒禮(礼):违礼;越礼。新知:新结交的好友。善睞(睐):形容美目顾盼。
[73] 香帏(帏):古代人佩带的香囊。畀(bì):给与。
[74] 銀(银)竽:古代吹奏乐器,像笙,有三十六簧。逓:古同"递"。
[75] 子云:指汉代扬雄。窮(穷)居:谓隐居不仕,相传扬雄为著述而穷居。草《玄》:指扬雄作《太玄》。自守:自坚其操守。不渝:不改变。牢愁:忧愁;忧郁。彌(弥):更加。
[76] 囊螢(萤):用囊装萤火虫。
[77] 掩:关;合。栖:居留;停留。
[78] 紆軫(纡轸)(yū zhěn):委屈而隐痛。靡:无;没有。
[79] 戍:军队防守。
[80] 年光:时光;年华。容華(华):好的容貌。歇:停止。
[81] 璿闈(闱):闺房的美称。
[82] 青(青)缸:青灯。寒焰:古人称似火而不能引起燃烧的光焰。金爐(炉):香炉的美称。
[83] 欝欝(郁郁):忧闷的样子。瀉(泻):消散。
[84] 抗:举起。彤管有煒(炜):红管草放光辉。语出《诗经·邶风·静女》:"彤管有炜,说怿女美。"彤管,红管草。彤,红色。有煒(炜),等于"炜

炜":炜,红而有光貌。青(青)氛:泛指雾气,云气。此处指青烟。袅(袅)(niǎo)娜(nuó):枝叶柔长摇曳的样子。这里引申为摇曳。

[85] 楚岫(xiù):指巫山。夭桃:喻少女容颜美丽。沈(沉)烟:指点燃的沉香。

[86] 罹:遭受苦难或不幸。谗(谗):在别人面前说陷害某人的坏话。流迁(迁):迁移流动。

[87] 纫(纫):缝缀。江蓠(蓠):又名"蘼芜"。香草名。此句化用《离骚》句:"扈江离与辟芷兮,纫秋兰以为佩。"

[88] 充虚(虚):犹充饥。疗渴:解渴。此句化用《离骚》句:"朝饮木兰之坠露兮,夕餐秋菊之落英。"

[89] 滋:栽植。畹(wǎn):田三十亩叫一畹。

[90] 琼(琼)糜:玉屑。传说食之可以延年。粻(粻)(zhāng):食粮。意为以精神玉屑为养料。襍(杂)糅:交错混杂、浑然一体。

[91] 征客:指作客他乡的人。陇(陇)右:古地区名。泛指陇山以西地区。古代以西为右,故名。

[92] 侵星:拂晓。此时星尚未落。远迈(远迈):远行。

[93] 微:无。

[94] 沧(沧)江:泛称江水。弛:解除。钓纶(钓纶):钓竿上的线。极(极)浦:遥远的水滨。

[95] 闲远(闲远):闲静深远。

[96] 殚(殚):竭尽。

[97] 严乐(严乐):汉武帝时人严安、徐乐的并称。泛指有才识之士。笔(笔)精:谓笔墨神妙。渊云(渊云):汉王褒和扬雄的并称。褒字子渊,雄字子云,皆以赋著称。秘思:深邃的思绪。

[98] 缕数(缕数):一一细数;一一述说。

[99] 藿食:以豆叶为食。谓粗食。藿,豆叶。

[100] 腥腐:腥臭腐败之物。

[101] 持粱食肉:食用肥美的食物。《史记·范雎蔡泽列传》:"持粱刺齿肥,跃马疾驱。"

[102] 抱瓮(瓮)灌园(园):指安于拙陋的淳朴生活。出自《庄子·天地》:"凿隧而入井,抱瓮而出灌。"

[103] 爰(yuán):及;到。囷(qūn):古代一种圆形谷仓。岁计(岁计):一年内收入和支出的计算。

[104] 襲(袭):触及;熏染。自潔(洁):保持自身的纯洁。
[105] 旨:美味。
[106] 商嶺(岭):即商山。燁燁(烨烨):明亮;灿烂;鲜明。蓬島(岛):蓬莱山。煌煌:光彩夺目的样子。度世:超脱尘世成仙。

【译文】

　　每个人的口味都有共同喜好的食物。家畜肉的肥美、烤肉的美味就是。有的事物有极微妙的道理而被人们所喜好,就像周文王喜欢吃昌歜,子木喜欢荷花和菱角。这些都是特有的,不是正味。至于茶这种草本植物,在唐末才著名。官府收归专卖的利益,相当于盐金。宾客和主人在饮酒时相互敬酒,觥筹交错,这是最盛情了,于是相继就有了烟茶的出现。神农的《药经》里没有记载,也没有列于园吏的蔬菜品种之类。食用烟茶的人,不像采摘药草而直接服用,也不像煎茶而直接饮用,一定是切而烧之,服用的是其烟,所以称之为烟茶。天下之人,都以烟茶无味为味,难道不是所说的正味吗?世间万物,到了衰乱的时代才觉得以前食用它是奢侈的。抑或是人的嗜好,也是随着时代而变迁的吗?还有一种说法,烟茶是产自南方荒凉遥远的地方。它可以治疗痰癖之疾,很多人试用,但并未见效。但就是这样柔美的草,无嗅无味,现在却被少数民族和中原的人们所共同喜爱。百姓对它的需求,比对粱肉的需求还急切。

　　什么样的草木能如此幸运,被众口所喜好呢?它种植在城外良田,村边清净的菜园。要种植的话就要趁早播种,还要在春天的早上种在东边的郊外。移植其细密的根,用南方黄梅雨水浇灌沟渠。用溪流灌溉,担心不能适应那里的土壤。采摘嫩芽,不让其生旁枝。施以粪肥去培植它,边锄草边整理。使其充分利用地势,不要耽误时序。人们对它的栽培做齐备了,它的本性才会顺畅。枝干高高地耸立,出色的青翠,凌驾于百草之上,枝叶繁茂,遮挡骄阳,笼罩植物。雨点打落在刚刚舒展开碧绿的大叶子上,青梧还没有老去,还在等待凤凰飞来。花朵才在它的枝梢上绽放,仙灵之气就开始从其根部上升。初始时(它的)膏脂暗中滋长,畅通无阻,日夜注入,无限充盈。虽然生长在险峻不平之地却仍然香气馥郁,生长的声音咇咇咈咈地传播开去。叶子收缩打皱,生长在肥沃润泽之地,接受了太阳的至阳至刚之气,以致香气浓烈。比椒实与桂皮更有辛味,比姜和酸枣树更有辣味。于是等待时机摘取,就像佩戴兰花和兰草的混合装饰。迎着露水去采摘并将它放在秋天的日光下晒干。它的精华收拢在其中,香气却散发出来,色彩绚烂就像舒展开的锦绣,呈现出或黄或红的颜色。于是拿起昆吾石炼成的宝刀,如砍伐岷山和峨眉山的梓木那样去切割。把像层层叠起的罗绮那样参差不齐的烟茶,细细地切成缤纷的缕丝。数量多得好似云烟弥漫,挥刀速度快得似电光闪过。细若游丝,忽然分离开来纷纷下落,形状好似叠璧一样,顷刻间就积累了很大一堆。于是用铜锡的模子,作为烟茶的食用器具,大小可容下一指。一撮十圭的剂量装盛起来,取火饮它饶足的美味。承续修长而曲项的苓枝,贯穿其中而使其疏通。炉上有香气并发热,腔里的烟气才算畅通。张开嘴试着尝一口,阳和之气穿透心房。吸食青的云气,就觉得丹田冲和恬适。可以通神灵,去污浊,安和中腑,消除宿食。玉炉燃尽,胸中的污浊之气也彻底消除干净。犹如吃下很多灵丹,脐下之金光焕发。所以天下之人,没有不赞叹不喜爱(烟茶)的。人们宁可三个月不吃肉,也不能一日没有烟茶。

从前建溪的茶,阳羡的茗,虽然在世上享有高价,却也比不上烟茶。至于交通便利的大城市,商铺成排成列。人们家里积攒的和收藏的都是烟茶,烟茶的颜色就像云彩一样绚丽华美,连那些挽着袖子拿着刀的武夫们,都说购买烟茶这种奢侈浪费的行为是值得的。那些有钱人,没有不纷纷购买烟茶的。不论远近为了购买烟茶而聚在一起的人,比买果品与布匹的人都多;那些为了囤积烟茶说合买卖的中间人,对烟茶的推崇比金银和丝织品都强烈。有的人低价收购了大量的烟茶再高价卖出,独揽了其中(巨大)的利益。因此无官爵封邑而富比封君的贵族之人往往有之。于是知道了山东的千树枣,秦中的千亩苍,并不是只有它们才是让人富裕丰足的资本。

  至于像西第将军、南园公子这样的人,(他们)敲打编钟演奏(美妙的)音乐并用(美味的)酒食招待客人,摆设酒席与客人们一起作乐。歌伎与客人们坐在一起,优伶表演技艺。美味的佳肴纷纷端上,堆积如山,清澈的美酒如河水般倾倒而出。人们相处得欢快融洽,款待客人的珍美肴馔不断呈上。筷子不停地夹菜,酒杯不停地相碰。拿来用漆涂好的梓木和槚木(做的容器盛放烟茶),取来用金子浇铸而成的修竹般的器具。(烟茶的)香气就会填满容器而辛味就会消散,美味就会留下来。龙团凤味都没有这个功效。珍奇的水果和美味的蔬菜,也因为烟茶而掩盖了自己的颜色。又如侠客狎妓,美女之间互相调笑,或者是涉足妓院,或者是在江边游春。(年轻的男女们)或是在月下等待美好的约会,或是在桑间度过美好的时光。解下佩戴的饰物而互相赠送,害怕违越礼法而彼此猜疑,之后才明白其实相互间早已含情脉脉,美目顾盼对彼此青睐有加。解下腰间的香囊,但又如何把它送给对方呢?在演奏音乐互相敬酒的时候递给他,对方接下后就会无比快乐。又或者有人像子云为著述而隐居不仕,写作《太玄》直到头发花白,坚守淡泊名利的节操不变,忧愁反而更加郁结了。萤火虫在秋夜风干,淫雨在夏日停滞。笔床上都落了很多灰尘,小茶炉倾倒,烟火熄灭。感情受了委屈却无处依托,只好不停地食用香薰。又有一女子家在城南,她的郎君戍守在塞北。(这个女人只能)为年华消逝而悲叹,为青春容颜的衰老而感慨。天色未暮就轻轻关上闺房的门,却只能空对着华美的帷帐度过空虚寂寞的长夜。青灯昏暗,发出微弱的冷光,香炉里的香灰还有余香。离别之愁比尝胆还要苦,心中的忧闷又怎么能消散呢?举起红色的彤管,送出摇曳的青烟。(这景象)就好似在飘渺而荡漾的流云下遮掩的巫山,又宛如清丽秀绝的少女在缭绕的沉香下那般朦胧。又有遭受谗言而不受重用的臣子,迁徙流落。缝缀香草作为珮饰,采集芙蓉作为衣服,秋菊的花,不能够充饥,木兰的露水,不足以解渴。于是培九畹的灵根,使美好的枝叶更加峻茂。以精粹的玉屑为养料,其芳香与辛辣之味交错混杂,浑然一体。又有天涯旅客,戍守陇右。在拂晓星尚未落的时候便开始远行,独倚荒城遥望月亮。(这一切)要不是有这烟茶,就没办法慰藉感慨、愤恨、羁旅之情。又有雪中砍柴的樵夫、江上垂钓的渔夫,当他们在一望无际的原野上卸下担子,在遥远的水滨收起鱼竿之时,如果不是有这烟茶,就没办法体现他们闲静深远的意趣。即使(砍)尽渭川之竹,猎(尽)山中的野兔,让严安、徐乐用他们手中的笔写尽精妙的文章,让王褒、扬雄深邃的思绪尽情驰骋。却只有这烟茶的美,是不能被细细地描述尽的。何况我本是粗野的平民百姓,吃粗茶淡饭已经习惯了。不愿看见腥腐之物,喜爱于清淡寡味的食物。食用肥美的食物,不是我的愿望。

抱瓮灌园才是我的本分。有良田数亩,适宜种植烟茶。到了秋收时节可以收满一仓,用这作为一年的收入。吃烟茶并用它的香气熏染自己,依靠它保持自身的纯洁。这样的美味和香气,才适合我的口味。虽然商山的灵芝,色彩明亮可以充饥;蓬莱山的仙丹,光彩夺目可以让人超脱尘世飞天成仙。但我只认为这烟茶才是最为珍贵的,我不想用烟茶去交换那些东西。

【赏析】

　　本篇赋虽名为《烟茶赋》,但实为写"烟",而非写"茶"。不论是使用方法("外饵之"、"所服者其烟")、种植地域("郭外良畴,村边闲圃")、植株形状("叶大扶疏"、"碧蕉初展")、味道("方椒桂而弥辛"、"比姜棘而愈辣")、加工方式("缤纷而缕切"、"纤若游丝")、所用工具("范铜锡"、"容乎一指"、"撮圭剂而盛之")还是产量("一囷")都可以看出,所谓烟茶,是烟而不是茶。

　　另外,文中所提种种人物场景,都是以烟助兴解忧。"抗彤管之有炜,送青氛之袅娜"更是抽烟时的典型画面。征客戍卒条件艰苦,无饮茶之闲情,特别是渔父樵子,当其在"遥野"、"极浦"时更无条件饮茶,吸烟倒是极方便的消遣。

　　艺术上,《烟茶赋》是一篇散体赋,它骈散结合,强调铺陈渲染,词辞讲究,句式四言至九言均有,注重藻饰和用典。并在叙述的同时注重假喻以达其旨,突出作者"自守淡而不渝"、"悲年光之遄谢,感容华之易歇"之感,并通过羁旅征客樵夫渔父的例子,说明了烟茶"使严乐尽其笔精,渊云骋其秘思"的效果。文章以议论入赋,寄托其意,结尾处作者自谦"仆本野人,久安藿食。色难腥腐,味甘淡薄。持粱食肉,非所愿也","伊兹茶之可珍,吾不欲彼也"。点明主旨,表明了作者固守寒庐,寄意田园,超凡脱俗的人生哲学,以及他冲淡邈远,恬静自然,闲适优雅的生活态度与高远志趣和守志不阿的高尚节操。

蔡彭胤

【作者简介】

蔡彭胤(1669~1731),字仲耆,号希菴、恩窝。籍贯平康。其父蔡时祥,官至通德郎。蔡彭胤在家排行第四,其上有三个哥哥蔡明胤、蔡成胤和蔡贞胤,弟弟蔡宏胤。1686年3月娶了韩后相的女儿清州韩氏,有一子。

蔡彭胤自幼颖慧,天赋禀然,小时被称为神童,根据蔡济恭的《希菴先生集·序》记载:"甫晬自能知卷中字,四五岁,出语已惊人,十岁读《诗经》千遍。亡何就《书经》如之,世之人愿一见神童面者日踵门焉。十九成进士,二十一擢大科,用其冬入湖堂选。阵马风樯,扫空百纸,鸿儒巨匠之并时登瀛者。无不缩首屏气焉,俄因玉墀一句流入大内。"这段记载,足可以看出他的影响之大。

蔡彭胤在1687年(肃宗十三年)年试得二等19名,考取了进士。1689年(肃宗十五年)获增广试的甲科第三名,同年9月做了晒史。与其兄蔡成胤等一起游览了五台山、江陵、镜浦台,写下了《瀛洲录》。12月与柳世鸣、闵昌道、李玄祚、金文夏、洪塾、权重经一行人被选拔为赐暇读书。第二年,晋升为湖堂,之后进入了承政院,期间作了许多五七言、十韵律诗和赋,受到了肃宗的褒赏。1691年,和权重经一起进入世子侍讲院。1694晋升为弘文录。

1694年11月主动请求辞官,之后退隐到洪州,写下了《咏恩窝八景》。1706年,其妻韩氏病故。1712年,在原州参加了妻父韩后相的葬礼并写下了《适原纪行》。1724年,游览金刚山,写下了《枫岳录》。1724年英祖即位,蔡彭胤做了东部承旨,次年当上了茂朱府使,写下了《赤城录》,之后成为了东堂考官。1728年呈上《进八箴疏》,后再次辞官,成为递差来到洪州的孤山上。1729年官复东承旨,同年,为了把《肃宗实录》安置到奉化的太白山史库,来到了安东,并作了《奉使录》。之后受到了司谏院赵明翼的疏斥,被流放到济州大静县。

蔡彭胤是朝鲜朝后期的文臣,著名的诗人,赋作家,流传有《病驹赋》等赋作共9篇。他的书法也很有成就,写下了许多碑铭流传至今,如《昆阳知异山灵岳寺重建碑》、《忠臣赠通政大夫承政院左承旨闻庆县监申侯碑》、《升平府曹溪山仙岩寺重修碑》、《梁山通度寺释迦浮图碑》、《海南大芚寺事迹碑铭》等。

【原文】

病驹赋

趙簡子獵於涇陽之林,有物濩略而起者[1]。命左右縲而致之,乃駃騠也[2]。觀其夾鏡之瞳熒以方也,流星之尾梢以長也[3]。頭若削成,骨類峯生[4]。夭夭矯矯,晞影長鳴[5]。

簡子異之，使駕先輅[6]。左右笑曰之："馬也，生乎寥廓之墟，逸乎莽唐之藪[7]。而君得之，卒施羈辔[8]。是雖崒其相，絢練其步，顧焉知八鑾之節與中黃之度哉[9]？"郵無正進曰："不然，是天下之良駒也[10]。臣之相馬多矣，未其有若此者也。君其試之。"於是絡以金組，雕以翠綠[11]。寶鉸盤陁，流藻繁縟[12]。鳴鯀鈴而不驚，韜玉勒而順志[13]。前驅動櫓，趨夫縱轡[14]。巾輶軒而蚪聳，應華鼓而龍趠[15]。超常山之脩坂，騁長子之通馗[16]。飈奔電邁，若滅若沒[17]。影不追形，塵不及轍[18]。秋秋蹌蹌，至于東城[19]。簡子怡然而稱曰："沛艾乎[20]！斯可與遺風並驚，逸景齊聲[21]。飛兔駢衡，紫燕方駕[22]。"乃薦之阜棧之上，置之華屋之下[23]。被以繢繡之衣，飼以太官之粟[24]。攔以金埒，藉以文席[25]。鞭策不加，繡鞍不服[26]。不頓高深，不蒙霜露[27]。

居三月。圉人復曰："涇陽之馬病[28]。"簡子驚曰："何哉？"對曰："臣觀其始來也，雄姿逸發，猛氣憑怒。一食粟一石而猶飢，一飲水一斛而猶渴[29]。顧天閑而自得，抗羣龍而超絕。自數月以來，毛若蕭條，形若消削[30]。火熱內攻，瘡癢外作[31]。隘橫圈以俯仰，掣羈鑣以拳跼[32]。聞北風以驤首，望飛鴻而跛足[33]。"簡子咨嗟良久。召郵無正具以告，且問已病之術。無正聞之，辟席再拜曰："宜其病也。今夫浚其濫池，鷔以瑤碧；而使江河之魚處之，則必撥刺而不適矣[34]；扃以綺籠，餒以雕欄，而使崑閬之鶴居之，則必奮迅而不安矣[35]。固亦物之性也。夫君誠念是馬者，何不以時馳于四達，亍于迥塲[36]。牧于嘔夷之陂，放于武遂之陽[37]。凌西極越河朔,洗黃河刷碣石[38]。踰天垠跨地絡,窮汗漫之遊跡,躡華胥之神躅[39]。周流喬皇,騰驀萬里[40]。然後歸之內廄,屬之上馴[41]。弭霜蹄而畜銳,振雲鬣而待御[42]。而廼束其復絕之志,欝其凌厲之氣[43]。一入君門,載遷節序[44]。怒焉未渫,蹙乎靡試[45]。匪惟戀華山之豐草,想涇水之清沚[46]。是亦欲效長短之寸力,酬剪拂之洪賜[47]。豈徒費紅粟之秩,枯立於濯龍之中而已耶[48]？殆必以是病也。君欲已之,斯於何有?"

於是簡子嘿然若有所思[49]。無正逡巡降階而辭焉[50]。

【題解】

《病駒賦》講的是战国时代赵国基业的开创者赵简子狩猎时发现一匹宝马,于是用上好的饲料、华丽的马厩将其饲养起来,过几个月,马病了,遂召当时最擅御马的邮无正来,邮无正借医马劝谏赵简子知能善用,并表达自己想报效国家的志向。蔡彭胤借这个故事来抒发自己郁郁不得志,想为国效力的情怀。

【注释】

[1] 趙簡(赵简)子:即赵鞅(？～前458),春秋后期晋国卿大夫。杰出的政治家、军事家、外交家、改革家。濾略:龙行貌。濾,通"蠪"。起:起立。引申为耸立。
[2] 緤:通"绁",拴;捆绑。致:求取;获得。駃騠(jué tí):一种骏马。
[3] 夾鏡(夹镜):形容双目明亮如镜。

[4] 削:斜着刀略平地切去物体的表层。此处形容形状规则,曲线完美。
[5] 夭夭:体貌安舒或容色和悦的样子。矯矯(矫矫):卓然不群的样子。眄:斜视。
[6] 異(异):奇怪;惊奇。輅(辂):绑在车辕上用来牵引车子的横木。
[7] 墟:大土山。逸:疾速奔跑。莽:草木茂盛的样子。唐:广大。藪(薮):生长着很多草的湖泽。
[8] 羈(羁):套上笼头。縶(絷):马缰绳。
[9] 崒:突兀。又指高超;出类拔萃。絢練(绚练):迅疾的样子。顧(顾):反而;却。八鑾(銮):八个銮铃。中黃(黄):古勇士名。度:推测;估计。
[10] 郵無(邮无)正:春秋时晋之善御马者。良駒(驹):宝马;上等的马。
[11] 絡(络):用网状物兜住。金組(组):金甲和组甲。翠綠(绿):像翡翠那样的绿色。此处指翡翠和玉石。
[12] 寶鉸(宝铰):精美的装具;装饰。盤(盘)陀:鞍垫。流藻:周流藻饰。繁縟(缛):多而琐碎。
[13] 龢(和):和谐;协调。齧(啮):咬。玉勒:玉饰的马勒。
[14] 前驅(驱):犹前导。檜(桧):即圆柏,一种乔木植物。此处指绑在车辕上用来牵引车子的横木。趫(趠)(qiáo)夫:矫健轻捷的人。縱轡(纵辔):谓放开马缰;纵马奔驰。
[15] 巾:巾带;给车子装上帷幕。軿軒(軿轩):古代使臣乘坐的一种轻车。蚪聳(耸):像蚪蚪那样突耸着。龍(龙)䠥(qiū):像龙那样行走。䠥,行走貌。
[16] 脩(修)阪:长长的山坡。通逵:犹通逵,大道。畅通的大道。
[17] 飇(飙):形容声势浩大;速度快。電邁(电迈):形容快速奔赴。
[18] 轍(辙):车轮压的痕迹。
[19] 秋秋:飞舞貌;奔腾貌。
[20] 沛艾:姿容俊伟貌。
[21] 遺風(遗风):特指骏马。《吕氏春秋·本味》:"马之美者,青龙之匹,遗风之乘。"高诱注:"匹、乘皆马名。"鶩(骛):泛指疾驰。逸景:指快马。晋陆云《与陆典书书》:"睎世之宝,久隐岑崿之山;逸景之迹,永縶幽冥之坂。"
[22] 飛(飞)兔:骏马名。駢(骈):并列;并排。紫燕:泛指骏马。
[23] 薦(荐):细草;茂盛的牧草。皁棧(栈):马厩。皁,"皂"的异体字,通

"槽",马槽。栈,马脚下防湿的木板。

[24] 繢(缋):同"绘",绘画。太官:官名。秦有太官令、丞,属少府,两汉因之,掌皇帝膳食及燕享之事。

[25] 金埒(liè):借指豪侈的马厩。埒,垣;短墙。藉:作衬垫的东西。文席:有花纹的席子。

[26] 繑:"鞘"的异体字,套车时拴在驾辕牲口屁股上的皮带子。

[27] 頓(顿):处理;设置。蒙:受。

[28] 圉:养马。複(复):回答;回复。

[29] 石:容量单位,十斗为一石。絕(绝):独特的;少有的。

[30] 蕭條(萧条):冷落;凋零。消削:谓消瘦。

[31] 瘰:病名。颈项或腋窝的淋巴结结核,患处发生硬块,溃烂后流脓,不易愈合。

[32] 挈:牵引;拉。羈(羁)(jī):马缰绳。鑣(镳)(biāo):马具。与衔合用,衔在口内,镳在口旁。拳:屈曲;卷曲。

[33] 驤(骧)首:抬头。比喻意气轩昂。跂足:谓马屈腿举蹄,意欲奔驰。

[34] 浚:疏浚;深挖。滮池:古河名,又名冰池、圣女泉。甃:砌;垒。瑤碧:比喻清澈的江水。處(处):居住。撥(拨)刺:又作"泼剌"、"拔剌",象声之词,"刺"应为"剌"。

[35] 綺(绮):美丽;精妙;精美。崑(昆):昆仑。閬:阆风巅的省称,山名。传说中神仙居住的地方,在昆仑之巅。奮(奋)迅:形容鸟飞或兽跑迅疾而有气势。

[36] 以時(时):按一定的时间。四達(达):通往四方的道路。亍:慢慢走;走走停停的样子。

[37] 嘔(呕)夷:古湖泽名。陂:山坡;斜坡。武遂:古代地名。汉置武隧县。

[38] 淩:渡过;越过。西極(极):指长安以西的疆域。河朔:古代泛指黄河以北的地区。碣石:山名。在河北省昌黎县北。秦始皇、汉武帝曾东巡至此,刻石观海。

[39] 踰:同"逾",越过。地絡(络):犹地脉。窮(穷):达到极点;穷尽。汗漫:广大;漫无边际。遊跡(游迹):犹浪迹,漫游。躢(蹋):追踪;跟随。華(华)胥:人名。传说是伏羲氏的母亲。司马贞《补史记·三皇本纪》:"太皞庖牺氏……母曰华胥,履大人迹于雷泽,而生庖牺于成纪。"庖牺即伏羲。雷泽,泽名。成纪,地名。躅:足迹。

[40] 周流:普遍流转。裔皇:休美貌。腾(腾)骞:飞举;飞升。
[41] 上駟(驷):上等马;良马。
[42] 弭:止息;中断。霜蹄:即马蹄。畜銳(锐):积蓄锐气。御:驾驶车马。
[43] 夐(xiòng):远;辽阔。欝(郁):使……忧郁。凌厲(凌厉):形容气势猛烈逼人。
[44] 君門(门):指赵府。載(载):承载。遷(迁):变动;转变。節(节)序:节令的顺序。
[45] 怒:气势盛。渫:消散;排除。蹙:局促不安。
[46] 匪惟:不是。沚:水中的小块陆地。
[47] 效:献出;尽力。剪拂:洗涤拂拭。洪:大。
[48] 紅(红)粟:储藏过久而变为红色的陈米。亦指丰足的粮食。秩:名词,古代官吏的俸禄。枯立:呆呆地站立。濯龍(龙):汉宫名。借指宫廷。
[49] 嘿然:沉默无言的样子。
[50] 逡巡(巡):却行;恭顺貌。辭(辞):辞行;告辞。

【译文】

赵简子在泾阳之林狩猎,看到有个像龙一样立起的动物。于是命令士卒用绳索抓住它,原来是一匹骏马。观其双目明亮闪烁,形如方镜,像流星一样的尾巴曲线完美。马头如刀削般俊朗,骨架似巍峨耸立的山峰。体貌安舒,卓尔不群,斜视身影而长鸣。

赵简子觉得惊奇,让士卒套上马鞍绑好横木。随从笑着说:"这只是匹马而已。生在空旷深远的山中,在草木茂盛的湖边疾速奔跑。您得到了它,就给它套上笼头系上缰绳。它虽然生得高大挺拔,跑得也快,但您怎么就知道它知道怎样驾车和听从命令呢?"邮无正上前说道:"并不是这样。这是世上的宝马。我相过很多马,还没有见过像这样好的宝马。您还是检验一下它吧。"于是赵简子命人给马套上了华丽的金甲,佩戴上雕刻图案的宝玉。精美的配饰和鞍垫,繁多的周身藻饰。(这匹马)走动时发出和谐悦耳的铃声而不惊,咬着玉饰的马衔顺从人意。牵动横木,矫健的驾车人放开马缰,纵马奔驰。装上帷幕的轻车像蝌蚪那样突耸着,应和着华鼓声像龙那样行走。超越了常山之长坂,在畅通的大道上驰骋。飙风般快速奔驰,像消失了般,飞速而不见踪影,落地无尘。一路飞驰,直达东城。赵简子喜悦地说:"多么俊美啊!它可以与遗风并驰,与逸景齐声。与飞兔并驾,同紫燕齐驱。"于是把它养在马厩里,安置在华丽的房屋之下。给它披上绘画刺绣之衣,用上等的饲料喂养。养在豪华的圈栏中,以花纹的席子做铺垫。不用鞭子抽打,不用皮带套来束缚它,不使其处于恶劣的环境,蒙受霜露之苦。

这样饲养了三个月。饲马的人回复说:"泾阳的这匹马生病了。"赵简子惊讶地问:"怎么会这样?"饲马的人回答说:"我看它刚来的时候,姿态雄壮威武、神情容光焕发,气势威猛。每天吃一石的饲料还是饿,喝一斛水还是渴。看着天空悠闲而自得,优秀独特。但是这几个月以来,它的皮毛稀疏并开始纷纷掉落,体型消瘦。内火攻体而发热,患了瘵病并且瘙痒发作。拘于狭窄的横圈,因靰镳牵制而使其四肢弯曲。但是只要它一听到北风就会高高地抬起头,遥望飞行的鸿雁而屈腿举蹄,想要奔驰。"赵简子叹息了很久。召邮无正来把全部情况告诉了他,并问他医治的方法。邮无正听后,离开坐席再拜说:"它应该生病。如果疏挖滗池,用清澈的江水注于瑶池,而让江河之鱼在其内生活,则必跳跃挣扎而亡;精美龙纹门闩,装以雕花彩饰栏杆的屋宇,让昆仑的仙鹤居之,则必扑腾奔跳而不安。这也就是事物的本性。既然您认为这是匹骏马,为何不让它在四方任意驰骋,在远处慢慢走。将它饲养于湖泽山坡,放牧于武遂山之南。渡过西极穿越河朔,在黄河洗浴,在碣石刷洗。越过天边和地界,出尽汗水,漫无踪迹。跟随华胥的神迹,飘逸地环绕河流山川,飞腾万里。然后归回到马厩,上等马般饲养。停下奔驰的脚步,积蓄锐气,抖动鬃毛而等待驾车。可您却去束缚它远大的志向,压抑它的凌厉之气。它想为您效力,却只能徒劳地面对四季的变化而什么都做不了。而这时它的气势还没有消除,便会局促不安却无用武之地。它不是贪恋华山茂盛的鲜草和泾水中的小洲。只是想要献其薄力,报答您洗涤拂拭的洪大恩赐。又岂能白白浪费粮食,呆呆地站在马厩里呢?大概就是因此而生病了。您现在要治好它的病,有什么办法呢?"

赵简子听了这些话后沉默无言,若有所思。邮无正恭顺地走下阶梯告辞而去。

【赏析】

《病驹赋》骈散兼行,整齐有变;比喻贴切,形象生动;运用排比句式,气势充畅;字句整齐,声调和谐。

文章构思巧妙,匠心独运。写了赵简子涉猎于泾阳之林,"有物濩略而起者"发现了一匹骏马,之后命令左右的士卒"绁而致之"并请邮无正来相马,邮无正说是匹宝马。赵简子便给这匹马配上"络以金组,雕以翠绿。宝铰盘陀,流藻繁缛"复杂的装饰、华丽的马厩和喂养上好的饲料,但过一阵子士卒却禀报说"泾阳之马病",其"毛若萧条,形若消削。火热内攻,瘰痒外作"。于是赵简子又召邮无正询问医马之术。邮无正借举江河之鱼、昆阆之鹤的例子,告诉赵简子"物之性也",既是宝马,就要让它"天垠跨地络,穷汗漫之游迹",自在地驰骋于四方,再"归之内厩,属之上驷"。进而说明这匹马并不是贪恋丰草,"岂徒费红粟之秩,枯立于灈龙之中",只是想进献微薄之力,酬谢君恩。

蔡彭胤一生仕途坎坷，虽仕途有门，但报国无望，长期的政治斗争也使他看到了世事的复杂，两次辞官。作者写《病驹赋》叙述赵简子致使马生病的故事来抒发自己"枯立于濯龙之中"而郁郁不得志的愤懑之情，表明自己"欲效长短之寸力，酬剪拂之洪赐"之愿，抒发希望能为国效力，报效国家的志愿。

韩元震

【作者简介】

韩元震(1682~1751),初名鼎震,字德昭,号南塘(因居住于结城南塘,即现今忠南洪城邑西)。籍贯清州,朝鲜朝英祖时期的学者。韩元震在1717年(肃宗四十三年)被荐举为学行。1721年(景宗一年)被任命为副率,后因"辛壬士祸"而辞官。1725年(英祖一年)被选为经筵官,受到了英祖的宠爱,后因言论违背了"荡平策"这一政策而被罢免。自此,韩元震辞掉了每一次任命,最后任长岭集,一心一意专注于学问。

韩元震才智超群,自少博涉经史,旁及天文地理、兵学算术。韩元震作为权尚夏门下的江门八学士(八学士有:韩元震、李柬、玄尚璧、尹凤九、蔡之洪、李颐根、崔征厚、成晚征)之一,他在湖洛论争中引领了湖论派,在心性论中反驳李柬的理论,主张人与物的性的差异。

中国理学传入朝鲜后,与朝鲜本土文化相结合,形成独具特色的朝鲜实学派,这些人提出了社会改革论,对阳明学、老庄学、考证学、西学的关心开始萌芽。当时,他与宋时烈等人试图在正统朱子学中求取他们应对社会和政治性的现实方案的正当性。他为了继承宋时烈的学问和实践,集中研究了理气心性的问题并连接朱子—宋时烈—权尚夏的道统渊源的体系。通过人和物本质上有差距的主张,以对人和世界有差等的认识为背景,将当时的身份秩序和华夷秩序正当化。经济上,在强化身份差别、固守华夷世界观的背景下,提出改善地主制和浮世制度。这种保守改良理论与当时实学者通过以自营小农为中心的土地改革努力改善农民层的均产化,并在此基础上试图对政治、社会进行改革有很大的差距。

韩元震著有《朱书同异考》、《南塘先生文集》等文集。有辞赋《次归去来辞》等2篇。

【原文】

次歸去來辭　戊申

歸去來兮！江湖有廬吾將歸。神農虞夏忽已遠,撫千古而潛悲[1]。愧我才之脆薄,企前哲其焉追[2]。進無補於治亂,謾招人之是非[3]。出國門而濟漢,掩余涕之沾衣。望故園而遄驅,覺興情之不微[4]。

海山欝紆,長川其奔[5]。我家何在？倚巖開門。茅茨晝靜,圖書俱存[6]。飢飯蔬食,渴飲匏樽[7]。處陋巷而猶樂,竊庶幾乎希顏[8]。知富貴之在天,從吾心之所安。覽萬物之榮謝,窺造化之機關[9]。齊得喪而兩忘,一死生而達觀[10]。憐孤雲之獨歸,歎衆流之不還[11]。彼危塗之日履,胡志氣之桓桓[12]。

歸去來兮！聊卒歲而優游,喜我所之今得[13]。悼少日之妄求,得知音於塤箎,日歌詠而忘憂[14]。天地優我以佚老,樂堯舜於田疇[15]。倦我蔭松,興至駕舟。時童冠之從遊,或于川而于丘[16]。共萬類而樂生,悟上下之同流。貧且賤兮何傷,惟作德爲日休。

已矣乎!萬事憂樂各付時,一心廓然無滯留[17]。胡爲乎憧憧自小之?溪山爲我闢,風月與之期[18]。欸鳳藏而《圖》秘,甘沒世於耘耔,豈敢蘄於示後?時自見於叙詩[19]。既吾道之自信,不關人之疑不疑。

【题解】

《次归去来辞》选自《南塘先生文集》卷之一。该赋作于1728(戊申)年,是作者依照陶渊明的《归去来兮辞》的韵和用韵次序而和写的,表达了作者在官场不得志,从而隐居归田却也怡然自乐的心情。

【注释】

[1] 撫(抚):追慕。
[2] 脆薄:浮薄;轻薄;不坚牢。企:踮着脚尖,把脚后跟提起来。
[3] 進(进):奉上;呈上。無補(无补):没有补益。治亂(乱):安定与动乱。謾(谩):空泛。
[4] 故園(园):旧家园;故乡。遹:往来频繁;快:迅速。
[5] 欝紆(郁纡):盘曲迂回的样子。
[6] 茅茨:亦作"茆茨",茅草盖的屋顶。亦指茅屋。
[7] 蔬食:粗食;以草菜为食。匏樽:酒杯。匏,葫芦之属。

[8]希:仰慕。顏(颜):颜渊。
[9]機關(机关):周密而巧妙的计谋。
[10]齐:同,并,比。喪(丧):失去,丢掉。一:同一;一样。
[11]孤雲(云):单独飘浮的云片。后指贫寒或客居的人。
[12]危塗(涂):危险的道路。履:步伐。此处用作动词,走。桓桓:勇武;威武貌。《尚书·牧誓》:"勖哉夫子!尚桓桓。"孔传:"桓桓,武貌。"
[13]聊卒歲(岁):姑且以此马虎地度过岁月。本文指逍遥自在地过日子。卒岁,度过一年。優(优)游:生活得十分闲适。
[14]妄求:非分的要求。塤(埙)(xūn)篪(chí):埙与篪。埙篪相应。埙与篪这两件乐器形制各异,前者如梨形,后者如笛状,但因发音原理相同,音色相近,两者在一起演奏可以获得音色和谐的效果。喻兄弟。
[15]佚:同"逸",安闲;安乐。
[16]興(兴)至駕(驾)舟:南朝宋刘义庆《世说新语·任诞》载:"王子猷居山阴,夜大雪……忽忆戴安道。时戴在剡,即便夜乘小船就之,经宿方至,造门不前而返。人问其故,王曰:'吾本乘兴而行,兴尽而返,何必见戴?'"作者引此典故,表达兴会所致之闲情。童冠:指青少年。
[17]廓然:形容空旷寂静的样子。
[18]憧憧:摇曳不定的;来往不绝的。
[19]鳳(凤)藏而《圖(图)》秘:见《河图赋》注释[54]。耘耔:谓除草培土。后因以"耘耔"泛指从事田间劳动。蕲(蕲):通"祈",祈求。

【译文】

　　回去吧!我要隐居的地方有我的茅草屋,我要回到那里。古代那些圣明的君主已经离我们远去了。回想那久远的年代,我暗自悲伤。为我的才学太浅薄而感到惭愧。就算踮起脚追赶,又怎么能追得上前代的贤哲们。仕进对于治乱没有补益,空泛而论,招惹是非。我走出城门,渡过汉江,擦掩我的泪水,(眼泪)已打湿衣服。遥望着我的家乡,快步往回赶,感受到心中难以抑制的兴致。

大海和高山盘曲迂回,长长的河流奔腾着,我的家在哪里呢?就在那凭靠着岩壁开了一扇门的地方。我的茅屋里很安静,图书都还在,饿了吃些粗食,渴了喝杯水。生活在简陋的巷子里却依然很快乐,私下希望能与我所仰慕的颜渊差不多。知道富贵与否是由上天决定的,顺从我所安心的事物。看世间万物的繁荣凋谢,窥视着自然界的玄妙。把得与失看成一样的,都不计较,把生与死看成一样的,心胸便开朗了。怜惜那单独飘浮的云独自归来,感叹那些流出去的水不会再回来。那些追求利禄的人每天走着那么危险的道路,为什么还有这么高的斗志呢?

回去吧!悠闲地过今后的日子。享受我今天所得到的一切,为我年少时那些非分的要求而感到悲哀。在音乐中觅得知己,每天歌唱吟咏,忘记了忧愁。上天优待我啊,让我安乐地老去。在田地里享受着尧舜之道。累了就在松树下乘凉,有兴致了就像王子猷一样去乘船,偶尔和少年们一同出去游玩,有时去玩水,有时去游山,共同去感受世间万物,共同享受人间的乐趣,感慨与我相伴的同伴们,贫困低微没有妨害。只要心中有品德,有修养,就足够了。

哎!世间万物的忧愁欢乐,都需要用时间来打发,心中空旷豁达,没什么可悭记的。为什么要唯唯诺诺降低自己呢?小溪山丘被我开辟出来,清风明月与我相约。为凤凰不出于世、《河图》潜藏起来而叹息,甘心在耕作中被埋没于乱世,还怎么敢祈求为后人做榜样?只是偶尔在叙诗中表达一下自己的感情。既然自信地坚守我之道,就不再关心别人对我有没有质疑。

【赏析】

韩元震生活在朝鲜朝动荡的时期,自己的政治抱负得不到实现,因此辞官归隐。归隐后,写出了表达心声的一系列作品,《次归去来辞》就是其中一篇。

"辞"是一种与"赋"相近的文体,作者在文中写了隐居的原因,同时也抒写了隐居的决心和隐居后的乐趣。通过对田园生活的赞美和劳动生活的歌颂,表明他对当时现实政治,尤其是为官生活的不满和否定,反映了他对当时掌权者的蔑视,也流露出委运乘化、乐天安命的消极思想。

全文语言流畅,音节和谐,感情真实,富有抒情意味。辞的开篇,随口而出"归去来兮"四字,积蓄已久的压抑与不快一吐而出,如决堤之水,一发而不可收。而诗人"归去"的理由却仅仅是"江湖有庐"这个简单而平淡的原因,其中不知饱含了多少怀念、留恋和向往。作者在离开官场时心里的苦闷无处可发,"掩余涕之沾衣,望故园而遄驱"。这是何等的悲伤之情!

紧接着,作者用大量的笔墨写自己回到田园后的愉快生活。按时间顺序,突出表现归田园前后的感受。先写"茅茨昼静,图书俱存,饥饭蔬食,渴饮饱樽"。看似心酸的一句话,但却表现出了一种轻松自在的心境。之后写了与年轻人的闲游,驾小舟观赏风景,累了就在树荫下乘凉等愉快的事情,表现了作者放下对官场的热衷而去全心全意地过轻松的生活,愉快地享受人生。

辞的结尾处,抒发了对人生的感悟,这是作者乐于隐居,不顾世人谈论的内心剖白。"已矣乎!万事忧乐各付时,一心廓然无滞留。胡为乎憧憧自小之?"自问之后又答道:可以在乡间小路上,小屋中过上自己想要的生活,何必去在乎别人的想法。诗人又一次点明自己的生活理想,他既不想与世俗同流合污来取得富贵,也不指望飞临仙境来逃脱人生的苦难,他所追求的只是投身自然,从周围的事物中,寻找种种人生的妙趣,希望达到保全心灵、任意自得的境界。诗的最后,直接抒发自己乐天安命的情怀:"欸凤藏而《图》秘,甘没世于耘耔,岂敢蕲于示后?时自见于叙诗。既吾道之自信,不关人之疑不疑。"这几句虽然表达了作者乐天知命的思想,但同时也正是作者对社会现实的一种无声的反抗,是作者积极人生观的重要体现。

  本文和陶渊明所作的《归去来兮辞》,虽然体裁一致,但表达了不同的思想感情,《归去来兮辞》是一篇脱离仕途回归田园的豪迈宣言,陶渊明以诗心慧眼来透视生活,用生花妙笔来点化景物,通过对无拘无束的乡间生活的再现和云淡风轻、明净如洗的自然景物的描写,展示了诗人崇尚自然、追求自由的浪漫情怀,也反映出诗人厌恶官场、远离世俗的高洁姿态。但本文作者除了有陶情之外似乎还夹杂着一些对官场的不舍、无奈之情。尤其在行文语气等方面还值得我们进行深入的研究。

蔡 之 洪

【作者简介】

　　蔡之洪(1683~1741),字君范,号凤岩、凤溪、三患斋、舍藏窝。蔡之洪是朝鲜朝后期的一位学者。他是权尚夏(朝鲜朝后期的学者)的门人,是佥知中枢府事蔡领用的儿子,被封为江门八学士之一。

　　1716年(肃宗四十二年)被推荐为"王子师傅",后因不满当时的政权统治而辞官。1721年(景宗一年)他被任命"世子侍讲谘议",因为这时发生了"辛壬士祸"的事件,"老论"失去地位,蔡之洪上诉"少论"的罪行,没有成功,于是在九雪山隐居,离开了政坛。他所生活的年代社会动荡,政局不稳,"老论"和"少论"两派无休止的争斗,不仅给政局带来了不稳定的因素,同时对文学也产生了很大的影响。在朝鲜朝后期性理学的研究中,蔡之洪成为学派的巨匠。当时,心性论的两个支派——湖论和洛论争论的时候,他和韩元震属于湖论。他在历史、地理、天文、象数等方面无所不通。

　　由于作者在文学史中的重要地位,韩国有个书苑的名为"三患斋",移用了蔡之洪的书斋名。

　　蔡之洪的作品有《凤岩集》、《性理管窥》、《洗心要诀》、《读书填补》和《天文集》等。他死后,他的儿子蔡白休以活字《家藏草稿》在1783年(常山地藏寺)印行。《家藏草稿》由文集15本,年谱2本,附录8本而组成。

赋作有《述志赋》和《观物赋》等篇。

【原文】

觀物賦　并序○己未

昔屈原作《離騷》,舉天下之草木而取舍之,以寓《春秋》褒貶之意。今觀其辭,嘉卉美木,尚多有見漏者,不獨梅花一樹而已。茲敢採摭平日聞見之所及者,作爲此賦[1]。蓋亦竊取屈子作經之餘旨,而時之所處有不同者,故不敢張皇以已事,或不爲僭褻之歸也耶[2]。

孔子曰:"多識乎草木之名,此亦初學之所不可廢者[3]。"斯作也雖甚陋拙,庶有助於博物之工云爾[4]。間余手探乎月窟兮,渾物類而冥觀[5]。紛二氣之化化兮,亦一理之無間[6]。林苾芽甲之芸芸職職兮,各成形之不侔[7]。體固有大小強弱之異兮,發亦有香色臭味之殊。稟一定而不移兮,夫孰非其本然[8]?循厥性而品節兮,悟裁相之由人[9]。梗柟豫章之瑰偉而森蔚兮,合棟樑與榱桷[10]。桑麻苧葛之叢苞而蕃茂兮,備繒帛與絺綌[11]。桐柒材中於琴瑟兮,藤穀用代於簡策[12]。梓材著於《周書》兮,《伐檀》咏於《魏風》[13]。盤根可別其利器兮,連抱不棄於良工[14]。曲爲輪而直爲矢兮,刳爲舟而剡爲楫[15]。屈之而作梧卷兮,叩之而節音樂[16]。枯朽者爲薪爨兮,翹天者爲蒭牧[17]。無一微之或遺兮,隨所用而各適。

惟淇園之菉猗兮,與栗里之精英[18]。鄰君子之有斐兮,媲逸士之高風[19]。松千歲而方偃兮,檜九泉而無曲[20]。凌霜雪而不變兮,韙後凋之貞節[21]。荷香傳於十里兮,在淤泥而無汙。桂樹生於山中兮,結幽期於歲暮[22]。彼桃李之媚春兮,余惟惡其嬋妍[23]。最西湖之"仙客"兮,雪其膚而冰魂[24]。雖晚遇其何傷兮,冠群英而馳芬。春蘭異於秋蘭兮,古蕙別於今蕙。芳菲菲而襲人兮,何一般之意趣[25]?花王見知於則天兮,徒富貴焉是取[26]。芍藥始盛於維陽兮,與鼠姑本同而末異[27]。金燈可取而讀書兮,芭蕉最效於行墨[28]。牽牛難以服箱兮,金錢貴於銅錫[29]。瑞香沉水而薰籠兮,鄭花借礬而成色[30]。薔薇陳戒於薦枕兮,茱萸傳異於繫臂[31]。連理有夫婦之情兮,常棣有兄弟之義[32]。晦書杉於傳註兮,杜諱棠於詩句[33]。高人騁懷於茉莉兮,忠臣灑涕於紅荳[34]。哀杜宇之染血兮,哭年年於冬青[35]。菱出水而背日兮,葵衛足而傾陽[36]。

固智愚之相反兮,何順逆之不同。草何爲而忘憂兮?木何爲乎合歡[37]?杞何久而爲狗兮?楓何老而爲人?[38]氣固有此相感兮,變化故而不一。宮掖邃而椒塗兮,衮服華而藻絺[39]。配綺麗於瓊瑤兮,垺文章於黼黻[40]。木槿不保於朝夕兮,冥櫄不紀其歲年[41]。諒脩短之有定兮,果孰悲而孰欣[42]。山茶艷於雪中兮,決明鮮於秋後[43]。鄒聖垂訓於養櫃兮,陶令寄意於種柳[44]。紫荊特書於小學兮,黃楊移植於鄂官[45]。木綿貴於斑枝兮,躑躅愛其暎山[46]。遠志小草之入貴出賤兮,女蘿兔絲之異名同根[47]。楊藤水仙之一朵二色兮,野薔蘠葍之六出四出[48]。繽輪囷而虬蟠兮,競綺離而麗郁[49]。或耳名於花史兮,或鼻觀於林皋[50]。申娛翫之無已兮,策果下而逍遙[51]。含桃之發面紅兮,叔孫始薦于宗祧[52]。來禽之集衆鳥兮,逸少所嗜於平生。楊果非稽山之族兮,木瓜傳宣城之種[53]。蔗一嚼而千金兮,樞爲仇於三彭[54]。馬乳水晶移來於西域兮,橙糖荔枝獨稱於南國。虯卵傳法於三咽兮,牛心擅譽於七絕[55]。安石之榴爲三尸之酒兮,董仙之杏售一器之粟[56]。鴨脚騰價於帝苑兮,鷄頭並美於驪珠[57]。木奴收千匹之帛兮,陸吉敵千戶之侯[58]。蒟有似乎覆盆兮,梬亦稱以羊矢[59]。胡桃桃實而核美兮,海松松身而子異[60]。

一損百益者棗兮,百損一益者梨。山則獼桃蘡薁梄榛柰樝之屬兮,苓蕨芎歸蔘朮之類[61]。菜則苽茄蕫芋苣蕗菁之美兮,薑芥□□薤韭之香[62]。悅口而潤腸兮,與菽粟而齊功[63]。蘋蘩合於豆實兮,鬱鬯交於神明[64]。檳斥暑而醺頰兮,薏勝瘴而輕身[65]。蓍千歲而藏龜兮,蒲九節而引年[66]。模楷效靈於聖廟兮,蓂莢呈瑞於帝庭[67]。伊金光與四照兮,曁石楠與女貞[68]。珊瑚琳琅之珍兮,枇杷棕櫚之異爛。靈爍而襍錯兮,羌不可以殫記[69]。葩經所不能盡載兮,農師亦有所闕遺[70]。

花好者未必有佳實兮,實佳者未必有材美。有花而有實者蓮梅桃李兮,宜實而宜材者維栗杏樞。形形色色各屬於五行兮,一太極之咸備[71]。自其同者而觀之兮,統乾元之資始[72]。

自其異者而觀之兮,千千萬萬之不類。彌乎六合之廣而爲用兮,藏乎一塵之微而爲體[73]。大化坱圠而不窮兮,一氣椊流而無滯[74]。孰主張而綱維兮？怳物物之雕鎪[75]。精麄貴賤之自在兮,紛可好而可惡[76]。反以觀夫吾人兮,有正而有邪。覽察草木其有得兮,何殊類而同科？三閭之著經兮,續春秋之遺旨[77]。斥蕭艾而不服兮,集杜蘅與芳芷[78]。佩繽紛其繁飾兮,芬至今猶未已[79]。

余蓬虆於四方兮,哀聖路之荒塞[80]。製芰荷而爲衣兮,葺辛夷而爲屋[81]。托鷦棲於枳林兮,斷蟻夢於槐國[82]。和遺曲於咏芝兮,挹清風於採蕨[83]。鳳欲集而無珍木兮,鷽斯翺翔乎蒿下[84]。隱蕢茅於深谷兮,蔽荊棘於崇阿[85]。固宜樗櫟之見棄兮,敢恨藜藿之不充[86]？徒有志於獻芹兮,本無心於食萍[87]。蒹葭忽已帶霜兮,有誰傳其馨香[88]？躡餘薰於《離騷》兮,追絕筆於麟經[89]。不以物而觀物兮,指非人而喻人。世幽昧而莫吾知兮,將以俟夫後來之子云。

【题解】

本赋选自《凤岩集》卷之一。《观物赋》创作于1739(己未)年,该赋通过描写草木并总结其中所蕴含的理趣,又将其结合到生活中,得出如何做人、怎样做人的道理,同时也表明了作者虽然隐居不仕,但还是心怀天下,关心着政治与国家。

【注释】

[1] 摭(zhí):拾取;摘取。及:够得上;比得上。

[2] 張(张)皇:夸张;炫耀。僭(jiàn):超越本分;过分。旧时指下级冒用上级的名义或器物等。亵(xiè):轻慢;亲近而不庄重。媿(愧):通"愧",惭愧。

[3] 識(识):记住。

[4] 陋拙:浅陋拙笨。多用于自谦。博物:知道许多事物。

[5] 間(间):近来。月窟:月宫。冥:昏暗。

[6] 二氣(气):指阴、阳。化化:化其所化。

[7] 苁:同"葱",青绿色。芽甲:草木初生而未放的嫩叶。芸芸:形容众多。職職(职):繁多的样子。侔(móu):相等;相同。

[8] 禀:承受;生成的。

[9] 循:顺着。節(节):气节。裁:估量;识别。相:质;实质。

[10] 梗(pián):疑为"楩",树名。即黄楩木。枬:"楠"的异体字,树名。豫章:树名。即今之樟树。瓌(guī)伟:高大。森蔚:繁茂。榱桷(cuījué):椽子。常比喻担负重任的人。

[11] 繒繒帛:布匹。绨(绤)(chī):细葛布。绤(xì):粗葛布。都是将葛经过浸渍煮沦的加工法制成的。叢(丛):聚集。苞:丛生。

[12] 簡(简)策:秦、汉已使用简策与帛书,用竹做的叫"简策"。

[13] 梓材:指优质的木材。《周书(书)》:中国古代史书之一,《尚书》组成部分之一。相传是记载周代史事之一。《伐檀》:《诗经》篇名。檀,檀树。木质坚实,古代用作制造车子的材料。《诗序》:"《伐檀》,刺贪也。在位贪鄙,无功而受禄,君子不得进仕尔。"后因以"伐檀"为讥刺贪鄙者尸位素餐而贤者不得仕进的典故。

[14] 棄:"弃"的异体字,舍去;扔掉。

[15] 矢(shǐ):箭。刳(kū):挖,挖空刳木为舟。剡(shàn):削;削尖。楫:划船用具,船桨。

[16] 桮棬:亦作"杯圈",不加雕饰的木制饮器。桮,古同"杯"。

[17] 爨(cuàn):烧火煮饭。芻(刍):喂牲口的草。

[18] 淇園(园):古代卫国园林名,产竹,在今河南省淇县西北。菉(lù):通"绿"。《诗经·卫风·淇奥》:"瞻彼淇奥,绿竹猗猗。"猗(yī):美好盛大

的样子。栗里:地名。在江西九江南陶村西,晋陶潜曾迁居此地。
[19] 斐(fěi):有文彩的。媲:并;比;匹敌。逸士:指人品清高脱俗,节行高逸之士。
[20] 偃(yǎn):仰面倒下;放倒。桧(桧):常绿乔木,木材桃红色,有香气,可作棺木。九泉:指地下。此句意为桧木就是作棺木也是直的。
[21] 韪(韪)(wěi):是;对(常和否定词连用)。
[22] 岁(岁)暮:指寒冬。一年最后的一段时间。
[23] 媚:美好;可爱。嫷(婵):姿态美好的意思。
[24] 仙客:古人对某些特异的动植物,如鹿、鹤、琼花、桂花等,皆有"仙客"之称。文中指梅花。冰魂:形容梅、莲等花清白纯净的品质。
[25] 菲菲:香气盛貌。
[26] 花王:指牡丹。知:见;显现。则(则)天:武则天。相传,武则天到后苑游玩,只见天寒地冻,百花凋谢,万物萧条,于是对百花下诏令道:"明朝游上苑,火速报春知,花须连夜发,莫待晓风催。"百花仙子惊慌失措,竞相绽放,唯有牡丹未开,后被贬入洛阳。
[27] 鼠姑:牡丹的别名。
[28] 金燈(灯):植物名。又叫灯心草,灯心草科。多年生沼泽草本。茎直立,单生,细柱形,叶片退化。花序侧生育茎上,成伞状或复伞状,夏季开花,花淡绿色,子房三室。茎可用以造纸、织席、编鞋等,茎髓俗称"灯草",可用来点油灯,亦可入药。芭蕉:多年生草本植物。叶子很大,果实像香蕉,可以吃。行墨:写字。
[29] 牵(牵)牛难(难)以服箱:语出《诗经·小雅·大东》:"睆彼牵牛,不以服箱。"睆,明亮貌。牵牛,星名,又名何鼓。非后世二十八星宿之牛宿。《尔雅》:"何鼓谓之牵牛。"何鼓三星在天河北,织女三星在天河南,隔河相对。服,负,指牛驾车。《易·系辞》:"服牛乘马。"箱,车厢。《毛传》:"大车之箱也。"此处指大车。
[30] 瑞香:一种常绿灌木。椭圆形叶,有光泽,花淡红色,有香气,供观赏,根皮可入药。沉水:别称沉水香,即沉香,瑞香科。薰籠(笼):有笼覆盖的熏炉,可用以熏烤衣服。郑(郑)花:花名。即山矾。礬(矾):含水复盐的一类,是某些金属硫酸盐的含水结晶。最常见的是"明矾",亦称"白矾"。
[31] 蔷(蔷)薇:一种落叶灌木。形体直立、攀援或蔓生,植物茎通常有皮刺,

叶互生,奇数羽状复叶。陳(陈)戒:《尚书·商书·咸有一德》:"伊尹既复政厥辟,将告归,乃陈戒于德。"即上陈纯一之德而鉴戒。陈,上言;陈述;述说。戒,警戒;鉴戒。薦(荐)枕:亦作"荐枕席",进献枕席,借指侍寝。茱萸:又名"越椒"、"艾子",是一种常绿带香的植物,具备杀虫消毒,逐寒祛风的功能。繫(系)臂:系在胳膊上。

[32] 連(连)理:不同根的草木,枝干连生在一起,比喻恩爱夫妻。常棣:在《诗·小雅·鹿鸣之什·常棣》中,"常棣"是一个文学意象,它被赋予了兄弟情义的意义。"常棣"也写作"棠棣",后用来指代兄弟。

[33] 晦書(书)杉:指朱熹。朱熹字元晦,又字促晦,号晦庵,朱熹曾于绍兴二十年春和淳熙三年二月,两次回婺源故里省亲扫墓。于今"文公山"上亲手种植杉树群。故用"晦书杉"代指朱熹。傳註(传注):解释经籍的文字。杜諱(讳)棠:指杜甫。据《古今诗话》载:"杜子美(甫)母名海棠,子美讳之,故《杜集》中绝无海棠诗。"

[34] 騁懷(骋怀):开畅胸怀。茉莉:又名茉莉花,开花时有香气。灑(洒)涕:洒泣;挥泪。紅荳(红豆):指红豆树,一种乔木,种子鲜红色,产于亚热带地区。也指这种植物的种子。文学作品中常用以象征爱情或相思。王维《相思》诗:"红豆生南国,春来发几枝。愿君多采撷,此物最相思。"

[35] 杜宇:即杜鹃鸟。据《成都记》载:"杜宇又曰杜主,自天而降,称望帝,好稼穑,治郫城。后望帝死,其魂化为鸟,名曰杜鹃。"冬青(青):冬青科。常绿乔木,叶子长椭圆形,边缘有浅锯齿,花小,白色,雌雄异株,核果椭圆形,红色。木材坚韧,种子和树皮可入药。

[36] 菱:一年生水生草本植物。果实有硬壳,有角,称"菱"或"菱角",可食。葵:冬葵,蔬菜名。衛(卫)足:保护它的根。《左传·成十七年》:"仲尼曰:'鲍庄子之知不如葵,葵犹能卫其足。'杜预注:'葵倾叶向日,以蔽其根。'"傾陽(倾阳):三国魏曹植《求通亲亲表》:"若葵藿之倾叶太阳,虽不为之回光,然终向之者,诚也。"后因以"倾阳"比喻忠诚或归顺。

[37] 合歡(欢):植物名。马缨花,落叶乔木,羽状复叶,小叶对生,夜间成对相合,故俗称"夜合花"。夏季开花,头状花序,合瓣花冠,雄蕊多条,淡红色。古人以之赠人,谓能去嫌合好。

[38] 杞何久而爲(为)狗兮:出于"杞狗"的典故。杞狗,谓枸杞所化之犬。旧传千年枸杞,其形若犬,故名。宋苏轼《和陶〈桃花源〉》诗:"苓龟亦晨吸,杞狗或夜吠。"王文诰辑注:"《罗浮山灵异事迹记》:'麻姑坛有枸杞

树,时有赤犬见于树下,或天晴朗时闻犬吠声.'"一本作"杞枸"。枫(枫)何老而爲(为)人:出于"枫人"的典故。枫人,指老枫树上生长的瘿瘤。因似人形,故称。晋嵇含《南方草木状·枫人》:"五岭之间多枫木,岁久则生瘤瘿,一夕遇暴雷骤雨,其树赘暗长三五尺,谓之枫人。越巫取之作术,有通神之验。"

[39] 宫掖:掖即掖庭,宫中的旁舍,嫔妃所居之处。因此称宫中为宫掖。邃:深远;深邃。椒涂(jiāo tú):用椒泥涂饰。衮(gǔn):古代君王等的礼服。藻饰:修饰。饰,疑应为"饰"。

[40] 绮丽(绮丽):鲜艳美丽。瓊(琼)瑶:美玉。埒(liè):等同;相等。黼黻(fǔ fú):泛指礼服上所绣的华美花纹。借指辞藻;华美的文辞。

[41] 木槿(jǐn):亦作"木堇",落叶灌木或小乔木。夏秋开花,花喇叭形,有白、红、紫等色,朝开暮落,树皮和花可入药。冥椿(椋):神话中传说的树木名。《庄子·逍遥游》:"楚之南有冥灵者,以五百岁为春,五百岁为秋。"

[42] 脩(xiū):同"修",高;长。

[43] 山茶:常绿乔木或灌木。决明:植物名。夏秋开花,花黄色,果可食,可入药。

[44] 邹圣:指孟子。檟(槚):木名。即楸。常同松树一起种在坟墓前。《孟子·告子》:"今有场师,舍其梧槚。养其樲棘,则为贱场师焉。"陶令:指晋陶潜。陶潜曾任彭泽令。

[45] 紫荆:豆科紫荆属。落叶乔木或灌木。小学(学):汉代称文字学为小学。因儿童入小学先学文字,故名。黄杨(黄杨):黄杨科常绿灌木或小乔木。鄠(hù):古邑名,在今陕西省户县北。

[46] 木緜(棉):一种植物。可开花。斑枝:又名木棉花。为木棉科植物木棉的花。躑(踯)躅:羊踯躅,又称"闹羊花",杜鹃花科。

[47] 遠(远)志:又名小草。远志科。根含远志皂素,中医上用为安神化痰药。女蘿(萝)兔絲(丝):女萝、菟丝均为蔓生,缠绕于草木,不易分开,故诗文中常用以比喻结为婚姻。

[48] 楊(杨)藤:一种植物。水仙:属多年生草本植物。野薔(蔷):一种果类。簷蔔(yán fú):一种植物。可入药。六出:谓一花生六瓣。南朝梁任昉《述异记》卷上:"东海郡尉于台有杏一株,花杂五色,六出,号六仙人杏。"四出:向四面延伸;从四处长出。

[49] 囷(qūn):积聚;聚拢;围绕。虬蟠(qiú pán):谓盘屈如虬龙。绮(绮):美丽;美盛。离:通"丽",光彩焕发。
[50] 皋(gāo):"皋"的异体字,沼泽,湖泊。
[51] 申:表明,表达。娱(娱)翫:娱乐,玩耍。翫,"玩"的异体字。
[52] 含桃:樱桃的别称。宗祧:引申指家族世系,宗嗣、嗣续。
[53] 逸少:指王羲之,王羲之(303—361 或 321—379 年),字逸少,琅玡临沂(今山东临沂)人。杨(杨)果:杨梅。杨万里曾有诗:"梅出稽山世少双。"族:品类,族类。稽山:会稽山的省称。
[54] 千金:形容贵重。榧(fěi):常绿乔木。种子有很硬的壳,两端尖,称"榧子",通称"香榧"。三彭:即三尸神。也叫"三尸"、"三虫",指在人体内作祟,影响人修炼的三种神。
[55] 馬(马)乳:一种葡萄。水晶:指樱桃。明徐渭《宴游西郊诗》:"菡苕含冰脑,樱桃滴水晶。"虬卵:即赪虬卵,指柿果。三咽:吞食三口。《孟子·滕文公下》:"陈仲子岂不廉士哉!居于陵,三日不食,耳无闻,目无见也。井上有李,螬食实者过半矣,匍匐往,将食之,三咽,然后耳有闻,目有见。"后以"三咽"作为求食以存活的典故。牛心:即"牛蒡"。菊科,两年生大型草木,根肉质。
[56] 安石:王安石,北宋政治家、思想家、文学家,唐宋八大家之一。写有《咏石榴花》诗。此处"安石之榴"代指石榴。董仙:董奉,汉时名医,所治愈者在其宅旁种杏以示报答。此处"董仙之杏"代指杏。一器:一种测量工具。粟:一年生草本植物,子实为圆形或椭圆小粒。北方通称"谷子",去皮后称"小米"。
[57] 驪(骊)珠:一种珍贵的珠。传说出自骊龙颔下,故名。比喻珍贵的人或物。
[58] 木奴:指橘树,也称"橘奴"。《水经注·沅水》:"又东历龙阳县之氾洲,洲长二十里,吴丹杨太守李衡植柑于其上。临死,敕其子曰:'吾州里有木奴千头,不责衣食,岁绢千匹。'"后因称柑橘树为木奴。陆(陆)吉:苏轼《黄甘陆吉传》中以黄甘代柑,以陆吉代桔。此处陆吉代指柑桔。
[59] 蒟(jǔ):多年生草本植物。地下茎为球状,可食,亦可制淀粉。覆盆:覆盆子,亦称"插甜蔗",蔷薇科。樱(yǐng):古书上说的一种果子。亦称樱枣、软枣、黑枣。矢:"屎"的通假字。
[60] 胡桃:落叶乔木。木材坚韧,可以做器物,果仁可吃,亦可榨油及入药。

又称核桃。海松:树名。

[61] 蘡(蘡)(yīng)薁(yù):植物名。果实黑紫色。俗称野葡萄、山葡萄、山婴。猕(狝)桃:即猕猴桃,亦名"羊桃"。猕,通"狝"。梖(梖)(bèi):即贝叶树,常绿乔木。榛:植物名。桦木科。落叶灌木或小乔木。果仁可食。柰:亦作"奈",果树名。俗名花红,亦名沙果。楂:一种植物。它的果实亦叫"山楂"。苓:药草名。茯苓、猪苓皆简称苓。茯苓是寄生于松树根下的一种菌类植物。猪苓是枫树苓,生于枫根下的一种植物。二者均可入药。蕺(jí):鱼腥草。芎:多年生草本植物。全草有香气,地下茎可入药。亦称"川芎"。归蔘:当归和人参。可以用于泡酒,也可以作为药材,对身体有益。

[62] 苽(gū):多年生草本植物。生在浅水里,嫩茎称"茭白"、"蒋",可做蔬菜。果实称"苽米","雕胡米",可煮食。茄:茄子。堇(jīn):多年生草本植物。茎细弱,叶呈肾脏形,边缘有锯齿,春末开白花,有紫色条纹。果实椭圆形,全草可入药,亦称"堇堇菜"。芋:芋头。苣(qǔ):多年生草本植物。茎叶嫩时可食。蓿:苜蓿,植物名。豆科。一年生或多年生草本植物。匏(páo):葫芦之属,匏瓜。菁:韭菜的花。"薑芥□□薤韭之香"句中的□□脱字,疑应为"葱""蒜"。薤(xiè),葱科。多年生草本植物。鳞茎和嫩叶可食。

[63] 菽(shū):豆类的总称。

[64] 蘋(苹):植物名。也称四叶菜、田字草。蕨类植物,多年生浅水草本。全草入药,能除热解毒,消水肿。蘩:即白蒿。豆實(实):盛于木豆中的祭品。指韭菜。鬱鬯(yù zhì):酒名,古代用于祭祀或敬客。

[65] 檳(槟):即槟榔。果供食用。薰:"熏"的通假字,渐染。薏:薏苡,药用称"薏米"、"薏仁米"、"苡米"、"苡仁"。瘴:热带山林中的湿热蒸郁致人的疾病。

[66] 蓍(shī):多年生草本植物,古代用其茎占卜。蒲:多年生草本植物。根茎长在泥里,可食。叶长而尖,可编席、制扇,夏天开黄色花,亦称"香蒲"。九节:一种植物。引年:延长年寿。

[67] 模:木名。《广群芳谱·木谱十三·模木》引《淮南草木谱》:"模木生周公冢上,其叶春青,夏赤,秋白,冬黑。"楷(jiē):即黄连木。《说文·木部》:"楷,楷木也。孔子冢盖树之者。"聖廟(圣庙):孔庙的尊称。蓂荚(荚):帝尧时,有一种奇异的小草生于帝庭,小草由每月的头一天开始,

每日生出一荚,十五天后,每天落一荚,至月尾最后一天刚好落尽,如果此月为小月(少一天),最后的那一荚就只凋零而不落下。帝尧奇之,呼为"蓂荚",又名"历草"。人们认为是象征祥瑞的草。

[68] 石楠:木本植物。常绿乔木类。喜温暖湿润的气候。女贞:木犀科。女贞属常绿乔木。别称冬青等。

[69] 爗(烨):火盛;明亮。引申为光辉灿烂。襍:"杂"的异体字,繁杂。

[70] 葩經(经):唐韩愈《进学解》:"《诗》正而葩。"后因称《诗经》为"葩经"。農師(农师):后稷。周的始祖名弃,曾经被尧举为"农师",被舜命为后稷。闕遺:缺少;遗漏。

[71] 五行:即金、木、水、火、土,是中国古代的一种物质观,多用于哲学、中医学和占卜方面。太極(极):中国哲学术语。《易·系辞》:"易有太极,是生两仪,两仪生四象,四象生八卦。"这里的太极指诞生万物的本源。

[72] 乾元:乾是卦名,元是乾德之首("乾"有"元亨利贞"四德),故以元德配乾释之。資(资)始:借以发生;开始。

[73] 彌(弥):更加。六合:指上下和四方。泛指天地或宇宙。此句中"体"与"用"是中国哲学的一对范畴。指本体和作用。一般认为"体"是最根本的、内在的,"用"是体的表现。

[74] 大化:自然变化。坱圠(yǎng yà):漫无边际貌。樛(jiū)流:曲折貌。

[75] 網維(纲维):亦作"维纲"。指统治国家的重要法纪。怳:"恍"的异体字,恍惚;模模糊糊。物物:各种东西;各种事物。鎪(锼)(sōu):刻镂。

[76] 麁(粗):不精致;工料毛糙。

[77] 三閭(闾)(lú):指屈原。屈原曾任"三闾大夫"。經(经):指《离骚》。

[78] 蕭(萧)艾:艾蒿。臭草。常用来比喻品质不好的人。杜蘅:植物名。可入药。芷:是一种香草。屈原在楚辞中多次写到"芷"这种香草,"扈江离与辟芷兮,纫秋兰以为佩"。

[79] "繁䉛":即为"繁饰",繁多的饰品。䉛,疑为"饰"字。

[80] 蓬:多年生草本植物。花白色,中心黄色,叶似柳叶,子实有毛亦称"飞蓬"。虆(lěi):蔓生植物。

[81] 芰荷:指菱叶与荷叶。《楚辞·离骚》:"制芰荷以为衣兮,集芙蓉以为裳。"葺:累积;重叠。原指用茅草覆盖房子,后泛指修理房屋。辛夷:香木名。

[82] 鷦(鹪)棲:一种动物。鸟类。蟻夢(蚁梦):出自唐朝李公佐《南柯太守

传》:淳于梦梦至槐安国,国王以女妻之,任南柯太守,荣华富贵,显赫一时。后出征失败,公主亦死,被遣回。醒后见槐树下有蚁穴,即梦中所历槐安国。后来人们把蚁梦喻为一种幻想、空想。槐國(国):槐安国。

[83] 芝:芝草和兰草,皆香草名。古时比喻君子德操之美或友情、环境的美好等。挹(yì):舀;汲取。
[84] 集:群鸟栖止在树上。鸒(鸒)(yù)斯:乌鸦。
[85] 藑茅(qióng máo):即旋花。一种多年生的蔓草。地下茎可蒸食,有甘味,今用来酿酒和入药。崇阿:高丘;高山。
[86] 樗栎:一种树木。《庄子·逍遥游》:"吾有大树,人谓之樗,其大本臃肿不中绳墨,其小枝卷曲而不中规矩,立之涂,匠者不顾。"后因以"樗栎"喻才能低下。藜藿:一种野菜。后指粗劣的饭菜。充:充饥。
[87] 獻(献)芹:见《秋怀赋》注释[39]。
[88] 蒹葭:指芦荻;芦苇。蒹,没有长穗的芦苇。葭,初生的芦苇。
[89] 餘(余)薰:犹余香。麟經(经):见《次陶渊明归去来辞》注释[17]。

【译文】

当初屈原创作《离骚》,对世间的花草树木加以取舍,来寄托《春秋》的褒贬之意。现在观看他的辞章,其中美丽的花卉,漂亮的草木,还有好多是被遗漏掉的,不只是梅花这一种树木而已。我把平日所听说所看见的草木自作主张地进行收集整理,创作了这篇赋。大概也是私下取得了屈原写作《离骚》留下的意旨,然而人们所处的时代不同,所以不敢夸张、炫耀自己做的事,或许不能归属到僭越亵渎之类吧。

孔子说:"多记住花草树木的名字,这也是初学者所不可废止的。"

我的作品虽然有简陋笨拙的地方,也许对博物(学)知识有所补充吧。近来我着手探究月宫(的奥秘),而(月宫)是混沌之类的样子,昏暗看不清。世间万物被阴、阳两极所包涵,却可以从中得出一个真理。青翠的树木众多,但是每一种树木的生长和成长的方式却不同。体态上有大小、强弱之分,放出的气味也有香、臭的区别。长大成形了的就不会改变,哪一个不是它原有的样子呢?顺着它的体性而品评它的气节,感悟识别其本质是由人而定的。梗柟豫章成长得高大雄伟、枝繁叶茂,能做房屋的栋梁和担负重任的榱桷。桑麻苎葛这类植物聚集丛生得很茂盛,可把它制作成做衣服的材料。桐柒的材料适合制作琴瑟,用藤和楮树可做纸以代替简策来写东西。《周书》中记载了梓材,《魏风》中吟咏了《伐檀》。砍伐盘结在一起的树根可以辨别出工具的锋利,良工不舍弃连根环抱的树木,弯曲的地方可以做轮子,直的地方可以做箭,挖空了木心的可以做小船,削尖了的可以做舟楫。卷曲的可以做个杯子,其它的可用来击打出节拍。枯萎的可以当柴薪来烧火煮饭,短小朝天的可作为饲料。没有一个是可以抛弃的,每个都有它自身可以用的地方。

惟有淇园中绿竹与栗里菊花,因近君子而有出众的风采,可与节行高隐之士的高风亮节相媲美。松树成长了千年方倒下,桧木做成棺木在地下也是直的。经过霜雪的侵犯而没有发生变化,具有后凋谢的贞节。荷花的香气能传到十里之外,在淤泥中而不被污染。桂树生长在山中,到年末寒冬就不再开花。桃树和李树在春天时显得妩媚,我却厌恶它们的美丽姿态。最美的是西湖的梅花,洁白雪花似的皮肤并以冰为其魂魄。虽然遇到它时有些晚了又有什么悲伤的,它们冠于群芳而散发着芳香。春天的兰花和秋天的兰花不一样,古代的兰花与现在的兰花也不一样。人们能闻到盛开时花的甜美的香气,这能是一般的意味吗?花王牡丹被武则天所知,却未因此得到富贵。芍药始终是在有阳光的时候开得最灿烂,芍药与牡丹本属同科,而花却不一样。灯心草可以用来读书,芭蕉的叶子可以用来书写文字。牵牛花虽称牛却不能驾车,金钱花比铜锡所制的真钱宝贵。瑞香和沉水香用来作为熏香,郑花借助矾可以把衣服染成别的颜色。用蔷薇作为枕席可以起到鉴戒的作用,茱萸系在胳膊上可以辟邪去灾。连理代表着夫妻的感情,常棣则代表着兄弟的友情。种植杉树的朱熹为经典古籍作传注,杜甫因避讳而不写海棠诗。文学修养高的人用茉莉来抒发自己的情感,忠臣在红豆前抛洒热泪。为杜鹃染血而可怜,为冬青而年年哭泣。菱花(夜开昼合)从水面生长出来后就背着阳光继续成长,葵保护它的根部而头部则朝着阳光生长。

  本来聪明和愚钝是相反的,为什么顺境、逆境却不相同。为什么把草作为忘忧的象征?树木为什么代表合欢的意思?千年枸杞为何后来化作了狗?老枫树上长出的瘿瘤为什么像人形?气本来就有这些相互感应的能力,所以变化也是不一的。宫掖深邃,用椒涂建,皇帝的衣服华丽还带有配饰。在绚丽的衣服上配上美玉,就等同于在文章中附上华丽的辞藻。木槿的花不能保全一天,冥灵则长寿到不记得它的年龄。长短确实是有定数的,果真能为谁悲伤为谁欣喜。山茶在雪中显得更加艳丽,决明子直到晚秋才鲜嫩。孟子以养育梧槚和樲棘为喻来垂训,陶渊明则寄托志向于种柳树。紫荆特意书写在小学中,黄杨移植到鄂地的官署。木棉因开花更可贵些,羊踯躅可爱在它开满了整个山坡。远志又名小草,作为药就贵重,作为草就微贱。女萝、兔丝虽然名字不一样但却长着同一个根,属于同一类植物。杨藤、水仙一个花朵两种颜色,野蔷、簵蔖一个长出六片花瓣,一个长出四片花瓣,缤纷好看得像蛟龙盘曲着一样,竞相绮丽而且光彩焕发,或者在花史中听到它们的名字,或者在林间泽地才看到它们。表明娱玩的兴致不能自己,在田下策马而继续开怀逍遥。这时樱桃已经熟了,叔孙开始祭祀祖先。观看鸟类往群居的地方飞翔,是王羲之平生所嗜好的。杨梅不是会稽山中的果类,木瓜则是宣城所产。甘蔗嚼一口而且价值千金,榧可以克制三彭。葡萄、樱桃等都来自于西域,橙子、荔枝等只有南国才有。吃虹卵所传授方法是三咽,牛心草所擅长的是人们所赞誉的具有七种治病的疗效。石榴可制成治疗三尸的药酒,杏可以卖出一筐小米的价钱。鸭脚木在皇宫里是最有价值的,鸡头米也同样的珍贵。种植柑橘所得可抵得千匹的布料,千个诸侯。蒟长得有像覆盆子的样子,樗也有人把它称为羊屎蛋。胡桃是因为它的核可以当种子并且美味,海松的树身和松树一样,但果实却与松子不同。

对健康一损百益的是枣,对身体百损一益的是梨。山里有狝桃、葡萄、榛子、沙果、山楂这样的食物,还有苓、鱼腥草、芎、当归、人参、白术这样的药。蔬菜中有黄瓜、茄子、芋头、堇、苴、苜蓿、匏瓜、菁这些美食,韭菜、大葱、蒜有它们的香气。既好吃又可以起到润肠的作用,与青椒、小米有一样的功效。苹、蘩能与韭相合作为祭品,郁邑也用于祭祀,与神明相合。槟榔可以去暑气并且熏染两颊,薏苡可以战胜瘴病而使身体轻松。蓍千年蕴藏龟的灵性,蒲长九节可以起到延年益寿的功效。模木和楷木在孔庙前守灵,蓂荚给皇宫带来祥兆。金光四照,还有石楠与女贞等植物。珊瑚是十分珍贵的,枇杷、棕榈成长得十分繁盛。以上这些光辉华丽而纷繁错杂,不能够都记下来。哪怕是《诗经》也不能把这些奇葩全部记载下来,后稷也有所遗漏。

好的花未必可以结出好的果实,好的果实也未必是在美好的木材中结出来。既有漂亮的花又有成熟的果实是莲花、梅花、桃花、李子这些,有好的果实好的材料只有栗、杏、榧这些了。各式各样的植物各自归于五行,一个太极就能把这些包括在其中。从它们的共同点来看，都是由乾卦之元德所资始的。从它们的不同之处来看，自然则有一千个不同的地方。充满天地之间而被用，藏身于一尘之微小而为体。自然变化万千而不穷尽，一气曲折流转而无阻滞，谁的主张成为了统治国家的重要法纪？恍惚各种各样的事情都如雕刻一般。精细、粗犷、贵贱，都是自生自在的，纷纷样子，可以说好也可以说坏。反过来看我们人类，有正义的，也有邪恶的。观察花草能从中得到道理，世间上还有什么道理不能归于这一类呢？当年屈原创作了《离骚》，续写了《春秋》所遗留下来的旨意。摈弃萧艾不去佩戴，采集杜蘅与芳芷这类香草。佩戴缤纷而又繁多的饰物，其芬芳至今仍未止歇。

我像飞蓬一样飘游四方，哀叹通往圣贤的道路如此的凄凉和闭塞。将菱叶与荷叶做成衣服，用辛夷来造房子。如同鹪鸟栖息于松林，在槐安国打断蚁梦。唱着古时遗留下来的咏芝曲子，迎着清风来采摘蕨菜。凤凰想要栖止却没有珍贵的树木，乌鸦在蒿下飞翔。藏在深谷的茅草中，躲在高山的荆棘中。本是无用的樗栎应被抛弃，怎么敢怨恨藜藿不充饥？徒有献芹之志，本来就无心于食萍。蒹葭突然被霜覆盖了，还有谁传来它的香气？唯有熏染着《离骚》的香气，和已经绝笔的《春秋》。不要只从物的角度观看物，所指的虽不是人，而实际是以物喻人。世道昏暗没有谁了解我，只有等待后世的人评说了。

【赏析】

　　本文是蔡之洪在晚年时所作，过着隐居生活的作者对当时动荡不安的社会感到失望和无助，对国家的前途有着深深的忧虑，心中郁闷无处可发，故作《观物赋》。

《观物赋》开篇借用孔子的"多识乎草木之名,此亦初学之所不可废者"来统领全文,通过对花草树木等植物的观察,从中得到了很多道理。本文看似在讲花草树木的道理实则是在传授做人的真理。

《观物赋》是一篇散体赋,韵散结合,以体物为主,排比铺陈,句句对仗,有层次地描写了作者所见所闻,不仅没有显得复杂混乱反而具有明显的逻辑性。

文章开头引用很多名人、名句、名篇,使这篇文章开头就有很强的说服力。越深入研读越可以感受到作者知识的渊博,让人觉得作者不仅在地理、文学、物理方面有很大的成就,在哲学方面也造诣颇深。如"纷二气之化化兮,亦一理之无间"、"形形色色各属于五行兮,一太极之咸备"。将世界万物的探索、起源归结为太极阴阳的影响,反映了作者性理学思想。

托物言志是本文的一大特色,如"盘根可别其利器兮。连抱不弃于良工。曲为轮而直为矢兮。刳为舟而剡为楫。屈之而作桁桀兮。叩之而节音乐。枯朽者为薪爨兮。翘天者为皂牧。无一微之或遗兮。随所用而各适"。虽然是说这些东西有很多用处,不要放弃也不要扔掉,作者的意旨其实是在告诫世人,也许你现在遇到了挫折,或是不如意,不要放弃你自己,换一个角度看看自己可以发现新的机会。

隐喻、暗喻的运用也颇具匠心。文章中有大量比喻,如"木奴收千匹之帛兮"表面上是说木奴可以收获很多,其实"木奴"指橘树,也称"橘奴"。木奴是以柑橘树拟人,一棵树就像一个可供驱使聚财的奴仆,且不费衣食。增加了深层次的内涵。"花好者未必有佳实兮,实佳者未必有材美",表面上是在说好的花未必可以结出好的果实,好的果实也未必是在美好的木材中结出来。其实,这句话是以花喻人,讲的是做人的道理。

整篇文章最有特点的是对植物的描写,作者运用其巧妙的思维,通过对不同植物的理解和不同植物种类的理解,分了很多类,为我们全面的介绍了植物的用途和特点等。如文中的药材有：枸杞、决明子、海松、蒟、樽、人参、苓、葳、芎、当归、白尤、蒲等；花草有：梅花、兰花、牡丹、芍药、金灯、牵牛花、蔷薇、茱萸、连理、常棣、杜鹃、苹、蘩、石楠、女贞、瑞香、郑花、紫荆、水仙、菱、葵等；树木有：木槿、山茶、木棉、斑枝、杨藤、柳树、黄杨、枫树、李子树、棕榈、梗、柟、豫章、松树、桐柒等；水果有：樱桃、木瓜、石榴、杏、胡桃、枣、梨、猕猴桃、葡萄、山楂、李子、枇杷等；蔬菜有：黄瓜、茄子、芋头、堇、苣、蓿、鲍、菁、韭菜、大葱、姜、青椒等。谷类还有小米等。使文章内容丰富而不显乏味单调。

　　文章的结尾处作者以疑问的方式结束，使文章更显得有深度，内涵更加丰富。作者说："世幽昧而莫吾知兮，将以俟夫后来之子云。"表现了在当时的社会，没有可以和作者思想、意旨相同的人，作者呼唤有一位知音能了解自己。

　　总之，作者用他出色的文笔，熟练的写作手法，加上多变的写作技巧为我们呈现出来一篇完美的哲理赋，使人百读不厌，受益匪浅。

丁范祖

【作者简介】

丁范祖(1723～1801),字法正、法世,号海左,籍贯罗州。朝鲜朝后期的文史家。

丁范祖1759年考取进士,1763年编写了《建功歌》、《百韵古时》,他的文采轰动了整个朝廷。不仅在文学方面大有成就,在治理国家方面,他提倡减少赋税、弘扬"儒风"。1800年,参与编撰了《正宗实录》。

文集有《海左先生文集》。其赋作有《鹿皮带赋》、《诘梦》等。

【原文】

鹿皮帶賦

許子將行,握手叙別。言念舊要,情懷絓結[1]。爰解鹿皮烏帶,贈余曰:"出之胸臆,奉以肝腸[2]。"余迺愍焉傷神,感而成章[3]。

想夫蒼鹿在山,牲牲以遨碧澗,潤膚清霞,澤毛肥革之理,膩滑若油[4]。虞人設機,縛而載歸。雕俎登肉,鸞刀剝皮。剒纖毫之毧毷,剪素鞹之皓皜,沉蘭膏而化柔,染松肪而深黑[5]。度便便之腰腹,製鞘鞘之衣帶[6]。其質則春絮茸茸,秋綿藹藹[7]。展貼如意,宛轉多態。其文則烏雲凝彩,玄璧含精。色相俱泯,迺合涬溟[8]。

爾迺巖穴眞儒,山林碩士[9]。陳經史而講道,溯天人而析理。松風韻而度席,磵月朗而通幃[10]。攬茲帶而雍容,增厥儀之雅美[11]。至若烟霞跌宕,海嶽方羊,招象外之勝侶[12],整物表之輕裝。獨鶴翩而隨展[13],孤雲渺而繞裳。曳茲帶之陸離[14],覺神體之輕揚。彼其白玉爲鉤,黃金在綏,意氣橫生[15]。朱韍雄鷟,雖姱麗而匪分,亦泰侈而違道[16]。惟韋帶之委蛇,信布衣之純素。佩柔克而申警,象玄默而自葆[17]。常纏綿於薄軀,永弗忘於惠好[18]。

【題解】

《鹿皮帶賦》选自《海左先生文集》卷之一,本文是作者在与好友离别时,好友赠送一件鹿皮乌带,作者有感而发创作的一篇赋。本文通过讲述皮带的制作过程,慨叹鹿被残害的悲剧。同时,作者借助鹿皮乌带的故事表达了儒生们不被重视,没有用武之地的抑郁之情。

【注释】

[1] 絓(绐)(guà)結(结):谓心中郁结。
[2] 胸臆:内心深处的想法。
[3] 廼(nǎi):"乃"的异体字。恧(nì):忧思。
[4] 本句断句应为:"想夫苍鹿在山,甡甡以遨碧涧润肤,清霞泽毛,肥革之理,腻滑若油。"原文断句仍本《韩国文集丛刊》。甡甡(shēn):众多的样子。
[5] 虞人:是古代掌管山泽苑囿田猎的职官。雕俎:一种雕绘的木制礼器。祭享时以盛牺牲。鸞(鸾)刀:古代名刀。毨毿(rǒng xiǎn):鸟兽脱去旧毛,换生新毛。鞟(kuò):同"鞹",去毛的兽皮。皓皛:明亮洁白。松肪:松脂。
[6] 便便:腹部肥满的样子。鞙鞙:佩玉累垂的样子。
[7] 藹藹(蔼蔼):盛多貌。
[8] 玄璧:是一种深绿色或青色的玉璧,壁面上一般阴刻两周纹饰带,内周为蒲纹或涡纹,外周刻兽首或凤鸟纹。泯:"泯"的异体字,灭;尽。滓溟:指混沌的元气。
[9] 碩(硕)士:贤德的人;有学问的人。
[10] 磵:同"涧",山间流水的沟。
[11] 雍容:舒缓;从容不迫。
[12] 跌宕:为人放纵;不拘束。方羊:亦作"方佯"、"方洋",即彷徉;徘徊。象外:犹物外;物象之外。勝侶(胜侣):良伴。
[13] 輕(轻)装:谓行装简单。
[14] 陸離(陆离):美玉。
[15] 彼其:亦作"彼己",用来讥讽功德不称其位者。语出《诗经·曹风·候人》:"彼其之子,不称其服。"鉤:同"钩"。綬(绶):本义为丝带。古代用以系佩玉、官印等,绶带的颜色常用以标志不同的身份与等级。
[16] 朱轂(毂):即朱轮子。古代王侯显贵所乘的车子。因用朱红漆轮,故称。轂(毂):车轮中心的圆木。雄:同"雄"。骛(骛):乱驰。姱麗(丽):美丽。姱,美好。泰侈:骄纵奢侈。違(违)道:违背正道。
[17] 韋帶(韦带):古代平民或未仕者所系的无饰的皮带。純(纯)素:纯粹而

不杂;纯朴。柔克:柔忍克制。申警:警戒;儆戒。玄默:沉默不语。葆:通"保",保护。

[18] 惠好:恩爱;友好。

【译文】

许子将要远行,握着我的手叙述离别之情。我惦记旧情,心中情怀郁结。于是他解下了鹿皮乌带赠给我说:"出于我内心深处的想法,真心诚意地献给你。"于是我忧心伤神,感慨万千而写成这篇文章。

想到苍鹿在山林,众多的鹿在碧涧中遨游以浸润皮肤,泽润的皮毛像纯洁的碧霞,光润肥厚皮革的纹理,细腻滑润得像油一样。虞人设置机关,(把它)抓起来载回来,把肉放在雕俎之上,用鸾刀剥皮。铲除极其细微的毛,剪下素革中明亮洁白的部分,放在兰膏里使它变得柔软,染上松脂而变得深黑。测量肥胖的腰腹,制成佩玉累垂的衣带。它的质地就像春天的柳絮,毛茸茸的,像秋绵那样盛多,展贴自如,婉转多态。它的纹理就像乌云凝彩,像完美精致的玄璧。形状外貌都已消失,于是与混沌的元气相合在一起。

你乃是崖穴之间真正的儒士,山林之间有学问的人。展示经史之学,讲述(儒学)之道。追溯天人之际,辨析其中的道理。松林之风穿过席间,山涧中明朗的月光透过帏帐。系着这条带子显得仪态温文大方,增添其仪态的优雅美丽。至于放逸于烟霞,徘徊在海岳之间,招揽世俗之外的良伴,只有简单的行装。有翩翩而飞的鹤好像伴随着步履,缥缈孤单的云好像围绕着衣裳。拉着带子上的美玉,觉得体轻气爽。那些(贵人)用白玉做钩子,绶带上镶嵌黄金,充满了气概。乘坐华美的的车子疾驰着,虽华丽但不符合本分所应有,也是娇纵奢侈并且违背正道的。只有无饰的皮带的顺合,任凭衣服多么质朴(它都可以搭配)。这条带子以柔忍克制来警戒自己,要注意言行,只有少说话才能不招来祸事。这条带子常常缠绕在单薄的身躯上,永远也不会忘记许子对我的友好。

【赏析】

这是一篇托物言志赋。作者借助鹿皮带来的思考,抒发了儒生们受到伤害和不堪遭遇的悲痛之情。文章首先交代了写作的背景,友人许子将要远行,依依惜别之时友人许子赠给作者一条鹿皮乌带,作者看着这条皮带想起了制作的过程,慨叹鹿被残害。同时也把鹿比喻成儒学者,以鹿的境遇来比附儒生的境遇,用应该生活在山林中的鹿被残害做成皮带,来暗指应该出入仕途的儒生不被重用,反而要远走他乡或隐居的情形。

文中鹿其实是儒生的化身,"山林硕士。陈经史而讲道,溯天人而析理。松风韵而度席,硐月朗而通帏。揽兹带而雍容,增厥仪之雅美。至若烟霞跌宕。""硕士"是有学问的人,"陈经史而讲道,溯天人而析理"说的是儒学。对于儒学者,"陈经史而讲道"应该是在庙堂之上,但是现在却是"松风韵而度席,硐月朗而通帏",在山林之间,说明儒生隐逸了,儒学的基本精神是入世,入世不成而隐说明当时儒生是不被重用的,而且通过"牲牲以遨碧涧,润肤清霞,泽毛肥革之理,腻滑若油。虞人设机,缚而载归。雕俎登肉,鸾刀剥皮。铲纤毫之毯,剪素鲫之皓皜,沉兰膏而化柔,染松肪而深黑。度便便之腰腹,制鞗鞗之衣带。"说明当时儒生或是知识分子遭到残害。最后的"招象外之胜侣,整物表之轻装。独鹤翩而随履,孤云渺而绕裳。"招揽世俗之外的美好伴侣,只有简单行装,只有翩翩而飞的鹤和随身的鞋,孤单的云缥缈围绕着衣裳和这条皮带,读来令人感到孤独。

语言朴实之中带有华丽,"想夫苍鹿在山,牲牲以遨碧涧。润肤清霞,泽毛肥苴之理。腻滑若油"。"牲牲"、"腻滑若油""苍鹿在山"通俗易懂,非常朴实,而"碧涧","润肤清霞"则略显华丽。还有如"其质则春絮茸茸,秋绵蔼蔼。展贴如意,宛转多态"。而后面的"其文则乌云凝彩,玄璧含精。色相俱泯,乃合涬溟",其纹理像乌云凝彩,玄璧完美精致,色相都已消失。词语非常精美、华丽,却不深奥难懂。

本文以四字、六字为主,对仗工整,抑扬顿挫,韵味十足。"许子将行,握手叙别。言念旧要,情怀绘结","剪素鞸之皓皛,沉兰膏而化柔,染松肪而深黑。度便便之腰腹,制鞘鞘之衣带",此五句呈现出一种十分整齐的对仗形式。再如"春絮茸茸"和"秋绵蔼蔼","春絮"和"秋绵"相对,"茸茸"和"蔼蔼"相称。还有"虽姱丽而匪分,亦泰侈而违道"等等,都呈现出一种对仗对称的形式,使文章读起来朗朗上口,音韵和谐。

成 海 应

【作者简介】

　　成海应(1760～1839),字龙汝,号研经斋、兰室,出身于世家门第。世系可追溯到高丽时期,始祖曾任尹仁辅。生于儒学世家,其父虽为庶孽,但因才被征用,在朝鲜朝算是特例。父子皆以性理学著名,且同在正祖时期为官。成海应深受其父亲的影响,加上天资聪慧,自幼向学,成名甚早。其侄成佑曾在《研经斋府君行状》中写道:"八岁书大字,笔法老炼,今尚藏于家。甫就学,食息未尝释卷。九岁观《栗谷全书》,至其《年谱》曰:此可企及也。自十岁以后,较其年以验能否。及成童,声誉籍甚,非直以文艺也。癸卯,中进士,正宗置奎章阁,遴选清峻。戊申,以府君为检书官,读书东观,文益富赡。庚戌,升六为尚衣院别提,仍直内阁例也。时青城公在外阁,凡编摩校雠之役,父子同承上命,时人荣之。"

　　成海应是朝鲜朝英祖、正祖时期(1724～1800)极力倡导尊周思明的儒家代表人物。在成海应看来,朝鲜朝的朝号、仪章制度、衣着服饰全是明朝所赐,而明朝壬辰战争出兵拯救之恩,更使朝鲜朝永世不忘。他推崇明朝的中华正统,感激明朝对朝鲜朝所赋予的恩德。

　　其作品《正统论》也说道:"自三代以来,居天下之正者,皇明也;合天下之统者,亦皇明也。夫正统者有名有实者也。"明朝正统地位于中国王朝中是最无争议的。成海应在其《正统论》中对中国历史上的王朝进行了分析,认为春秋以来,得天下之正统者,惟汉、唐、宋、明四朝,四朝之中,又以唐高祖乃篡夺隋位、宋太祖陈桥兵变乃夺周之位,皆非正途,"得天下而无纰议,人戴之如三代之盛,唯汉与明也。皇明之世,闺门正于上,权柄不移于下,将帅不敢恣,直士奋舌强谏,朝廷清明,纯粹比汉又过之。"在他看来,惟有汉、明乃是得天下最为正当的,较之汉朝,明朝又胜一筹。汉代以后,"由中华而君人者,唯魏、晋、宋、齐、梁、陈、隋",但诸朝皆是篡夺而来,故谓之"不正"。成海应把明朝看成是中国历史上夏、商、周三代以来有名有实的正统王朝,故南明时,"皇明虽残破,然弘光皇帝在南都,则正统在南都;隆武皇帝在福州,则正统在福州;永历皇帝在桂林、在缅甸,则正统在桂林、在缅甸者,天下之正义也。永历皇帝崩,正统于是乎绝矣。"意在强调明朝的中华正统性质。1839年,成海应以近 80 高龄辞世。

成海应著述颇丰,文集有《研经斋全集续集》、《正统论》等。其赋的代表作有《吊四皓赋》、《彩花辞》、《丹邱赋》等 5 篇,其赋简洁凝练,铺陈渲染,辞采讲究,取材构思具有其独特之处。文章字句整齐、声调和谐,抒发情感真挚感人。

【原文】

綵花辭

戊寅正月,尹聖愈書報余[1],夢余折遺三色花,甚芬馥可愛[2]，恨其不得移植以玩云[3]。其翌年二月，聖愈以疾不起[4]，余殊未知折花之意。然意花者所以識聖愈之德也[5]，折者不可復續也[6]。悲苦之極而爲之辭曰：

彼美之熒熒，顏若花之榮兮[7]。要眇兮其色，紹繚兮其情[8]。同心之言，臭若蘭兮[9]。譬諸松栢，葆歲寒兮[10]。戊寅之春，發諸夢兮[11]。云自我所，折花以送兮。雖其折矣，芳菲菲兮[12]。恨不移種近庭除兮，冲和之氣爲馨香兮[13]，入子之室薰難忘兮。人之爲德禡晚節兮[14]，相花之衰芬不絶兮。子之清兮來照映矣，我之懷兮亦靈晟矣[15]。友道之貞俗所棄兮[16]，沐斯浴斯更壹志兮。思而不見作然疑兮[17]，因依之馥感有時兮。自厓而返窅以幽墨兮[18]，跡之不昧兮涕泗交流[19]。

【题解】

《彩花辞》是一篇悼亡辞。作者以回忆的笔法，追述一位名叫尹圣愈的道德高尚的友人，赞扬亡友人品之贞美，友道之真诚，表达作者怀念之殷与悲痛之剧。

【注释】

[1] 戊寅：即1818年。尹聖(圣)愈：人名，作者好友。書(书)：信。
[2] 折：折断。遺(遗)：赠送。芬馥：香气浓郁。
[3] 玩：观赏。
[4] 翌年：明年。翌，犹今明的明。
[5] 殊未知：竟不知道。

[6] 復續(复续):续接。
[7] 熒熒(荧荧):光闪烁的样子。榮(荣):草木茂盛。引申为兴盛。
[8] 要眇:美好;精微。眇,通"妙",精微,奥妙。紹繚(绍缭):缠绕。
[9] 同心:指知己。臭:气味。
[10] 葆:草茂盛的样子。
[11] 諸夢(诸梦):在梦里。诸,于。
[12] 芳菲菲:菲菲的芳香。
[13] 庭除:庭前阶下;庭院。冲和之氣(气):语出《老子》:"冲气以为和。"后以"冲和"指真气、元气。
[14] 襀(huì):"缋"的异体字,成匹布帛的头尾,俗称机头,以其可用以系物,亦谓为组纂之属。
[15] 相:貌相;状貌。清(清):高洁。靈(灵):心灵。晟:光明炽盛。
[16] 友道:朋友交往的准则与道义。
[17] 壹志:专心一致。然疑:谓半信半疑;犹豫不决。
[18] 窅(yǎo):本谓目深貌。引申为远望。幽墨:同"幽默",沉寂无声。
[19] 昧:昏暗。疑此句中"不"字为衍文。

【译文】

戊寅年的正月,尹圣愈来信告诉我,梦见我折了三种颜色的花送给他,觉得非常芳香可爱,还说为不能移植过来玩赏而感到遗憾。第二年的二月,圣愈重病不起,我却一点也不知道折花的意思。然而我想或者这花能够识得圣愈的灵魂品德,折断就不能续接了。为此我悲伤痛苦地为他作辞:

他的美德如荧荧的亮光,容颜像盛开的鲜花。他有着美好的神色,有着缠绵丰富的感情。知己的言语,就像兰花一样的香气馥郁。他能与松柏相比拟,拥有能守住岁寒不凋的品性。戊寅年的春天,从梦里发生的事,说是从我这里出去,我折花相送。虽然是折断了的花,却是芳香的。遗憾不能移种到庭院里,让冲和之气化为馨香,进入室内而难以遗忘。人的品德一直延续到晚年而不改变,就像花的状貌虽衰败了但其香气不绝。你高洁的品格映照着我,我的怀念就在明亮的心灵里。朋友之道的真诚已为世俗所遗弃,我将沐浴在真情之中专心不移。思念不见而疑信参半,那相依相交的美好时光令人感动。从山边返回,静静地远望,足迹昏暗不明,我顿感涕泪交流!

【赏析】

《彩花辞》是作者晚年创作的,见于成海应《研经斋全集》卷之一。这是一篇悼亡辞。全篇可分为两个段落:第一段是小序,作者以回忆的笔法,追述一位名叫尹圣愈的道德高尚的友人,"梦余折遗三色花,甚芬馥可爱,恨其不得移植以玩云",从接到来信到病重不起的过程。第二段为正文,述亡友人品之贞美,友道之真诚。美德"荧荧","绍缵其情",可与"松柏媲美";末述作者怀念之殷与悲痛之剧。"子之清兮来照映矣。我之怀兮亦灵晟矣。","因依之馥感有时兮","迹之不昧兮涕泗交流",表现作者再也见不到友人而涕泪交流的悲痛心情。整篇文章,写得情真意切,感人至深。

《彩花辞》有以下几个特点:

一、词藻简洁凝练,清新之气四逸,令人神爽。讲究排偶、对仗、音律,语言整饬、凝炼、生动、优美。

二、把记事、抒情熔为一炉。作者叙事概括有法,而抒情意味深长;语言清丽而富于韵律;情感节制内敛;语气轻重和谐;节奏有张有弛。

三、通过作者对亡友的悼念,表现了作者对朋友的情深义重。这也让我们想起伯牙、子期的千古绝唱。

总之,文章字句整齐、声韵和谐,感情真挚、语言精美而结构严谨。不愧是一篇表达心志的佳作。

李 建 昌

【作者简介】

李建昌(1852～1898),字凤朝、凤藻,号明美堂、宁宰、洁堂居士,籍贯全州。1886年考入文科,但因当时年龄只有14岁,不符合进弘文馆的要求,所以延迟到1870年进入弘文馆。1874年以书状官身份出使清朝。

1875年,李建昌作为忠清道的暗行御史,因为参劾观察史赵秉式,被流放在碧潼。1880年至1893年又担任御史,任职期间严格处理官员的不正之风,关心民间疾苦,受到百姓的尊敬。1890年任汉城府少尹,1891年任承旨,甲午改革之后李建昌几乎不在职,惹高宗愤怒,把他流放到古群山岛两个月,这期间李建昌过着衣不覆体、食不果腹的生活,经历了各种困难艰险。

李建昌曾被选为"丽韩九大家"之一。其作品中有对权力的批判,对民生问题的关注等内容。主要著作有《明美堂集》、《贾亭集》、《高丽图经》、《四佳集》、《山林经济》、《白湖全书》、《茶山诗文集》等。赋作有《清川江赋》、《苦雨赋》等4篇。

【原文】

清川江賦

　　二月壬寅,潔堂居士奉詔宥還朝[1]。自博陵,將至安西,于時春也[2]。冰雪盡消,卉木將芽[3]。天晴雲媚,風細日和[4]。江流新綠,其容可嘉[5]。縈回宛轉,如縠如紗[6]。平無起浪,淺不藏沙[7]。拄篙知底,回舷見涯[8]。扁舟一渡,曾不頃俄[9]。顧謂僕夫:"是何水耶?[10]"僕夫告余曰:"此清川江也。疇昔之夏,吾與夫子,共濟於斯[11]。子寧不知,奚以問爲?"余莞爾而笑曰:"吾豈眞不知耶?將以有言也[12]。"

　　吾想夫盛陽之月,伏陰乃雨[13]。祝融赫威,豐隆憑怒[14]。百川時至,八表伊阻[15]。谿牝驟漲,澪蹄暴注[16]。矧兹水之浩淼兮,吁可畏而可驚[17]。集衆派之奔赴兮,亘千里而汜行[18]。挾魚龍之光怪兮,紛閃爍其難名[19]。天吳嶷其九首兮,陽侯起而揚精爾[20]。乃湍瀨迅駛,波濤衝決[21]。橫抵直擣,雄吞深囓[22]。郛浸十版,間漂百室[23]。田淤疇潰,梅傾櫬折[24]。行旅不通,曠至旬日。時余涉此,幾危僅脫。

　　曾日月之幾何,而險夷之不同[25]。此余所以臨流發歎,有所感于中者也[26]。且吾聞之,四時有變,萬物無常。盛極必衰,柔久亦剛。君子立名,道修且長。小人姑息,志以卒荒。

故知一时之侈汰,不足以加乎人[27]。一日之摧败,不足以沮乎身。惟勉勉而不舍,庶斯善之日新[29]。彼江漢之朝宗,望滄海而必臻[29]。而况清川之小小兮,亦何足以儗倫[30]。

【题解】

《清川江赋》选自《东文选》。清川江,是古代朝鲜西北部的一条河流,源于狼林山西南麓,下游为平安南、北道的分界线。在这篇赋里,李建昌借写两次渡过清川江所见到的不同景象,表达了对宦海沉浮的复杂感受,同时也表现出作者豁达的胸怀。

【注释】

[1] 潔(洁)堂居士:李建昌的号。宥(yòu):宽宥;赦罪。
[2] 博陵:清川江附近地名。安西:地名。
[3] 芽:发芽。
[4] 細(细):微小的。在这里形容风小。
[5] 綠(绿):呈现绿色。
[6] 縈(萦)回:回旋环绕。婉轉(转):声音委婉而动听。縠(hú):古称质地轻薄纤细透亮、表面起绉的平纹丝织物为縠。
[7] 平:安定;安静。
[8] 拄:支撑。
[9] 曾:竟;简直。
[10] 僕(仆)夫:驾驭车马之人。此指船夫。
[11] 疇(畴)昔:往昔。濟(济):渡;过河。
[12] 莞爾(尔):微笑的样子。
[13] 盛陽(阳):旺盛的阳气。伏陰(阴):盛夏中出现的寒气。
[14] 祝融:帝喾时的火官。后尊为火神。赫:显耀。豐(丰)隆:古代神话中

的雷神。后多用作雷的代称。憑(凭):由着;听任。
- [15] 八表:八方以外。又称八荒,指荒远之地。伊阻:艰险;阻隔。
- [16] 谿:"溪"的异体字,溪谷。牝:喻溪谷。《大戴礼记·易本命》:"五陵为牡,溪谷为牝。"涔蹄:应为"蹄涔",语出《淮南子·氾论训》:"夫牛蹄之涔,不能生鱣鲔。"高诱注:"涔,雨水也,满牛蹄迹中,言其小也。"后以"蹄涔"指容量、体积等微小。本文写作"涔蹄"却指雨水之大。
- [17] 浩淼:广阔无边。
- [18] 氾:"泛"的异体字。
- [19] 魚龍(鱼龙):鱼和龙。泛指鳞介水族。光怪:神奇怪异的现象。
- [20] 天吳(吴):水神名。巋(ní):高;高俊。陽(阳)侯:传说中的波涛之神。
- [21] 湍瀨(濑):水浅流急处。
- [22] 擣(捣):冲;攻打。嚙(啮):咬。
- [23] 郛(fú):指外城。版:打土墙用的夹板。閭(闾):古代二十五家为一闾。
- [24] 柂:同"舵"。檝:"楫"的异体字。
- [25] 夷:平坦,与"险"相对。
- [26] 臨(临):面对。
- [27] 侈汰:汰侈;骄纵。
- [28] 勉勉:力行不倦貌。
- [29] 臻:达到。
- [30] 儗:"拟"的异体字,比拟。

【译文】

二月壬寅,我被赦罪奉诏回到朝廷。从博陵出发将到安西,正是春天的时节,冰雪都融化了,草木也刚刚发芽。天气晴朗,云彩美丽;微微的风,和暖的阳光。江湖河流也刚刚泛了绿色,景色美好。江水回旋环绕,流动的声音非常动听,江水像縠又像纱。江水平静的连浪花都没有,浅的连沙子都藏不住。用桨一撑就能探到水的底部,小船一掉头都能看到江边。坐着小船游一遍此江,也就一会儿的工夫。

我回头对那个船夫说:"这是哪条河流?"船夫告诉我说:"这是清川江。从前在夏天的时候,我与您一起在这里渡河。先生怎么不知道,为什么来过还问起了呢?"我微笑着说:"我难道是真的不知道吗?我是有话要说啊。"

我记得那是一个阳气旺盛的月份,天气伏阴就快要下雨了。火神任意地发着它的雄威,雷神也肆意地发怒。江河湖海水位骤涨,荒远之地被洪水所阻隔。溪谷的水骤涨,连夜下雨造成了水位大量上涨。令人敬畏、令人惊叹。它积攒所有的力量去奔腾,泛着千里波涛。间夹着神奇怪异的鳞介水族,都忽隐忽现的难以叫出名字。水神、波涛之神也在抖擞着它们的精神。水流迅速,波涛澎湃。横冲直撞,气吞山河。外城十个夹板高的地方都被浸泡了,大水冲毁了闾巷中很多户人家。田地都被泥沙淤塞,船都被冲坏了。交通阻塞,大概十多天的时间人们被大水阻隔。当时我正在此渡水,好不容易才摆脱了这场灾难。

才过去了多少日月,险夷大不相同。这是我面对清川江发出感叹,身处其中有所感悟的原因。况且我听说,四季有变化,万物无常。盛极必衰,柔顺到了极点就会变得刚强。君子想树立名望,要走的路还很长。小人苟且求安,志气最终荒疏了。

所以知道一时的骄纵,不值得强加于人。一日的摧败,不值得使自身沮丧。只有力行不倦而不舍弃,希望这好的品质能每天进步。旁边的长江和汉水都注入了大海,看到大海就必定要到达。何况是清川江这么小的河流,又怎么能比拟呢?

【赏析】

《清川江赋》是一篇借景抒情的抒情小赋。全赋篇幅短小,句法大部分以四言、六言为主,又杂有三言、五言、七言、八言和九言,句式灵活多变,语言清新质朴,融写景、抒情、明理于一体,富于表现力。

赋的开篇,作者自述被赦免奉诏还朝,途经清川江,对清川江优美的环境进行了描绘。清川江风和日丽,江面风平浪静,江水清澈见底,一片祥和景象。接下来作者回忆了从前渡清川江时所见的情景。雨水偏盛,致使江水暴涨,百姓受灾,田地被泥沙淤塞,人们出行受阻,作者途经清川江,好不容易才脱险。文中对江水波涛汹涌的描写,实则是作者对官场险恶、互相倾轧现象的真实写照。两次渡江所见情景完全不同,形成了鲜明的对比,作者由此而发出"万物无常"、"盛极必衰"的感叹,仕途的不顺渐渐地得以释怀。最后,百川终到海的道理,给作者很大的鼓舞,勉励自己要树立信心,为实现自己的远大理想而不懈努力。

全赋语言清丽、流畅。赋中对春天清川江的描写,语言清丽自然,生动形象,毫无大赋的雕琢板滞之感,虽然第二段中,对从前渡江所见清川江波涛汹涌等情形的描写,含有夸张成分,但作者却能收放自如,恰到好处,使全赋更添新奇之感。

借景抒情也是本篇赋的一大特色。作者面对两次渡江时不同的景象,有感而发,从而得出"四时有变,万物无常。盛极必衰,柔久亦刚"的道理,使作者明白,不应在乎一时的荣辱,要想声名远扬,必须不断努力才能得以实现。

联系作者生活实际,李建昌在官场受到排挤,多次被流放,本赋就是作者流放被赦免回朝途中所作,作者看到清川江的不同景象有感而发,得出人生哲理,使作者从仕途不顺的悲观失落情绪中挣脱出来,重新树立远大的理想。

后　　记

　　中朝、中韩古代辞赋比较研究，是延边大学中国古代文学学科研究的课题之一。为夯实研究基础，我们着手编写《古代朝鲜辞赋解析》丛书。丛书拟出10册，收集500余篇作品。每册按照作家生年的先后顺序编排，由作者简介、原文、题解、注释、译文、赏析等部分组成。一、二册重点完成新罗、高丽时期及一些朝鲜朝的作家作品，三册以后主要选择朝鲜朝的作家作品，力求对古代朝鲜辞赋有一个较为完整的解析。本课题在立项、组织编写过程中，得到了延边大学研究生院院长、博士生导师蔡美花教授和延边大学朝鲜——韩国学学院院长、博士生导师金永寿教授的倾心关注和大力支持，将此课题列为"延边大学211工程"三期重点学科建设资助项目。此外，太红胜先生、王勉先生在审稿过程中提出了许多宝贵意见，花费了大量心血。在此，一并表示衷心感谢！

　　本册各篇目的执笔人员如下：

　　王滢：崔志远赋1篇；李珥辞1篇。杨楠：金富轼赋2篇；郑梦周辞1篇。李锦兰：李奎报赋1篇。赵晶晶：李承召辞赋2篇；姜希孟辞1篇。朴锦哲：申用溉赋1篇。王佳月：金馹孙赋2篇。季洁：李荇赋6篇。姜姗：李彦迪赋1篇。郝悦：曺植赋1篇。刘陶染：卢守慎赋1篇；康惟善赋2篇。赵艳艳：郑澈赋2篇。孙守雨：林悌赋1篇。王微：赵纬韩赋1篇。管洪波：李安讷辞1篇。彭雨：金堉赋1篇；卢善道赋1篇。林乐：金庆余赋1篇。郭建梅：申翊全辞1篇。宫官:任守干赋1篇;蔡彭胤赋1篇。李茜:韩元震辞1篇;蔡之洪赋1篇。张林:丁范祖赋1篇。赵乐:成海应辞1篇。邱晓鹏:李建昌赋1篇。刘秀英:朴敏赋1篇。王贺雷:金光煜赋1篇。徐英清:沈东龟赋1篇;李回宝赋1篇。

本册辞赋原文均引自《韩国文集丛刊》中所刊登的辞赋作品,有关辞赋作者的参考资料很少,有的是从韩国有关网站上收集的,有的是从韩文资料翻译的,而有关辞赋的题解、句读、注释、译文、赏析的资料几乎没有,全靠编撰者们的查证与创作。应该说,在古代朝鲜辞赋解析这个领域中,尚没有人做过,我们大胆进行尝试,其中疏漏甚或舛讹定当不少,敬请读者批评指正。

于春海
2011年6月